헤밍웨이사랑법

헤밍웨이 사랑법

한지수 장편소설

열림원

제2부

제1부

인디언 보호구역

내 이름이 불렸다.

서인주.

'인' 자에 악센트가 잔뜩 들어간 그 이름이 지금처럼 낯설게 들리기는 처음이다. 실내는 덥고 숨 쉬기마저 힘들다. 천장에서 팬이 돌아가고 몇 대의 에어컨이 가동되고 있지만, 어쩌다 불어오는 바람 속에는 크레졸 냄새마저 섞여 있다.

나는 지금 밴쿠버 법원의 즉결심판을 받기 위해 다운타운의 법정에 서 있다. 수갑이 채워진 손을 모아 깍지를 끼고서, 낯선 이국의 법정이 주는 위압감을 이기려고 안간힘을 쓰고 있는 중이다. 다시 내 이름이 불렸다. 반사적으로 수갑이 채워진 손을 들어 올리며 옆에 서 있는 동시통역사를 바라보았다. 갈색 머리에 까만 눈썹, 가운데가 부드럽게 올라온 긴 코가 한눈에 들어왔다. 순간 그가 나를 돌아보았고, 그 전형적인 동양 남자의 얼굴은 밤새 날뛰던 내 심정을 다소 가라앉혀주었다.

통역사와 나는 직사각형의 책상을 앞에 두고 판사를 향해 나란히 서 있었다. 통역사는 초조한 듯 자꾸만 손바닥을 비벼대고 있었는데, 얼핏 항균 비누 냄새가 풍겨왔다. 냄새 때문인지 속이 울렁거리기 시작했고, 핏기 하나 없는 그의 얼굴이 방부 처리된 허연 빵처럼 보일 지경이었다.

나는 세 가지 통역 중에서, 한 문장씩 즉석으로 하는 것을 우선 선택했다. 판사가 나에게 질문을 하면, 통역사가 판사의 말을 받아서 내게 통역을 하는 것이었다.

판사는 내게 칠리왁이라는 인디언 보호구역에 갔었느냐고 묻고는 보라색 벨벳 등받이에 슬쩍 기대었다. 그러고는 푸석해 보이는 누런 머리칼을 한번 쓸어 올리더니 깊은 눈을 깜빡거렸다. 판사의 말이 끝나자, 통역사가 나를 바라보며 입을 열었다.

"어제 칠리왁이라는 곳에 갔었습니까?"

나는 얼떨결에 고개만 끄덕거렸다. 대기실에서 잠시 인사를 나누었을 때와는 전혀 다른 음성이었다. 핏기조차 없는 작은 얼굴에서 저런 우렁찬 목소리가 나오리라고는 상상할 수 없었다. 대답하라는 판사의 재촉에, 나 대신 통역사가 판사에게 대답했다. 그리고 다시 판사의 말과 함께 통역이 시작되었다.

"왜 이곳에 왔으며, 직업이 무엇입니까?"

그는 통역을 하면서 말끝을 약간 내려서 물었다. 그 때문인지 질문에 대한 반감이 줄어드는 것을 느꼈고, 그가 이 법정에서 꽤 노련한 통역사라는 신뢰마저 생겼다.

"나는 비폭력 대화법[1]을 전하는 사람입니다. 그 단체에서 연수차 서부를 방문하고 있는 중입니다. 다음 주 수요일부터 에밀리 카 대학[2]에서 비폭력 대화법에 대한 강의를 할 예정입니다."

"그곳 인디언에게서 연어를 샀습니까?"

"이제 그들을 인디언이라 부르지 말고, 원주민[3]이라 부르기로 합시다. 예, 그렇습니다, 원주민에게서 연어를 두 마리 샀습니다. 한 마리에 30달러씩."

"그것이 불법인 줄 몰랐습니까?"

"당연히 몰랐습니다."

통역사는 가느다란 회색 줄무늬가 들어간 감색 양복을 입고 있었는데, 셔츠의 흰 소매가 내려와 손등을 살짝 덮고 있었다. 그가 오른쪽 손가락을 원통처럼 세우고는 책상 위를 짚었다. 그 바람에 숨어 있던 손목뼈가 훤히 드러났다. 노릇한 그 뼈가 왠지 위태로워

---

1   'Nonviolent Communication(NVC)'을 우리말로 바꾼 것이다. 연민의 대화, 혹은 삶의 언어라고 부르기도 한다. 현재 전 세계 70여 국가에서 이 대화법을 공부하며 사용하고 있다.
2   이 대학의 명칭은 20세기 전반, 브리티시컬럼비아 주 연안 일대의 풍경과 북부 연안에 거주하는 인디언의 세계를 회화로 남긴 화가 '에밀리 카'의 이름에서 유래했다.
3   그들이 인도 쪽에서 왔을 거라고 하여 '인디언'이라 불렸으나, 그 표현은 그들을 비하하는 뉘앙스를 가지고 있고 또한 적절하지도 않다고 본다. 그들이 그곳에 살았던 첫 번째 주민이므로, '원주민(First Nation)'이라 부르는 것이 예의라고 여겨진다.

보였다.

　판사는 잠시 사이를 두더니, 왜 연방 경찰에게 폭언을 했느냐고 묻고는 입술을 꽉 다물어버렸다. 가슴이 턱 막혀오고 목젖이 사례 들린 것처럼 깔끄러웠는데, 그건 내게 매우 불리한 일이었다. 언제 목소리가 안 나올지 몰라 전전긍긍하게 되는 것이다.

　초조한 마음으로 마른침을 삼키면서 옆을 돌아보았다. 통역사는 나와 눈이 마주치자, 양복 안주머니를 뒤적거렸다. 그는 대기실에서 내가 건네주었던 메모지를 꺼내 들고는 몸의 무게중심을 오른쪽 다리로 옮기면서 통역을 시작했다. 어제의 내 행동에 대한 짧은 변호 비슷한 것이었다.

　나의 진술이 통역사를 통해 영어로 진행되는 동안 판사는 얇은 입술을 잠깐씩 열었다가 다물었으며, 재판정의 가라앉은 분위기를 환기시키려는 듯 가끔씩 헛기침을 해댔다. 그러다가 왜 연방 경찰에게 난동을 부렸느냐고 묻고는 다시 입을 굳게 다물었다.

　"Why did you violence to RCMP officer?"

　나는 천천히 고개를 가로저으며 난동을 부리지 않았다고 대답했다. 그러자 판사는 어제의 내 행동에 대해 해명하라고 말하고는 가느다란 입술을 꼭 다물었다. 나는 판사가 아닌 통역사를 향해 몸을 돌렸고, 그를 노려보듯이 바라보면서 입을 열었다. 내 말을 제대로 전달하라는 무언의 압력이었다.

　"어제의 제 행동은 난동이 아니었고, 분명한 이유가 있었습니다. 첫째, 인디언 보호구역이라는 단어에 반감이 있었습니다."

"I did not raise a disturbance but had a reason to act like that yesterday. First, I was biased, rather hated the word 'Indian Reservation'."

그가 판사에게 통역을 했고, 나는 재빨리 말을 이었다. 나는 내가 배우고 지키려 노력했던 대화법을 완전히 무시하고 있었다.

"두 번째는, 인디언 보호구역이라는 말 자체가 폭력이라 생각해서."

"Second, I consider using so called 'Indian Reservation' word is a kind of verbal violence."

"세 번째는, 인디언 보호구역은 폭력이기 때문에."

"Third, Indian Reservation as is the violence against Indian people."

"네 번째는, 인디언 보호구역은 폭력이기 때문에."

"Fourth, Indian Reservation as is the violence against them……."

그가 통역을 중단하고 나를 바라보았다. 방청석에서 약간의 웅성거림이 일어났다. 그 순간 판사가 그에게 물었다. 통역을 제대로 하고 있느냐는 것이었다.

"Interpreter, are you doing your job correctly?"

나는 판사를 바라보며 조금 더듬거렸으나, 단호한 표정으로 대

13

답했다. 그는 아주 헌신적으로 잘하고 있다고.

"Yes······ He is doing fine, rather devoted······ to his profession."

나는 다시 통역사를 바라보며 말했다.

"네 번째······."

"Fourth······."

통역을 하려던 그가 손으로 자신의 허연 얼굴을 쓸어내렸고, 나는 그를 보며 급히 입을 열었다.

"계속할까요?"

그때 판사의 망치 소리가 들려왔다. 판사는 내게 '75일간 이곳에 머물 수 있으니, 그 안에 본국으로 돌아가라'는 판결을 내렸다. 다행이었다. 어차피 이곳에서의 내 일정은 두 달이었다. 판사의 망치 소리가 끝나자, 나는 통역사와 악수를 나누면서 다시 희미한 크레졸 냄새를 맡았다.

동시통역사

법원을 나와서 무작정 큰길을 따라 걸었다. 한참을 걷다가, 로밍해 온 휴대폰의 전원을 켜고 부재중 전화와 문자들을 확인했다. 부영에게서는 세 번이나 전화가 와 있었고, 문자 메시지 하나가 도착해 있었다.

— 잘 도착했나 궁금해서.

그의 문자는 언제나 짤막했다. 한때는 지나치게 짧은 그의 표현에 상처를 입기도 했지만, 그것은 그를 사랑하고 있을 때였다. 남편으로서의 그를 단념하고, 이혼을 결심하면서부터는 그의 어떤 언행도 나를 상하게 하지 않았다. 이혼을 미루고 있는 그의 심사에 공감할 수 없는 것 말고는 이제 그의 모든 것이 무덤덤해졌다. 그에게 있어 유일한 여성이기를 희망했던 내 욕심을 내려놓고서야 얻은 평화였다.

공짜 치즈는 쥐덫 위에만 있다는 러시아 속담처럼, 대가를 치르지 않고 얻을 수 있는 것은 아무것도 없었다. 결혼은 결코, 공짜 치즈가 아니었다.

걷다보니 길 건너에 공원이 보였다. 나는 횡단보도를 건너고 있는 사람들 틈에 섞여서 재빨리 길을 건넜다. 공원 입구에 커다란 날개가 달린 남자의 동상이 서 있었다. 나는 가방을 추켜올리며 공원 안으로 들어섰다. 몇몇 사람들이 벤치에 앉아 하늘을 올려다보고 있었다. 나는 뒤쪽의 벤치에 자리를 잡았다. 뒤에 서 있는 덩치 큰 나무 때문에 벤치 끝으로 그늘이 드리워져 있었다. 나는 그늘로부터 거리를 두고 멀찍이 떨어져 앉았다.

이제부터 어떻게 할까. 함께 왔던 팀원들은 LA와 몬트리올에 각각 강의 일정이 잡혀 있었다. 아마 그들 중 일부는 지금쯤 국경을 넘어가고 있을 것이다. 내 강의는 다음 주부터 시작이지만, 그 전에 호텔에서 나오고 싶었다. 에밀리 카 대학이 있는 그랜빌 섬과도 거리가 있고, 홈스테이를 하는 것이 호텔보다는 숨통이 트일 것 같았다.

조용하던 공원에 갑자기 활기가 돌았다. 한참을 지켜보고 있자니, 공원 안의 움직임이 눈에 들어왔다. 혼자 앉은 사람들 옆으로 남자가 잠깐씩 앉았다가 떠나곤 하는 것이었다. 잠깐씩 앉았다가 일어서는 남자는 두 명이었고, 그들은 앞쪽에서부터 점점 뒤로 올라오는 중이었다.

이제 그들 중 한 남자가 내 얼굴을 바라보면서 스탠드를 올라서

16

고 있었다. 남자는 푸른색 가방을 메고 있었는데, 검은 머리에 인상이 강한 것으로 보아 아랍계 같았다. 나와 눈이 마주치자 남자의 입가에 얼핏 미소가 어렸다. 나는 입술을 바싹 오므리고 무릎에 놓인 가방을 그러안았다. 그때 공원 앞의 동상 근처에서 누군가를 부르는 소리가 커다랗게 들렸다. 그러자 내게로 다가오던 남자가 멈춰 서더니, 쏜살같이 동상 쪽으로 달려 내려갔다. 동상 옆 벤치에 앉은 정장 차림의 남자가 손을 번쩍 들고 있었다. 아랍계 남자는 감색 양복 남자 옆에 앉더니 어깨에서 가방을 내렸다.

정장 차림의 남자는 벤치 등받이에 손을 올려놓고 있었는데, 그의 손가락이 일광욕이라도 하는 것처럼 햇볕에 완전히 노출되어 있었다. 감색 양복 소매에서 비어져 나온 흰 소매와 유난히 볼록하게 솟아오른 손목뼈가 눈에 들어왔다. 법정에서 본 그 장면이었다. 윌리엄이라고 했던가. 나도 모르게 자리에서 벌떡 일어섰다.

잠시 후에 정장 차림의 남자가 담배 연기를 뿜어내자, 옆에 앉았던 아랍계 남자는 일어섰다. 나는 다시 벤치에 슬며시 주저앉았다. 대기실에 있었을 때 그에게서 받은 명함이 생각났다. 가방을 뒤져서 한참 만에 정사각형으로 된 자그마한 명함을 찾아냈다. 영어로 '윌리엄 윤'이라고 쓰여 있고, 그 밑에 '윤선재'라는 한글이 조그맣게 쓰여 있었다.

갑자기 아래쪽에서 비명이 들렸다. 아랍계 남자가 누군가와 실랑이를 벌이고 있었다. 바닥에 쓰러진 사람이 남자의 가방을 끌어

안고 매달리자, 남자가 쓰러진 사람의 가슴팍을 사정없이 걷어찼다. 쓰러진 사람은 홈리스 행색에 완전한 병자의 모습이었는데, 남자의 발길질에 가방을 놓치고 바닥에 뒹굴다가 벤치를 잡고서 겨우 일어났다. 그러자 남자가 다시 발길질을 해대기 시작했고, 결국 병자의 입에서 피가 터져 나왔다. 나는 재빨리 고개를 돌렸다. 그러고 보니 내가 앉은 벤치 끝에 또 다른 아랍계 남자가 앉아 있었다. 남자는 나와 시선이 마주치자 씩 웃었는데, 남자의 몸 절반이 그늘 속에 들어 있어서 햇볕에 드러난 쪽의 입술만 웃는 것처럼 과장되어 보였다. 나는 가방을 더 바싹 그러안았다.

남자가 손가락으로 자신의 가방을 가리키며 내게 물었다.

"뭐 필요한 거 있어요?"

"왜요?"

"필요해요?"

나는 벤치 끝으로 엉덩이를 옮기면서 되물었다.

"왜요?"

이상했다. '왜'라는 말밖에는 어떤 단어도 떠오르지 않았다. 남자가 그늘 속에서 나와 내 쪽으로 더 가까이 다가오자, 나는 동상 쪽을 바라보았다. 동상 옆에서 담배를 피우던 남자는 벤치 등받이에 올려놓았던 손을 거두고 일어나더니 입구 쪽으로 걸어갔다. 나는 벌떡 일어나 벤치들 사이를 헤엄치듯이 가로질렀다.

"헤이."

순식간의 일이었다. 아랍계 남자가 다급하게 불렀지만, 나는 이미 공원을 벗어나 동시통역사로 보이는 남자의 뒤를 쫓고 있었다. 뒤에서 바라본 그는 아까 실내에서 본 것보다 키가 훨씬 커 보였고 약간 곱슬머리였다. 그러나 분명 내 통역을 한 사람이었다. 나는 약간의 거리를 두고서 그의 뒤를 따라가기 시작했다.

그는 횡단보도에 멈춰 서서 신호를 기다렸다. 길 건너편에 있는 증기 시계탑 아래서 사람들이 사진을 찍으며 탄성을 질러대고 있었다. 보행자 신호에 불이 들어왔다. 신호가 바뀌었는데도 그는 꼼짝하지 않고 서 있었다. 시계탑 앞에서 사진을 찍던 사람들이 서둘러 횡단보도를 건너자, 그가 두리번거리며 횡단보도를 건너기 시작했다. 나는 어느새 그의 뒤를 쫓으며 뛰고 있었다.

그를 따라 헤스팅이라는 이름의 거리를 한참 걷다보니, 벽마다 그림이 잔뜩 그려져 있었다. 전통 복장을 한 원주민의 그림은 물론이고 꽤나 시사적인 그래피티들이 끝없이 이어져 있었다. 갑자기 거리가 소란스러웠다. 주위를 둘러보니 내가 서 있는 자리가 바로 커다란 광장이었다. 광장 입구에 플래카드가 세워져 있고, 수많은 액자들이 전시되어 있었다. 어느 것은 이젤 위에, 또 어느 것은 나뭇가지에 위태롭게 매달려 있었다. 통역사는 액자들 사이를 걸으며 주머니에서 담배를 꺼내 물었다. 나는 그의 속도에 맞추어 걷다가, 그가 바라보던 액자 앞에서 슬쩍 멈추었다.

액자는 나무로 된 갈색의 테두리가 둘러져 있는 유화였다. 그림속 풍경은 아주 낯이 익었다. 장승 모양의 키 큰 나무들이 우뚝우뚝 서 있는데, 키가 거의 하늘에 맞닿아 있었다. 우리나라의 지하대장 군이나 여장군보다 훨씬 키가 컸고, 유화의 질감 때문인지 장승의 입술이 손에 잡힐 듯 육감적이었다. 제목을 보니 '인디언 토템'이 라고 적혀 있었다. 그냥 인쇄된 글씨가 아니라 누군가가 펜으로 꼼 꼼하게 눌러쓴 것이었다. 그러고 보니 그림이 낯익은 이유가 있었 다. 그림 속 풍광은 어제 들른 인디언 보호구역에서 보았던 것들이 었다. 그들은 신성하고 키가 큰 나무들을 고른 다음, 정성껏 조각을 하여 수호신으로 모신다고 했다. 그때 나는 그들의 수호신도 이제 는 보호구역 안에 갇힌 신세가 되었다는 생각에 집중하고 있었다.

문득 고개를 들고 주위를 둘러보니, 통역사가 광장 안쪽에 있는 건물의 층계를 올라가고 있었다. 층계를 다 오른 그는 뒤를 한번 돌아보더니 커다란 문을 열고서 그 안으로 사라져버렸다. 나는 층 계로 뛰어 올라가 재빨리 문을 밀치고 들어섰다.

실내는 어두웠다. 기념품점들이 길게 늘어서 있었고, 가게마다 할로겐 조명을 밝히고 있었다. 차츰 실내의 어둠에 익숙해지자, 세 번째 가게 앞에 서 있는 통역사의 모습이 눈에 들어왔다. 그는 한 손으로 턱을 감싸 쥐고 다른 한 손은 막 주머니에 넣고 있는 중이 었다. 나도 모르게 안도의 숨이 터져 나왔다. 그리고 어이없이 웃 고 말았다.

이게 지금 무슨 짓인가. 낯선 이국에서 남자의 뒤를 쫓아 헐레벌떡 뛰어다니고 있다니. 나는 다시 한숨을 내쉬고는 호텔로 가기 위해 돌아섰다. 그때 기념품점 유리문에 매달려 있는 열쇠고리가 눈에 들어왔다. 아까 유화 속에서 보았던 수호신의 머리 부분이었다. 나는 선뜻 다가가 가격을 보면서 점원에게 물었다.

"5.6달러가 맞나요?"

열쇠고리는 원숭이 얼굴을 하고 있었다. 목각이 아니라 보드라운 천으로 만들어져 있어 더욱 정감이 갔다.

"맘에 들어요?"

까무잡잡한 피부의 여자 점원이 환하게 웃으면서 열쇠고리를 들어 보였다. 나는 웃으며 고개를 끄덕거렸다. 그리고 내 열쇠고리를 보여주며 말했다.

"내 것보다 좋네요."

내 것은 신혼여행지였던 태국에서 부영이 사준 것이었다. 그때 우리는 민속춤을 보고 나와 기념품점에 들렀다. 온갖 기념품들이 민속춤에 관련된 것들이었다. 부영은 열쇠고리 하나를 집어서 자세히 들여다보더니 값을 지불했다. 열 손가락을 세우고 민속춤을 추는 무희 인형이었다. 태국에서는 이런 손을 가진 여자가 미인이래, 부영은 그렇게 말하면서 내 손가락을 손등 위로 꺾으며 웃었다. 그때까지 우리는 나쁘지 않았고, 혼인서약서에 했던 맹세를 지킬 자신도 있었다.

부영이 미인이라고 말했던 여자 인형은, 기형적으로 긴 손가락들을 찌를 듯이 손등 위로 꺾어놓고 있었다. 어쩌면 아름답다는 말은 흔치 않은 종류에 건네는 위로 같은 것인지도 모른다. 그래서 아름다운 것은 어느 정도 기형적이라는 말일 수도 있다.

나는 원숭이 형상을 하고 있는 수호신을 건네받자마자, 부영이 사준 열쇠고리를 빼내기 시작했다. 고리가 너무 단단해서 쉽게 벌어지지 않았다. 손톱이 무지근하게 아파오자, 집 열쇠까지 그냥 버릴까 하는 생각도 들었다. 손톱의 감각이 얼얼해질 즈음 겨우 열쇠고리가 분리되었다. 나는 민속 인형을 쓰레기통에 던져 넣고 주위를 둘러보며 출구를 찾았다. 그리고 출구 쪽으로 걸음을 옮기다가 그대로 얼어붙었다. 통역사가 할로겐 조명을 등지고 서서 이쪽을 바라보며 웃고 있었다. 나를 알아보는 것일까. 슬그머니 주위를 둘러보았지만, 가게의 여직원이 물건을 정리하고 있을 뿐 다른 사람은 보이지 않았다. 조심스럽게 다시 그가 있는 곳을 바라보았지만, 그는 이미 뒤돌아서서 계단을 성큼 내려가고 있었다.

길거리로 나온 뒤에도 나는 그가 걸어가는 방향을 바라보았다. 그는 계속 다운타운 쪽으로 걸어갔다. 거리 이름은 거의 남자 이름들이었고, 가끔 제독의 이름도 눈에 띄었다. 나는 거리의 표지판을 보며 이름을 기억하려고 애를 썼다. 눈으로 본 것을 기억하려는 의지를 가져야 길을 잃지 않는다고 했다. 목적지를 지척에 두고도 한 시간씩 길을 헤매는 내게 부영이 가르쳐준 방법이었다. 그러나 내 머릿속 지도가 실제와는 어긋나게 펼쳐져 있었다. 그것을 알고부터는 사람들에게 일일이 묻는 쪽을 택했다.

그의 뒷모습이 인파에 묻히려 하자, 나도 모르게 다시 그의 뒤를 따르기 시작했다. 온갖 인종들이 저마다의 언어로 떠들고 있었다. 자신들과 다른 인종을 대할 때에는 영어를 사용하다가, 다시 동료에게로 고개를 돌리면 곧바로 그들의 언어로 떠들어댔다. 심지어 마주 보고 말을 하는 사람끼리도 서로 다른 말을 하면서 소통하고 있었다. 2개국어만 할 수 있어도 가능한 일이다. 각자가 하기 편한 말을 사용할 뿐, 서로 알아들을 수는 있을 테니까. 나는 통역사와의 거리를 조금 더 좁히며 걸었다.

스탠리 파크로 가는 표지판이 나타나자, 아까보다 더 많은 사람들이 뒤엉켜서 물결처럼 쓸리며 걸어 다니고 있었다. 전 세계의 모든 인종이 이 거리에 모여 사는 것 같았다. 각국의 언어가 뒤섞이며 일으키는 아우성을 들으며 묵묵히 걸었다. 그런 아우성을 한참이나 듣고 있자니, 그들이 마치 각자의 언어로 방언을 하고 있는 것 같았다. 서로가 말을 할 뿐 알아들을 수 없는 언어. 나와 부영이 그랬던 것처럼, 열정이 식어버린 연인들은 그렇게 방언을 주고받으며 일정 기간 관계를 유지할 때가 있다.

앞에서 걷던 그의 발걸음이 느려지는가 싶더니, 갑자기 그가 뒤를 돌아보았다. 나는 걷던 자세 그대로 굳어버렸다. 그가 뭐라고 말을 하는 것 같은데, 그조차 방언처럼 들리고 어지러웠다. 그는 양팔을 벌려 보이더니 내게로 가까이 다가왔다.

"도시 전체가 부흥성회를 하는 것 같지 않느냐고 물었어요."

그는 마치 눈을 통해서 내 정체를 읽어내기라도 하려는 듯 한 번도 눈을 깜빡이지 않고 말했다. 나는 겨우 대답했다.

"저도 방금…… 그런 생각을 하고 있었는데요."

사람들에게 떠밀려서 우리는 그 상태로 나란히 걸을 수밖에 없었다. 잠시 후 옆에서 걷던 그가 불쑥 손을 내밀었다.

"윤선잽니다."

나는 선뜻 그의 손을 잡지 못하고 미소만 지었다. 그는 내밀었던 손을 천천히 거두어들이면서 말했다.

"공원에서부터 저를 계속 따라온 거, 알고 있었습니다."

"……"

그는 웃기 시작했다. 나는 당황한 표정을 최대한 감추면서 웃고 있는 그를 무연히 바라보았다. 햇살이 그의 자그마한 얼굴에 반쯤 그늘을 만들고 있었는데, 웃고 있는 그 얼굴에는 특별한 상처나 이력도 없어 보였다. 그의 얼굴은 정확히 여섯 살배기 이상으로는 보이지 않았다. 이상한 일이었다. 그에게 향하던 일말의 호감이 미련 없이 증발해버리는 것이었다. 아이의 얼굴에 성장을 하고서 백치의 표정을 만들고 있는 남자는, 이국의 거리를 한층 더 이물스럽게 만들고 있었다.

"참, 할 말이 있어요."

그가 말하면서 웃음을 멈추었다. 그러자 그의 얼굴에서 여섯 살배기 아이가 순식간에 떠나가고 근심 어린 어른의 표정이 자리 잡았다. 그의 얼굴은 유난히 사람 손을 타는 까다로운 분재 같았다.

"아까, 그 공원에 앉아 있으면 대마초 구하는 사람으로 오해받아요. 거기 남자들 대마초 파는 사람들입니다."

물론 평범하지 않은 것을 판다는 건 짐작하고 있었다. 나는 놀란 척하면서 일부러 눈을 크게 떴다. 그는 내 표정을 보더니, 고백할 게 있다며 수줍게 웃었다.

"오케이, 실은 서인주 씨를 따라간 사람은 접니다."

"……."

"법원에서부터 공원까지요."

"저도, 알고 있었어요."

"어, 정말입니까?"

"……농담이에요."

그는 어깨를 으쓱해 보이더니 물었다.

"그래피티 좋아해요? 아까 보니까, 그래피티 앞에 오래 서 있었죠?"

"관심은 많아요."

"내가 제일 좋아하는 작가는 뱅크시예요. 그는 자신을 재야 예술테러리스트라고 부릅니다. 그의 작품을 보러 런던에도 갔었는데, 대부분 시내 주변에서 볼 수 있더군요. 중동과 이스라엘 장벽에도 그의 작품이 있다고 하네요. 원하시면 그래피티 많이 볼 수 있는 곳으로 지금 안내해드릴 수도 있습니다."

"저기, 지금은 이 정도로 충분한 것 같아요."

"오케이, 사실은 인주 씨에게 보여주고 싶은 길로 일부러 움직인 겁니다. 못 따라오면 기다리기도 하면서요. 제 짐작대로 호기심이 많은 사람인가 봐요?"

"공원에서 선재 씨를 따라가지 않을 수도 있었어요. 홈스테이를 알아보려고 했거든요. 아니, 실은 돌아가고 싶었어요."

"연방 경찰에 체포되고서도 액션을 취했던 사람이, 쉽게 여길 떠나겠습니까?"

"여기 법이 날 싫어하는 게 역력하더군요."

"오케이, 좋아요. 그런데 거기는 왜 혼자 갔습니까?"

그는 습관적으로 터져 나오려는 영어를 애써 누르고 있는 탓인지, 계속해서 '오케이'라는 말을 사용하고 있었다.

"그냥 궁금했어요. 이곳에 도착하면 '인디언 보호구역'에 먼저 가보려고 했었거든요. 그 'Reservation'이라는 단어가 계속 나를 잡아끌었어요. 무슨 '수용지'라는 말이 우습잖아요. 원주민 땅을 빼앗고서 다시 그들을 위해 그런 수용지를 만들었다는 것이요. 너희들이 그 안에만 있으면 총을 쏘지도 않고, 세금도 받지 않을게. 술과 마약도 마음껏 하게 해줄 테니, 그 안에서 나오면 안 돼! 라는 표현의 완곡어법인 거잖아요. 어, 흥분해서 미안해요. 그런데 아까 그 공원에서 대마초를 사셨나요?"

"물론 샀습니다."

"저기, 제가 얘기 하나 해도 될까요?"

"오케이, 예, 그럼요."

"이런 말씀 드리면 불편해하실까 봐 참으려고 했는데, 그래도 말하는 게 나을 것 같아서요. 그냥 편하게 들어주세요. 혹시, 그 '오케이'라는 말의 어원이 어디에서 나왔는지 아세요?"

"글쎄요, 이곳에서 영문학을 오래했는데 아직 거기에 대해서는 생각을 못 해봤습니다."

"여기 북아메리카 원주민들을 몰아내고, 이 땅을 차지할 때였대요. 어떤 장군이 원주민을 총으로 쏘고 나서 이렇게 외친 거예요. Oh, Killed. 그 상황에서는 오, 죽였다, 라는 그 말이 모든 긍정어를 대신할 수 있었겠죠? 그는 영웅이 되었을 테고요."

그의 표정이 진지해지고 있었다. 그 긍정의 말이 실은 엄청난 폭력을 동시에 담고 있다는 것 때문인지, 터무니없는 내 얘기 때문인지 몰라도 그의 음성이 습기를 머금은 비음으로 변해버렸다.

"어, 저, 그게 사실이라면 좀 그렇군요."

"이러면 어떨까요? 오케이 대신에 '물론'이나 '그렇고말고'라는 말을 쓰는 거요. 혹은 '대단히', '전적으로' 같은 말로 대신하는 것도 괜찮지 않을까요? 왠지, 오케이란 말을 들을 때면 그 순간 원주민 머리 하나가 막 떨어지는 것 같아서요."

말을 마치면서 나는 과장되게 고개를 흔들었다.

"인주 씨는, 특별한 사람인 것 같네요."

사람에게 '특별하다'는 표현을 할 때는 상대에 대한 호감과 넉넉한 지지를 뜻한다고 볼 수 있지만, '특이하다'는 표현은 말하는 사람이 가지고 있는 부정적인 측면을 교묘히 포장하는 경우일 때가 많다.

"고마워요. 특이하다고 말하지 않고, 특별하다고 표현해주셔서요."

내가 다시 손을 저으며 말했다.

"아, 참, 난 전혀 특별하지 않아요. 게다가 외모가 너무 평범해서 돌아서면 기억나지 않는다는 사람들이 많아요. 그래서 지금까지 '죽여주는데'라는 말을 한 번도 들어본 적이 없어요."

그가 말없이 웃더니 조용히 말했다.

"와우, 죽여주는데요!"

"고맙습니다. 조금 특별해진 느낌이 드네요."

그가 웃음을 거두고 진지하게 말했다.

"그동안 내가 통역해온 사람들은, 체류 일자를 넘겼거나 침대를 규정에 어긋나게 많이 사서 배에 싣다가 걸린 경우 아니면, 매춘하다 걸려서 콘돔을 삼켜버린 여자, 또 장기 매매에 의한 난민 신청들이 대부분이었습니다. 총기나 구타에 의한 갱스터의 보호 요청 같은 사건도 종종 있고요. 아, 진행하던 재판에서 탈북한 사람을 만나기도 했어요. 그가 망명 신청을 했거든요."

그는 말을 하고 나서 버릇처럼 턱을 쓸어내렸다. 그리고 양복 안주머니에서 아침에 내가 주었던 메모지를 꺼내 펼쳐 보였다.

"아침에 인주 씨가 준 메모를 보고서 좀 놀랐어요. 저는 고등학교 때 이곳에 와서, 대학원까지 모두 여기에서 마쳤어요. 물론 원주민들에 대한 관심은 많았지만, 아무튼 인주 씨처럼 그 일로 수갑차고 즉결받은 의뢰인은 처음입니다."

메모지를 다시 양복 주머니로 가져가는 그에게 내가 손을 내밀었다. 그가 선량한 표정으로 눈을 동그랗게 뜨며 물었다.

"다시 돌려드려야 되는 겁니까?"

메모지를 받아 펼쳐보니, 어제와 오늘의 몇몇 장면들이 강렬한 꿈처럼 선명하게 떠올랐다. 키가 큰 장승들과 연어를 들고 기쁨으로 빛나던 원주민의 새카만 눈동자, 내 손에 수갑을 채우던 초록 조끼의 연방 경찰들, 판사의 꼭 다문 입, 통역사의 손목뼈와 비음이 섞인 우렁우렁한 목소리, 항균 비누 냄새, 대마초를 파는 아랍 남자의 반질거리던 얼굴, 방언처럼 들려오던 거리의 아우성까지. 내가 썼던 메모는 그런 영상들이 꿈이 아니라는 단서를 제공하고 있었다.

잉크가 번지는 볼펜을 사용했는지 군데군데 볼펜 똥이 묻어 있었는데, 맨 나중 '재판'이라는 글자의 'ㅈ'에는 뭉텅이로 묻어 있어서 글자가 재판 이상의 의미를 가지고 있는 것처럼 보였다. 서둘러 쓰느라 군데군데 지워진 문장들은 그때의 내 감정 상태를 고스란히 보여주고 있었다.

선재는 아까 법정에서처럼 손바닥을 비비더니, 이른 저녁을 먹는 건 어떠냐고 물었다.

"제 두 번째 직장 교대 시간이, 오늘은 여섯 십니다."

"교대 시간이라니요?"

"호텔 프런트 데스크에서 삼교대로 근무 중입니다. 오늘은 6시에 들어가서 2시에 퇴근합니다. 말 그대로 세컨드 잡이죠. 통역 일이 매일 있는 건 아니거든요."

그러고 보니 나는 아침도 거른 채 재판에 몰두해 있었다. 선재는 갑자기 생각났다는 듯 빠르게 말했다.

"아, 혹시 숙소가 필요하시면 일본 여자 룸메이트는 어떠세요?"

"일본 여자요?"

"마꼬라는 여학생인데, 대학원에서 같이 공부했어요. 졸업 후 본국에 다녀오더니 아예 이곳에 자리 잡았어요. 한국어를 배우고 있어서 아마 인주 씨를 반가워할 겁니다."

"글쎄요."

"자, 이쯤에서 이쪽 길로 다시 올라가죠, 이쪽으로."

선재는 말하면서 내 팔을 잡고는 방향을 틀었다.

"조금 아래로 내려가면 '카데로스'라는 선상 레스토랑이 있습니다. 제 친구 룸메이트가 매니저로 일하고 있어요. 혹시, 담배를 하시면 갑판 쪽으로 예약해놓을까요?"

"글쎄요……."

나는 건성으로 대답하며 계속 메모지를 만지작거렸다.

어제 이 법정 보호소에서 보냈습니다. 가끔 공황장애 증상을 겪고 있는데, 극심한 스트레스에 놓이면 목소리가 잘 나오지 않습니다. 목소리가 다시 돌아오려면 시간이 필요합니다. 일정이 어떻게 진행될지 알 수 없어 이렇게라도 제 상황을 전해드립니다.

저는 한국에서 비폭력 대화법이라는 워크숍을 진행하고 있고, 밴쿠버에서 교민들을 대상으로 대화법에 대한 강의를 하기로 되어 있습니다.

어제 혼자 칠리왁에 갔다가 연방 경찰에게 연행되었습니다. 그곳에 도착했을 때 원주민들이 낚시를 하고 있었습니다. 저는 그 마을의 추장님 댁을 물어물어 찾아갔습니다. 그리고 추장님과 한 30분간 대화를 나눴습니다. 아무튼 그들에게 무척 친근한 인상을 받았고 편안했습니다.

저는 다시 강으로 나와 고기를 잡고 있는 원주민들을 지켜보다가 그들에게 그 물고기를 파는 거냐고 물어보았습니다. "정부에 판다"고 그들 중 두 사람이 대답했습니다. 얼마에 파느냐고 했더니 5달러 정도라고 말했습니다. "내가 그 연어를 밖에서 사면 얼마인가?"라고 다시 물었더니, 약 30달러라고 했습니다. 잠시 후 그들은 가장 맛있는 소카이라고 외치면서 내게로 연어를 들고 왔습니다.

31

외부인인 나를 상대해준 그들에게 무언가 베풀고 싶었습니다. 그 연어를 사주는 일이 그들에겐 훨씬 이득이고, 제게는 손해되는 일이 아니었습니다. 저는 그 두 사람에게서 연어를 각각 한 마리씩 샀습니다. 한 마리에 30달러씩 지불했습니다.

그들은 제게 "소카이를 샀으니 빨리 돌아가라"고 말했습니다. 문제는 그다음이었습니다. 그들 주위에 있던 다른 원주민들이 연어를 가지고 와서 제게 내미는 것이었습니다. 돌아갈 택시비 정도는 남겨두어야 했습니다. 다운타운까지는 꽤 먼 길이었습니다.

제가 난처한 표정을 짓자, 연어를 팔았던 두 사람이 원주민들에게 무슨 말인가를 하면서 설득하는 것 같았습니다. 발을 구르면서 돌아가라는 손짓을 하기도 했습니다. 그러나 그들은 더 적극적으로 제 앞에 연어를 들이밀었습니다. 그때 저쪽에서 초록색 옷을 입은 두 남자가 걸어왔습니다. 나중에 보니 그들이 연방 경찰이었습니다. 그들은 늘 망원경으로 원주민들의 동태를 살핀다고 했습니다.

연방 경찰들은 원주민들과 몇 마디 주고받더니 제게로 왔습니다. 그리고 "당신은 법을 어겼다"라고 말했습니다. 저는 무의식적으로 손을 저으며 아니라고 말했습니다. 그들은 제가 들고 있던 연어를 가리키면서 "그것이 증거다"라고 말했습니다. 저는 한 걸음 물러서며 "훔치지 않았다. 돈을 주고 샀다"고 말했고, 그들은 "그것이 불법이다. 당신은 재판을 받아야 한다"고 했습니다.

그 순간 저는 화가 나서 따지기 시작했습니다. 그들에게 그 법을 누가 정했느냐고 물었습니다. 아마도 거기서부터 제 영어는 알아듣기 힘들었을 것입니다.

그들은 계속 법과 질서, 정의를 들먹이면서 '정부'라는 말을 되풀이했습니다. 그때 제 속에 있던 의문이 구체적인 모습을 갖춘 것 같습니다. 보호구역이라는 울타리 안에 가두어놓고서 모든 거래는 정부를 통해야만 한다는 그들의 '정의'에 대해 이상한 적의가 일었습니다. 어찌 여기가 보호구역인가, 이쯤 되면 격리 구역이 아닌가. 저는 가방에서 전자사전을 꺼내고 서툴게 항의하기 시작했습니다.

물론 비폭력 대화의 입장에서 보면 순서나 문법이 어긋나 있었습니다. 그리고 제가 했던 말은 그들에게 폭력이 되어 있었습니다. 언어가 완벽하게 소통이 되지 않아서인지도 모르겠습니다. 그들이 제 팔을 잡으려 하자 저는 거칠게 뿌리쳤습니다. 결국에는 제 손에 수갑이 채워졌습니다.

이제 재판을 받게 된 것입니다. 선처 바랍니다.

스물라치와 암스트롱

레스토랑 '키데로스'는 2층으로 된 커다란 배였다. 화려한 장식을 하고서 항구에 정박된 채 흔들리고 있었다. 출입문이 유럽의 박물관 천장보다 높아서 떠나고자 하는 욕망의 출렁임을 그 커다란 문이 삼키고 있는 것처럼 보였다. 입구에 들어서자 갑판 쪽에서 금발의 남자가 뛰어 나오더니 선재의 목을 휘감고 늘어졌다.

"오, 윌리엄, 보고 싶었어. 너의 특별한 손님은?"

선재가 나를 돌아보자 금발의 남자가 내게 다가왔다. 곱실거리는 금발로 이마를 모두 가리고 있어서인지 바비 인형의 사촌쯤으로 보였다. 그는 엉덩이를 뒤로 쑥 빼고 두 손을 모으더니 갑판 쪽을 가리키며 길을 안내했다. 갑판은 레스토랑 안을 가로질러 밖으로 나가게끔 되어 있었다. 검은 바지 안에 흰 셔츠를 넣어 입은 남자는 늘씬한 여자처럼 보였다. 남자는 갑판의 맨 끝에 있는 테이블에 멈춰 서더니 내게 손을 내밀었다.

"난 스물라치.⁴ 당신은?"

나는 선재를 가리키며 말을 더듬었다.

"아, 저는 그의 친구…… 그러니까 나는 서인주입니다."

선재가 웃으며 내 앞으로 의자를 빼주고는 남자에게 말했다.

"우린 지금 식사할 거야. 암스트롱은?"

"아까 미팅 중이었는데, 곧 오겠다고 했어. 잠깐 기다려."

남자는 내게 활짝 웃어 보이며 돌아섰다. 그러고는 다시 돌아서더니 아까처럼 두 손을 모아서 나를 가리키며 말했다.

"나는 그런 노란 얼굴을 사랑해요. 특히 그 외까풀의 눈을."

그러고는 총총걸음으로 갑판에서 사라졌다.

"선재 씨 친구가 저분이신가요? 아름다우시네요. 이곳 경치도 그렇고요."

"제 친구는 그의 룸메이트인 암스트롱입니다. 한국인이고요, 영문학 공부를 같이했는데 지금은 컨설턴트입니다. 영주권 받을 때 암스트롱이라는 이름을 고집했어요. 시민권 신청하라고 해도 한국 국적을 포기하지 않겠답니다. 괴팍한 구석도 있는데, 또 그만큼 따뜻한 친굽니다……."

---

4 서부 호프 지방의 인디언 밴드에 거주하는 원주민 언어. '사랑스러운 나만의 여인'이라는 뜻으로, 남자가 여자 애인을 부를 때 쓴다.

말을 하고 있는 선재의 등 뒤로 경비행기가 날아가고 있었다. 그는 내 시선을 의식했는지 뒤를 돌아보며 말했다.

"빅토리아 섬에서 날아오는 비행기예요. 예전엔 배로 드나들었는데, 이제는 예쁘게 꾸민 경비행기들을 많이 이용합니다. 관광 차원에서 브리티시컬럼비아를 하늘에서 내려다보는 것도 나쁘진 않을 겁니다. 한번 타보실래요?"

나도 모르게 재빨리 손을 내저으며 말했다.

"저런 비행기는 정원이 네 명인데요, 저거 타려면 전 잠든 상태여야 해요. 안 그러면 패닉에 빠지거든요. 언제, 수면제 먹고 한번 시도해볼게요."

수면제를 먹고 거의 가사 상태에서 비행하는 모습을 떠올리자, 나도 모르게 웃음이 터져 나왔다.

"그렇게 웃으니까 보기 좋네요. 참, 식사는 아까 전화로 미리 주문했습니다. 입맛이 없으실 것 같아 이 집에서 제일 맛있는 클램차우더 수프를 주문했습니다. 그리고 달팽이를 주문했는데 괜찮으실지 모르겠네요."

빵 바구니와 커다란 수프 접시가 앞에 놓이자 갑자기 식욕이 당겼다. 얼마나 강렬한지, 식욕이라기보다는 원초적 그리움 같다는 생각이 들었다. 수프 접시를 앞에 두고 눈물을 글썽여본 사람이라면 이 느낌을 알 수 있을까. 나는 선재를 바라보았다. 그는 스푼을 든 채 나를 바라보다가 말했다.

"혹시 종교가 있으시면 기도를 올리지 않을까 해서요."

그 말을 듣는 순간, 가슴 한쪽이 소리 없이 내려앉았다. 그와 똑같은 생각으로 스푼을 들고 있던 나는 대답 대신 수프를 듬뿍 떠서 그에게 보여주었다. 그가 먹기 시작하자, 나는 순식간에 반 접시를 비웠다. 수프 맛은 정말 기가 막혔다. 그동안 먹어본 것 중에서 최고였다. 그가 빵을 잘라 내게 건네며 물었다.

"종교가 없으시군요?"

"신을 믿지만 특별히 기도를 올리는 신은 없어요. 그러니까, 예, 굳이 말하자면 종교가 없다고 해야겠네요. 지금은 이 수프 때문에 신을 부르고 싶지만요."

"참, 부탁이 있어요. 주말에 제 친구들과 불꽃놀이를 구경했으면 합니다. 이곳 여름 불꽃놀이는 세계적인 행사거든요. 정말 장관입니다."

"글쎄요?"

"어차피 강의는 다음 주라고 하신 것 같은데요?"

"네, 화요일, 금요일 저녁이에요."

"그럼, 제가 에밀리 카 대학이 있는 그랜빌 섬까지 안내해드리겠습니다. 그리고 이제부터 '글쎄요'라는 대답은 좋다는 뜻으로 받아들이겠습니다."

그때 어디선가 '글쎄요' 하는 소리가 들려왔다. 고개를 들고 보니, 스물라치가 건장한 남자의 팔짱을 끼고 서 있었다. 선재가 냅

킨으로 입가를 훔치며 그들에게 의자를 권했다.

"아까 말했던 제 친굽니다."

그의 친구가 두툼한 손을 불쑥 내밀었다.

"암스트롱입니다."

나는 자리에서 일어나 그의 친구와 악수를 하면서 내 이름을 말해주었다. 암스트롱이 말했다.

"아직 달에 가본 적은 없지만, 그보다 더 놀라운 곳에 가려고 늘 노력합니다. 이를테면, 욕망의 끝이나 천국 같은 곳 말이죠."

그는 선재를 바라보며 짓궂게 웃었다. 선재는 계속하라는 뜻으로 담배를 꺼내면서 위로 들어 보였다. 암스트롱이 선재에게 불을 붙여주면서 다시 말했다.

"사실 그 말은 선재가 한 말입니다. 이 친구, 그만 놀려먹어야 하는데 이제 습관이 돼버려서요. 영미문학 시간에 이 친구가 '트리스탄과 이졸데'[5] 신화에 대한 에세이를 썼거든요. 그 시대 사람들은 천국이 지상 어딘가에 실제로 존재한다고 믿어서 그 장소를 찾는

5　트리스탄은 '슬픔의 아들'이라는 뜻으로, 아버지가 죽은 날에 태어났다고 해서 그의 어머니가 지어준 이름이다. 이 신화에서 트리스탄이 사랑하는 '아름다운 이졸데'는 남자에게 있어 이상이자 영감이며 모든 아름다움과 완전함의 상징이다. 반대로 '흰 손의 이졸데'는 피와 살을 가진 현실의 여인을 상징한다. 트리스탄은 사랑하는 '아름다운 이졸데'를 삼촌과 결혼시키지만, 그들의 사랑은 마법의 와인 덕분에 3년간 지속된다. 그래서 모로이스 숲으로 사랑의 도피를 했던 것이다. 그 숲에서 4년째 되던 어느 날, 그들은 둘 사이에 칼을 놓고 잠이 든다. 마침 왕비를 찾아 나선 삼촌은 이들을 발견하고, 그들 사이에 놓여 있는 칼을 보고서 그것을 순결의 표시로 해석한다……

데에 수 세기를 허비했다는군요. 그런데 그 에세이는 점수를 좀 못 받았습니다. 홀로코스트 에세이는 만점을 받았는데 말이죠. 이 친구는 그게 상처라고 하더군요."

"그럼, 작은 섬을 하나 사서 천국이라고 이름 붙이면 되잖아요? 지도 제작을 다시 해야겠지만요."

내 말에 한국어를 모르는 스물라치가 암스트롱의 팔꿈치를 건드리자, 그가 씩 웃으며 말했다.

"인주 씨가 윌리엄에게 천국이라는 섬을 사준대."

"아이, 그런 얘기 재미없어. 우리의 천국에 대해서 얘기해. 윌리엄, 우리 결혼할 거라고 말 안 했어?"

스물라치가 허리를 비틀면서 말하자, 선재가 다시 입가를 닦으며 말했다.

"그런 얘기는 모두가 있는 자리에서 해야지, 내가 대신 할 수 없잖아."

나는 순간적으로 몇 가지 질문을 동시에 해버렸다.

"결혼해요? 선재와 당신? 가능해요, 이곳에서?"

갑자기 두 남자가 폭소를 터트렸고 한국어를 모르는 스물라치는 나와 똑같은 표정을 지었다. 스물라치가 시무룩한 표정이 되자, 암스트롱이 그의 손을 잡고서 다정하게 물었다.

"저번에 전철 안에서 봤던 커플 생각나?"

"키스하면서 서로 따귀를 때리던 커플?"

"아니, 20분 넘게 여자 귀 만지작거리던 홍콩 남자…… 여자가 귀찮아하면서 광둥어로 투정 부리니까, 남자도 똑같은 어투로 받아치면서 버라드 역까지 가서 내렸잖아."

암스트롱은 다시 나를 보며 말했다.

"그 홍콩 사람들 칭얼대는 말투 있잖아요? 싸우는 모습도 귀엽더라고요. 그때 그런 생각이 들었습니다. 저렇게 싸우더라도 늙어서까지 같이 사는 사람이 있는 게 좋겠다. 법적인 동거인으로요."

"결혼이 가능한가요?"

"게이 결혼법이 통과된 건 몇 년 되었어요."

암스트롱이 뱃전에서 나부끼는 무지개 깃발을 가리키며 말했다.

"게이 깃발입니다. 무지개처럼 다양성의 상징이죠. 사실 전 게이라고 할 수도 없어요. 스물라치를 한 인간으로 좀 더 많이 좋아하는 거죠. 그런데 우리 부모님은 이제 저 안 보신답니다. 제가 장남이거든요."

선재가 끼어들었다.

"그들은 그냥 룸메이트였어요. 스물라치의 우정이 도를 넘어서면서 그를 감동시켰던 겁니다. 암스트롱은 중학교 때부터 혼자 유학 생활을 했거든요. 그래서 자주 몸살을 앓았죠……. 그랬던 겁니다."

암스트롱은 매번 엄마보다 훨씬 따뜻한 스물라치의 손길에 의해 회복되었고, 그들의 사랑은 그런 기본적인 연민으로 시작되었다. 그제야 스물라치와 암스트롱이 한눈에 보아도 연인이라는 느낌이

들었다. 스물라치의 표정이 점점 밝아졌다. 그는 나를 보며 투정 부리듯이 말했다.

"어제 암스트롱과 입양 기관에 갔더니, 거기 책임자가 이렇게 묻는 거예요. 각성제와 햄버거로 애를 키울 거냐고."

암스트롱이 스물라치의 손등을 토닥거렸다. 스물라치는 그의 손길에 더욱 힘을 얻은 듯 음성이 높아졌다.

"그 여자가 나를 보더니, 내 원가족 형태를 묻는 거 아니겠어요. 그래서 삼형제라고 말하고, 우리 형제들이 엄마는 하나인데 아빠는 헷갈린다고 했어요."

"진지하게 그랬어요?"

"그 여자 표정이 점점 재밌어지는 거예요. 그래서 내 정자를 이베이 옥션에 올리겠다고 했지요. 그런 게 내 진지함이니까요."

"정말이에요?"

"네, 갑자기 그 여자가 성호를 긋고 기도를 시작했어요. 우리가 나올 때까지 그녀의 신을 부르더라고요. 간절하게."

나는 더듬거리며 말했다.

"너무 솔직한 대답은 상대를 놀라게 할 수도 있대요."

스물라치는 책임을 전가하듯이 선재를 손짓하며 말을 얼버무렸다.

"예수님에게도 헷갈리는 형제가 있었대요, 윌리엄이 그러는데……."

내가 선재를 바라보자, 그는 커피잔을 내려놓고 천천히 읊조리듯이 말했다.

"저 사람은 목수의 아들이 아닌가. 어머니는 마리아요, 야고보, 요셉, 시몬, 유다의 형제고, 누이들은 우리 동네 사람들이 아닌가. 마태복음 13장 54절. 가톨릭에서는 이들을 사촌으로 보고 있어요. 참고로 저는 가톨릭 신잡니다. 모태 신앙이죠……."

그는 생각났다는 듯 주머니를 뒤지더니 베이지색의 작은 휴대폰을 꺼내놓았다.

"전에 쓰던 건데, 칩만 갈아 넣고 번호는 새로 받았어요. 아까 그 기프트숍 거리에서요."

"아, 거기였군요?"

"여기 계실 동안만 잠깐 사용하세요. 요즘은 가운데 번호가 778로 시작되네요. 당장 이게 필요하실 것 같아서요. 사실은, 제게도 필요할 것 같아서요."

"저는…… 친절에 익숙하질 않아요. 호의는, 총알보다 더 쉽게 사람을 죽인다잖아요."

내 말에 그는 어깨를 들어 올리며 말했다.

"그 정도로 쉽게 죽을 사람 같시는 않습니다."

말을 마친 그가 올렸던 어깨를 조심스럽게 내려놓았다.

그리스 몽키

결혼이라는 버스를 타고 그 안에서 멀미를 해본 사람은 공감할 수 있을 것이다. 그 버스는 멀미가 아무리 심하다 해도 아무 곳에서나 정차를 요구할 수 없고, 함부로 찬바람을 쏘일 수도 없으며, 일정 구간을 정해진 속도에 몸을 맡겨야 하는, 그렇게 구역질을 하면서도 견뎌야 하는 구간이 반드시 있게 마련이라는 것을.

내가 그런 멀미를 하는 내내 부영은 나를 '그리스 몽키'라고 불렀다. 그는 결혼과 동시에 집안에서 운영하는 제약회사에 이사 대우로 자리를 잡았다. 전공과는 무관했지만 그는 생물학에 대한 책을 읽으면서 흥미로워했다.

어느 날 늦게 들어온 부영은 술 냄새를 풍기며 말했다. 남아메리카에 디젤 연료를 먹고 사는 '그리스 몽키'[6]라는 곤충이 있다는 것이었다.

"유화한 디젤을 먹고 살아가는 매미가 있지. 난 그 곤충의 얼굴을 상상했어. 다 타버린 연료를 삼켜서 그것을 에너지로 삼는 얼굴 말이야, 네 얼굴이 바로 그런 표정이었어⋯⋯."

"⋯⋯."

"너한테 미친 듯이 빠지는 나를 정말 이해할 수 없었거든? 이제 알았어."

고개를 갸우뚱하던 그가 이번에는 단호하게 말했다.

"못 보던 걸 봐서 그랬던 거야."

그는 말을 하고 있을 뿐인데, 나는 따귀를 얻어맞는 것 같았다. 그러나 나는 기꺼이 그리스 몽키가 되었다. 실제로 내가 그 곤충이 된 것처럼 느껴지기도 해서 불온한 모든 것들을 에너지 삼아 전진하려고 노력했다.

"그래요, 선배. 경유 차에 휘발유를 넣으면 못 움직이잖아요⋯⋯."

모든 차종이 다른 연료를 사용하듯이, 사람도 서로 다른 에너지에 힘입어 살아갈 것이다. 누구는 사랑과 관심으로만 살아갈 수 있다면, 또 다른 누구는 고통과 자비로 전진하기도 할 것이다.

6　유화한 디젤 연료를 먹고 사는 이 매미의 속명이 그리스 몽키다. 1970년대에 에콰도르에서 처음 확인되었다. 날개가 없고, 기동성이 아니라 찰싹 달라붙기에 적합하도록 설계된 짤막한 다리를 갖고 있었다. 디젤 트럭과 디젤 열차를 이용하여 남북을 여행하면서, 20년도 안 되는 기간에 3200킬로미터를 돌아다녔다. 멕시코와 브라질에서 흔히 볼 수 있었으며, 댈러스의 폐차장에 쌓여 있는 엔진들의 실린더 블록 속에서 단일 표본이 우연히 발견되기도 했다. 『곤충학』 제121권, 27쪽.

부영은 자신이 살아온 방식이나 생활의 지혜 같은 것들을 전적으로 옳다고 여겼다. 내가 살아온 다른 삶의 패턴이 그를 잠시 자극하기는 했지만 곧바로 아무짝에도 쓸모없는 것이 되어버렸다. 그는 호기심을 자극했던 그리스 몽키에게, 유화된 경유 대신에 자신의 문화와 음식을 먹이고 싶어 안달했다. 그리고 얼마 후, 그렇게 안달할 대상을 다른 곳에서 찾았다.

부영의 얼굴은 리트머스 종이 같아서, 순간순간의 마음 상태가 얼굴 위에 고스란히 드러났다. 얼굴의 색깔만으로도 의사를 전달하기에 충분했다. 말도 안 돼, 맛있어, 대단하군, 그건 싫어, 등등. 내가 이혼하자는 편지를 식탁 위에 올려놓았을 때에도, 얼굴을 붉게 물들이며 한동안 나를 바라보았다. 거부와 불쾌감의 표현이었다.

사람들이 이혼을 '실패'라고 말한다면, 그렇다면 우리 실패합시다. 그 실패에서, 알 수 없는 화학작용이 일어나 우리를 다른 방식으로 구원해줄 것입니다. 그러니 우리, 서둘러 실패합시다…….

편지에서 눈길을 거둔 그는 내게 "렌즈 빼!"라고 말했다. 그의 렌즈를 빼고 닦는 일은 내 몫이었다. 그는 그 일만큼은 하고 싶지 않다고 했고, 수술도 원치 않았다.

밴쿠버로 날아오기 전날 부영은 내게 저녁을 사주었다. 그건 두 달 이상 출장을 가야 하는 법적인 아내에 대한 그의 배려였다. 그는 짐을 꾸리는 나를 바라보다가 러닝머신 위로 올라갔다. 나는 부직포에 싼 운동화를 트렁크에 넣으며 말했다.

"고마워요 선배. 못 보고 가는 줄 알았는데……."

"무슨 소리야, 아주 떠나니?"

부영이 러닝머신 위에서 막 뛰기 시작했을 때, 그의 휴대폰 벨이 울렸다. 부영은 전화를 받으며 베란다 쪽으로 걸어갔다. 잠시 후에 돌아온 그는, 현관으로 가서 신발을 신으며 내게 말했다.

"미안해, 잠깐 다녀와야겠어."

짐 정리가 다 끝나고, 깜박 잠이 들었다 깨어난 새벽까지 그는 돌아오지 않았다. 다음 날 아침 내가 집을 나서기 직전에서야 그는 집으로 전화를 했다. 밖의 소음이 크게 들리는 데 비해 그의 목소리는 터무니없이 작았다. 아마 여자의 집 베란다일지도 몰랐다. 나는 편지 얘기를 했다. 그의 서재에 이혼 서류를 놓고 간다는 말은 하지 않았다.

"아무 때나 여기 우편함 열어봐요. 선배한테 보내는 편지가 있을 거예요. 그리고 돌아오면 난 엄마 집으로 들어갈게요."

"니 또 왜 그러니?"

나는 수화기를 내려놓고 가방을 현관 앞으로 날랐다. 다시 전화 벨이 울렸지만 받지 않았다. 자동응답기가 작동하면서 우리가 남긴 인사말이 흘러나오고 부영의 다급한 목소리가 뒤따랐다. 안녕하세요, 차부영, 서인주입니다. 말씀을 남겨주세요. 삐익. 우리 이러지 말자. 네가 말하는 대화법이 이런 거니? 나는 네 남편이다. 거긴 우리 집이고…… 부영의 목소리는 계속해서 이어지고 있었다.

삐리리릭. 현관을 나서자 디지털 잠금장치 소리가 들려왔고, 나는 반사적으로 뒤를 돌아보았다. 하루에도 몇 번씩 흘려듣던 그 소리가 가슴 아래쪽에 긴 울림을 남기고 멀어져갔다. 부영과 함께했던 시간과 공간을 그렇게 닫아버리고 떠난다는 느낌이, 그제야 사실적으로 다가왔던 것이다.

죽음이 우리를 갈라놓을 때까지

호텔로 돌아와 로밍해 온 휴대폰의 전원을 켰다. 문자 메시지는 모두 부영에게서 온 것들이었다. 그는 같은 내용의 문자를 세 번이나 보냈다. '살아 있는 거지?' 나는 다시 전원을 꺼버렸다.

나는 서른 살이 되기 전에 죽는다고 했다. 그 말은 열두 살이 되던 봄에 박수무당에게서 들은 것이었다. 덕분에 나는 해마다 달력을 버리지 않고 모아두었으며 가끔씩 그것들을 뒤적거리면서 지난 시간들을 질리도록 곱씹었다. 언제 어디에서 어떤 자세로 생을 마감할지 구체적으로 그림을 그리면서 짧게나마 쾌감을 느낀 적도 있었다. 그런데 나는 이세 막 서른이 될 참이었다.

창가에 서서 밖의 휘황한 불빛을 보고 있자니, 지난 며칠이 꿈만 같았다. 그 꿈의 한가운데 윤선재가 있었다. 이상했다. 그를 생각하면 손목뼈가 먼저 떠올랐다. 그가 건네준 휴대폰을 꺼내보니, 증

명사진 크기만 한 휴대폰 창에 메시지 한 개가 떠 있었다. 'Have a goodnight!'

나는 침대 위에 걸터앉았다가 옆으로 비스듬히 누웠다. 아마도 그 자세로 잠이 든 것 같았다. 깨어보니 환하게 불이 켜진 상태였고, 시간은 새벽 4시가 넘어가고 있었다. 에어컨을 켜지 않아서인지 얼굴에 온통 땀이 배어 있었다. 잠이 달아날까 싶어 불만 끄고 다시 누웠다. 그러나 잠은 오지 않았다. 고작 몇 시간을 실신하듯이 잤을 뿐인데 몸이 아주 가볍고 상쾌했다. 나는 벌떡 일어나 에어컨을 틀어놓고 욕조로 들어가 앉았다. 샤워기에서 떨어지는 더운물 세례를 받으며 다리가 저리도록 오래 앉아 있었다.

욕실에서 나와 물기를 닦으며 창가로 갔다. 머리를 말리면서 보니 멀리로 불빛들이 찬란하게 빛났다. 그 새벽의 빛들 중에서 유난히 눈에 띄는 네온등이 있었다. 머리를 다 말리고 나자 잠은 더 멀리 달아나버렸다. 소형 냉장고 위에 있는 원두커피를 발견하고 물을 팔팔 끓여서 한 모금 마셨다. 유난히 썼다. 나는 원두커피의 상표를 들여다보면서 천천히 커피를 다 마셨다.

호텔 밖으로 나서자, 바람이 눅눅했다. 잠시 망설이던 나는 아까 보았던 네온 불빛을 향해 무작정 걷기 시작했다. 아무 생각 없이 한참을 걷다보니 그 불빛이 바로 앞에 나타났다. 그러고 보니 호텔에서 보았던 빛의 실체는 십자가였다. 네온으로 된 십자가를 달고 있는 걸 보면 한인 교회일 가능성이 컸다. 나는 그 앞에서 걸음을 멈추었다.

교회 주변의 어둠 속에서 사람들이 불쑥불쑥 나타나더니 바쁘게 층계를 오르고 있었다. 역시 동양인들이었다. 아직 새벽어둠이 짙었고 그곳에만 불이 환하게 들어와 있어서 층계가 마치 연극 무대처럼 보였다. 성경 책을 끼고 층계를 오르는 사람들이 무대에 선 배우들 같았다. 그때 누군가 내 팔을 슬쩍 밀었다.

"처음 보는 얼굴이네? 왔으면 들어가요."

목소리가 아주 허스키해서 호소력이 느껴졌다. 돌아보니 얼핏 나이를 가늠할 수 없는 여자가 서 있었다. 여자의 화장부터 목걸이까지 모두가 한눈에 들어왔지만, 그녀의 나이는 눈에 들어오지 않았다. 여자는 컬이 진 굵은 웨이브 머리를 흔들면서 다짜고짜 내 팔을 끌고 층계를 오르기 시작했다.

"누구 전도로 왔지? 내가 이 교회 집산데……."

여자는 두툼한 찬송가 책을 내 손에 쥐여주었다.

교회는 예배실이 2층으로 되어 있었고, 규모가 꽤 커 보였다. 여자와 나는 1층의 오른쪽 중간쯤에 앉았다. 여자는 앉자마자 입술을 달싹이면서 끝도 없이 기도를 올렸다. 내가 민망한 눈길로 주위를 둘러보고 있을 때, 목사의 설교가 시작되었다.

설교 도중에 앞줄에서 훌쩍거리는 소리가 들려왔다. 얼핏 들으면 무슨 냄새를 맡느라 훅훅거리는 소리처럼 들리기도 했다. 앞에 앉은 남자는 규칙적으로 고개를 깊이 숙였다가 다시 들기를 반복하면서, 주변의 공기와 얼마간의 콧물을 깊이깊이 들이마셨다. 어쩌면 남자는 울고 있는지도 몰랐다. 게다가 목사의 설교는 점점 더 뜨거워지고 있었다.

"내 옆에는 아무도 없었습니다. 그때, 아버지 하나님께서 나를 열렬히 받아주신 것입니다, 할렐루야. 하나님은 항상, 여러분 옆에 계십니다. 바로 지금 이 순간에도, 여러분 안에 살고 계십니다!"

여기저기서 할렐루야를 외치는 소리가 동시에 들려왔다. 미션 스쿨을 6년간 다니면서 귀에 못이 박히도록 들어온 말이지만 나는 한 번도 입 밖으로 내본 적이 없는 단어였다. 남자가 다시 후룩 하고 콧물을 들이마셨다.

"여러분이 아무리 버림받고 외로워도, 하나님은 늘, 여러분과 함께하십니다. 언제 어디서나, 하나님은 여러분의 손을, 뜨겁게 잡아, 주십니다."

순간 코끝이 달아올랐다. 아무런 감흥도 일으키지 않았던 저 말이, 지금 이 순간은 온전히 나에게 말을 걸어오는 것처럼 느껴졌다. 부영에게서 이미 오래전에 버림받았다는 생각이 각다귀처럼 달려들었다. 상실감으로 죽을 것 같은 내 어깨를 커다란 손이 다정하게 토닥이는 생생한 느낌에 왈칵 뜨거운 것이 올라왔다. 나는 그 뜨거움을 입안에 가두느라 입술을 꼭 다물었다.

이국의 교회에 앉아 이런 느꺼운 감정을 퍼 올리고 있는 내가 안쓰럽다는 생각이 들 때 앞줄에서 흐느끼는 소리가 들려왔다. 앞의 남자는 간간이 흐느끼는 소리를 내더니, 급기야 오열하기 시작했다. 그때 옆자리에서 커다란 알반지를 낀 손이 다가와 조심스럽게 내 손등으로 올라왔다. 찬송가를 쥐여준 손이었다.

"내 이름은 최경잔데, 여기 사람들은 나를 최 집사라고 불러."

하나님께 다 고백하고 실컷 울라며, 내 손등을 톡톡 두드렸다. 커다란 사각 루비가 아래위로 흔들렸다.

"괜찮아, 다 얘기해. 내가 엉덩이는 가벼워도 입은 무거워."

여자는 웃으면서 엉덩이를 한번 들었다 놓는 시늉을 하더니 목소리를 약간 낮추어 소곤거렸다.

"난 지금 세 번째 이혼소송 중이야. 하나님한테 했던 약속을 지키지 못해서 이렇게 매일 내 죄를 빌러 다니지. 죽음이 갈라놓을 때까지 함께한다는 그 무서운 맹세를 세 번이나 했다니까, 내가."

첫 남자는 너무 사랑해서 결혼했고, 두 번째 결혼은 외롭고 화가 나서 했다고 말했다. 세 번째 결혼은, 실패로 끝난 두 번의 결혼에 대한 복수의 심정으로 하게 되었다며 웃었다. 그리고 한마디를 덧붙였다.

"복수는, 복수를 낳더라 이 말이지."

한쪽 뺨을 맞으면 다른 쪽 뺨을 내놓으라는 예수님 말씀이 떠올랐다. 그녀의 말대로라면 첫 번째 결혼에서 뺨을 맞고, 다시 반복적으로 뺨을 내놓고 그랬다는 말인가. 내 손등에 놓인 그녀의 손에서 로션 냄새가 났다. 몇 년 전 내가 사용하던 화장품과 같은 냄새였다. 부영과 살던 아침들은 대개 그 희미한 냄새로 시작되곤 했다.

갑자기 그 공간이 답답해지기 시작했다. 나는 밖으로 나가기 위해 뒤를 돌아보았다. 그때 사람들이 자리에서 일어섰고 복음성가가 시작되었다. 열렬한 복음성가에 의해 발이 묶이고 말았다. 내 성격으로 이 복음의 진지함을 뚫고 나가는 건 파행이나 다름없었다.

앞줄에서 울던 남자는 언제 그랬느냐는 듯 우렁찬 소리로 하나님을 찬양했다. 남자는 찬양하다 말고 자주 옆의 여자를 팔꿈치로 건드렸다. 그러고는 어깨를 들썩이며 웃었다. 그럴 때마다 코를 세차게 훌쩍거리는 것이었다. 그러고 보니 남자는 처음부터 웃고 있었는지 모른다. 어쩌면 울고 있던 사람은 나였는지도.

나는 어정쩡하게 자리에서 일어났다. 순간 단상 위에 서 있는 성가대 여자의 커다란 입이 눈에 들어왔다. 여자는 입술에 펄이 들어간 립글로스를 바르고서 입을 크고 넓게 벌렸다. 믿음과 의심은 무엇보다 전염성이 강하다. 내 입이 서서히 열리더니 아주 오래전에 들었던 찬송가를 우물거리기 시작했다.

찬송을 하던 여자가 느닷없이 내 귀에 입을 대고 물었다.

"어디 살아? 1존?"

"저는 지금 호텔에 있어요. 그냥 잠시 머물러요."

여자는 또 내 손을 덥석 잡았다.

"그러니까 하나님께서 다 뜻이 있으신 거야."

그렇게 말하면서 얼굴을 내 앞으로 바싹 들이밀었다.

"내가 얼마 후에 이사를 가거든. 그때까지라도 같이 지내는 건 어때? 날 아줌마라고 불러, 응?"

이렇게 된 것도 다 하나님 뜻이라며 내 손을 아프게 움켜쥐었다. 이상한 건 손이 아픈 만큼 그녀의 말이 더욱 진실하게 느껴지는 것이었다. 경자 아주머니는 예배가 끝나자마자, 신도들을 붙잡고 일일이 나를 소개하느라 많은 시간을 보냈다.

나는 결국 호텔을 나와 아주머니 집에 짐을 풀었고, 그녀의 지나간 결혼담을 듣는 건 필수 옵션이 되었다.

중독

아쿠아 버스를 타고 그랜빌 아일랜드로 들어갔다. 배에 탑승한 시간은 10분이 넘지 않았다. 선재는 다운타운과 그랜빌 아일랜드의 부두 사이를 떠돌고 있는 비둘기들을 살피고 있었다.

"여기 우리 집 비둘기도 있을 겁니다. 그 녀석 정말 영리하거든요."

그는 계속 비둘기들을 살피며 말했다.

"우리 집에 날아오는 녀석이 있어요. 내가 먹이를 주니까, 이 녀석이 자꾸 친구들을 데려왔어요. 한 마리 두 마리. 나중에는 열 마리씩 떼를 지어 오는 겁니다. 전 지금 그 녀석 보면 알아볼 수 있어요. 왼쪽 부리 중간에 붉은 점이 있거든요."

다운타운의 고층 아파트 유리창에서 반사된 햇빛이 선재의 머리카락을 은색으로 빛내고 있었다. 갑판에 내려 뒤를 돌아보니 눈이 부셨다.

비둘기들은 흰 요트들이 총총히 떠 있는 사이로 부산한 소리를 내며 날아다녔다. 비둘기들이 관광객들 숫자만큼 많았고 그들보다 더 바쁘게 움직였다. 연인이 앉아 있는 벤치 등받이에서 두 사람을 노려보는가 하면, 아코디언을 연주하는 노인의 가방 위에 앉았다가 한걸음에 주차장으로 내달리기도 했다.

선재는 여전히 붉은 점 부리를 가진 비둘기를 찾으며 말했다.

"비둘기들이 피카소 그림과 르누아르 그림을 구별하는 걸 봤어요. 일본 조류학자가 실험을 했거든요. 원하는 그림을 부리로 쪼면 먹이를 주는 방법이었는데, 나중에는 비둘기들이 본 적도 없는 그 화가의 그림을 알아보더군요. 그러니까 화가의 화풍을 기억하고 있었던 겁니다."

"저보다 감각이 뛰어나군요."

선재는 주차장 앞에 있는 대형 마켓의 싱싱한 체리를 먹어보자며 나를 데려갔다.

"여기 마켓은 세금이 붙지 않아서 행복한 곳이죠. 그리고 에밀리 카 대학은 조금만 걸으면 있어요. 저기에 벌써부터 스튜디오들이 보이죠?"

마켓 안에는 생과일은 물론이고, 사람이 먹을 수 있는 종류는 모두 있는 것 같았다. 선재는 체리를 담고 있는 내 팔을 건드리더니 옆 코너에 있는 연어를 가리키며 웃었다.

"훈제된 것도 있는데 드실래요?"

나는 진저리를 치며 그를 향해 눈을 하얗게 치떴다.

"그 연어 때문에 당한 수모를 잊을 때까지는……."

나는 마켓 문을 나서기 전에 연어 코너를 한 번 더 바라보았다. 길고 커다란 소카이의 입을 바라보자, 다시 복잡한 감정이 교차되어 지나갔다.

우리는 체리를 먹으면서 걸었다. 나란히 걷던 그가 갑자기 내 앞에 손바닥을 내밀었다.

"주세요."

"네?"

"주세요, 체리 씨."

왼손에 쥐고 있던 체리 씨를 그에게 넘겨주는 데까지는 한참이 걸렸다. 기분이 이상했다. 그는 내가 체리를 먹고 나면 기다렸다는 듯이 손을 벌렸는데, 보호받는 기분이 들기도 했지만 진땀이 나기도 했다. 그는 수제품 가게 앞에서 멈춰 서더니, 쇼윈도를 들여다보며 물었다.

"저 귀고리 어때요? 골드로 만든 가톨릭 십자가 표신데, 별로 종교 냄새는 풍기지 않죠?"

쇼윈도 안에는 가죽 제품과 금은 세공품들도 보였다. 그는 체리 씨를 버리고 온다면서 가게 안으로 들어갔다가 귀고리를 들고 나와 내 앞에서 흔들었다. 귀고리는 내 검지 손톱만 한 십자가 끝에 자그마한 진주가 매달려 있었다. 나는 귀고리를 착용하고서 그에 대한 답례로 진주가 흔들리도록 고개를 살짝 흔들었다.

에밀리 카 대학의 풍경은 8월 같지 않았다. 학교 입구의 빨간 단
풍 넝쿨이 층계 난간을 휘돌아서 지붕 위로 기어오르고 있었다. 안
으로 들어가니 천장이 무척 높았다. 공장을 개조한 학교여서인지
천장 위로 지나가는 배수 파이프들도 가끔 눈에 띄었는데, 그 또한
이 학교의 특징처럼 시각예술로 보였다. 복도와 강당 앞에는 학생
들의 작품이 오밀조밀하게 비치되어 있고, 디자인한 옷을 마네킹
에 입혀놓은 것도 있었다.

우리는 도서관으로 가는 복도에서 에밀리 카[7]의 대표적인 그림
을 발견했다. 신한 초록의 숲과 나무로 이루어진 단순한 배경 위에
원주민 여인의 매력적인 모습을 표현한 것이었다. 여인의 눈은 커
다란 검정 테두리 안에 크고 선명하게 그려져 있고 그 시선이 너무
또렷했다. 입은 마치 얼굴 속으로 들어가는 통로인 양 단순했지만,
약간은 신비스러운 느낌이 들었다. 두 개의 젖가슴엔 독수리의 머
리가 각각 그려져 있었는데 날카롭게 조각을 해놓은 듯했다. 갑자
기 화면을 아래위로 늘인 것처럼 여인의 젖가슴이 여섯 개가 되었
다. 나는 몇 번이나 눈을 깜박이다가 선재를 돌아보았다.

---

7   에밀리 카(Emily Carr). 1871년 캐나다 브리티시컬럼비아의 빅토리아에서 태어나 1945년
그곳에서 죽었다. 그녀는 뛰어난 비범성을 지닌 화가이자 작가로서 캐나다 문화사에 지울 수 없
는 발자취를 남겼다. 매우 캐나다적인 특성이 살아 있는 작가이고 캐나다가 자부하는 작가이지
만, 단순히 지역적인 화가가 아닌 진정한 세계적 운동의 일부로 평가되기도 한다.

그는 그림을 바라보며 진지하게 말했다.

"이 여인은, 여기서 오랫동안 마을을 지켜온 것 같네요."

그림을 바라보니, 여인의 가슴은 다시 두 개가 되어 있었다. 그 자태가 숲과 나무의 한 부분처럼 견고하게 보였다.

나는 층계를 오르면서 그가 사준 귀고리를 만지며 물었다.

"이런 선물을 받는 데에, 혹시 자격 제한이 있지 않나 해서 드리는 말씀인데요. 제겐, 건강하고 화를 잘 내는 남편이 있어요."

"아, 그보다 더한 사람이 있을 거라는 생각도 했습니다. 그럼, 저도 드릴 말씀이 있는데요. 전 중독 증세가 있어요. GA[8]하고 AA[9] 회원이었거든요."

"힘들어 하시는 거 보니까, 무슨 지하 단체처럼 들리네요. AA는 알코올 중독이고, GA는 뭔가요?"

그는 지갑을 열더니 동그란 녹색 칩을 꺼내 들었다.

"겜블러였습니다. 도박 중독이요. 리치몬드의 카지노에서 거의 살다시피 한 적도 있었어요."

그는 녹색 칩을 검지와 중지 사이에 끼우고는 희미한 미소를 지었다.

---

8 도박 중독을 끊는 모임(Gamblers Anonymous). 1957년 1월에 우연히 만난 두 명의 도박 중독자에 의해 설립되어 지금은 세계적인 모임이 되었다. 그들은 인간 심성의 특질 중 하나인 친절함이나 관대함, 정직성, 겸손함과 지고하고 훌륭한 자질 등의 영적인 지침들을 통해 서로를 치료하고 있다.

9 알코올 중독을 끊는 모임(Alcoholics Anonymous).

"이건 25달러짜리 칩인데요, 마지막 게임에서 남은 겁니다."

"지금은 아니라는 말씀이시네요. 쉽지 않았을 텐데요?"

"그때만큼 사는 게 지루한 적이 없었던 것 같습니다. 정말입니다. 하루도 와인을 안 마시고 지나가는 날이 없었어요. 그러다가 게임에 빠져들었죠. 일하고 돌아와서도 카지노에서 밤을 새우고, 법정으로 출근하고 그랬으니까요."

"새로운 곳에 적응하느라 우울할 틈이 없었을 것 같은데요?"

"주로 남자들이 적응하는 데 느리고 힘들어 합니다. 저도 이곳에 적응하는 데 꽤 오래 걸렸습니다. 당시 제가 맡은 의뢰인이 있었는데, 매춘하다가 콘돔을 삼킨 여자였어요. 경찰 단속이 들이닥치자 증거를 없애기 위해 정액이 든 콘돔을 묶어서 삼켜버린 겁니다. 그날은 이상하게 휴정도 없이 한 시간이 넘어가고 있었습니다. 전날의 숙취가 몰려오고 방광은 터질 지경이 됐죠. 지금도 그 순간을 생각하면 진땀이 납니다. 참고 참다가 제가 휴정을 요청했는데, 그때 여자 판사가 모욕적인 말을 하더군요. 어디서 감히 휴정을 요청하느냐, 너는 시간이 갈수록 수당을 더 받는 거 아니냐, 등등. 지금 생각하면, 그 여자가 저를 구했는지도 모릅니다. 후유."

"정말 힘든 순간이었겠어요. 그 의뢰인 여자분도 그렇고요."

그는 손등으로 이마를 쓱 문질렀다.

"그런데 묘한 게 있어요. 동양 남자들이 가진 열등감인지도 모릅니다만, 유럽 여자들이 동양 남자를 대하는 태도에 적대감이 섞여 있다는 생각이 들거든요. 저는 그때 상당한 모멸감을 느꼈습니다. 휴정 요청은 판사가 아니어도 누구나 할 수 있는 일이기 때문에 더 그랬던 것 같아요."

"말을 끊어서 죄송한데요, 유럽 남자가 동양 여자를 대하는 건 친밀감 이상의 시선을 보내기도 하잖아요?"

"그렇죠. 옐로우 페어족이라고 해서 동양 여자의 노란 얼굴에 집착하는 남자들이 꽤 있습니다. 그런데 지금도 유럽에서는 동양인을 레몬족이라고 놀리면서 인종차별적인 욕설을 하는 사람들도 있어요. 여성이 약자라고 하지만, 약자의 기준은 그렇게 잘라서 규정할 순 없는 것 같아요. 백인 여자와 흑인 남자 중에서, 누가 약자라고 생각하세요? 흑인 여자와 휠체어에 앉은 백인 남자의 경우는 누가 약자일까요? 아, 얘기가 다른 곳으로 흘렀네요."

"힘드셨겠어요, 그날……."

"아, 예, 힘들었습니다. 그래도 그날 밤 다시 카지노에 갔습니다. 기진맥진한 상태로 게임하는 사람들 뒤에 앉아 있었습니다. 술을 마시면서 바카라 하는 사람들을 오래 지켜보고 있었죠. 정말이지 잃을 수밖에 없는 게임을 하고 있더라고요. 그런데 그게 바로 제 모습이었던 겁니다. 여자 판사의 모욕이 떠오르고, 다시 등짝이 달아올랐습니다. 그때 제 손에 이 녹색 칩 하나가 남아 있었어요. 대개는 웨이트리스 팁으로 주는데, 그날은 지갑에 넣고 돌아왔습니다."

"그러고요?"

"그 후로는 중독자 모임에도 나가지 않고, 카지노에도 가지 않았습니다. 이상하죠? 카지노 기계 소리가 환청으로 들려오면 손을 씻었어요. 정말 이상한 건, 계속 손을 씻기 시작했다는 겁니다. 그냥 비누 거품을 내면서 손을 오래 씻다보면, 어느 순간 쾌감이 느껴졌어요. 그러다가 차차 항균 비누를 사용하게 됐죠. 두 가지 중독에서 벗어나니까, 이젠 결벽증 환자가 되어 있더군요."

"왜, 대개 무언가를 그만둘 때 '손 씻는다' 고 말하잖아요?"

내 말이 끝나자마자, 갑자기 그가 큰 소리로 웃었다. 복도에 서 있던 한 무리의 학생들이 일제히 고개를 돌려 우리를 바라보았다. 선재는 손을 들고서 그들에게 미안하다고 말하면서도 계속 웃었다. 이제 내가 말할 차례였다.

"그 소리 들으니까 저도 손을 씻고 싶네요. 전 관계 중독이었어요. 어떤 사람이든 내 세상으로 들어오면 그 사람을 그대로 받아들이기 위해 애를 써요. 그러기 위해 내 몸과 정신이 최대한 그 작업에 돌입하는 것 같아요. 자동적으로요. 그런 상태를 정서적 노예 상태라고 표현하는 사람들도 있는데, 나중에 알고 보니 제 성격적 기질이었어요. 그러면, 우리 천연 비누 숍에 갈까요? 롭슨 거리에서 본 것 같아요. 가서 각자의 관계에 대해 손 씻는 연습을 하는 것도 괜찮겠어요."

"아, 여기 에밀리 카 뒤편에 있는 수상 가옥들 안 보실래요?"

"저는 이제 일주일에 두 번씩 올 텐데요. 빨리 손 씻고 싶은 충동

뿐인데요."

"그러면, 아래층 도서관을 통해서 밖으로 나갈 수 있어요. 내려
가요."

미술대학이어선지 도서관에는 시각디자인 관련 서적들이 많았
다. 나는 책갈피를 빠르게 넘기면서 부영에 대한 얘기를 꺼냈다.

"남편은, 태국 음식 중에서 똠양꿍에 열광하는 사람이었어요. 그
사람이 처음 데려간 태국 음식점에서 그 똠양꿍 맛을 보고는 고민
에 빠졌어요. 도대체 내가 좋아할 수 없는 맛이었으니까요. 좋아하
는 사람의 맛까지도 같이 즐겨줘야 한다고 생각했거든요. 그런데
지금은 그 맛이 자주 그리워요. 여기 이 책들을 빌릴 수는 없나요?"

나는 스타일리스트 잡지를 덮으면서 중얼거렸다.

"그냥 제가 사드릴게요. 롭슨 스트리트 도서관에도 괜찮은 잡지
가 많아요."

선재가 내 팔을 잡아끌었다.

아쿠아 버스를 타러 부둣가로 나왔을 때, 세르게이 트로파노프
의 연주로만 들었던 「몰도바」가 아코디언을 통해 들려왔다. 애절
한 표정으로 연주하는 노인 앞에서 비둘기 세 마리가 목을 길게 늘
어뜨리고 있었다.

비폭력 대화법

강의실에 들어서자마자 화이트보드 앞으로 걸어갔다.

① 관찰

② 느낌

③ 욕구

④ 부탁

세로 방향으로 글자를 쓰고는 강의실 안을 둘러보았다. 혼혈로 보이는 젊은 여자가 눈에 띌 뿐, 모두 한국 교민으로 보였다. 다른 강사들의 경우는 첫 강의를 시작하기 전에 대화법에 대한 간략한 소개를 하고 시작하지만, 나는 곧장 워크숍 본론으로 들어가는 걸 좋아했다.

나는 사람들의 시선이 내게로 고정되기를 기다렸다가 질문을 던졌다.

"왜 그렇게 불친절한 표정으로 앉아 계시죠?"

내가 이렇게 말문을 열자, 강의실이 술렁거렸다. 나는 그 분위기를 지켜보다가 이번에는 웃는 얼굴로 입을 열었다.

"첫마디를 이렇게 시작해서 죄송한데요, 이 문장을 가지고 수업을 할 겁니다. 제가 방금 말한 문장은 관찰일까요, 평가일까요?"

잠시 후, 여기저기서 평가라는 대답들이 조그맣게 들려왔다. 나는 다시 웃으면서 물었다.

"그렇게 평가를 받으니까, 기분이 어떠셨어요? 네, 놀라고, 당황해서 방어 태세를 취하셨다고요? 그러면, 제가 한 말 중에서 평가라고 느껴지는 단어를 골라주시겠어요?"

여기저기서 '불친절한'이라는 말이 튀어나왔다. 또 '왜 그렇게'라는 말도 들려왔다. 그렇게 거슬리는 말들은 대개 평가를 할 때 많이 쓰인다. 어떤 상황을 눈에 보이는 그대로, 객관적으로 묘사하듯 말하는 것이 '관찰'이다. 감정이나 생각이 개입되면 여지없이 '평가'가 되어버리는 것이다.

"그렇습니다. 방금 제가 한 말은 저의 개인적인 평가가 들어간 문장입니다. 자, 그러면 관찰로 바꿔보겠습니다. '제가 이 강의실에 들어왔을 때, 여러분은 저를 쳐다보지 않고 하던 얘기를 계속하고 계셨습니다'까지가 관찰입니다."

그러자 안도의 한숨 소리들이 들려왔다.

"크리슈나무르티는 평가하지 않으면서 관찰하는 것이, 인간 지성의 최고 형태라고 말했습니다. 너는 항상 그래! 너는 그런 사람이야! 라는 평가 앞에서는 마음이 닫히고 방어를 하게 되죠? 심판받는 것을 원하는 사람은 없으니까요. 말하는 사람이 궁극적으로 옳은 말을 하더라도, 그런 평가가 계속된다면 그 관계는 아마도 내부로부터의 단절을 가져오게 될 것입니다. 오죽하면 '경멸은 사랑의 황산'이라고도 하지 않습니까. 말하고자 하는 자기 의도(욕구)와 실제로 하는 말 사이에는 거리가 있죠? 사실은 '나를 좀 더 사랑해줘'라는 부탁의 말을 하고 싶은데, '당신은 너무 냉정해!' 혹은 '당신은 사랑이 뭔지나 알기는 해?'라는 빈정거림이 튀어나갈 때가 많잖아요?"

모두 고개를 끄덕거리며 씁쓸하게 웃었다.

"말하는 사람이 어떻게 말하는가, 듣는 이가 어떻게 듣는가. 바로, 이 부분에서 상처의 꽃이 핀다고 볼 수 있겠죠?"

술렁거리는 웃음이 한차례 지나갔다. 나는 화이트보드에 '원하지 않는 것을 말하지 말고, 원하는 것을 말하라!'라고 쓰고는 다시 말을 이었다.

"우리는 어릴 적부터 은연중에 받아온 교육이 있습니다. 여자 남자를 구별하는 교육이었습니다. 여자는 어떠해야 하고, 남자는? 네, 그렇죠, 눈물을 보이면 안 된다는 식으로요. 그래서 남자분들은 느낌을 표현하는 데에 서툴고, 여자분들은 자기 욕구를 알아차리는 걸 힘들어 하십니다. 참아야 여자다운 거라고 교육받아왔기 때문에, 자기 욕구를 외면하며 살아가는 데에 익숙해져 있는 것입니다."

여자들의 고개가 저절로 끄덕거려졌다.

"여러분은 이 시간에 무엇을 얻고 싶으신가요? 한 분씩 돌아가면서 짧게 자기 소개를 해주시면 고맙겠습니다."

왼쪽 구석에 앉았던 남자가 쭈뼛거리며 입을 열었다.

"프로그래머이고요, 소통의 필요성 때문에 왔습니다."

"저는 직업상 분쟁 조정 때문에 왔습니다."

"인간관계에 문제가 있는 것 같습니다⋯⋯. 영혼에 상처를 주지 말자!"

우렁찬 청년의 말에 웃음이 한차례 지나갔다.

"생각을 잘 표현하지 못해서, 혹시 색다른 표현이 있나 싶어서요."

"아들이 마음을 안 열어서⋯⋯."

"나는 살살 하는 것 같은데, 받아들이는 사람이 세게 받는 것 같습니다."

남자의 말에 모두들 공감의 눈길로 웃음을 주고받았다. 나는 강의를 하게 된 개인적인 얘기를 잠깐 했다.

"제가 정말 힘이 들었을 땐, 수면제도 요가도 아무런 도움이 안 됐습니다. 어느 분이 이 대화법을 추천해주셨는데 도움이 된다는 걸 깨달았어요. 물론 약발이 처음부터 있었던 건 아니었습니다."

사람들 사이에서 웃음이 터져 나왔다. '약발'이라는 소리를 따라 하면서 웃는 사람도 있었다.

내가 실질적으로 마음의 안정을 얻게 된 건, 대화법의 순서 때문이 아니었다. 나와 부딪치는 사람과의 관계에서, 내 느낌을 알아차리게 되면서부터였다. 그리고 그런 느낌이 들었을 때의 내 욕구 need에 대해서 계속 파헤치고 들어가다보니, 거기에서 평화라는 금광을 발견한 것이었다.

"비폭력 대화법은 지금 전 세계 70여 개국에서 사용하고 있습니다. 이것을 개발하고 보급하신 분은 마셜 로젠버그 박사[10]입니다. 그는 '인간의 본성은 서로의 삶에 기여할 때 기쁨을 느끼는 것'이라고 믿으며, 두 가지 문제를 깊이 생각했습니다. 그 부분이 교재에 있는데요, 어느 분이 좀 읽어주시겠어요?"

서로를 돌아보다가 소통을 하고자 왔다는 남자가 읽기 시작했다.

"첫째, 왜 우리는 이 본성을 잃고 서로에게 폭력을 쓰면서 살게 되었는가? 둘째, 그런 반면에 어떤 사람들은, 어떻게 해서, 어려운 상황에서도 자기 본연의 인간성을 잃지 않으면서 다른 사람들에 대한 연민을 유지하고 있는가? 이 두 가지를 연구하는 동안 로젠버그는, 우리가 대화할 때 쓰는 말과, 말하는 방식이 얼마나 중요한 역

---

10   마셜 로젠버그(1934~). 비폭력 대화법(NVC)의 창시자이고 임상심리학 박사이며, 평화운동가이다. 1960년대 인종차별 폐지법이 시행될 때 일어난 여러 가지 갈등을 해소하기 위한 미연방 정부의 프로젝트를 계기로 NVC를 개발하고 보급했다. 대화법의 훈련과 국가 간의 분쟁 지역에서 중재자로도 활동 중이다.

할을 하는가를 깨달았다. 구체적이고 명확한 이 대화 방법은 여기에서 나온 것이다. 비폭력 대화는 새로운 어떤 것이라기보다는, 우리의 원래 모습을 우리 자신에게 상기시켜주려는 것이다."

읽기를 마친 남자가 후유, 하고 숨을 크게 내쉬었다.

"네, 고맙습니다. 우리는 폭력의 역사를 배우며 성장합니다. 남의 땅을 빼앗은 장군들의 업적을 찬양하고, 점수를 받기 위해 그들의 이름을 외우기도 합니다. 제가 여기 와서 다운타운 거리를 걷다가 우연히 발견한 게 있어요. 그 거리 이름 중 95퍼센트가 남자 이름이었고, 그중에는 장군들 이름도 있었습니다."

모두들 옆을 돌아보며 웅성거렸다.

"시내 지도를 보시면 한눈에 들어오실 거예요."

첫날은 이론적 개요를 말하는 날이어서 자칫하면 지루하게 느껴질 수도 있었다. 나는 슬며시 농담을 던졌다.

"여기 '데이브 스트리트'를 게이의 거리라고 하던데, 아이러니네요. 데이브는 전형적인 남성 이름 아닌가요?"

와르르 웃음이 흘러나온 뒤에, 나는 다시 화이트보드를 가리켰다.

"여기 보이는 ① 관찰, ② 느낌, ③ 욕구, ④ 부탁의 순서를 비폭력 대화의 문법이라고 생각하시면 됩니다. 이런 순서로 말하는 연습을 하기 위해 이 워크숍에 오신 겁니다. 이런 식으로 이루어지는 대화법을 우리는 기린[1] 대화라고 합니다. 기린은 육상동물 중에서 심장이 가장 크고, 목이 길어서 멀리 볼 수 있기 때문이기도 하죠."

나는 기린 인형을 꺼내놓았다. 기린의 머리 모형 안에 손을 넣고 움직이면서 복화술사처럼 기린의 대화를 흉내 낼 수 있도록 만들어진 것이었다.

"그런데 이것과 반대의 대화법이 있습니다. 나눠드린 자료를 보시면 카툰이 하나 있죠?"

부지런히 책장을 넘기는 소리와, 귀엽다며 감탄하는 말들이 한꺼번에 들려왔다.

"그림에 보이는 것이 병아린가요? 개미인가요? 더듬이가 있는 걸 보니 개미에 가깝겠네요. 아기 개미가 묻죠? '엄마 꼬리표Label가 뭐야?' 여기 제일 앞에 계신 분이 엄마의 대사를 좀 읽어주시겠어요? 부탁드립니다."

주부로 보이는 중년의 여자가 나와 눈을 마주치고는 천천히 읽었다.

"그건, 네가 그 사람이 누군지 알지 못하면서도 미워할 수 있도록, 그 사람에게 붙여놓은 표시란다."

"네, 고맙습니다. 꼬리표는 결국 평가가 되겠죠. 그렇게 사람에게 붙는 표시는 새 옷에 붙어 있는 라벨과는 전혀 다른 것입니다.

---

11 기린은 육상동물 중에서 심장이 가장 큰(13kg) 동물이다. NVC에서는 가슴에서 연결되는 것을 중요하게 여기기 때문에 기린을 상징으로 쓰고 있다. 기린은 또한 키가 커서 넓은 시야를 가지고 있다. 초식동물로 평화롭게 살지만, 공격을 받거나 어린 기린들을 보호해야 할 때는 크고 힘센 발굽으로 자신들을 지킨다. 그러한 위급 상황에서는 한 킥에 사자를 쓰러뜨릴 수도 있다.

우리는 가슴에서 나오는 공감 대신 거의 습관적으로 그렇게 '평가'라는 꼬리표를 달아주면서 살아갑니다. 저도 모르게 분석하고, 비교 경쟁하는 생각들로 상대를 바라보게 되는 거죠. 평가는 대개 자기 욕구에 대한 의식 없이, 수단 방법에 집착하는 말들로써 꼭 갈등을 일으킵니다. 상대를 다짜고짜 평가하려 드는 것도 폭력이 잖아요? 사실 이 워크숍을 이끌고 있지만 저도 마찬가지입니다. 노력할 뿐이죠. 지금 공기가 너무 차가운 것 같은데, 저만 추운 건 가요?"

갑자기 모두들 밝은 표정을 지었다. 추운 데 참고 있었다는 것이다.

"그럼 온도를 좀 조절하면 어떨까요?"

아까 영혼에 상처를 주지 말자고 외치던 청년이 벌떡 일어나더니 에어컨 리모컨을 찾아들었다.

"리모컨을 보니까 생각이 나는데요. 미국에서는 아이들이 주로 시청하는 시간대에 방영되는 TV 프로그램의 75퍼센트에서, 주인공이 사람을 죽이거나 폭력을 가하는 장면이 있습니다. 나쁜 악의 무리를 물리쳐서, 정의를 보여준다는 시도일 겁니다. 그런 장면을 보면서 우리 아이들은 안도하고 쾌감을 느끼기도 합니다."

모두 고개를 끄덕거렸다.

"그러나 그런 폭력이 일어나는 근원은, 갈등의 원인을 상대의 탓으로 돌리는 사고방식에서 온다고 합니다. 미국과 구소련이 대립하던 냉전 시기를 예로 들면, 당시 미국의 지도자들은 러시아를 '악의 제국'으로 간주했습니다. 반면에 러시아 지도자들은, 미국인들이 러시아를 정복하려는 '제국주의 압제자'라고 했고요. 양쪽 누구도, 그 두 꼬리표 뒤에 숨어 있는 자신들의 공포를 인정하지 않았던 것이죠."

실내 온도를 조절하고 돌아온 청년이 리모컨을 내 앞 단상 위에 올려놓고 나를 바라보자, 여기저기서 웃음이 터져 나왔다.

"이렇게 우리 대부분이, 자라면서 배운 습관적인 말로 상대를 평가하고 표현할 때, 우리는 그 대화에 자칼[12]을 상징으로 씁니다. 자칼에게는 좀 미안하지만……."

나는 준비해 온 자칼의 머리 모형을 꺼냈다. 귀는 쫑긋하고 주둥이가 긴 자칼 인형은 회갈색의 뻣뻣한 털을 가져서 기린 인형과는 촉감부터 다르다. 나는 자칼 모형 안에 손을 넣고 움직이면서 말했다.

"이 자칼 사회에서는 상대에게 선택의 여지가 있다는 것을 인정하지 않습니다. 도덕주의적인 판단과 잣대를 만들어놓고, 그것과 다른 것은 무조건 나쁘고 틀리다고 말하며, 이단이나 적으로 취급

---

12   자칼(Jackal)들은 자기들이 왜 이런 상징으로 쓰이고 있는지 의아해하고 섭섭해할지도 모른다. 우리의 배움에 기여하는 그들의 역할에 감사하며 깊은 이해를 구한다. 자칼 말의 역사에 대해서는 다음의 책에 더 자세히 나와 있다. 리안 아이슬러(Riane Eisler), 『성배와 칼(The Chalice and The Blade)』. 월터 윙크(Walter Wink), 『예수와 비폭력 저항: 제3의 길(Jesus and Nonviolence: A Third Way)』.

하죠. 그렇게 늘 비교 경쟁을 시키기 때문에, 자칼 사회는 상과 벌로 그 체제를 다스립니다. 어쩐지 익숙하지 않으세요?"

"가슴이 답답해요."

"우리 학교 같아요."

또 한바탕 웃음이 터져 나왔다. 나는 자칼 인형을 내려놓고 유아기에 대한 예를 들었다.

"어린아이가 넘어졌을 때, 우리는 어떻게 하죠? 그러니까 아이가 식탁 다리에 부딪쳐서 넘어졌다면요?"

"아이한테 쎄쎄 해줘요."

"식탁을 때려요."

예외 없이 어느 강의에서나 나오는 대답들이 들려왔다.

"네, 심지어 아이에게 식탁을 때리라고 시키기도 합니다. 땅에 넘어지면 땅도 때려주라고 시키죠. 아시겠지만, 어린이는 빈칸 그 자체입니다. 백지 상태지요. 그렇기 때문에 상황을 그대로 다운로드합니다. '아, 내가 넘어지거나 다치면, 다른 사람 잘못이구나! 그럴 땐 때리는 거로구나! 이 행성에서는, 이렇게 살아야 하는구나!' 이런 식의 자칼 귀는 생후 18개월이면 모두 배운답니다. 그렇게 해서 아이는 우리처럼 자칼시의 시민이 되는 것입니다."

중간에 앉은 여자가 손을 번쩍 들더니 물었다.

"선생님, 그럼 그럴 땐 어떻게 말해야 되나요?"

'넘어진 아이도 호호 불면서 달래주시고, 식탁도 아프겠구나 하면서 호호 불어주시면 좋겠죠. 식탁 다리를 치료한다면서 타월을 감아주면 더 좋을 것 같아요. 그러면 아이는 상대방도 아프다는 걸 인지하게 될 테고, 나중에 아이가 식탁에 부딪쳐도 덜 아플 테니까요."

"선생님, 이 강의가 끝날 때쯤에는 그렇게 말할 수 있을까요?"

누군가의 질문에 또다시 웃음이 터져 나왔다.

"자꾸만 연습하시면 돼요. 사람마다 속도가 다르긴 하지만, 할 수 있습니다. 원래, 이런 것이 우리의 말이기 때문이죠. 그리고 처음에는 혼자서 안으로만 연습하세요. 자꾸 가족에게 연습하면 짜증 냅니다. 무슨, 약 먹었냐고 묻기도 하신대요."

모두가 유쾌하게 웃었다.

"그럼, 잠시 쉴까요?"

정숙한 창녀

마꼬의 집은 잉글리시 베이가 한눈에 들어오는 맨션이었다. 거실 창이 넓지는 않지만 바다를 감상하기에는 아무런 방해를 받지 않았다. 바닷가 풍경이 으레 그렇듯 그림이나 화면에서 보았던 이미지와 별다를 것이 없었다. 다만 사람들의 몸짓에서 이제 막 가버릴 여름을 만끽하려는 욕망이 엿보였다.

거실에는 청동으로 만들어진 제법 커다란 나무가 있었는데, 마꼬의 키와 거의 비슷했다. 그 청동 가지마다 단자꾸[13]가 주렁주렁 매달려 있었다. 색색의 한지처럼 보이는 단자꾸는 나뭇가지에 사뿐히 내려앉은 새 떼처럼 보였다. 마꼬는 우리에게 단자꾸를 펼쳐

---

13 단자꾸(たんざく)는 칠월칠석(양력 7월 7일) 날, 단자꾸(보통 세로 36센티, 가로 6센티)라는 얇은 종이에 소원을 적어 넣어서 대나무에 매달아놓는 일본의 풍습이다. 에도 시대(1603~1868)부터 시작된 이 풍습은, 부부의 소망이 1년 중 이날 이루어진다는 전설에 기인한 것이다.

보이며 웃었다. 그녀의 귓불에는 그 귀만큼이나 커다란 마름모꼴의 그물 귀고리가 대롱거리고 있었는데, 그것마저 단자꾸로 보일 지경이었다.

마꼬가 활짝 웃으며 말했다.

"일기에서 한 문장씩 옮겨놓은 것도 있고, 갑자기 생각나는 소망이나 느낌 같은 걸 적어놓은 거예요."

선재는 마꼬에게 암스트롱과 스물라치는 나중에 올 거라고 말했다. 그리고 내 거처에 대해 말했다.

"그리고, 인주의 거처는 이미 결정되었어."

마꼬는 서운한 표정을 온 얼굴에 지으며, 나를 위해 방 하나를 비워놓았다고 말했다. 그녀는 복도 끝으로 가더니 방문을 열고서 나를 불렀다. 침대와 책상이 기본적으로 구비되어 있는 작은 방이었다. 바다는 보이지 않았다. 거실에서만 잉글리시 베이를 볼 수 있도록 설계된 집인 것 같았다.

나는 마꼬에게 미소를 지으며 말했다

"배려에, 정말 감사드려요."

그녀는 아무것도 아니라며 재빨리 두 손을 내저었다.

마꼬는 얼굴의 모든 근육을 동원해서 웃고 있는 것 같았다. 마치 영원히 웃도록 형이 집행된 듯, 한순간도 웃는 근육을 놓지 않았다. 노랗게 물들인 머리는 그녀의 웃는 얼굴을 더욱 돋보이게 해주는 조명처럼 보였고, 노랗다 못해 주홍빛을 띨 정도로 바랜 머리카락 끝에서 불꽃이 활활 이는 것 같았다.

"언니."

마꼬는 내게 '언니'라고 한국어로 부르더니 꼭꼭 눌러쓴 한글 두 문장을 내 앞에 내밀었다. '제 이름은 마꼬입니다. 만나서 반갑습니다.' 손톱에 검은색 매니큐어를 발라서인지 손가락이 나뭇가지처럼 보였지만, 아무튼 마꼬는 눈이 부셨다. 나는 그녀에게 한글을 쓸 줄 아느냐고 물었다.

"한글 선생님."

그녀는 한국어로 그렇게 말하면서 선재를 가리켰다.

욕실에 다녀온 선재는 비누 냄새를 풍기며 다가왔다. 그의 손가락 끝이 허옇게 갈라져 있고, 언뜻 피가 비쳤다. 내 시선을 느꼈는지 그가 고백하듯 수줍게 말했다.

"자꾸 손 씻는 버릇도, 이젠 손을 씻어야 하는데요. 그죠?"

내가 웃음을 터트리자 마꼬는 내 얼굴을 빤히 바라보았다. 그러고는 곧 활짝 웃으며 내게 말했다.

"나는 한국 남자가 제일 멋있어요."

처음 만난 사이의 대화치고는 어색하지만, 그래도 맥을 끊을 수는 없었다.

"그래요, 왜요?"

"그들은 강해요. 군대도 가잖아요."

"그건 선택이 아니라 필수적인 의무인데, 그래도?"

내 말에도 불구하고 마꼬의 표정은 단호하기까지 했다. 나는 문득 선재를 가리키며 말했다.

"저 한국 남자도 멋있는 것 같은데요?"

"선재 상은, 날 증오해요."

마꼬는 '좋아하지 않는다'는 표현이 아니라, '증오한다'는 단어를 선택했다. 갑자기 선재가 끼어들었다.

"마꼬, 이제 그 말 들으면 네가 나를 증오하는 것같이 들려서 불편하다. 우리 편하게 지내자. 내 친구들하고 다 함께. 너도 내 친구들 좋아하잖아?"

마꼬는 다시 활짝 웃는 얼굴로 돌아오더니 말했다.

"우리 엄마는 파친코 할 때, 지금도 욘사마 나오는 기계에서만 해요. 그 기계에서 잃을 확률이 백 퍼센트라고 해도 상관 안 해요. 욘사마 드라마 CD도 가지고 있어요. 여자 주인공 얼굴에 우리 엄마 얼굴을 캡처해서 제작한 건데요, 그걸 보면서 하루를 시작하고 끝내죠. 매일매일 욘사마의 연인이 된 기분이래요."

평생을 혼다 자동차에서 근무하던 마꼬 아버지가 돌아가시고 매달 연금이 나온다고 했다. 마꼬의 엄마는 남편의 연금을 타서 욘사마 그림이 나오는 파친코에서 모두 날린다는 것이다. 선재는 그 말을 하더니 짐짓 목소리를 낮추었다. 선재가 목소리를 낮추자 마꼬는 차를 준비한다며 주방으로 걸어갔다.

"이곳에는 마꼬 같은 일본 여자들이 상당수예요. 한류 덕분인지

웬만한 한국 남자들이 다 멋있어 보이나 봅니다."

"이곳에도 그런 열풍이 있어요?"

"오래됐어요. 시내에 지나다니는 커플들 유심히 보세요. 동양인 남녀끼리 서로 영어로 말하면, 거의 한국 남자와 일본 여자 커플이라고 보셔도 됩니다. 여기 유학 온 남학생 중에서 일본 여자를 경험하지 않은 사람은 아마 드물 겁니다. 심지어 내 의뢰인이었던 탈북 청년도 일본 여자와 살았어요. 미국으로 망명 신청하기 전까지요."

"망명까지 시켜주나요?"

"사실, 그런 건 비밀입니다. 통역하기 전에 비밀 보장에 대한 선서를 하거든요."

"아, 더 이상 묻지 않을게요."

"지금의 일본 여자들이 한국 남자들에게 빠져 있는 상황은 생각보다 진지합니다. 그런데 한국 남학생들은 결혼 생각을 전혀 할 수 없죠. 유학 기간이 끝나면 그들은 동부로 이별 여행 같은 걸 다녀와서 아주 쿨하게 헤어집니다. 그냥 이곳에 있을 동안 잠시 위안을 받는 걸로 만족하는 것 같아요. 세상이 많이 변했습니다."

"이별이 그렇게 간단할까요?"

"공항에 배웅하는 정도는 해줍니다. 그래서 저는 이런 게 현대판 위안부는 아닐까 하는 생각까지 했습니다. 세월이 흐른 지금, 그녀들이 자발적으로 과거의 빚을 갚는 건 아닐까 하고요. 하긴 요즘은 부모 영혼도 파는 세상인데요."

"부모 영혼을 팔아요? 위령제를 지내는 게 아니라요?"

"여기 이베이 사이트에 들어가보세요. 돈을 받고 팔 수 있는 건, 뭐든 팔고 있으니까요."

마꼬는 고개를 갸우뚱하면서 우리에게 오차를 건넸다. 투명한 유리컵에 담긴 오차는 내가 지독히도 좋아하는 진한 녹색이었다.

"이베이? 거기 좋아요."

마꼬는 그 말을 마치고 웃으며 우리 둘을 번갈아 보았다. 웃고 있는 그녀의 얼굴에 문득 후회의 빛이 지나가더니, 그녀가 다시 선재를 바라보았다. 짧은 순간 그녀의 눈이 맹렬하게 타올랐다.

"그런데, 마꼬는 한국말을 어디까지 알아들을 수 있어요?"

"그냥 기본적인 명사 정도는 알아요. 그 명사를 쓸 줄 아는 것도 있고요. 자음과 모음을 다 외웠어요."

"기특하네요."

"어느 날 내게 한국말을 물어보기 시작했어요. 그런데 단어를 가르쳐주면 잘 안 잊는 거예요. 그래서 계속 가르쳐주게 됐죠."

마꼬는 우리를 빤히 바라보더니 정종을 데워주겠다고 말했다. 내가 난처한 표정을 짓자, 마꼬가 다급하게 말했다.

"선재 상이 좋아하는 고모다루사케예요."

그녀는 내 손목을 살짝 잡고서 빤히 바라보았다. 차마 뿌리치기 어려운 눈빛이었다. 내가 고개를 끄덕이자, 그녀는 새처럼 주방으로 날아갔다. 새처럼 가볍고 사랑스러운 느낌을 주는 여자였다.

나는 일어나 서성이다가 마꼬의 단자꾸를 바라보았다. 그리고 맨 위 가지에 걸려 있는 단자꾸 하나를 열어보았다. '선재 상을 처음 보던 순간 천둥소리를 들었다'고 쓰여 있었다. 바로 아래의 단자꾸에서는 선재를 '가미나리[14] 상'이라 불렀고, 선재를 첫사랑처럼 표현하고 있었다. 이유 없이 내 뺨이 달아올라서 더는 열어볼 수가 없었다. 내가 일문학을 전공했다는 말은 그녀에게 하지 않기로 했다.

마꼬는 데워 온 정종을 내려놓으며 활기차게 웃었다. 그녀의 웃음을 보면서 나는 낱말 카드를 꺼냈다. 강의 시간에 활용하는 것이라서 늘 가방에 휴대하고 다니는데 어색한 자리에서도 낱말 카드놀이는 꽤 효과적이었다. 나는 마꼬를 위해 영어로 된 카드를 꺼내고, 두 사람에게 놀이 방법을 설명했다.

"뒤가 붉은색 카드는 '느낌'을 적은 카드이고, 뒤가 푸른색은 '욕구'를 적어놓은 카드예요. 먼저 제가 딜러가 될게요. 선재 씨가 술래가 되기로 해요. 마꼬와 나는 '욕구' 카드를 나누어 갖는 거예요. 그럼 술래인 선재 씨가 이 많은 '느낌' 중에서 한 장을 고르세요."

선재는 붉은색 카드를 뒤적거리더니 '당혹스럽다'는 카드를 뽑아 들었다.

"자, 그럼 선재 씨가 당혹스러운 느낌이 들었을 때의 에피소드

---

14 가미나리(かみなり)는 천둥이라는 뜻이다.

를 우리에게 말하는 거예요. 추상적인 느낌이 아니라 구체적인 장면을 말해야 해요. 그러면 우리는 들고 있는 '욕구' 카드 중에서 당시의 선재 씨 욕구를 골라서 건네주는 거예요. 아마 그중에서도 선재 씨가 유독 필요했던 욕구 두세 가지를 집어 들고 그것이 정말 필요했다는 설명을 하시면 돼요. 바로 그때 자신도 눈치채지 못했던 욕구를 발견하게 되는 경우가 많거든요."

선재는 눈을 몇 번 껌벅거리더니 머리를 긁적거렸다.

"선재 씨, 말하기 불편하면 그냥 '패스'라고 하시면 돼요."

"아닙니다. 정리 좀 하고 있었어요. 어, 저는 가톨릭 신잔데 모태 신앙입니다. 사실 종교를 선택할 수 있는 권리를 갖지 못했다고 볼 수 있죠. 어머니가 보시면 저는 늘 불성실한 신자였을 겁니다. 어쨌든, 가족끼리 식사를 하는데 제가 기도할 차례였어요. 한창 기도를 하고 있는데, 뭔가 뺨에 와서 딱 부딪쳤어요. 눈을 뜨고 보니 어머니가 저를 노려보고 계신 거예요. 빵이 뒹굴다 겨우 멈추고, 아버진 아직 눈을 감고 계셨어요. 내 뺨에 맞고 떨어진 건 그 빵이었던 겁니다. 그때 어머니가 싸늘하게 말했어요. 뱉어! 그제야 제가 껌을 씹고 있다는 걸 깨달았습니다. 아무튼 그땐 정말 여러 가지로 당혹스러웠습니다."

마꼬와 나는 부지런히 선재의 당시 욕구를 골라서 앞에 놓았다. 선재 앞에 놓인 카드는 존중, 배려, 인정, 자율성, 이해, 사생활, 공감, 자기 보호, 재미, 회복, 존재감, 조화, 자각 등등이었다. 선재는 그중에서 존중과 자율성 그리고 재미 카드를 집어 들고 웃었다.

"그땐 그냥 당혹스럽고 어찌할 줄을 몰랐는데, 지금 생각해보니 그때 제게는 이런 게 필요했던 것 같네요. 종교를 선택할 수 있는 자율성과 어머니에게서 존중받고 싶었던 것 같아요. 그리고 그때의 저는 재밌는 일도 필요했던 시기였어요."

이제 선재와 내가 '욕구' 카드를 나눠 가지고 마꼬가 '느낌' 카드를 뽑을 차례였다. 마꼬는 한 손으로 입을 가리고 웃으면서 카드 한 장을 뽑아 들었다. '혼란스럽다'는 카드였다. 나는 웃으면서 조금 호들갑스럽게 말했다.

"오늘은 카드 패가 덜 좋은 날인가 봐요. 행복하고 감동스러운 느낌들도 많은데 힘든 느낌들만 나오네요. 그럼 혼란스러운 느낌에 대한 에피소드를 떠올려보세요, 마꼬."

순간 마꼬의 얼굴이 발그레해졌다. 그러고는 예의 그 해맑은 얼굴로 돌아가더니 입을 열었다.

"스무 살 때 이란 남자와 사귀었어요. 그는 아주 핸섬했어요. 아마 선재 상보다 더? 그래도 한국 남자가 더 좋아요."

마꼬는 그렇게 말하면서 선재를 보고 웃었다. 그 순간 마꼬의 흰자위가 하얗게 드러나면서 빤짝 빛을 발했다. 열정을 느끼는 대상을 바라볼 때에만 드러나는 찬란한 빛. 훔쳐보는 사람의 눈마저 멀게 만드는 일종의 독주 같은 것이었다. 정종 탓인지 내 가슴도 이내 더워졌다. 마꼬는 다시 회상하듯 꿈꾸는 눈빛으로 돌아갔다.

"그는 중기차 기사였어요. 한 달 넘게 학교 앞길에서 공사를 하고 있었죠. 담배를 물고 중기차 위에 앉아 있던 그에게서, 담배 한 대를 얻어 피우면서 같이 자게 됐어요. 한 학기 내내 그랬어요. 그런데 어느 날, 그가 면도기로 내 음모를 모두 밀어주었어요. 그들의 종교에서는 그것이 불결하다고 하나 봐요……."

나와 선재는 당시 마꼬에게 필요한 게 무엇이었나를, 가지고 있던 욕구 카드 중에서 골랐다. 그러니까 마꼬가 아주 당혹스러웠을 때 필요한 그때의 욕구를 찾는 것이었다. 마꼬 앞에 모인 욕구 카드는 자율성, 존중, 배려, 인정, 소통, 상호성, 유대감, 사랑 등등이었다. 나는 카드를 마꼬에게 건네면서 한마디씩 말했다.

"마꼬는 그때, 그와의 소통과 상호성이 필요했고, 종교에 대한 자율성과 인정, 사랑하는 사람과의 관계에서 필요한 배려와 유대감, 그런 것들이 갖추어진 충만한 사랑이 필요했던 거였네요?"

마꼬는 고개를 끄덕였다. 그러고는 재빨리 덧붙였다.

"난 창녀처럼 굴었지만, 화대를 받지는 않았어요."

정말로 그녀의 얼굴은 아주 앳되고 사랑스러웠다. 그러니까 굳이 그녀의 말대로 하자면, 정숙한 창녀의 얼굴이었다.

센서

경자 아주머니는 원두커피와 지나간 남자들 이야기로 하루를 시작했다.

"두 번째 남자는 말이야, 파소도블레를 틀어놓고 춤추는 걸 좋아했지."

아주머니는 결혼 얘기만 나오면 당신도 모르게 말끝마다 '말이야'를 붙이곤 했다.

"내 인생이 말이야. 버리기엔 아깝고 쓰기에도 불편한 몽당연필 같았다니까. 그래서 말이야, 어디 한번 잘 끼어서라도 써보자 해서 이곳까지 시집을 오게 됐지."

이쯤에서 아주머니는 허리에 손을 얹고 공격적인 눈빛이 되었다.

"근데 그 인간은 말이야. 죽은 전처 무덤에 갈 때 꼭 나를 데리고 다니는 거야. 아, 그것도 일주일에 한 번씩. 그럴 거면 살아 있을 때 잘할 것이지, 왜 새 결혼하고 나서 그러는 거냐고?"

"두 번째 남편분이요?"

"아니, 세 번째…… 캐나다 시민권이 있으면 뭐하냐고? 사고방식은 가부장적 한국형인데. 그 남자는 캐내디언도 될 수 없고 이제한국인으로도 못 살아. 그냥 이민자로 살다가 죽을 거야. 내가 빨리 이혼을 해야, 다음에 들어오는 여자한테 내 무덤 찾아다니지 않게 할 거 아니냐고."

그러고는 복날 부채질하듯이 손을 팔랑거리면서 내게 앉으라는시늉을 했다.

"이혼 소송에 필요해. 판사에게 보낼 편지를 대신 써줘."

"제가, 어떻게?"

"그러니까 내가 처음 만날 때부터 계속 결혼 얘기 했잖아, 그동안 내가 어떻게 살았는지. 간곡한 진심이 느껴지게 써야 해."

아주머니는 다시 지나간 결혼 생활을 회상했다.

"첫 남자는 말이야. 내가 경기여고 교복을 입고 양갈래로 땋은 머리를 늘어뜨리고 다닐 때부터 날 쫓아다녔어. 그땐 굉장했지……."

아주머니는 말을 하는 내내 허리에 양손을 얹고 씩씩거리다가배시시 웃음을 흘리기도 했다. 나는 대부분 맞장구를 쳐주면서 고개를 끄덕여주었다. 그녀는 문득, 지금 만나는 남자가 있다고 말하면서 눈을 반짝거렸다.

"중국 마트 사장인데 시애틀에 골프 치러 갔다 만났지. 혼자 된지 몇 해 됐다는데, 젊은 여자는 못 믿겠대. 그래도 내가 어디 젊은 여잘 따라갈 수 있겠어? 그래서 그이 만나고 보톡스 맞았지. 그인 몰라."

"그분하고도 결혼하고 싶으세요?"

"난 이상하게 결혼이 좋아. 그건 다르거든. 친정 식구들은 나를 결혼에 굶주린 년이라고 욕하지만, 어떡해?"

"힘을 가진 자는 힘에 굶주리고, 돈을 가진 자는 돈에, 그리고 사랑을 원하는 자는 사랑에 굶주리게 되어 있다는 무서운 말도 있어요."

"내가?"

"농담이에요. 연애보다는 결혼이 주는 어떤 구체적인 친밀한 맛 같은 걸 더 원하시나 봐요?"

"그래, 난 그 맛에 빠진 것 같아. 맛본 사람만 그 맛을 안다고."

그녀는 자신이 당했던 세 번째 결혼의 부당함에 대해 말하면서 끊임없이 우는 소리를 냈다. 하다못해 농담을 하면서 웃을 때에도, 우는 시늉을 했다. 아마도 그녀는 고맙거나 행복한 순간에도 우는 소리를 냈을 게 틀림없다고 생각하는 순간 등줄기가 서늘해졌다. 누군가를 객관적으로 볼 때는 이토록 투명하게 보인다는 것이 새삼스럽고 놀라웠던 것이다. 혹시 부영은 나의 어떤 것을 못 견뎌했을까. 누군가에게 한순간이라도 못 견디는 존재였다는 생각에 가슴이 미어왔다.

아주머니는 변호사를 만나러 간다며 발딱 일어섰다. 엉덩이가 가볍다는 그녀의 말은 사실이었다. 그녀는 거실을 나서다 말고 돌아서더니 고개를 갸우뚱거리며 물었다.

"근데, 말이야. 이 남자 이상해. 꼭 뉴스를 보다가 덤벼든단 말이지. CNN 뉴스를 보면서 섹스를 하거든. 세상 돌아가는 꼬락서니가 자기를 흥분시킨다나."

내가 허풍스럽게 웃으며 말했다.

"다행이네요. 세상이 끝나기 전에는 뉴스도 끝나지 않을 테니까요."

"그럼, 그 사람은 뭐에 굶주린 건가?"

"사건에 굶주렸다고 보기는 좀 그렇지만, 뭔가 극적인 것이 최음제 역할을 하는 게 아닐까요?"

"지금 생각하니까, 되게 이상하네. 다녀올게."

아주머니가 나간 후, 어디선가 찌르륵 하는 소리가 들려왔다.

잠시 후 2층에서 급하게 흩어지는 발소리가 났다. 아주머니가 나가고 나서 고요가 찾아오자, 그동안 들리지 않던 주변의 소리들이 빠짐없이 들려오기 시작했다. 2, 3층은 집주인이 사용하고 있었다.

3층으로 된 이 집에는, 남자가 없는 대신에 층마다 도난 경보 센서가 부착되어 있다고 했다. 그래서 현관이나 창문이 열리고 닫힐 때마다 센서가 작동하면서 비명을 지르게 되어 있었다. 데시벨이 그다지 높지는 않지만 묘하게 신경을 건드리는 소리였다.

나는 벌떡 일어나서 현관문 옆에 부착된 센서 앞으로 달려갔다. 센서를 바라보며 현관문을 열자, 찌르륵 소리가 나면서 8번에 불이 들어왔다. 현관 옆의 창문을 열어보니, 이번에는 7번 불이 들어오면서 소리를 냈다. 방문과 현관, 창문에도 센서가 연결되어 있었다. 문을 열고 닫을 때마다 찌르륵 찌르륵 하고 두 번씩이나 소리를 질렀다. 조금 있자니 찌르륵 소리와 함께 3번에 불이 들어왔다. 주인집에서 움직인다는 소리였다. 그리고 번호는 계속해서 바뀌었다.

찌르륵거리는 경고음은 새벽녘에 들려오던 엄마의 구역질 소리만큼 불길했다. 당장이라도 욕실로 달려가면 변기통을 부여잡고 허리를 직각으로 꺾은 엄마의 납작한 등이 보일 것 같았다.

나는 벽에 부착된 센서를 한동안 바라보다가, 마침내 'Calm'이라는 깨알처럼 꼬물거리는 작은 글씨를 발견했다. 글씨 옆에 아주 작은 구멍이 있었다. 나는 그 좁은 구멍 안의 보이지 않는 버튼을 한동안 노려보았다. 분명 소리를 죽일 수 있는 버튼일 것이다. 부디 내 불안을 단숨에 날려주기를 기대하면서 연필 끝으로 그 구멍 안의 버튼을 꼭 눌렀다. 그러고는 침대로 가서 두 손을 머리 위로 나란히 올리고 누웠다.

잠결에 문 두드리는 소리가 들렸다. 처음에 두 번, 그리고 네 번. 현관문을 열고 보니, 도로시아라고 했던 주인 여자였다. 그녀는 회갈색의 곱슬머리에 발그레한 뺨을 가진 전형적인 유럽 여인이었다. 그녀는 불안한 얼굴을 더욱 강조하려는 듯 미간을 약간 오므려 힘을 주고는 천천히 물었다.

"뭐 만진 거 없어요, 아래층에서? 불안해요, 소리가 안 들리니까."

나는 무슨 소린지 몰라 당황했다. 내가 뭘 만져서 두렵다는 것인지. 영어를 잘못 알아들은 것 같은 생각에 나는 그녀에게 다시 물었다. 그녀는 아래위층을 손가락으로 가리키면서 말했다.

"불안해요, 소리가 안 나서. 뭔가 건드렸나요, 여기에서?"

나는 그제야 Calm 버튼을 누르고 잠든 것이 생각났다. 나는 그녀에게 소리만 안 날 뿐이지 도난 방지 센서는 작동되고 있다고, 한참을 얘기했다. 그녀는 다시 말했다.

"어디가 열리는지 알 수가 없잖아요. 소리가 안 나면."

나는 어쩔 수 없이 아까의 버튼을 눌러서, 다시 그 불길한 소리를 불러왔다. 도로시아가 발그레한 얼굴에 미간을 활짝 펴더니 돌아섰다. 내게는 불길하기만 한 그 경고음이, 그녀에게는 안전하다는 속삭임인 것이다.

느낌이라는 계기판

오늘 강의는 '느낌'으로 시작했다.

"저번 시간에 하신 거, 집에 돌아가서 좀 사용해보셨어요? 혹시, 상황을 더 악화시킨 건 아니시죠?"

"잘 안 돼요."

"놀린다고, 집 나가랍니다."

다들 동조한다는 표정으로 깔깔거리며 웃었다.

"오늘은 느낌에 대해 더 자세히 들어갈까 합니다. 우리는 자기의 느낌에 대해서 대개 무시하며 살아가지만, '느낌'은 내가 원하고 필요로 하는 어떤 '욕구' 때문에 찾아오는 것입니다. 자, 여기 자동차 계기판이 있습니다."

나는 화이트보드에 자동차의 계기판을 그렸다. 속도표시계와 오일체크등, 그리고 RPM계기 표까지 그려 넣었다. 어색한 내 그림을 보고 웃는 소리가 들려왔다.

"자, 그림이 엉망이니 글씨로 알려드릴게요. 가운데는 속도표시, 오른쪽은 오일체크, 이쪽에는 배터리…… 이 정도면 알아보시겠죠? 지금 그린 계기판 위의 모양들을 자동차의 느낌이자, 우리의 느낌이라고 여겨보세요. 자, 여기 오일체크등에 불이 들어왔어요. 자동자의 어떤 욕구죠?"

기름이 필요하다, 기름을 넣어달라는 등등의 대답들이 장난스럽게 튀어나왔다.

"그럼 배터리 표시에 불이 들어오면요? 그래요, 배터리 충전을 원한다는 욕구죠. 그러니까 중요한 건, 이 계기판 뒤의 need(욕구)죠? 욕구를 알기 위해서 느낌이라는 경고등이 필요하니까요. 그래서 느낌은, 욕구를 대변하는 메신저 역할을 하는 것입니다. 우리가 계속해서 느낌이라는 이 경고등을 무시하면 어떤 일이 벌어지겠어요?"

고개를 끄덕이던 젊은 여자가 손을 들더니 질문했다.

"제가 어제 애인한테 무책임해서 배신감을 느꼈다고 말했거든요. 그 말 듣고 나가더니 다음 날 그냥 회사로 출근해버렸어요. 제가 잘못 말한 건가요?"

"여러분은 어떻게 생각하세요. 지금 질문하신 선생님께서 애인에게 한 말은 평가일까요? 관찰일까요? 평가라면 어떤 말 때문일까요?"

무책임, 배신 등등의 말이 들려왔다.

"무책임이나 배신이라는 말은 느낌이 아니라, 평가하는 단어입니다. 무책임하게 느껴진 어떤 상황이나, 배신감 같은 생각이 들었을 때의 상황을 객관적으로 그냥 묘사하셔야 그게 관찰이 됩니다. 애인 되시는 분이 어떻게 하셨는데, 그런 생각이 드셨나요?"

"약속한 날짜에 회사 일을 마무리하지 못해서 결국 여행을 가지 못했거든요."

"그럼, 당시를 관찰하듯이 한번 말씀해보시겠어요?"

여자가 한참을 생각하는 듯하더니, 의자 등받이에 기대면서 손을 내저었다.

"그러면, 제가 먼저 해보겠습니다. 괜찮으시죠?"

여자가 힘차게 고개를 끄덕여주었다.

"쉽게, 평가를 폭력이라고 한 번만 생각해보세요. 폭력 앞에서 겸손하기란 쉽지 않죠. 그 앞에서는 저항하거나 최소한 방어 태세를 갖추게 됩니다. 내가 무슨 말을 했는데 상대가 방어를 하게 되면, 자신이 한 말을 다시 한 번 생각해보세요. 대개의 사람들은 평가를 먼저 들으면, 기분이 상하고 자기방어를 하게 되니까요. 자, 그 상황을 관찰로 바꾼다면 이렇게 될 것 같습니다. '당신이 서두르지 않아도 된다면서 회사 일을 미루다가, 우리가 여행을 가지 못하게 되었을 때'까지가 관찰입니다."

반 정도의 사람들이 고개를 끄덕거리며 서로를 돌아보았다.

"그리고 그다음에는 느낌을 말하시는 겁니다. 그래서 나는 섭섭하고 안타깝고…… 또 어떤 느낌이 들었을까요?"

여기저기서 '화가 나요' '짜증나요' '배신당한 느낌'이라는 말들이 들려왔다. 나는 재빨리 단어를 정정해주었다.

"'배신당한'이라는 말은 적절하지 않은 것 같아요. 그 말은 느낌이 아니라 생각입니다. 신뢰나 의존하고 싶은 욕구가 충족되지 않았을 때 그런 생각이 듭니다. 그 말을 느낌에서 찾으면, '마음이 아프고 실망스러운'이라는 표현이 될 것 같아요. 79쪽 느낌에 대한 표현을 보시면 도움이 되실 거예요."

여기저기서 한숨이 새어 나왔다.

"늘 들어온 단어들인데 막상 필요한 곳에 골라서 써먹으려니까 힘드시죠? 우리가 느낌과 욕구에 대해서 얼마나 모르고 살았는지 아시게 될 겁니다."

한차례 웅성거림이 지나가고, 더 많은 사람들이 고개를 끄덕거렸다. 나는 다시 아까의 여자에게 질문을 던졌다.

"그런데 그렇게 무책임한 사람이라는 말을 할 정도로 화가 난 것은 무슨 이유에서일까요? 그러니까, 선생님의 어떤 욕구가 그런 실망스런 느낌이 들게 했나요?"

여자가 머리를 쓸어 올리면서 난처한 얼굴로 중얼거렸다.

"같이 지낼 시간이, 자꾸만 줄어드니까요."

"네, 그래요. 애인과 같이할 수 있는 시간이 줄어드는 게 가슴 아프셨던 거지요, 그런가요?"

여자가 고개를 주억거렸다.

강의 도중에 거론되는 관계들을 종합해서 살펴보면, 공감 형성
이 가장 어려운 관계가 바로 가족이었다. 가까운 대상과 공감하는
일이 가장 어렵다는 것을 이 워크숍을 이끌어가면서 깨달았다. 나
는 이 대화법을 진작 알았지만, 끝내 부영과 우리의 결혼 생활에는
공감할 수 없었다.

애인을 화나게 한 여자는 계속 내 입을 바라보고 있었다.

"화가 나거나 괴로운 건 상대방이 나를 화나게 하기 때문이 아
니라, 자신의 욕구가 충족되지 않은 데서 오는 거잖아요? 자, 이제
욕구가 무엇인지 알았습니다. 그러면 위에서처럼 '관찰'한 것을 그
대로 말씀하신 다음에, 화가 나고, 실망스럽고, 마음이 아팠다는
'느낌'을 말하고 나서, '나는 당신과의 관계에서 신뢰와 지지가 필
요했고, 사랑과 이해를 원하고 있어요'라는 '욕구'를 슬쩍 비추면
서, '부탁'으로 넘어가는 겁니다."

여기저기에서 어렵다는 탄식이 터져 나왔다.

"부탁으로 넘어가기 전에, 혹시 지금 내가 하는 말이 어떻게 들
리세요? 라고 물어주시면 애인의 마음이 조금 더 열리겠지요. 그
리고 다음부터는 나와 한 약속을 꼭 지키려고 노력해주었으면 좋
겠다는 구체적인 요청으로 마무리를 하시면 될 것 같습니다."

폭력을 제거한 대화법이라는 것이 어쩌면 살아 움직이는 생물에

게는 가장 어려운 어법일 수 있다. 내가 처음 이 강의에 빠져들었던 것은, 살아 숨 쉬고 말하는 모든 것이 폭력이라는 점과 심지어 사랑하는 행위 자체도 상처를 주고받는 원천이라는 것에 대한 놀라움이었다. 그럼에도 불구하고, 우리 안에서 연민하는 능력을 최대한 이끌어내려는 노력이 이 워크숍의 목적이었다.

쉬는 시간에 복도로 나와 창문을 열자, 여름 냄새가 훅 끼쳐왔다. 밖의 공기를 맘껏 들이마셨다. 아까 질문을 했던 여자가 주스병을 들고서 다가왔다. 여자는 내게 주스를 건네자마자, 숨을 몰아쉬면서 물었다. 그만큼 절박하다는 표현이고 증거였다.

"전 그 사람을 사랑하면서도 그가 하는 것이 마음에 안 들고, 막 화가 나요. 그런데 싸우면서도 그 사람과 헤어지는 건 못 하겠어요."

"……"

"지옥이 따로 없어요."

"혹시, 그분은 선생님에 대해서 뭐라고 말씀하시나요?"

"그 사람은 내가 자기 말에 사사건건 물고 늘어진다면서 진저리를 쳐요. 그치만 그 사람이 제가 말하는 대로 고치면 더 좋을 것 같아서 그러는 거예요. 그런데 그 사람은 편안했으면 좋겠데요. 사는게 너무 불편하대요. 근데 그건 저도 마찬가지거든요. 정말 지옥이 따로 없어요."

여자는 또다시 지옥이라고 말했다.

사랑에 빠지고 관계를 지키고자 애쓰는 연인들에게, 지금 어디에 있느냐고 물으면 천국보다는 지옥에 더 많이 가 있을 것이다. 지옥은 천국에 이르는 계단 같은 곳이어서 그 계단을 밟지 않고서 천국에 이를 수는 없을 테니까. 교회에서 발행하는 천국행 티켓과는 경로가 다른 것이다. 출발지와 도착지, 심지어 경유지까지도 다를 수 있다. 믿음 하나만으로 관계에서의 천국에 도달하기는 쉽지 않은 일이다.

나는 부드럽게 입을 열었다.

"대화법 입장에서는 매사에 남의 말꼬리를 붙잡고 늘어지는 사람은, 아직 자기를 풀어내지 못한 사람이라고 보기도 해요. 그러니까 선생님 자신도 힘들어서 그러시는 거잖아요. 평화롭고 싶으신 거죠?"

여자가 재빨리 고개를 끄덕였다. 나는 여자에게 지옥에서 나오는 길을 귀띔해주었다. 내가 막 지나온 길이기도 했다.

"상대방이 내 뜻대로 되기를 바라는 마음, 그 욕심을 내려놓는 순간 평화가 찾아오더군요."

"그치만…… 그게, 어떻게 그럴 수 있어요? 아직 사랑하는데요?"

"그러면 그토록 사랑하는 사람을, 어떻게, 선생님 마음대로 하려고 하세요? 그분이 원래 그런 사람이어서 사랑하신 거잖아요? 처음에 어떻게 사랑하게 되었는지 잊으셨어요?"

나도 모르게 언성이 높아졌다. 마치 부영을 앞에 두고 말하는 기분이었다. 부영은 내게 늘 무언가를 지적하고 가르치기를 좋아했다. 담배를 가르치고 술의 필요성에 대해서도 강의를 하듯이 설명하곤 했다. 취하지 않으려는 내게 발칵 화를 내기도 했고, 의자에 앉아 있는 내 자세는 물론이고, 내 차 운전석의 안전벨트 길이를 조정하는 것까지도 관여했다. 심지어 그는 내가 숨을 쉬는 것에 대해서도 무슨 말인가를 하지 않고는 못 견뎌할 정도로, 내가 살아온 스물 몇 해를 제거해야 할 대상인 것처럼 전투적이었다.

나는 여자에게 거칠게 물었다.

"그러니까 선생님의 어떤 열망이, 그 남자분을 선택하고 사랑하게 했는지 생각해보세요. 그러면 지금 그 남자분의 언행이 탐탁지 않을 때 어떤 느낌이 드세요?"

"짜증나고 섭섭하고, 울화가 치밀기도 하고……."

"그럼, 우선 그 느낌들이 선생님의 어떤 열망이 충족되지 못해서 오는 건지 찾아보는 일을 하시면 도움을 받을 것 같아요. 그 사람이 선생님을 짜증나게 하고 섭섭하게 하고 울화가 치밀도록 하는 게 아니라는 걸 발견하게 되실 겁니다. 우리 모두의 열망은 똑같습니다. 다만 다른 것은, 그것을 충족시키기 위한 수단과 방법입니다. 상대방을 끌어들이지 않고도 자신의 열망을 표현할 수 있어야 합니다."

남녀 간에 주고받는 것은 사랑뿐이 아니라는 사실을 부영과 살면서 알았다. 부영은 사랑이라는 말을 입안 깊숙이 가두고 수많은 종류의 가시들로 울타리를 삼는 사람이었다. 그의 언어, 눈빛에 의해 나는 걸핏하면 넘어졌다. 물론 모르지는 않았다. 그 가시가 일종의 자기방어라는 것을. 그리고 그 가시 안에는 그가 말하던 사랑의 성분이 일정량 들어 있다는 것도 잘 알고 있었다.

내 목소리는 아까보다 누그러져 있었다. 나는 부영에게 하고 싶었던 말을 여자에게 하고 있었다. 여자에게 질문을 하면서 나는 나자신에게도 똑같은 질문을 던지고 있었다.

"제 개인적인 생각입니다만, 사랑은 서로를 인정해주는 데에서 출발하고 유지될 수 있다고 생각해요. 심각한 성적 편력이나 도박, 알코올 중독처럼 관계 자체를 위협하는 것이 아닌 경우를 말씀드리는 겁니다. 상대의 언행이 그 관계를 전적으로 위협하는 게 아니면, 얼마든지 대화로 극복할 수 있어요. 저는 그렇게 믿고 있습니다."

지금 한 말을 부영 앞에서는 꺼낼 수 없었다. 그 말을 입 밖에 내어놓는 순간, 말이 아니라 통곡이 될 것 같아서였다. 부영이 내 말을 두 문장 이상 듣지 않을 거라는 지레짐작이 내 입을 막았다. 나는 늘 부영에게 말하고 싶었다. 남녀 관계에서는 누가 옳거나 그른 것이 아니고 다만 서로 다를 뿐이며, 그 다른 것이 서로를 자극하고 또 어이없이 사랑에 빠지게 만들기도 한다고.

여자는 여전히 미간을 모으고 괴로운 듯 나를 바라보고 있었다.

"사랑은 달콤하지만, 그래서 참 까다로운 음식이더군요. 우리가 누리는 달콤함에는 그런 치명적인 결함이 있습니다."

내 말에 여자가 눈을 동그랗게 떴다.

기린의 귀

사랑이란 얼마나 까다로운 음식인가. 조리가 끝나고 최상의 맛을 내는 시점부터 서서히 식어가는 일이 남았으니. 그러니 식기 전에 최대한 맛있게 먹을 일이다. 그 달콤함에 물리고 싫증이 날 때까지. 그러나 우리가 누리는 그 달콤함에는 치명적인 결함이 있다.

두 번째 휴학에서 복학을 하던 해에, 나는 데생 모델로 아르바이트를 했다. 인문대에서 미대로 전과했던 경선의 소개였다. 미대생들은 나를 알지도 못 했고 관심도 없었다. 그들은 정해진 시간 안에 벗은 내 몸의 실루엣을 그리는 데에 열중했다. 가운을 벗으면 고개를 돌린 채 머리카락으로 얼굴을 가리는 자세여서 시선을 어디에 두어야 할지 쩔쩔매지 않아도 되었다.

그들은 내 몸이 인상적이라며 지나가는 말처럼 흘렸고, 그 말이 내게는 어린아이의 돌 사진을 찍기 위해 시선을 집중시키려는 어른들의 갖은 수법 중 하나처럼 들렸다. 그들이 뒤돌아서서 하는 말을 들었기 때문이기도 했다. '얼굴이 너무 평범해서 고개 돌리면 곧바로 잊어버려, 지금도 생각이 안 나.' 그들은 그 말을 주고받으면서 신기하다는 듯 혀를 차기도 했다.

나는 듣기 힘든 그 말을 칭찬으로 듣는 연습을 시도했다. 쉽지는 않았다. 그때 마침 대화법에서 기린 귀 안[5]과 밖으로 듣는 훈련을 하는 중이었다. 나는 우선 그런 힘든 말을 들었을 때, 그때의 내 느낌과 욕구에 귀를 기울였다. 그때의 내 느낌은 당혹스럽고 섭섭했으며, 화가 나고 마음이 아파서 슬프고 외롭기까지 했다. 내 느낌이라는 계기판에 그런 불이 들어온 것이다. 나는 그 느낌들 뒤에 숨어 있는 욕구를 찾아 내려갔다. 그런 느낌들을 일으킨 내 욕구는 이해와 자유이고, 존중받고 싶었으며, 지지와 인정이 필요했고, 그들과의 유대감을 원했다. 나의 그런 욕구 때문에 당혹스럽고, 화가 나고, 슬프고 외로운 느낌이 들었던 것이다.

그런 다음, 내게 그런 말을 하는 사람들의 느낌과 욕구를 들여다보았다. 그러니까, 기린 귀 밖[6]으로 듣기를 시도해본 것이다. 그들은 아마도 알몸으로 앉아 있는 나를 보는 것이 쑥스럽고 서먹했으며, 민망하고 신경이 쓰이는 일이기도 했을 것이다. 그리고 작업

---

15   상대로부터 듣기 힘든 말을 들었을 때, 그때의 내 느낌과 욕구를 찾는 일. 그 느낌이 나의 어떤 욕구에 의해 비롯되었는지를 알게 되면서 편안해지는 것이다.
16   상대로부터 듣기 힘든 말을 들었을 때, 우선으로 상대의 느낌과 욕구에 귀를 기울이는 작업.

내내 지치고 무료하기도 했을 것이다. 나는 그들의 그런 느낌 뒤에 있는 욕구를 단어 카드의 도움을 받아서 찾아보았다. 여유, 휴식, 유대감, 유머, 소통, 연결, 지지, 관심, 호감, 일관성, 정직 등등이었다. 그들은 실제로 내게 관심과 호감을 표시한 것일 수도 있었다. 그리고 그들에게는 여유와 휴식, 유머가 필요했을 테고, 그런 말을 함으로써 내게 지지를 표시하고 소통의 연결 고리를 원했는지도 모른다. 그리고 뒤에서 한 말은 내 얼굴과 몸에 대한 일관성을 찾고 싶었던 그들의 정직한 표현이자, 내게 들리지 않도록 하기 위한 배려였는지도 모른다.

내게는 그렇게 느낌과 욕구를 찾는 과정 자체가 치료였고 예방이었다. 그러나 일상에서까지 대화법을 응용하기에는 내공이 전혀 쌓이지 못한 상태였다.

그 무렵, 미술대학원에 있던 부영이 나타났다. 그는 미국 드라마에 형사 역으로 나오는 한국계 배우를 닮아 있었다. 작은 키에 넓고 다부진 어깨를 가진 전형적인 한국 남자라는 점 말고는 별다른 특징을 찾을 수 없는 외모였다. 내가 그를 보게 된 것은, 어쩌면 그를 둘러싸고 있는 주변인지도 몰랐다. 그를 찾아내는 건 어렵지 않았다. 그는 늘 화려하고 명랑한 미인들에게 둘러싸여서 로트렉의 열등감을 사랑한다고 떠들었다. 그 열등감에서 예술이 나온다는 것이었다.

어느 날 그는, 찌를 듯한 시선을 앞세우고 내 앞에 나타났다. 그 눈빛은 이렇게 말하는 것 같았다. 기회는 제 발로 찾아온다고. 마치 레이저의 광선처럼 사람들을 한 줄에 꿰어서 자기의 시선으로 들어 올리고는 거기에서 한 치도 벗어나지 못하게 하겠다는 각오로 보이기도 했다. 바로 그 눈빛으로 수많은 여자들을 들었다 놓았다 하는 것이 그의 재능일 거라고 생각하고 있을 때, 그가 내게 물었다.

"혹시, 나에 대한 느낌은?"

"느낌은, 느낌은 없는 것 같아요."

부영은 내 주위를 맴돌면서 계속 질문을 퍼부었다. 내가 그를 잘 알고 있을 거라는 전제하에서 나오는 질문들이었다.

"여자들은 나쁜 남자를 좋아하는 것 같은데, 안 그런가?"

"나쁜 남자를 좋아할 수는 있지만, 옴므파탈은 관심이 없어요."

그의 여성 편력에 대한 소문이 내게 무의식적인 거부반응을 일으키는지도 몰랐다. 그는 재미있다는 표정을 짓더니, 이번에는 내 눈을 정면으로 바라보고 물었다.

"그 둘이, 뭐가 다르지?"

"나쁜 남자는 그냥 그들의 언행이 일반적인 잣대로 볼 때 나쁘다고 여겨지는 것뿐이고, 옴므파탈은 자신을 나쁘다고 말하면서도 정반대의 이미지를 연출하다가 방심한 여자를 벼랑으로 내몰지요."

"경험인가?"

"선험적 체험이라는 말이 더 적절할 것 같아요."

"문과생들은 다 그렇게 말하나?"

"직관을 사용하는 재능이 있거든요……. 그러니까, 육감이요."

그는 나의 무관심을 견디지 못해 데이트를 신청했고, 독신의 맹세를 깨고서 내게 청혼을 했다. 여전히 무심해 보이는 내 시선에 대한 갈증이었다.

"서인주, 네 기질대로 살게 해줄게."

부영은 광선처럼 형형한 눈빛으로 나를 들어 올렸고, 나는 그의 콧등에 맺힌 땀방울을 닦아주면서 결혼식장을 나섰다. 그러나 그의 시선은 자외선 같은 것이었다. 결국은, 아팠다.

솔직한 것이 부영의 장점이고 또한 단점이었다. 어느 아침에, 그는 다른 여자가 가슴에 들어왔다며 얼떨떨한 표정으로 고백을 했다. 결혼하고 막 6개월이 되기 전이었다. 나는 온종일 냉장고를 청소하면서 생각했다. 그런 진심을 말하는 남편에게 어떤 말을 해주어야 피차 위안이 될 것인가를…… 냉장고 안의 식품은 거의 부영의 기호품들이었다.

대화법을 떠올려도 아무런 도움이 되지 않았다. 그러다 결국 내가 깨달은 것은 '그를 이미 사랑해버렸다'는 사실뿐이었다.

어느 날, 새벽에 들어온 부영이 내게 물었다. 너는 왜 울지 않니? 사랑에 빠진 사람에게는 주변이 보이지 않는 법이다. 호르몬이 그들을 그렇게 만든다. 그래서 그는 몰랐다. 내가 밥을 먹으며 울다가 거울을 본다는 것과, 그 거울 속에 든 나 때문에 다시 울면서 밥알을 삼킨다는 것을.

그즈음 나는 새벽녘에 질주하는 화물차 소리를 매일 들었다. 달려오던 화물차가 제 무게를 이기지 못하고 바퀴를 바닥에 끌며 간신히 멈추는 소리를 듣다가 겨우 잠이 들었다. 그렇게 힘들게 잠이 들면 반드시 꿈을 꾸었다. 뇌의 윗부분이 열린 채로 거리를 돌아다니는 꿈이었다. 붐비는 사람들 사이를 걸으면서 행여나 열린 뇌가 다칠까 봐 늘 노심초사했다. 어디에서 공이라도 날아오는 건 아닐까, 하다못해 먼지나 곤충이라도 날아들면 어쩌나 싶어 꿈을 꾸면서도 피가 말랐다.

부영은 내게 항우울제를 가져다주면서 내 증세가 우울증과 똑같다고 말했다. 그러니까 만성이 아니라 급성 우울증이라는 것이었다. 그는 열 알씩 들어 있는 흰색의 플라스틱 원통을 끝도 없이 가져왔고, 나는 뚜껑을 열어보지도 않은 채 손이 닿지 않는 싱크대 맨 위 칸으로 던져버렸다. 내 고집을 눈치챘는지 부영은 그 후로 수면제를 가져다주었다.

빨래 건조대에 부영의 양말이며 속옷을 널던 어느 날, 그 축축함에 오래도록 진저리를 치다가 문득 그를 보내주어야 한다는 생각이 들었다. 그것이 법적인 제도를 벗어나는 이혼이든, 별거든 어쨌든 그와 거리를 두기로 마음먹었다. 거리가 확보되지 않고는 서로를 제대로 볼 수 없다는 것을 진작 알았으면서도, 그 결론에 이르기까지는 꽤 오랜 시간이 걸렸다.

그때 나는 사람 사이의 '관계'는 쉽게 극복할 수 있는 대상이 아니라는 점을 깨달았다. 특히 남녀 간의 감정은, 극복하는 것이 아니라 짐으로 짊어지고 가기도 한다는 것을. 그렇게 묵묵히 지고 가다가 주저앉아 넋두리를 하기도 하고, 끝내 상대를 찾아가 짐을 내던지기도 하는 것이라고.

스텝다운

　1층에 있는 아주머니의 집은 거의 반지하나 마찬가지였다. 거실에서는 밖이 훤히 내다보이지만, 욕실이나 침실의 창은 창틀부터 바로 땅이 시작되고 있었다. 그러니까 거실 앞쪽은 확 트인 1층이고, 뒤쪽으로는 건물 절반이 땅에 묻혀 있는 상황이었다.

　침실은 창문이 가로로 길어서 그나마 위안이 되었다. 벽 부분의 절반이 땅에 묻혀 있고, 그 나머지는 전부가 창문이었다. 일어서서 밖을 내다보면, 마당의 잔디 위에 놓인 탁자 다리가 바로 눈에 들어왔고, 그 흰 탁자 사이로는 거리를 오가는 사람들의 다리가 보였다. 운이 좋으면 청설모를 보기도 했다. 그래서 청설모가 먹이를 어디에 숨겨놓았는지도 알게 되었다. 오늘도 청설모를 기다리는데 약속 시간이 다가오고 말았다. 나는 머리를 자르기 위해 욕실로 들어갔다.

　긴 머리는 내가 관리할 수 있어서 편리했지만, 부영의 요구 때문에 내 헤어스타일은 한동안 뒤가 긴 샤기 컷이었다. 그래서인지 일본 여자로 오해받을 때도 있었다. 내 방식대로 다시 머리를 기른 건 얼마 되지 않았다. 나는 끝내 그 헤어스타일과 부영의 어법에 익숙해지지 못했다. 머리를 거의 자르고 나자, 아주머니의 목소리가 들려왔다.

세면대에 떨어진 머리카락을 치우고 나가보니, 그녀는 머플러를 풀면서 숨을 몰아쉬고 있었다.

"어머, 마트 사장님과 같이 계신 줄 알았어요."

아주머니는 목에 둘렀던 자주색 머플러를 벗어던지면서, 모욕을 받았다고 우는 소리를 했다.

"이렇게 늙어서까지 모욕을 받으며 살아야 하나?"

늙지도 않는 모욕 때문에 화가 난 것 같았다. 아니면 모욕을 받아야 하는 노년에 대해 화를 내는지도 모른다고 생각하고 있을 때, 그녀가 다시 내 이름을 불렀다.

"인주, 당분간 이사 갈 일은 없는 것 같네."

"무슨 일이신데요?"

"그 남자는 원래 밝게 웃는 여자를 원했대. 내가 그런 여잔 줄 알았는데, 도대체 웃지도 않고 표정이 없어서 자기가 무슨 말을 해놓고도 모욕을 받는 느낌이라는 거야. 자기한테 좀 젊어 보이려고 돈 쓴 건대…… 보톡스 말야."

돈을 주고 모욕을 살 수 있다면, 바로 이런 경우였다.

"표정 없는 내 얼굴에 질렸다는 거야. 자기 나이가 되면 따뜻한 게 그립다나. 날 보면 글쎄 다 마비되는 느낌이래."

"좀 우회적으로 말씀하지 그러셨어요. 보톡스는 근육을 마비시키는 균이다, 양심까지 마비시키지는 못 한다……"

"이젠 나한테 질릴 때가 된 거지. 바로 30분 전엔 내 심장 뛰는 소리에 자기 심장이 멎을 것 같다던 사람이었다고."

"힘드시겠어요. 잘 보이고 싶은 사람한테 서운한 소리를 들으셔서…… 그럼, 옷 벗지 마시고 저랑 같이 불꽃놀이 구경 가요. 다운타운에서 친구들 만나기로 했어요."

아주머니는 손을 내젓더니 장신구를 풀어놓기 시작했다. 목걸이 두 개와 귀고리, 팔찌 세 개, 반지 세 개를 테이블 위에 나란히 늘어놓았다.

"나는 여기서 구경할 테니 젊은 사람끼리 어울리다 와."

그러고는 소파에 앉으며 한숨을 거푸 내쉬었다.

"저는 같이 갔으면 좋겠는데…… 혼자 계셔도 괜찮으시겠어요?"

아주머니는 내 말이 채 끝나기도 전에 다녀오라며 손을 내저었다.

대문을 나서는데 청설모와 눈이 마주쳤다. 녀석은 흙으로 먹이를 숨기느라 앞발을 톱니바퀴 굴리듯 돌리고 있었다. 흙을 파낸 자리에 호두알 크기만 한 둥그런 것이 들어 있었다. 짧은 뒷다리로 선 채, 앞발로 부지런히 흙을 퍼서 덮고 있는 광경은 정말이지 혼자 보기 아까웠다. 녀석은 흙을 다 덮고도 자리를 뜨지 않았다. 나를 의식하는 것 같았다. 어쩔 수 없이 뒷걸음으로 슬쩍 물러나서 큰길로 나갔지만, 녀석은 그때까지도 나를 계속 주시하고 있었다. 때마침 언덕 위로 버스가 보였다.

다운타운에 도착했을 때, 버스가 정차했는데도 문이 열리지 않았다. 출구 앞에 서 있던 나는 당황하기 시작했다. 등이 덥고 따끔 거리기까지 했지만, 나는 다시 태연한 얼굴로 벨을 눌렀다. 그래도 문은 열리지 않았다. 나는 어쩔 수 없이 주위를 둘러보았다. 그러 자 뒷자리에 앉아 있던 사람들이 나를 보며 동시에 입을 모았다.

"스-텝다운!"

스텝을 다운하라고? 나는 뒷자리에 앉은 사람들을 한번 둘러보 았다. 그러자 노랗고, 하얗고, 어두운 색색의 얼굴들이 또 계단을 내려가라고 성화를 했다. 문이 열리지도 않았는데, 왜 계단을 내려 가라는 것일까. 그들은 내가 허둥거리는 것에 대해 일제히 안타까 운 표정을 만들었다. 그때 노랗고, 하얗고, 칙칙한 얼굴들 중에서, 머리를 틀어 올린 노란 얼굴이 눈에 들어왔다. 뒷자리 승객들의 시 선이 내게 집중되어 있는 지금도, 그 얼굴만은 무심히 차창 밖을 향하고 있었다. 여자의 틀어 올린 머리가 한 뼘쯤 더 늘어나더니, 내가 눈을 감았다 뜨는 사이에 얼굴은 둘이 되어 있었다. 여자는 눈동자를 창밖에 던져놓고 무언가를 골똘히 바라보는 표정이었다. 그러나 나는 알고 있었다. 실은 밖의 사물이 아니라 자기 안의 누군가를 추억하는 것이라는 걸. 둘이 되어 있는 얼굴 중에서 위쪽의 표정이 더욱 그렇다. 저 표정은 차라리 엄마의 얼굴이었다.

엄마는 자주 저런 얼굴로 베란다에 서 있었다. 그러다가 나와 눈이라도 마주치면 흠칫 놀라면서 화를 내곤 했다. 속내를 들켜버린 민망함을 감추기 위한 과장된 몸짓이라는 것을 알면서도, 나는 매번 서운했다. 엄마는 그때 아버지를 향해 한 걸음 내딛었으면 좋았을 거라는 후회를 하고 있었는지도 몰랐다. 아버지가 아직 엄마 눈앞에 있었을 때처럼, 그러니까 엄마 표현대로 청승이라도 떨고 있기를 바랐는지도 모른다.

다시 승객들의 소리가 합창으로 들려왔다.

"스텝다운!"

머리를 틀어 올린 여자가 나를 돌아다본 순간, 하나의 얼굴이 사라졌다. 그때 뒷자리에서 여든은 되었음 직한 백인 할아버지가 성큼성큼 다가왔다. 그러고는 내 몸을 앞뒤로 잡더니 계단 아래로 옮겨놓았다. 아득하게 들려오는 사람들의 스텝다운 소리를 들으며, 내 몸이 휘청하고 계단으로 내려섰다. 그러자 피시식, 하고 버스 문이 열렸다. 한 발 내려가서 계단을 밟아야만 문이 열린다는 걸, 나는 그제야 깨달았다.

정신을 차려보니 할아버지의 오른손이 정확히 내 젖가슴을 움켜쥐고 있었다. 버스 문이 완전히 열린 다음에도 할아버지의 손은 떠나지 않았다. 나도 잠시 그렇게 서 있었다.

불꽃놀이

베이사이드 레스토랑에 도착하니, 창가 쪽에서 마꼬가 손을 번쩍 들었다. 네 명이 모두 모여 있었다. 스물라치가 자기 옆자리를 가리키며 손짓을 했다. 테이블에는 벌써 오픈한 와인이 놓여 있었다. 자리에 앉자마자, 암스트롱이 내 잔에 와인을 따르며 말했다.

"낮이 길어져서 열 시쯤이나 되어야 불꽃놀이가 시작된다고 합니다. 저녁 먹고 데이브 거리 바에서 한 잔씩만 더 하죠?"

선재는 마꼬와 나란히 앉아 있었다. 이상했다. 그의 얼굴을 정면에서 바라보자, 가슴 바닥에서 가려운 무언가가 스멀거리며 올라왔다. 나는 왼손을 명치 부근으로 올리고 지그시 눌렀다. 그때 선재가 잔을 들어서 내 잔에 부딪치며 말했다.

"인주 씨, 감격하면 가슴이 가려워져요."

"……"

"조금 있으면 여기 일몰 때문에 또 감격하게 될 겁니다."

나는 손을 내리지도 올리지도 못 한 채, 와인잔 기둥을 잡고 흔들면서 그의 손목뼈를 바라보았다. 지쳐 있는 듯 뼈 위로 지나가는 정맥이 흐릿해 보였고, 그것 자체가 하나의 인격체처럼 느껴졌다. 이상한 건 손목뼈가 두 개로 보였다가 다시 네 개로 늘어났다는 점이다. 내가 눈을 감았다가 크게 뜨자, 손목뼈는 다시 한 개가 되어 있었다. 그리고 이유 없이 가슴이 높게 뛰었다.

그때 스물라치가 내 손등을 건드리며 말했다.

"우리 할로윈 데이에 결혼하기로 했어요. 하객들 편의를 봐주기 위해서니까 할로윈 복장으로 오세요."

"아마, 저는 그 안에 돌아가야 할 것 같아요. 그 전에 강의도 끝날 거예요."

"그럼, 우리가 허니문을 한국으로 갈까?"

스물라치가 팔꿈치로 암스트롱을 건드리면서 다시 말했다.

"자기야, 호텔은 천장이 근사했으면 좋겠어."

스물라치가 허공을 올려다보며 말하자, 암스트롱이 뜨악한 얼굴로 물었다.

"왜, 하필 천장?"

"어차피 천장만 바라보다 올 텐데 뭘. 자기는 날 못 올라가게 하잖아."

암스트롱은 맥없이 웃으며 내게 말했다.

"하하. 그나저나 전 내일 즉결받으러 갑니다."

"즉결이라면?"

"제가 여기 정부에, 진 빚이 좀 있거든요. 주차 스티커요."

"저는 재판 소리만 들어도 가슴이 뜨끔하네요."

"이자까지 한 8천 달러쯤 될 겁니다."

"어머 어쩌다가…… 한화로 한 8백만 원 정도 되는 건가요?"

"거의요, 합의를 보면 줄일 수 있어요. 말만 잘하면요."

암스트롱은 다시 '말만 잘하면요'라고 영어로 말했다. 그러자
스물라치가 오른쪽 어깨를 쓱 들어 올리면서 말했다.

"자기 부채는, 내가 섹시하게 갚아줄게. 그 판사는 야한 걸 좋아
하거든."

일몰이 시작되었다. 내가 일몰에 빠져 있는 동안 그들은 나를 고
려해서 조용히 떠들었다. 물 위로 떨어지는 해는 엄청나게 커 보였
다. 내 인생에 그토록 크고 빨간 해는 처음이었다. 새빨간 불덩이
가 차츰 물에 잠기더니, 완전히 자취를 감추었다. 정확히 8시 43분
이었다.

스물라치의 목소리가 들려왔다.

"인주 씨는 여기 여름 다 접수했다. 이제 불꽃놀이만 보면."

마꼬는 잉글리시 베이 주변을 떠나지 못하는 것이 저 일몰 때문
이라며 배시시 웃었다. 그러자 스물라치가 지지 않고 말했다.

"우리 집에서는 암스트롱이라는 달이 뜬다. 일몰은 볼 수 없지만."

그러고는 곱실거리는 앞머리를 치우고 이마를 드러냈다.

"인주, 내가 재밌는 거 보여줄게요."

하마터면 나는 스물라치의 이마를 만질 뻔했다. 그렇게 견고한 문신은 한 번도 본 적이 없었다. 머리와 이마의 경계선에서부터 뻗어 나온 나뭇가지들이 관자놀이까지 이어져 있고, 가늘고 섬세한 가지들은 그림자까지 갖추고 있었다. 막 돋아 나오는 정맥처럼 보이기도 하고 초현실주의의 세계로 들어가는 입구처럼 보이기도 했다. 그것들을 헤치고 들어가면 정말 다른 세상이 열릴 것 같았다.

나는 한참을 감상하다가 겨우 입을 열었다.

"와, 그거 정말 같아요. 그림자까지 있네요."

벌어진 입을 수습하지 못하는 나를 보며 암스트롱이 진지하게 말했다.

"인주 씨도 문신에 관심이 많네요. 선재는 거의 집착 수준인데."

선재는 암스트롱의 말에 갑자기 얼굴을 붉히더니 그만하자며 정색을 했다. 암스트롱은 '다음에'라면서 계속 실실거렸다.

우리는 분위기에 취해 와인 두 병을 더 마시고서야 레스토랑을 나왔다. 암스트롱과 스물라치는 마꼬와 어깨동무를 하고 나란히 걸어갔다. 그 바람에 선재와 내가 뒤에서 걷게 되었다. 이곳의 8월은 그다지 덥지 않았다. 콧등에 땀이 맺히는 것은 옆에 있는 선재와 술기운 탓 같았다. 선재는 한참 만에 침묵을 깨고 입을 열었다.

"오늘도 같은 옷을 입으셨네요."

"제가요?"

"네, 재판받던 날도 그 민소매 원피스를 입고 있었는데."

선재는 내가 그날 입었던 옷을 기억하고 있었다.

"제가 긴 치마를 좋아하고 흰색을 좋아해요. 이 옷은 두 가지를 동시에 만족시켜주기 때문에 자주 입게 돼서…… 낡아도 버리지를 못 하네요."

그는 칼라가 달린 오렌지색 티셔츠를 입고 있었는데, 톤이 낮아서 오히려 차분한 느낌이 들었다. 그가 진지한 표정으로 말했다.

"그날 통역할 때, 인주 씨가 '네 번째'라고 말하던 순간을 두고두고 기억합니다. 당황한 그 순간에도 어깨에 있는 그 우두 자국을 보고 있었거든요."

설마 우두 자국 때문에 입고 있던 옷을 기억하는 것은 아니겠지. 그 생각이 끝나자마자 선재가 급히 말했다.

"설마, 우두 자국 때문에 그 옷을 기억한다고 생각하진 않으시겠죠?"

나는 내색하지 않으려고 애쓰면서 그를 바라보았다. 갑자기 내 머리를 해킹당하는 게 아닌가 하는 생각이 들었던 것이다.

"눈을 동그랗게 뜨시는 걸 보니…… 혹시, 당황하신 건 아니죠? 전 해커는 아닙니다."

처음 보는 사람이 낯설지 않게 느껴질 때가 있다. 가령 전철 안에서 하품을 하다가 마주친 누군가의 눈이 너무도 친근하게 다가

왔을 때, 나는 그들이 뱀파이어는 아닌가 하는 생각을 한 적이 있다. 320년 정도를 살아온 듯한 그 표정이라니. 어느 날 거울 안의 나로 착각할 수도 있을 만큼 친근하고, 또 나를 다 알고 이해한다는 그런 표정을 가진 얼굴 말이다.

"그렇게 거리를 두지 마세요, 뱀파이어는 아니니까요."

"정말, 혹시 제 머리에 무슨 칩을 심어놓은 건 아닌가요? 지금 계속……."

"저는 그냥 성격에 기초해서 짐작만 할 뿐입니다. 설마 제 말이 다 맞은 건 아니죠?"

나는 앞장서서 걸었다. 화가 나는 것이 아니라 이상하게 가슴이 벅차올랐기 때문이다. 그런 걸 또 그에게 들키기는 싫었다.

일행들은 '리틀 시스터즈'라는 성인 용품점 앞에 서서 웃더니, 우르르 가게 안으로 몰려 들어갔다. 문 앞에 게이의 상징인 무지개 깃발이 펄럭이고 있었다. 선재는 담배를 꺼내더니 보도블록의 끝으로 물러났다. 흡연자가 지켜야 할 규칙이었다. 그는 도로와 보도블록의 경계에 서서 무지개 깃발과 나를 번갈아 바라보며 담배를 피웠다.

내가 깃발을 가리키며 말했다.

"무지개는 해를 등지고 서야만 볼 수 있잖아요?"

"아마 저 깃발은 다양성을 인정해달라는 단순함에서 제작된 걸로 알고 있어요."

그는 내가 하려는 말을 이미 알고 있었다. 오래된 '관습'이라는 해를 등지고서 열린 가슴이 되어야만, 저토록 현란한 무지개를 발견할 수 있는 게 아닐까 하는 내 궤변을 미리 알고 있는 대답이었다. 꺼진 담배를 들고 휴지통으로 걸어가는 그의 뒷모습이 서늘한 무지개로 보였다. 나는 지금 어떤 해를 등지고 서 있는 것일까.

마꼬와 스물라치가 핑크빛 전단지를 들고 깔깔거리며 나왔다. 뒤따라 나온 암스트롱은 계속 투덜거리더니 길 건너의 바를 가리켰다. 거리는 너무 복잡했다. 불꽃놀이의 하이라이트가 오늘 밤에 진행되기 때문인지, 사람들이 온통 이 거리로 쏟아져 나온 듯했다.

게이 바는 더욱 그랬다. 흥에 겨운 사람들은 비좁은 가게를 벗어나 보도블록 위에서도 몸을 흔들었다. 암스트롱은 그 난장판 사이를 파고들었다. 그의 뒤를 따라 간신히 비집고 들어간 우리는 그대로 서 있어야 했다. 음악에 맞춰 몸을 흔들자면 옆 사람의 몸까지 같이 흔드는 상황이었다. 바로 뒤에 서 있던 선재의 숨결이 내 정수리에 그대로 쏟아져 내렸다. 갑자기 배뇨감이 느껴졌다. 아까 마신 와인 탓인지 방광이 엄청난 무게로 느껴졌다. 앞장서서 들어갔던 암스트롱이 음악 소리에 지지 않으려고 큰 소리로 외쳤다.

"자, 이 상태에서 선재부터 그대로 다시 나간다. 크루즈 앞에 가서 불꽃 기다리면서 마시자."

앞에 서 있는 스물라치에게 화장실 얘기를 꺼냈더니, 갑자기 내 손을 잡고는 옆으로 돌진했다. 그러자 한산한 곳이 나타났고, 그

앞이 화장실이었다. 의외로 여자 화장실이 예쁘게 꾸며져 있었다. 나는 안으로 들어가 문도 잠그지 않고 변기 위에 앉았다.

화장실 문에 달린 투명 아크릴 안에 비너스 그림이 들어 있었다. 그 유명한 비너스의 탄생이었다. 거품이 떠받치는 거대한 조개를 탄 비너스가 키프로스 섬으로 상륙하는 모습이었다. 그녀의 뒤에는 장미가 날아다니고, 미풍 아우라와 서풍의 신 제피로스가 입김으로 바람을 불어 조개를 뭍으로 보내고 있었다. 순간 술기운이 확 달아났고, 하마터면 나는 비명을 지를 뻔했다.

조개 안에서 아름다운 자태로 서 있는 비너스는, 털이 무성한 백인 남자였다. 비너스의 풍만한 몸 대신, 가슴에 털이 수북한 거구의 백인 남자가 금발을 늘어뜨리고 요염한 자태로 두 다리를 꼬고 있었다. 나는 볼일을 보면서도 비너스 남자의 치켜뜬 눈과 마주쳤고, 그때마다 터져 나오는 웃음 때문에 소변을 보는 데에 많은 시간이 걸렸다.

문밖에서 기다리고 있던 스물라치에게 사정을 설명하기도 전에, 그는 나를 밖으로 잡아끌었다. 나는 끌려 나가면서도 발작적으로 웃음을 터트렸다. 수줍게 치켜뜬 비너스 남자의 눈은 가히 충격이었다.

잉글리시 베이 위에는 수많은 크루즈가 조용히 흔들리고 있었다. 불꽃을 쏘아 올릴 준비를 하고서 일제히 발사 신호를 기다리고 있는 중이었다. 백사장으로 몰려든 사람들 때문에 잠깐 한눈을 팔면 누구의 발이든 밟고 지나갔다. 스물라치는 무슨 일인지 토라져 있었다. 그때 폭죽 터지는 소리가 들리고 야자수 모양의 불꽃이 수면 위로 떠올랐다. 연이어 갖은 모양의 불꽃 쇼가 펼쳐지기 시작했다. 나는 스물라치 옆으로 자리를 옮겼으나, 그는 이미 보이지 않았다.

암스트롱이 소리를 꽥 질렀다.

"이년은 꼭 중요한 장면에서 지랄이야. 정말 꼭 이런다니까요."

암스트롱이 다시 씩씩거렸다.

"카데로스 레스토랑 난간에서 풍덩 뛰어내린 적도 있습니다. 전 그때 거기서 미팅 중이었거든요. 남자 손님들과 같이 있어도 질투하고, 여자 손님과 가도 그럽니다. 이젠 거기서 손님 접대 안 합니다. 걱정 마세요, 마꼬가 따라갔으니까요."

"스물라치는 영어 이름이 아닌 것 같아요."

"원주민 이름입니다. 가끔 스몰? 라지? 하면서 놀리는데, 스물라치 기분이 좋을 때는 '미디엄 플리즈'로 대답하기도 하죠."

"그럼, 안 좋을 때는요?"

"지금처럼 말도 없이 사라져요. 그러곤 20분쯤 후에 슬그머니 나타납니다."

"스물라치 외모는 전형적인 유럽인인데요?"

"그렇긴 한데, 원주민 피가 흐르고 있죠. 일종의 세탁 같은 겁니다. 몇 세대가 흐르면서 피가 섞이다보니, 왜 그 있잖아요? 돈세탁 같은 것처럼, 피 세탁이라고 해야 하나요……. 피를 추적하는 게 불가능하지는 않지만, 그렇다고 완전하지도 않아요. 여기 200개 인디언 밴드[17]가 있는데도, 자기들 말을 알고 있는 사람은 이제 거의 없습니다."

"제가 만난 추장님도 자기 부족 얘기를 책으로 만드셨는데요, 영어와 독어로 돼 있었어요. 저도 한 권을 받았어요."

"사실 전 결혼이 두렵습니다."

암스트롱은 느닷없이 그 말을 하고는 입을 다물었다.

그들의 결혼은 선상 크루즈로 진행하게 되어 있었다. 싱글 클럽에서 탈퇴하는 그들에게 클럽의 회장이 주는 마지막 선물이었다. 어느새 선재가 옆에 와 있었다.

"나, 인주 씨 좀……."

선재가 슬그머니 내 손을 잡아끌었다. 그리고 내 손을 꽉 움켜쥐고 사람들 사이를 헤치고 나아갔다. 모든 인종이 또다시 이 거리에 모인 것 같았다. 발을 제대로 떼지 못해 수도 없이 선재 등에 이마를 부딪치면서 도착한 곳은 불꽃이 떨어지고 있는 물가 옆이었다. 그토록 화려하게 피었던 불꽃은 겨우 수초 만에 물 위로 쏟아져 내렸다. 불꽃이 물 위로 떨어지면서 치지직 소리를 냈는데, 이상하게

---

17 원주민들이 단지를 이루어 모여 사는 마을. 캐나다에는 약 200개의 인디언 밴드가 있다.

그 소리에 내 가슴이 바짝바짝 타들어갔다. 불꽃은 우리 머리 위에서 온갖 현란한 모양을 그리며 쉴 새 없이 터지고 있었다.

선재가 숨 가쁘게 말했다.

"용서해주실 수 있어요, 지금 내가 뭘 하든지?"

고개를 돌려 그를 올려보는데, 그의 얼굴이 빠르게 내려왔다. 그는 내 왼쪽 어깨에 입술을 대고는, 낮게 솟아오른 우두 자국에 오랫동안 입을 맞추었다. 손바닥에 땀이 고여왔다. 살아오면서 이렇게 저항할 수 없는 순간들이 몇 번이나 있었는지 헤아리다가, 나도 모르게 그의 목덜미를 덮고 있는 곱슬머리로 손이 올라갔다. 그러고는 길고 혼란스러운 입맞춤이 시작되었다. 불꽃이 내는 소리와 사람들의 아우성이 오히려 낱낱이 들려왔고, 그의 목덜미에서 땀이 배어 나오는 걸 느꼈다. 그리고 알게 되었다. 입술만으로도 이토록 황홀할 수 있다는 것을. 그리하여 이것은 단순한 입술끼리의 만남이 아닐 거라는 의문을 가지게 되었을 때, 우리는 서로의 얼굴을 바라보고 있었다.

그의 조심스러운 고백이 시작되었다.

"법정에서 옆에 서 있던 인주 씨를 봤을 때도, 이 민소매 원피스를 입고 있었어요. 우연히 어깨 위에 있던 우두 자국이 보였죠. 뭐랄까, 막연한 향수를 느낀 것 같아요. 그때부터 이상하게 초조하고 통역을 하면서도 가슴이 막 뛰더군요. 그런데 인주 씨가 첫 번째, 두 번째 해가면서 변론을 시작했어요. 그리고 네 번째, 까지 말했

을 때 내가 미쳤나 봐요. 그 순간 그냥 안고 싶었어요. 인주 씨는
계속 네 번째, 하는데 판사는 재촉하고……."

내가 씨익 웃었다.

"그럼, 언제든지 내가 '네 번째'라고 하면, 가슴이 뛰면서 나를
안고 싶어지는 거네요?"

불꽃놀이는 끝나 있었다.

선재는 암스트롱의 전화를 받으면서 다시 인파를 헤치고 나아갔
다. 그는 내 손을 잡은 손아귀에 더욱 힘을 주었다. 그러고는 스물
라치가 공원 옆에 있는 조형물 안에서 발견되었다며, 뉴스를 전하
듯이 말했다. 제때에 발견해서 사고를 미연에 방지할 수 있었다고.

장미 엑스레이

우기가 왔다. 수시로 안개비가 흩뿌렸고, 오후 4시쯤이 되면 어스름해지기 시작했다. 나는 선재를 기다리며 우기의 변덕스런 날씨를 체험하고 있었다. 분명히 하버센터 앞이라고 했는데, 약속한 시간이 다가오도록 그는 나타나지 않았다. 전망대에 오르려는 관광객들이 수도 없이 내 앞을 오고 가는 사이, 나는 길 건너편에서 벌어지는 한 남자의 퍼포먼스를 지루하게 바라보았다.

해적 분장을 한 남자의 발밑에 빈 맥주 박스 두 개가 겹쳐져 있는데, 남자는 그 위에서 수십 초 동안 꼼짝도 하지 않고 마네킹처럼 굴었다. 그러다가 지나가던 사람들이 넋을 놓고 자신을 바라볼 때, 갑자기 밟고 있는 박스에서 딱 소리가 나도록 요란하게 발을 굴렀다. 그때마다 목과 팔다리를 회전시켜 몸체의 방향을 틀었다. 사람들은 자지러지게 놀라면서도 유쾌하게 웃었고, 그 웃음의 값으로 남자 앞에 놓인 악기 케이스에 돈을 넣고 지나갔다.

남자는 하얗게 회칠한 얼굴에 눈을 판다처럼 까맣게 칠하고, 입술 주변을 검은색 동그라미로 그려놓아서 입이 그 안에 갇힌 것처럼 보였다. 몸 전체에 꼭 끼는 검은색 타이즈를 입고 검은색 망토를 걸치고서 해적 모자를 쓰고 있었는데, 상체의 갈비뼈 부근에 그려져 있는 형광색 갈비뼈를 볼 때면 나도 모르게 웃음이 나왔다.

남자와 2차로를 사이에 두고 있었기 때문에, 나중에는 그의 움직임을 거의 읽을 수 있게 되었다. 남자가 발을 구를 때가 되었다 싶으면, 그는 영락없이 발을 굴러서 행인들을 놀라게 했다. 약속 시간에서 20분이 지나가고 있었다. 선재에게 전화를 걸었으나 전원이 꺼진 상태였다. 10분을 더 기다리고 있자니 걱정이 되면서 가슴이 뛰기 시작했다. 나는 암스트롱에게 전화를 걸었다. 그는 미팅 중이었는지, 일행에게 양해를 구하고는 내게 물었다.

"하버센터라고요? 하하, 오늘 선재 차롄가 봅니다. 하하, 그럼 거기 있잖아요."

"……"

"인주 씨, 길 건너에 망토 입은 남자 보이세요? 그러니까 검은색 해적인가, 아마 그럴 겁니다."

"저 남자는…… 퍼포먼스 하는 사람 말인가요?"

"네, 선재예요. 하하, 학교 때부터 우리 동아리에서 하던 겁니다. 전통도 오래됐어요."

나는 전화를 끊고서 가방을 둘러메고 길을 건넜다. 걱정하던 사람이 무사하다는 걸 알게 되면, 짧은 기쁨 뒤에 반드시 화가 치미는 경험을 하게 되는데, 그때는 상대의 욕구를 헤아리기도 전에 행동이 먼저 앞서게 마련이다. 나는 구경꾼들과 섞여서 선재를 바라보고 있다가 그가 발을 구르기 전에 획 돌아섰다. 그리고 열 발짝도 떼지 못하고 그에게 팔목을 잡혔다.

"미안해요, 혼자 있기 외로워서 그랬어요. 짐 챙길게요, 시간도 다 됐어요."

그의 복장을 보자 웃음이 비어져 나왔다. 나는 형광색 갈비뼈에서 시선을 떼고 웃음을 참기 위해 입술 근육에 잔뜩 힘을 주었다. 그는 돈이 들어 있는 바이올린 가방을 닫아서 내게 내밀었다. 나는 가방을 받아 들면서 이죽거렸다.

"이 돈은 혹시 생계유지용인가요?"

그는 두 개의 박스를 챙기면서 말했다.

"마약 퇴치 기금으로 보내고 있어요."

"진짜 생계유지였군요."

그가 주차장 쪽을 손으로 가리키면서 말했다.

"여기 이스트사이드라는 슬럼 지역에 마약 투여소가 있어요. 위생적인 1회용 주삿바늘을 제공하고, 보건요원이 상주해서 일정량 이상의 마약을 투여하지 못하도록 감독하는 역할도 하고 있습니다."

"정부에서 마약을 투여해준단 말인가요? 그럼 그 슬럼가도 일종의 수용지 같은 거네요. 마약을 놔줄 테니, 이 거리를 벗어나면 안 된다는?"

"꼭 그렇지만은 않아요. 마약 과잉 투여로 인한 사망과 에이즈 등의 전염병이 크게 줄었답니다. 등록자를 대상으로 중독 상담도 하고 있고요. 7200명가량 됩니다. 그런데 지금, 그 투여소 설치를 승인한 자유당과 진보 세력이 반대 집권 보수당과 싸우고 있습니다. 전 정치에는 관심 없습니다. 저, 제 차는 여기 있어요."

"어머님이 한국에서 정치를 하셨다고 했나요?"

"은퇴하셨죠. 그러고 나서 이곳으로 이민을 신청하셨어요. 그런데 제가 이 상태로 다니기는 좀 그렇고요. 집으로 갈까요? 좋은 와인 있습니다. 광어회도 있고요."

"집으로요?

"부모님 집입니다. 지금은 한국에 계세요. 캐나다 국적 유지하려면 이곳에서 6개월 이상 거주해야 하거든요. 그러니까 1년에 6개월은, 저 혼자 지내는 셈입니다."

그는 짐을 차에 놓고서 내 대답을 기다렸다. 나는 생각하는 시늉을 하다가 길 건너 2층에 있는 퓨전 식당을 가리켰다. 그가 건너편을 바라보고는 자신의 복장을 가리키자, 나는 그를 흉내 내듯이 어깨를 으쓱해 보였다. 그리고 우리는 누가 먼저랄 것도 없이 횡단보도를 건너기 시작했다.

나는 식당으로 가기 전, 어느 매장의 쇼윈도 앞에서 주춤거렸다.

쇼윈도에서 쏟아져 나오는 빛이 아주 강렬했는데, 무슨 스튜디오 같기도 했다. 쇼윈도를 거의 차지하는 대형 액자가 걸려 있고, 세 개의 할로겐이 그것을 비추고 있었다. 쇼윈도 바로 앞에 서자, 커다란 그림이 내 시야를 꽉 채웠다. 나도 모르게 한 발짝 물러섰다. 자세히 보려면 물러서야 한다는 것을, 몸이 먼저 아는 것 같았다. 그림은 잠자리의 날개를 세밀하게 그린 것도 같고, 아주 섬세한 그물 같기도 했다. 나는 멀미를 하듯이 눈을 가늘게 떴다.

그때 출입문을 밀고 나온 여자가 문을 닫으면서 우리를 바라보았다. 여자는 짧은 크림색 머리카락을 가졌고, 인중 위에 까만 점 하나가 있었다. 여자는 다시 우리를 바라보고는 서둘러 몇 발자국 걷다가 이내 다시 돌아왔다. 그리고 내게 쇼윈도를 가리키며 말했다.

"아름답죠? 장미 엑스레이예요."

여자의 까만 점이 빤짝 하고 빛났다. 선재가 다가와서 눈을 크게 뜨고 바라보며 탄성을 질렀다.

"이 길을 수도 없이 지나쳤는데, 장미인 줄은 생각도 못 했네요."

그는 허탈하게 웃었다.

그러고 보니 그림이 아니라, 인화지 위의 사진이었다. 눈을 크게 뜨고 있는 나를 여자가 즐거운 표정으로 바라보았다. 그러고 보니 여자의 인중에서 점처럼 빛나는 것은 검은색 오닉스로 만든 피어싱이었다. 내가 사진에 관심을 보이자, 여자는 다시 사진을 가리키며 말했다.

"자세히 보세요. 엑스레이로 보면 장미에는 가시가 없어요. 보세요……. 여기, 그냥 줄기만 보이잖아요."

소름이 목덜미를 타고 정수리까지 올라오더니, 잊고 있던 가려움증을 일깨웠다. 나는 손톱을 세워 목덜미에 깊숙이 박았다. 긁기 시작하면 피를 보게 되니, 가려움보다 더한 통증으로 맞서는 수밖에 없다. 고통으로 고통을 이기는 것이다.

얼마 전에 생식을 시작한 뒤부터 가려움증이 시작되었다. 한의사는 가려움을 호소하는 내게 명현 반응이니 참아보라고 했다. 평소에 안 좋은 부위가 더 아플 수도 있으나, 그것이 나아지는 과정이라는 것이다. 그러나 날이 갈수록 가려움은 더 깊어졌다. 이제는 손톱을 아무리 세워도 그 가려움의 뿌리 근처에 가 닿지도 않았다.

나는 여자에게 눈인사를 하면서 목덜미를 감싸 쥔 손에 힘을 주었다. 장미에 가시가 없다고? 그럼, 세상을 향해 선명하게 솟아오른 그것은 장미의 피부였나? 피부에 돋은 소름이 점차 자라서 그렇게 뾰족해진 것인지도 모르지.

나는 선재를 뒤에 두고 휘적휘적 걸었다. 내 몸이 장미처럼 엑스선으로 훤하게 촬영되어 공개되는 것 같았다. 수많은 사람들이 비폭력을 강의하는 내 입에서 폭력의 가시를 발견하게 될지도 모를 일이었다. 나는 어깨를 한번 움츠렸다 펴고는 아까보다 더 빠르게 걸었다.

악령의 춤

선재의 집은 발코니가 2층 전체를 둘러싸고 있었다. 2층의 창문은 격자무늬이고, 아래층은 길쭉한 타원형이었다. 후문은 차고에서 곧바로 거실과 주방으로 연결되어 있었다. 응접실 소파 앞에 원형 오크목이 놓여 있고, 그 옆으로는 커다란 페치카가 허연 굴뚝을 이고 있었다.

선재는 오븐 앞에서 무언가를 작동시키고는, 자신의 2층 방으로 나를 안내했다. 그의 방은 꽤나 인상적이었다. 천장 가운데가 유리지붕으로 되어 있어 하늘을 통째로 볼 수 있었다. 유리창이 있는 벽을 빼면 삼면이 책장이었고 대개는 문학 선집들이 꽂혀 있었다. 마르크스와 체 게바라가 나란히 서 있고 미셸 푸코와 마크 트웨인은 그 옆에 서 있었다. 그리고 티베트 명상법과 MBTI[18]의 유형별 탐구가 그 책들 위에 가로로 누워 있었다.

"선재 씨, MBTI 공부하셨나요?"

"취미로 시작했는데 꽤 깊이 들어갔어요. 융에 대한 관심이 발단이었죠. 인주 씨는 유형 검사 해봤어요?"

"저요? 잔다르크요……."

"아, INFP[19]시군요. 짐작하고 있었습니다. 저는 이 공부하면서 우리 집 강아지들 성격까지 추정해봤거든요. 치와와 짱이는 ESFP[20]고요, 덩치 큰 진이는 INTP[21]예요. 우리 들어올 때 짱이 하는 거 보셨죠? 아주 활달한 외향에 사랑받지 않으면 살 수 없는 놈이에요. 애욕의 화신이죠. 진이는 한 발 뒤로 물러났지만, 진심으로는 아주 기쁘게 반긴다는 걸 알아요. 꼬리를 흔드는 힘과 각도가 전혀 달라지지 않거든요. 언제나 그렇습니다."

그는 흐트러져 있던 책들을 빼서 똑바로 꽂으며 말했다.

"아버지와 저는 같은 성향이에요. 책장 두 개는 아버지 겁니다.

---

18 MBTI 검사는 칼 융의 심리 유형 이론을 근거로 만들어졌다. 칼 융이 여덟 개의 유형까지 만들었고, 그다음은 캐서린 브릭스, 이사벨 마이어스, 피터 마이어스까지 3대에 걸쳐 70년 동안 연구 개발된 비진단성 성격유형 검사이다.

19 MBTI의 열여섯 개 성격유형 중 하나이다. 내향이고 오감보다는 육감을 사용하는 직관의 소유자들이며, 논리력은 열등하지만 인간의 감정을 제일 중요한 덕목으로 삼고 세상과 사람을 있는 그대로 받아들이는 인식론자로 구분된다. 그러나 자신의 가치나 신념이 위협을 받으면 잔다르크처럼 분연히 일어서는 유형으로 보고 있다.

20 ESFP 유형은 활달한 외향이며, 직관보다는 오감을 사용하고 인간의 감정과 애정에 관심이 많은 인식론자들로 세상의 빛과 소금이 되고자 하는 이들이다. 회식 자리에서 마이크를 놓지 않는 분위기 메이커를 본다면 십중팔구 이 유형이라고 생각해볼 수 있다.

21 INTP들은 말수가 적고 사색적이며 직관적인 논리를 선호하는 아이디어 뱅크들이다. 반대 유형인 ESFJ가 인간적이지 않다는 평을 하면 이들은 '내 안에 사랑 있다'로 응하고, 애국가의 2절에 나오는 낙락장송을 자신들과 동일시한다.

한때는 영어로 글을 써보고 싶었는데…… 쉽지 않았어요."

그는 만찬을 준비했다면서 나를 거실로 데려다가 식탁 앞에 앉혔다. 그러고는 커다란 랍스터 두 마리를 접시 위에 올려놓았다.

"이놈 구하러 밴쿠버항에 다녀왔습니다. 많이 드셔야 돼요."

파슬리는 랍스터의 발 사이에 끼어 있었고, 노랗고 빨간 파프리카는 먹기 좋게 잘려서 집게발 안에 세로로 서 있었다.

"요리도 하세요?"

"이렇게 간단한 것들 몇 가지요. 6개월 동안 사 먹을 순 없잖아요. 한국 음식은 어머니가 잘하시거든요."

그는 냉장고에서 화이트 와인과 진을 꺼내 왔다.

"이 온도가 딱 좋아요. 드세요."

와인잔을 부딪치는 순간 또 가슴 바닥이 간지러웠다. 보드라운 새의 깃털이 심장 아래쪽을 연속적으로 긁어대는 느낌이랄까. 기침이 나오려는 걸 애써 참느라 눈물이 고일 지경이었다. 잔기침이라도 해대면 지금의 이런 기분이 흔적도 없이 사라질 것만 같았다. 이런 충만한 기분은 실로 오랜만이었다. 차차 술기운이 오르자 나도 모르게 와인잔의 기둥을 꼭 움켜쥐었다. 그러자 지금 내가 이런 느낌에 빠져도 될까 하는 자괴감이 날카롭게 지나갔다. 그 순간 선재의 목소리가 최면을 거는 것처럼 들려왔다.

"그냥, 아무 생각 하지 말고 맛있게 드시는 겁니다."

그는 또 내 표정을 읽고 있었다. 나는 그의 최면에 걸린 것처럼 정말이지 아무 생각도 없이 랍스터를 해부하기 시작했다.

명랑한 얼굴로 식사를 하던 그가, 불쑥 특별한 음반을 가지고 있다고 말했다.

"사실 그 음반에는 악령이 깃들었어요. 하하. 계속 춤을 추게 되거든요."

"분홍 신을 신지 않고도 밤새 춤을 추나요?"

술기운 탓인지, 나는 그의 말에 필요 이상으로 깔깔거렸다. 그냥 웃음이 자꾸 터져 나왔다. 나는 이내 진지한 표정을 하고서 그에게 부탁했다.

"악령이든 뭐든, 춤을 추게 해주세요."

"잠시 후에 차고로 들어가보세요."

그가 의자에서 일어나며 다시 말했다.

"너무 기대하지는 마세요. 그 악령이 누구 편인지 아직 모르니까요. 혹시 대마초 필요하면 말씀하세요. 학교 다닐 때 해봤는데, 저는 그게 별로던데요."

"와, 저 그거 많이 궁금했는데. 효과 없나요? 중독성도 없다고 하던데요? 그런데 맞는 사람은 맞는다면서요?"

"정말 궁금한 게 많군요. 저번 그 공원에서 어쩔 수 없이 사게 된 거였어요. 그 남자가 인주 씨에게 가려는 걸 막으려고 불렀다가…… 버릴 겁니다."

그는 식사가 끝난 후에 차고를 바쁘게 들락거렸다. 나는 식탁에서 일어나며 와인 한 잔을 더 마셨다. 한층 취기가 올라왔다. 그리고 와인 라벨을 손가락으로 더듬어보다가 병째 들고서 차고 안으로 들어갔다.

잠시 후 그가 들어와 차고의 조명을 조절하더니 음악을 틀어놓고 내게 손을 내밀었다. 아니, 손을 내미는 것처럼 보였다. 그는 다시 주방으로 들어가고 있었다.

좁은 공간에 갇힌 음악 소리는 울부짖는 짐승의 소리처럼 들렸다. 바이올린의 고음은 지친 숨소리처럼 끊길 듯 끊길 듯이 겨우 이어지고 있었다. 그 소리에 귀를 기울이다보면 느닷없이 첼로 음이 묵직하게 치고 올라왔다. 격렬하게 몸을 흔들지 않아도 그저 너울너울 소리를 따라서 흔들리기만 하면 되었다.

차고의 천장에 박힌 네 개의 할로겐 불빛이 휘청하면서 내 눈으로 쏟아져 내렸다. 나는 눈을 감았다. 그러자 소리가 더 확연하게 잡혔다. 음반에서 나오는 소리와 내 몸이 하나인 것처럼 리듬에 정확하게 반응했다. 움켜쥐고 있던 병의 주둥이에서 와인이 흘러나와 손을 적셨다. 술 냄새가 올라오자 짧게 진저리를 쳤다. 그가 들어오는 기척이 들리자 나는 큰 소리로 말했다.

"인생을 거꾸로 시작하게 할 수 있다면 좋겠어요. 노쇠한 채로 태어나서 서서히 젊어지다가…… 죽을 때에 가장 젊은 상태로 죽는 삶은 어떨까요. 어떨 것 같아요?"

대답이 없었다. 뒤꿈치를 들고 팔을 어깨 높이로 올리는데, 내 몸이 소리가 시키는 대로 무작정 반응하는 것처럼 느껴졌다. 아무래도 저 음악에 깃든 악령이 와인과 무슨 조화를 부리는 것 같았다. 나도 모르게 양팔이 벌어지고 무릎이 약간씩 구부러지면서 저절로 리듬을 탔다.

나는 다시 큰 소리로 물었다.

"엄마를 볼 때마다 그런 생각이 들었거든요. 그러면, 오래전에 떠났던 남편이 다시 돌아오기도 하겠죠? 나이를 먹는 일이 조금은 즐거울 수 있을 거예요……"

여전히 대답이 들려오지 않았다.

음악이 웅장하게 울리면서 들려올 때는 나도 모르게 빙글빙글 돌았다. 운동화의 앞 축에 힘을 주고서 소리가 시키는 대로 경중거리면서 몇 바퀴를 돌기도 했다. 언제 나타났는지 그의 목소리가 꿈결처럼 들려왔다.

"그런데요, 신체뿐만이 아니라 정신도 함께 젊어지는 거라면, 더 끔찍하지 않겠어요? 살아낼수록 점점 어려져서 결국 아무것도 모른 채 갓난아이로 죽는 게 아닐까요? 그게 축복인지 저주인지 분간이 안 가는군요."

숨이 차올랐다. 나를 스쳐간 불특정 다수의 사람들과, 또한 그들처럼 불특정 다수로 살아온 내 서른 해의 사건들이 몇 개의 영상으로 떠올랐다가 홀연히 스러지곤 했다. 어느 부분에서는 순서가 바뀌어서 만났으면 더 좋았을 사람들과, 차라리 없었으면 하는 장면들도 나타났다. 그리고 내 삶의 중심을 이루는 사람들의 면면이 또렷이 떠올랐다.

언제나 내 앞에 아슬아슬하게 놓여 있던 그 관계들이, 이제껏 숨죽이고 이끼 낀 세월을 견뎌내다가 각기 다른 소리에 의해 불려 나왔다. 그리고 눈을 뜨면 그들의 얼굴이 감쪽같이 사라졌다. 나는 다시 눈을 감았다.

엄마의 납작한 등 뒤로 하얀 좀약이 눈처럼 흩날리면서 떨어져 내렸다. 영상은 너무도 또렷하다. 당장이라도 손을 내밀면 그 좀약들이 손바닥 위로 떨어져 무게감이 느껴질 것 같았다. 나는 조심스럽게 왼손을 앞으로 내밀었다. 땀이 머리에서부터 흘러내렸다. 그리고 광대뼈 위에서 멈추는가 싶더니 이내 빠르게 미끄러졌다. 눈을 뜨지 않고도 끈끈하다는 걸 알 수 있었다. 다시 고약 같은 땀이 진득하게 흘러내렸다.

얼마 동안이나 춤을 추었을까.

나는 간간이 술을 마시면서 거칠게 숨을 내뱉었다. 눈을 뜨지 않고서 윗옷의 단추를 풀어헤치자, 또다시 소리의 저 구석에서부터 바이올린의 고음이 날카롭게 치고 올라왔다. 상처 입은 짐승이 내뿜는, 지나친 경계와 분노의 숨소리가 씩씩 묻어 나왔다. 그 날카로운 선율 끝으로, 부영에게 썼던 편지가 위태롭게 매달려서 끌려 나왔다. 최대의 예우를 갖추어 쓴 편지였다.

세상 사람들이 이혼을 실패라고 말한다면, 그렇다면 우리 실패합시다. 그 실패에서, 알 수 없는 화학작용이 일어나 우리를 다른 방식으로 구원해줄 것입니다. 그러니 우리, 서둘러 실패합시다…….

……

이제 선배를 사랑했다는 얘기는 하지 않겠습니다. 그건 보내주면서도 계속 옷자락을 붙잡고 늘어지는 광경을 연상하게 하는데다, 관계에서의 문법에도 맞지 않으니까요. 끝으로 선배의 사랑에 박수를 보냅니다. 언젠가는 선배도, 내게 이런 식의 격려를 해주시겠지요.

느닷없이 낮고 묵직한 피아노 소리가 내 몸통을 울렸다. 마치 나를 나무라는 소리 같아 서러움이 북받치더니, 왈칵 눈물이 솟았다. 땅, 땅. 너무도 낮고 음울해서 한 음 한 음이 내 등을 쾅쾅 치고 지나가는 것 같았다. 나는 눈을 꼭 감고, 더 힘을 주어 팔을 들어 올렸다. 내 몸에 대한 통제 능력이 사라진 건 이미 오래되었다. 나도 내 몸이 추고 있는 이 춤을 멈출 수가 없다. 선재는 지금 어디에서 무얼 하고 있지?

시간이 얼마나 흘렀을까.

눈이 떠지지 않았다. 소리가 눈을 뜨지 못하게 하고, 어느 것도 보지 못하게 하면서 오로지 들리는 대로 움직이기만을 원했다. 아버지가 내 이름을 부르는 소리가 들려왔다. 아버지는 지팡이를 닦을 때마다 내게 말했다. 춤을 출 수 있을 때는, 절대로 걷지 말라고. 나는 그 말을 이해할 수 없어 아버지의 얼굴을 빤히 바라보았다. 춤을 출 수 있을 때, 춤을 추라고? 이 춤의 도미노 끝에는 무엇이 기다리고 있을까. 숨이 가쁘고 나른함이 몰려왔지만 몸은 여전히 격렬하게 리듬을 타고 있었다. 음악은 아직도 몸과 머릿속의 영상을 멈추게 하지 않았다. 끊임없이 움직이게 하고 무수한 장면들을 데려와 보여주었다.

그렇게 얼마나 지났을까.

아득하게 선재의 목소리가 들려왔다. 그 무수한 장면들이 전부 내 땀으로 녹아내렸는지 축축한 한기가 느껴졌다. 내 춤이 멈춘 것 같았다. 그러나 아직 음악 소리는 계속해서 들려왔다. 다시 바이올린 소리가 내 안에 펄럭이는 감정 자락을 붙잡고 놓아주지 않았다. 숨이 완전히 차올라 목젖이 계속 혀뿌리에 닿아서 연거푸 마른침을 삼켰다. 눈을 뜰 수도 감을 수도 없고, 기도가 좁혀지는 순간마다 도리질을 쳤다.

"미쳤어요? 내가 자고 있는 동안 내내 춤을 춘 거예요?"

서늘한 기운이 느껴졌다. 내 등은 어느새 바닥에 닿아 있었다. 춤을 추다가 누운 건지, 누워서 춤을 춘 건지는 알 수가 없었다.

"아홉 시간 춤을 춘 사람은 없어요."

누군가 내 얼굴을 꼬집었다.

"내가 방심했어요. 술기운에 감정을 다스리는 게 너무 힘들어서, 약을 먹고 잠들었어요. 미안해요……. 눈 좀 떠봐요."

138

누군가 내 볼을 때리더니 눈꺼풀을 들어 올렸다. 불안하게 흔들리는 눈동자가 거기 있었다. 그 눈동자에 불꽃 하나가 흔들리면서 타올랐다. 쥐색의…… 부영의 눈동자였다.

"악령이 있다고 했던 말을 믿은 거예요? 정신 좀 차려봐요."

말이 하고 싶어 미칠 것 같았다. 숨이 차올라 목젖을 눌러대는 바람에 윽윽거리며 느꺼운 숨을 몰아쉴 뿐, 말이 만들어지지 않았다. 입 밖으로 뱉어지지 않는 말이 자꾸만 호흡을 더디게 만들었다. 그러는 중에도 깜빡깜빡 정신을 놓았다. 아마도 내 정신은 계속 춤을 추고 있는지도 몰랐다.

얼마가 지났나. 내가 다시 눈을 떴을 때, 선재가 내 운동화를 벗기고 있었다. 그는 내 발을 들어 올려 보여주었다. 양말 끝에 피가 엉겨 붙어서 불확실한 경계를 그리고 있었다. 그는 응급처치를 하자면서 더운물을 받아 왔다.

따끈한 물에 발을 담그자, 발톱이 하나도 없는 것 같은 허전함이 몰려왔다. 한참 후에 나는 반쯤 일어나 기대앉았다. 선재는 내 발을 들어 올려 무릎에 얹고서 천천히 양말을 벗겨냈다. 발끝이 참혹하게 드러났다. 이제 보니 신체 중에서 나를 빤히 올려다볼 수 있는 것이 저 발톱들이었구나.

"맺힌 게 많은가 봐요? 그 긴 시간 동안 춤을 춘 걸 보면. 그런데, 발바닥까지 아프지는 않아요?"

"견딜 만해요. 이 정도면 성장통이라고 여겨도 되겠어요."

씩씩하게 말했지만 온몸의 피가 발끝에 몰린 것처럼 발가락에서 열이 났다. 아마도 발톱은 퍼렇게 변하면서 죽어갈 것이다. 새로 나오는 발톱은 환절기 같은 이 지점을 떠올리게 할 것이고, 다시 삶을 환기시키면서 다짐하게 하는 일종의 문신 같은 것이 될 것이다.

자웅동주

우기의 비가 축축하게 내리는 저녁이었다. 선재는 내게 자동차 문을 열어주더니 같이 있자고 말했다. 나는 머리 위로 떨어지는 찬비의 서늘함을 느끼며 '같이 있자'는 말이 무엇을 뜻하는지 알아차렸다. 나는 고개를 저었지만 미소를 지으며 차에 올랐다. 무언가에 의해 원격 조정을 당하는 것처럼 몸이 내 의지와는 상관없이 움직이는 것 같았다. 선재는 조심스럽게 차를 출발시키고는 앞만 바라보며 운전을 했다. 침묵이 어색하게 느껴지기 시작했다. 나는 운전석의 차창을 통해 밖을 보면서 그의 옆얼굴을 훔쳐보았다. 그의 목울대를 바라보다가 운전대를 잡고 있는 그의 손에서 다시 손목뼈로 시선을 옮기고는 입을 열었다.

"재밌는 얘기해줄까요?"

"얼마든지요."

"오늘 우리가 같이 지내면, 내일은 아주 크게 싸우게 될 거예요."

"그 말, 무슨 은유 같은 겁니까?"

선재는 유쾌하게 웃었지만 나는 진지한 표정으로 하던 말을 계속했다.

"남편과 사랑을 나눈 다음 날이면, 늘 싸움을 했거든요."

"……."

"아주 조그만 계집애가 있었어요. 일곱, 아니면 여덟 살쯤? 어느 날 부모님이 죽을 듯이 싸우는 소리가 들렸어요. 아버지 목소리는 잘 안 들리고, 엄마는 곧 숨이 넘어갈 듯이 괴성을 질러대요. 저러다가는 엄마가 곧 죽을 것 같아요. 겁이 난 계집애는 옆집으로 뛰어가서 엄마가 죽는다고 소리를 질렀어요. 사람들이 몰려왔다가 돌아간 후에, 계집애는 사태를 깨달았고 자기 느낌으로 상황을 정리했어요. 아버지가 다른 여자랑 '그 짓'을 했고, 그래서 엄마는 죽을 것처럼 고통스럽다. '그 짓'을 하면 누군가가 고통스럽다……."

선재는 그쯤에서 내 손을 잡아주었다.

"세월이 흘러 계집애는 결혼을 했고 남편과 사랑을 나누었죠. 그리고 그다음 날은 반드시 싸움을 했어요. 그것도 아주 큰 싸움이었죠. 그 관계는 매번 되풀이되었고, 나중에는 당연시되어있어요. 섹스 다음에 싸움, 섹스, 또 싸움……."

사랑이 격렬할수록 싸움은 더욱 장렬해지는 식이었다. 나는 그 싸움의 이유를 잘 알지 못했지만 당황하지는 않았다. 모든 게 처음이어서 그러는 것이려니 여겼을 뿐이었다. 얼마 후 대화법 진행 과정에서 나는 내면의 그 어린 계집아이를 다시 만나게 되었다. 그리고 내 성sexual이 그리 건강하지만은 않다는 것을 알게 되었다.

"나는 그 어린 계집애가 보았던 엄마의 고통을 껴안은 채로 남편을 안았던 거예요. 내 몸이 즐거우면 엄마의 고통을 배신하게 되는 거라는 암시가 관계의 황홀을 두려워하게 했던 거죠."

그런 두려움이 상대에게 싸움을 걸게 했고, 그 싸움을 통해서 엄마에게 속죄한다는 나름의 규칙을 세우게 했을 것이다. 그러나 내가 그것을 깨닫고 난 후에도 우리의 싸움은 쉬이 멈추지 않았다.

차가 선재의 집 마당에 도착했다. 그는 햇빛 가리개에서 리모컨을 꺼내어 차고 문을 열었다. 차고의 셔터 문이 천천히 위로 올라가는 사이 그는 차를 거꾸로 돌려서 후면으로 주차를 했다. 내가 내리려고 막 몸을 돌렸을 때, 그가 내 이름을 불렀다. 성까지 포함해서 아주 정중하게 부르는 그의 목소리에는 아무런 저항도 할 수 없는 이상한 힘이 느껴졌다.

그는 조심스럽게 내 손을 잡더니, 자신의 입술로 내 입술을 지그시 눌렀다. 불꽃놀이 순간이 떠오르면서 가슴이 뛰기 시작했다. 그러나 그는 곧 입술을 떼었다. 나는 막 내려가고 있는 차고의 셔터 문을 바라보았다. 한 칸 한 칸 내려서는 셔터를 보면서 내려야 할지를 망설이고 있을 때 다시 그의 손이 다가왔다.

그와 마주 잡은 내 손이 촉촉해지고, 그의 손등에는 정맥이 도드라졌다. 그 푸른 정맥이 지도에서의 도로 표시 선처럼 또렷하게 떠올랐다. 그 길이 곧장 내 손으로 연결돼 있어, 이 순간이 그의 길에서 나의 길로 이어지는 환승 구간처럼 느껴졌다. 그렇게 마주 닿은 손바닥에서 미온의 습기를 감지하자, 그와 너무 많은 것을 공유한 듯한 느낌이 팔이 저리도록 와락 달려들었다. 적당한 온도와 습도는 곰팡이의 서식처로도 안성맞춤이지만, 때로 사람의 안식처로도 쓰임새가 있는 모양이었다.

사랑해요, 사랑해요. 그가 숨 가쁘게 말했다. 겨우 두 달 만에 사랑을 한다니. 그것도 한꺼번에 두 번씩, 숨이 막히게. 나는 그의 말에 오히려 모욕을 당한 듯해서 눈가에 치가운 비늘을 세우고 그를 바라보았다. 그러나 그는 또다시 그 말과 함께 미지근한 입김을 차례차례 내 목덜미에 쏟아부었다. 마치 대화의 문법을 정확히 지키면서 차근차근 조리 있게 상대를 설득해나가는 것 같았다. 그 말은 내게 나른한 쾌감과 모욕을 동시에 불러일으켰다. 흔해빠진 사랑이라는 말의 진위를 따지기에는 적절한 상황이 아님에도 불구하고, 나는 그 말에 집착하고 있었다. 어느새 셔터가 거의 다 내려가서 밖의 빛이 아주 가늘게 비쳐 들고 있었다. 나는 그 빛이 다 스러지기 전에 눈을 감았다.

어쩌면 그는 사랑한다는 말을 추임새처럼 사용하는지도 모른다. 창(Chant a narrative song)을 할 때 옆에서 박자를 넣어주며 가끔 추임새를 넣듯이 말이다. 배에 힘을 주어 최대한 애절하게 끌어 올리

144

지만 절대로 노래 부르는 사람의 목소리를 넘어서지 않는 것. 상대의 가락에 힘을 실어주고 박자를 조절하면서, 또한 자신도 그 흥겨움의 절대치에 다가가는 것. 그런 추임새로써 그는 사랑한다는 말을 선택한 것 같았다. 그렇게 여기고 나니, 내가 그 말에 걸려 넘어질 일은 없을 거라는 생각이 들었다. 그리고 나는 사랑한다는 그의 말을 온몸으로 거부하기로 작정했다.

어느새 우리는 그의 방 유리 지붕 아래서 자웅동주처럼 단단하게 얽혀 있었다. 언젠가 보았던 그 나무가 떠올랐다. 사찰의 진입로에 서 있던 자웅동주는 밑동이 엉킨 채로 가지들이 서로의 몸을 통과한 상태였다. 그렇게 상대의 몸을 뚫고 나온 가지 끝에 자기 본래 종자의 나뭇잎을 달고서 하늘을 향해 떨고 있었다. 몸통은 합쳐져 하나가 되었지만, 여전히 자신의 종자를 피워 올린 것이다. 빈틈없이 서로를 부둥켜안고도 어쩔 수 없이 외로움에 떨듯이, 그렇게 몸통만 엉키는 것이 암수가 가진 한계인지도 몰랐다.

유리 지붕 위로 비 떨어지는 소리가 규칙적으로 들려왔다. 그의 가슴이 땀에 젖어 매끈거리기 시작했다. 그는 자기 몸에 밀려오는 파도를 거슬러서 내게 그 파도를 전해주기 위해 필사적으로 속삭였지만, 나는 여전히 거리를 두면서 그를 바라보았다. 얼마 후 그의 속삭임이 비현실적으로 나른하게 들려오고 땀이 밴 그의 이마가 문득 안쓰러웠다. 그리고 내 몸이 그에게 빈틈없이 밀착되고 있다는 것을 깨닫는 순간, 어디선가 비명 같은 신음이 아득하게 들려왔다. 고통과 쾌락이 같은 신경계라는 것을 확인시켜주는 그 낯선 신음이 내 몸에서 나왔다는 것은 얼마 후에야 깨달았다.

나는 남은 숨을 모조리 토해내고서 짐짓 퉁명스럽게 물었다.

"사랑한다는 말을 총알처럼 사용하시나 보군요?"

"장전하지 않을 때도 있습니다. 아, 혹시 싸움을 거는 건 아니죠?"

그는 나를 똑바로 바라보며 말했다. 천진한 어린애 같은 웃음이 그에게 있었는지조차 의심스러울 정도로 그의 얼굴이 굳어 있었다. 그러나 쉽게 열린 나 자신을 수습하기 위해서라도 계속 말을 비틀어야 했다.

"그럼, 불발탄일 때도 있겠네요. 거친 말보다 사랑한다는 말이 오히려 지뢰밭인 사람도 있을 테니까요."

그가 옆으로 누우며 입을 열었다. 그 바람에 나도 옆으로 누운 자세가 되었다.

"사랑한다는 말 자체는, 안전핀이 제거되지 않은 상태입니다. 그 말을 건네받은 사람이 그걸 제거하느냐 마느냐에 따라서 폭발 여부가 결정되는 셈이죠."

"그럼, 그 안전핀을 내가 뽑아 던지고 자폭했다는 거네요?"

"응급 상황이 아니면 사용하지 않습니다. 인주 씨는, 특별해요."

"……"

"몇 번의 경험이야 있었죠. 어떻게 보면 저는 오늘에서야 동정을 바친 셈입니다. 어이쿠, 동정을 바치다니…… 우습지만, 자꾸 그런 생각이 드네요."

그는 머쓱한 표정을 짓더니 그 말을 영어로 한 번 더 중얼거렸다. 직업병이려니 싶어서 웃음이 나왔다. 그는 내 이마에 붙어 있던 머리카락을 쓸어 올리며 혼잣말하듯 사랑한다고 중얼거렸다. 상대를 무장해제시키는 데에는 그 말의 효과가 뛰어나다는 것을, 그는 알고 있는 듯했다. 이제 나는 '사랑한다는 말의 위력'은 믿게 되었지만, '사랑한다'는 말은 여전히 믿을 수 없다고 생각했다. 그리고 다시 톨스토이를 들먹거렸다.

"톨스토이는 절대 사랑한다는 말을 하지 않았대요. 그의 소설 속에서도 사랑한다고 말했던 커플들은 모두 관계가 깨졌고 거짓이었던 것으로 묘사했어요. 안나 까레니나에서도 그렇고요."

"그럼, 그들은 뭘로 서로를 알아보고, 사랑을 전한답니까?"

"눈…… 눈빛으로요. 실제로 그의 아내인 소냐와도 그렇게 해서 가정을 이루었대요."

"그럼, 그들 두 사람은 행복했어야죠? 가정불화로 떠돌다가 결국 객사하고 말았잖습니까?"

그는 얽혀 있던 다리를 들어내더니 내 무릎에 입술을 대고서 숨을 멈추었다. 그렇게 그의 몸에서 완전히 풀려나자, 유리 지붕에 비 떨어지는 소리가 다시 들려왔다. 내가 낮은 소리로 말했다.

"아마 당신은 잊어도, 천장에서 들려오는 저 빗소리는 남겠죠?"

그는 내 말을 못 들었다는 듯이 중얼거렸다.

"왜 하필 우리는, 우기에 인연을 시작했을까요?"

왜 하필이라니. 살아간다는 것은 어차피 '왜' 라는 의문이나 반문으로 시작되어 '하필' 이라는 우연의 혜택을 입으면서 이루어지는 것일 텐데. 인생의 우환이 우기, 건기 가려서 닥치느냐고 묻고 싶은 것을, 나는 겨우 참았다. 싸움을 거는 게 될 것 같아서였다. 대신 철새 얘기를 했다.

"일부러 우기만 찾아다니는 사람도 있잖아요, 철새가 자기 몸에 맞는 온도를 찾아다니는 것처럼 말예요."

선재는 문득 생각났다는 듯 비자 문제를 꺼냈다.

"인주 씨 비자 갱신해야죠? 우리 75일 되기 전에 여행을 갑시다."

그는 판사가 말한 75일이 되기 전에 미국 국경을 넘었다가 다시 출국 도장을 찍고 돌아오자는 구체적인 계획을 세웠다.

"비자 갱신이라…… 제가 무슨 범죄자가 된 기분이 드네요."

나는 어깨를 한번 흠칫 떨고는 상체를 단단히 옹크렸다. 바라보던 그가 소리 없이 입을 벌려서 환하게 웃었다. 마치 그 소박한 웃음으로 옹크린 내 어깨를 가볍게 토닥여주려는 듯이. 그러나 이곳의 날씨에 의해 치명상을 입고 있는 사람은, 바로 그였다.

시애틀

선재는 시애틀로 가는 차 안에서 내게 당신이라는 칭호를 사용하기 시작했다.

"강의가 다시 안 잡혔어도, 어차피 당신을 보낼 생각이 없었어요. 무슨 수든지 쓰려고 했거든요."

나는 대화법 프로그램을 한 번 더 진행하게 되었고, 입문 과정에 이은 신청자가 많아서 한 클래스를 더 만들어야 했다. 그래서 일주일에 네 번의 강의를 하게 되었다.

그는 아이처럼 즐거워하면서 통역하던 장면을 이야기했다. 어느 갱스터 사건에서는 총구의 위치를 미처 영어로 표현할 수 없어 당황스러웠다며 이마에 손을 올렸다.

"그건 한국어로도 알 수 없는 전문용어였어요. 그때 그 의뢰인은 지금 수감 생활을 하고 있어요."

"형을 받기도 하나요?"

"초범이어서 3년형을 받았어요. 불법체류자를 미국으로 밀입국시키던 조직의 보스였는데, 한국인이었습니다. 놀라운 일이었죠. 그 사람은 순진한 외모에 아주 부끄러움을 많이 탔거든요. 말을 하면서도 얼굴을 붉히고 시선을 떨어뜨리고 그랬으니까요. 1인당 5천 불씩 받고서 엄청난 숫자를 밀입국시켰다는 자백을 하는데, 통역하면서도 믿을 수가 없었어요. 그렇게 여린 사람이 그런 조직을 이끌었다는 게 도무지……."

"그런데, 그런 거 외부에 발설하지 않기로 맹세하셨다면서요?"

"인주 씨, 그러니까 당신이 대나무 숲인 거죠. 임금님의 당나귀 귀를 얼마나 말하고 싶겠어요."

"그럼, 그 귀 말고 하나 더 해주세요."

"뭐, 특별한 얘기는 아니고요. 제 의뢰인이었던 탈북 청년이 있었어요. 승호라고요. 그는 미국으로 망명하기를 원했지만, 이미 한국 국적이 있었기 때문에 망명자로 인정이 되질 않았어요. 그래서 아까의 그 보스에게 부탁해볼까 하는 고민을 심각하게 했던 적이 있어요. 그런데 그건 제가 몇 가지 법을 동시에 어기는 게 되어서 그만두었습니다. 그래서 이 국경에서 그 탈북 청년을 미국으로 인도했어요. 정식으로 망명 신청을 한 거죠."

미국 국경에 도착하자 결국 염려하던 일이 눈앞에 펼쳐졌다. 캐내디언인 그는 여권만 보여주고 패스했지만, 나는 국경을 통과하는 데에만 한 시간이 걸렸다. 아마도 나 혼자만의 여행이었다면 그냥 되돌아갔을 것이다. 선재는 내 얼굴에서 그런 기분을 읽었는지 종종 한마디 거들었다.

"이 사람들 여기선 저렇게 오만한 얼굴을 하고 있잖아요? 국경만 통과하고 나면 바로 달라집니다. 밴쿠버에서 못 보던 미소를 시애틀에서 보실 거예요. 자본주의의 미소죠."

그의 말처럼 니들 스페이스 엘리베이터 직원의 미소부터 환상적이었다. 엘리베이터는 우리 둘을 태우더니 급히 출발했고, 직원은 우리에게서 한 번도 시선을 떼지 않고 웃음을 보내왔다. 만약 그의 환상적인 미소가 탑승하지 않았다면 아마도 우리는 그 고속 엘리베이터에서 초고속 사랑을 나누었을 것이다.

내가 시애틀의 정경을 보면서도 시큰둥한 표정을 짓자, 선재는 나를 퍼블릭 마켓으로 데려갔다. 나는 스타벅스 앞에서 기다리고, 선재는 주차장으로 들어갔다.

한 무더기의 사람들이 도로 위에서 왁자지껄한 소리를 내면서 웃고 있었다. 그들은 도로 위의 흰색 선 안에 동전을 던지면서 다시 환호성을 질러댔다. 무슨 내기를 하는 것 같았는데, 그들이 동전을 집어넣고 있는 흰색 선이 얼핏 사람의 형태를 하고 있었다. 다가가서 동전이 떨어진 자리를 바라보던 나는 헉 하고 숨을 들이마셨다. 흰색 선은 교통사고 현장을 스프레이로 그린 데드라인이었는데, 사람이 한쪽 팔을 위로 올리고서 무릎을 살짝 구부린 자세였다.

저 안에 누웠던 사람은 죽었을지도 모른다. 어쩌면 지금 다리를 절면서 동전을 던지는 저 백인 사내일 수도 있겠지. 사내는 알록달록한 모자를 쓰고서 한쪽 팔을 옆구리에 바싹 붙이고 있었는데, 동작이 전체적으로 부자연스러웠다. 사내가 다시 데드라인 안에 동전을 던지면서 뭐라고 소리를 질렀고, 내 귀에는 '고우'라는 소리만 크게 들려왔다. 동전은 흰색 선을 따라 구르다가 목 부위에 아슬아슬하게 누웠다.

또다시 '고우'라고 외치는 소리가 들려왔다. 어디로 가자는 말인가. 저 흰색의 사고 현장으로 돌아가자는 말인가. 지난 인생의 사고 현장을 찾아다니며, 그 부주의했던 시간을 동전 던지기로 만회할 수 있다면 좋겠다. 그럴 수 있다면, 그 무모한 20대의 어느 날을 향해 경험과 이성으로 만들어진 견고한 동전을 쉬지 않고 던지리라.

스타벅스 앞에 서서 나를 향해 걸어오는 선재를 바라보는데 머릿속에서 명징한 소리가 들려왔다. 이제 나는 끔찍할 정도로 그를 원하고 있다. 이토록 짧은 시간에 이럴 수 있나. 정말이지 도피가 아니라면 이런 감정 속에서 하루하루를 보낼 수 있을까 의심스러웠다. 그러나 이미 나는 그를 절실하게 원했다. 끔찍할 정도로 그를 원하고 있다. 내 머릿속은 그 문장으로 꽉 차버렸다.

요즘은 강의가 끝나기 전부터 그의 방 가운데 있는 유리 천장을 생각한다. 그리고 거기에 부딪치던 찬 빗소리를 떠올리면서 온몸

의 피가 아래로 몰려가는 무지근한 느낌에 호흡을 멈추곤 하는 것
이다. 살면서 이토록 절실하게 공기를 음미하면서 마셔본 적은 없
었다. 그건 마치 이 세상의 호흡법이 아닌 듯했다. 자궁 속에서의
복식호흡 이전에 습득된, 피부와 영혼을 통한 제3의 호흡법인 것
같았다.

로밍해 온 휴대폰은 계속 진동을 보내왔다. 업무적인 것은 거의
이메일로 받고 있었으므로 휴대폰에는 사적인 것들, 특히 부영의
사소한 안부 정도가 도착할 뿐이었다. 역시 부영의 전화와 문자들
뿐이었다. 이곳으로 당장 오겠다는 식의 문자가 여러 개였다. 그
문자의 행간에서 부영의 오기가 엿보이기도 했다. 나는 답장하지
않았다. 부영은 왜 갑자기 내게 밀착하려는 것일까.

선재가 숨을 몰아쉬며 성큼 다가왔다. 나는 지척에 두고도 그를
향해 열렬히 손을 흔들었고, 열렬한 손짓 이상으로 그를 원하고 있
었다.

공감

"우리는 모두 다릅니다. 서로 다른 것이지, 틀린 것은 아닙니다. 종교나 외모, 성별도 다르고, 갖가지 기도문을 외우면서 각기 다른 귀신을 무서워합니다. 그렇다고⋯⋯."

강의 도중에 부영의 얼굴이 불쑥 나타났다. 나는 허깨비를 보는 심정으로 눈을 감았다가 다시 떴다. 부영으로 보이는 얼굴은 씩 웃더니 맨 뒷자리를 찾아서 앉았다.

"상대의 전부를 긍정하라는 건 아닙니다. 다만, 다르다는 걸 인정해주어야 한다는 것입니다. 나는 딸기를 좋아하지만 상대는 바나나를 좋아할 수도 있습니다. 그렇다고 해서 씹히는 맛도 없는 바나나를 좋아하면 안 된다고 말하는 건, 공감이 아닙니다. 그건 그 사람이 찾아내서 간직하고 있는 그만의 특별한 미각이니까요. 어쩌면 그 사람에게는 아주 중요한 기억의 일부일 수도 있겠죠. 그저 그 맛에 공감해주면 되는 겁니다."

남자는 진한 갈색의 반질거리는 가죽점퍼를 입고 있었다. 내가 본 부영은 늘 양복 차림이었다. 나는 다시 앞줄을 바라보며 하던 말을 계속했다.

"내게 필요한 공감을 다 받고 나면, 상대의 욕구도 추측할 수 있는 여유가 생깁니다. 다른 방법으로 관계를 찾을 수 있게 되는 거죠. 교재에서 마셜 박사님이 하신 말씀을 좀 읽어주시겠어요?"

두 번째 줄의 주부가 큰 소리로 읽기 시작했다.

"공감은 다른 사람의 경험을 존중하는 것이다. 우리는 공감을 하기보다는 충고하거나, 안심시키려 하고, 자기 자신의 입장이나 느낌을 설명하려 하는 경우가 많다……"

내 시선은 부영으로 보이는 남자를 찾아 맨 뒷줄을 훑고 있었다. 남자는 팔짱을 끼고서 나를 바라보고 있었다.

"……그러나 공감은 자신의 마음을 비우고, 나의 존재로 다른 사람에게 귀 기울이는 것이다. 마셜 로젠버그."

나는 공감 연습을 하기 위해, 네 명씩 짝을 지으라고 했다. 그리고 관찰부터 시작해서 부탁까지, 문법 순서대로 연습을 하기로 했다. 모두들 앞뒤로 돌아앉으면서 짝을 이루었다.

"꼭 예문에 있는 말처럼 하실 필요는 없어요. 여기에 기초해서 자신의 언어로 풀어서 하시면 돼요."

나는 화이트보드에 '공감을 방해하는 열 가지' 요소를 적어 내려갔다.

1. 충고 / 조언 / 교육하기 — "그 나이 때는 한 번쯤 다 그런 생각 하
   는 거야."
2. 분석 / 진단 / 설명하기 — "네가 원래 성격이 좀 내성적이라 그래."
3. 바로잡기 — "그건 네가 잘못 생각하는 거야."
4. 위로하기 — "이게 다 세상이 그래서 그런 거야. 네 탓이 아니야."
5. 내 얘기 들려주기 / 맞장구치기 — "나도 그래, 어쩜 그렇게 나랑 똑
   같니."
6. 감정의 흐름을 중지 / 전환시킴 — "이 세상에 너보다 힘든 사람이
   얼마나 많은데……."
7. 동정 / 애처로워하기 — "어쩜 그렇게 일이 꼬이니. 정말 안됐다."
8. 조사하기 / 심문하기 — "언제부터 그렇게 느껴지기 시작했니? 무
   슨 일이 있었던 거야?"
9. 평가 / 빈정대기 — "넌 너무 나약해. 그래서야 이 힘한 세상을 어떻
   게 살아가겠니?"
10. 한 방에 딱 자르기 — "됐어, 시끄러. 그만 좀 해. 한잔하러 가자!"

상담가나 심리치료사와 같은 특수한 직업을 가진 사람들이 오히
려 공감이 어려운 경우도 많았다. 언젠가 정신건강 전문가 스물세
명을 교육한 적이 있었다.

나는 "정말 우울해요, 더 살 까닭을 모르겠어요"라고 말하는 내담자에게 어떻게 응답할지 그대로 써보라고 했다. "그리고 지금 자신이 쓴 답을 큰 소리로 읽어주세요"라고 말했다. 그 응답지를 하나씩 읽을 때마다, 자신의 마음이 이해받았다고 느끼는 사람은 손을 들어달라고 했다.

그들은 자신들이 했던 스물세 개의 응답 중에서, 겨우 세 개에만 손을 들었다. 그들이 내담자의 경험을 듣고서 했던 가장 흔한 질문은, '이런 증상이 언제부터 시작되었습니까?' 였다.

충분한 공감을 받은 상태에서는 어떤 말을 들어도 받아들이기가 수월해진다. 그러나 그 정도의 공감을 주고받기란 쉬운 일이 아니다. 사람들은 내가 써놓은 예문을 보고서 키득거렸다.

"서로에 대한 공감을 하시기 전에, 여기 적어놓은 열 가지를 한번 살펴보세요. 말을 하고 있는 사람은 들어주는 상대에게서 공감을 원하는 것이지, 저런 식의 동정이나 분석, 충고 등을 원하는 것은 아닙니다. 그냥 '지금 하는 그 말에 대한 공감'만 표현해주면 돼요."

사람들은 서로의 얘기를 들으며 깔깔거리기도 하고, 심각하게 고개를 끄덕이기도 하면서 공감을 표시했다. 나는 잠시 사람들을 바라보며 눈을 맞추고는 복도로 걸어 나갔다.

그리고 뒤이어 부영이 나타났다. 예감하고 있던 놀라움인데도, 내 가슴은 눈에 보일 정도로 오르내렸다.

"선배, 이렇게 보니까 놀랍고, 또 불편하네요."

"당신 연락이 안 돼서, 미 서부 패키지로 잠깐 들어왔어."

부영은 언제부터 나를 당신이라고 불렀을까.

이곳에 오기 전의 그를 떠올렸다. 그즈음 부영과 나의 대화는 마치 가위질을 하는 것 같았다. 우리의 입이 가위의 양날처럼 서로 부딪치고 지나갈 때마다 많은 것들이 잘려 나갔다. 그나마 남았던 인간적인 신뢰와 상대에 대한 측은함이나 염려가 뭉텅뭉텅 잘려 나갔다. 그는 내 말에서 어떤 비유나 수사가 들어가지 않은 알맹이, 즉 이야기의 뼈대만을 원했다. 나의 감정 같은 것을 듣고 싶지 않은 것이었다.

나는 되도록 그와 말이 엉키지 않으려고 매사에 긴장했다. 내가 아주 조심스럽게 말을 꺼내면 그는 소리를 버럭 질렀다. 그런 나의 태도가 오히려 자기에게는 폭력이라는 것이었다. 그러면서 마주 바라보기 민망할 만큼 불편한 얼굴을 했다.

그 순간 나는, 황소의 등에 달라붙어 피를 빨아대는 쇠등에를 떠올렸다. 견디다 못한 황소가 꼬리를 들어 냅다 제 등짝을 후려치는 장면을 상상하면서, 내가 그의 등에 올라탄 쇠등에가 된 기분이 들었다. 나도 그를 괴롭힐 수 있는 존재였던 것이다. 그때 나는 폭력의 관계가 늘 일정한 방향으로 흐르지 않는다는 것을 깨달았다.

폭력은 큰 것이 작은 것에게, 다수가 소수에게, 강자가 약자에게 늘 그렇게만 행해지는 것은 아니었다. 거대 권력이 총구 앞에서 순간적인 무기력을 경험하듯이, 어쩌면 내 존재가 부영에게는 그 작은 총구로 보일 수도 있는 것이었다. 그러자 나는 부영과의 대화에서 일부러 말을 비틀었고, 그의 일그러지는 표정을 보면서 출처를 알 수 없는 강한 쾌감에 진저리를 치기도 했다. 그건 식욕과 성욕의 해결로 얻어지는 쾌감보다 훨씬 크고 대담했다.

부영은 이사 대우의 직책에서 정식으로 이사 자리에 올랐다. 30대에 이사가 된 그는 유럽에서 수입되어 들어온 항우울제를 담당했는데, 국내에 들여와서 임상 테스트를 거치면 곧바로 출시될 것들이었다. 그때부터 그의 연구실에서도 항우울제 개발에 들어갔다.

"회사는 어떡하고 왔어요?"

"어제 위령제를 지내고 며칠 쉬러 왔어."

그의 연구실에서는 새로운 항우울제 개발을 끝냈고, 이제 막 시판을 앞두고 있다고 했다.

"위령제를 치르고 나면 손을 씻는 기분이 들어. 그러고 나면 한동안은 쥐 귀신이 안 보이거든."

"그건 귀신이 아니라, 선배 죄의식이 불러오는 환영이라니까요."

부영은 자주 쥐의 귀신을 본다고 했다. 까만 눈으로 말똥말똥 바라보기만 할 때도 있고, 토라진 듯이 뒤로 휙 돌아앉을 때도 있다고 했다. 그럴 때면 쥐 꼬리의 마름모꼴 무늬만 확장되어 거대한 바둑판 앞에 앉아 있는 것 같다며 도리질을 치곤 했다.

그의 회사에서는 해마다 위령제를 지냈다. 실험실에서 희생된

쥐나 원숭이들을 위한 것이었는데, 부영은 그날이 오면 잔칫날처럼 들떠 있곤 했다. 그리고 위령제에 쓰이는 과일과 날생선 등을 직접 사가지고 갔다.

"어제는 그녀가 장을 봐 왔어."

그는 아무렇지도 않게 자신의 연인에 대해 말했다. 아직은 내가 그의 아내라는 사실마저 잊은 듯. 그는 내 생각을 많이 했다고 말하면서 슬쩍 창밖으로 시선을 돌렸다. 그러고는 내게 물었다.

"이곳에 있는 게 좋으니? 집을 너무 오래 비우는 거 아냐?"

방금 전에 공감을 방해하는 요소들을 써놓고 온 나는, 그 열 가지는 물론 모든 문법을 비틀어버렸다.

"선배는 왜 이혼하지 않는 거예요? 무엇 때문에 나를, 법적인 혼인 관계로만 묶어놓고 있는 건지 궁금할 때가 많아요. 혹시 여기 원주민들처럼, 나를 결혼이라는 보호구역 안에 넣어놓고는, 오직 선배라는 정부government를 통해서만 세상과 소통하라는 건 아니겠죠? 세금을 낼 필요도 없고……."

"……."

이상했다. 내 말을 잘랐어도 벌써 수십 번은 더 토막 내었을 그였다. 그런데 부영은 아무런 반응도 보이지 않고 무심히 내 얼굴을 바라보고만 있었다. 그러다가 불쑥 혼잣말하듯이 중얼거렸다.

"우리는 왜 아이가 생기지 않았을까?"

"선배에게 아이가 있는 가정이 필요해진 거예요?"

"아무래도 그녀와 헤어져야 할 것 같아."

"선배, 이제 그런 건 나와 상관이 없잖아요? 내 위로가 필요하면 얼마든지 해줄 수 있지만."

그는 여전히 똑같은 표정으로 말했다.

"사람에겐 시간이라는 게 있는 모양이다. 당신 여기 있는 동안 생각을 좀 많이 했어. 당신이 돌아올 때쯤엔 나 혼자 있을 거야."

그러나 나는 그가 혼자 있을 수 없는 사람이라는 걸 알고 있었다. 그는 사람들, 특히 여자와 있을 때 위로받는 사람이니까. 그는 다음의 연인이 확실히 정해지기 전에는 현재의 연인을 놓지 않았다. 마치 징검다리를 건널 때, 다음의 돌다리가 안전한지를 확인한 다음에서야 발짝을 떼는 식이었다. 발을 잘못 디뎌서 물에 빠져 허우적대는 것은, 그에겐 있을 수 없는 일이다. 그것은 다만 관계에서의 안전을 기하려는 그의 기질이었지, 그가 부도덕해서만은 아니었다. 최소한 내가 알고 있는 그는, 물에 대한 공포증이 있을 뿐이었다. '외로움'이라는 물에 빠지는 걸 죽는 것만큼 두려워하는 공포증이었다.

나는 항의하듯이 거칠게 말했다.

"내가 생각하는 결혼은, 같이 울고 웃고 숨 쉬면서, 그렇게 뒹굴어야 하는 거였어요. 정서적, 경제적, 육체적인 끈은 다 끊어진 상태에서 그 정부government라는 법적인 끈 하나에 매달려 있는 우리가 싫었어요. 난 그런 정부는 원치 않아요."

"무슨 일이야, 서인주? 못 보는 사이 나한테서 더 멀리 간 것
같다?"

"백인들은 처음에 원주민에게서 낚시와 옥수수 재배법을 배웠
어요. 그렇게 그들과 공존하자고 했던 거지. 그런데 이런 게 공존
인가. 보호구역 안에 가두고서 모든 걸 정부를 통해야 한다는 법을
만드는 것이? 여기 원주민들에게 말하고 싶었어요. 당신들도 백인
보호구역이라는 것을 만들어서, 당신들 땅에 함부로 들어오지 못
하게 하라고."

내가 말없이 돌아서자 부영이 다급하게 물었다.

"나 오늘, 너 있는 곳에 가면 안 되니?"

"그거 알아요? 내가 왜 선배의 아내가 되기로 작정했는지?"

"그런 거 생각해본 적이 없다. 모든 게 당연하다고 생각했으니
까."

"'네 기질대로 살게 해줄게'라는 말. 그 말 때문이었어요."

부영은 내 얼굴을 5초쯤 바라보다가 가까스로 입을 열었다.

"널 보내는 거…… 어쨌든 사랑해."

부영은 내게 사랑한다는 말을 하고서 얼굴을 붉게 물들였다. 마
치 '좆같다'거나 '씨부랄' 등과 같이 싱스런 말을 뱉어낸 사람처럼
당혹스런 얼굴이 되어 있었다. 나는 기회를 놓치지 않으려는 듯 묻
어두었던 말을 재빨리 뱉어냈다.

"평범한 사람이, 일생 동안 한 사람만 사랑하는 건 힘든 일이야,

선배. 그건 어쩌면 새로운 상대를 통해서 자신의 존재를 증명하려
는 몸부림일 수도 있어요."

"무슨 일이, 생긴 거니?"

"그리고 무엇보다, 선배와 난 평범해요."

나는 강의실로 돌아오면서 선재에게 메시지를 보냈다. 남편이
왔으니, 오늘은 그냥 혼자 돌아가라고. 그는 지금 도서실에서 내가
좋아할 만한 그림의 목록을 모으고 있을 것이다. 언제나처럼.

다음 날 아침 부영과 선재는 각각 메시지를 보내왔다. 부영이 보
내온 건 로키 산으로 떠난다는 메시지였고, 선재는 우리의 공동 메
일함 주소를 보내왔다. 아이디는 윌리엄이었고, 패스워드는 그리
스 몽키였다.

인주 씨, 이제 이 주소는 우리만의 장소가 되었습니다. 사실은 하
고 싶은 말이 있어서 급히 메일을 만들었습니다.

사랑에 빠진 사람의 뇌는 세로토닌 분비가 현저히 떨어져서, 강박
증 환자와 똑같은 증상을 보인답니다. 그러다 그 상대와 확고한 관계
가 되어 안정을 찾으면 세로토닌 수치가 다시 정상으로 돌아옵니다.
사랑에 빠졌을 때의 열정이 누그러져야만, 정상적인 일상으로 돌아
오는 겁니다. 그제야 연체된 관리비나 세금 등을 내게 되는 거죠. 그
러니까 남녀의 확고하고 안정적인 관계가 이 병의 치료제 역할을 한

163

다는 말을 하고 싶은 겁니다.

사랑이 꼭 질투를 동반하는 것은 아니라는 당신 말을 인정합니다. 그러나 질투가 빠진 이성 간의 사랑이라는 것은 왠지 함량이 부족하다는 생각이 듭니다. 신들도 질투 때문에 전쟁을 일으키고, 자기만 섬길 것을 다짐받지 않습니까?

언젠가 당신이 '신들도 재배되는 세상'이라고 말했습니다. 온갖 신화에서도 어쩌면 그렇게 알맞은 배역에 신들을 배치하고 관리하는지, 인간들에게 새삼 감탄스럽다면서 웃었습니다. 그 말도 인정합니다. 인간들이 자신의 욕망을 신들에게 그대로 투영하고 있으니까요. 그런데 그 욕망 중에서도 가장 저속한 감정인 질투가, 어느 날 내 속에서 꿈틀거렸습니다.

벌레가 들어온 겁니다. 그런 게 원래부터 내 속에 있었다고는 생각할 수가 없을 정도입니다. 어떻게 그런 밑도 끝도 없는 감정이 나를 휘두르는지! 정말 끔찍합니다. 그 벌레가 꼼지락거리면서 나를 갉아대기 시작한 겁니다. 편지를 쓰는 지금도, 젠장…… 처음에는 뇌수를 파먹더니, 이젠 내 심장을 파먹기 시작했습니다. 사각사각 말이죠. 제발, 당신이 나를 도와주면 안 되겠습니까?

인디언 섬머

다시 더위가 찾아왔다. 낙뢰로 발생한 산불이 뜨겁고 건조한 바람을 타고 브리티시컬럼비아 주 전역으로 번져버렸다. 비라도 내렸더라면 2천 군데가 넘게 번지는 산불을 예방할 수 있었을 것이다. 그러나 자연의 법칙은 무자비했다.

선재는 산불 경계령에 대한 뉴스를 접하고 난 후 릴루엣[22]에 호텔을 예약했다. 불티가 날아다니면서 기하급수적으로 일어났던 산불이 차츰 진화되어가고 있었다. 대피했던 주민들이 돌아가고, 대피령은 경계령으로 하향 조정되었다.

릴루엣으로 가는 날은 유난히 뜨거웠다. 일찍 출발했는데도 덥

---

22 가장 규모가 큰 인디언 보호구역으로, 캐나다 최초의 도시. 이곳을 기점으로 거리 측정을 한다. 그러니까 이 릴루엣이 0마일이다.

기는 마찬가지였고, 하늘은 낮게 내려와 있었다. 그래도 비는 오지 않았다. 나는 차창으로 들어오는 미지근한 바람을 맞으며 머리를 한 가닥으로 질끈 동여맸다.

선재는 주변 경치를 살피면서 말했다.

"인주 씨, 산불 경계령으로 도로가 막혀 있어요. 그래서 지금 우리가 가는 길은 그다지 예쁘지 않아요."

그때 나무 팻말에 쓰인 '리톤'이라는 글자가 눈에 들어왔다. 그 하얀색 팻말을 지나오면서 나는 여전히 뒤를 돌아보았다. 그러자 선재가 급히 차를 돌렸고 우리는 그 마을로 들어가게 되었다.

리톤은 작고 한적한 인디언 밴드였다. 마을로 들어서자 패스트 푸드점과 실을 파는 가게가 있었고, 그 옆으로도 작은 가게들 몇이 나란히 붙어 있었다. 그리고 길 건너 술집의 네온 간판에 불이 들어와 있었다. 선재는 나와 눈이 마주치자 술잔 들이켜는 시늉을 해 보이며 웃었다.

"차가운 맥주 마시고 갈까요?"

우리는 손을 잡고서 재빨리 길을 건넜다. 창고 문짝처럼 두꺼운 문을 밀고 들어가자, 작은 나무 문이 나타났다. 다시 그 문을 열고 바 안으로 들어섰다. 바깥세상과 완전히 차단된 느낌이 들었다. 지하가 아닌데도 밤인지 낮인지 전혀 구별할 수 없는 공간이었다. 잠시 서 있자, 한가운데 놓여 있는 당구대가 눈에 들어왔다.

작은 원형 테이블이 가게 안에 빼곡하게 놓여 있고, 구석에 당구대가 하나 더 있었다. 그리고 어두운 조명 아래서 맥주병을 하나씩 들고 앉아 있는 늙은 원주민들이, 마치 안개 속에서 천천히 걸어 나오는 것처럼 하나둘 눈에 보이기 시작했다. 처음 들어섰을 때에는 당구대에 서 있는 두 명만 보였다는 게 이상할 정도였다. 바 안에는 마을 사람들 모두가 모인 게 아닌가 싶을 만큼 많은 사람들이 있었다.

나는 바의 카운터로 가면서 선재의 팔을 잡고 물었다.

"지금 한낮인데, 이 사람들은 지금부터 취해 있는 거예요?"

"어쩔 수 없이 취해야 하는지도 모르겠어요, 이 사람들."

술에 취한 초로의 남자가 우리 옆을 지나치다가 선재를 향해 한마디 던졌다.

"헤이, 머슬."

우리는 마주 보고 웃다가 맥주를 들고 카운터 근처에 앉았다. 아까의 남자는 테이블에 앉더니 우리를 바라보고는 자신의 삼두박근에 잔뜩 힘을 주었다. 그러고는 다시 '나이스 머슬' 하면서 웃는 것이었다. 내 눈에 보이는 선재는 전체적으로 슬림한 느낌을 줄 뿐 근육질 타입은 아니었다. 선재는 남자에게 근육이 아니라고 말하면서 쑥스럽게 웃었다. 그러자 당구대 앞에 서 있던 남자의 동료가 맥주병을 들어 보이며 외쳤다.

"그게 바로 강한 근육이다!"

선재가 미소를 머금고 내게 속삭였다.

"난 이 마을이 좋아졌어요."

우리는 바를 나오면서 그들과 일일이 눈인사를 나누고 악수를
했다. 그들의 호의적인 눈길이 그냥 지나칠 수 없게 했다. 밖으로
나와 잠시 걷다가 차를 가지고 마을의 휴게소로 들어갔다. 우리에
겐 커피가 필요했고, 자동차는 경유가 필요하다는 욕구를 계기판
을 통해서 말하고 있었다.

선재가 커피를 가지러 휴게소 안으로 들어간 사이에 나는 기름
을 넣기로 했다. 내가 겨우 투입구를 찾아 주유기를 넣었을 때, 아
까 바에서 만났던 사람들이 손을 흔들며 지나갔다. 언제 나타났는
지 선재는 양손에 커피를 든 채 그들과 눈인사를 나누고 있었다.
나는 주유를 하면서 장난스럽게 그를 불렀다.

"강한 근육 씨."

"이제, 놀릴 거리가 또 생겼네요."

"근육 씨, 이 마을에서 저분들하고 살아가는 건 어떨까요?"

"정부에서 나한테는 낚시 허가를 내주지 않아요. 벌목도 안 되
고, 무엇보다 여기 법정에는 한국 의뢰인이 없을 것 같은데요."

"어이쿠, 제 말을 진지하게 받아들이시는군요. 우린 다운타운에
서의 정해신 시간만큼 최선을 다하면 되겠죠. 그런데, 왜 이렇게
덥죠?"

"인디언 섬머23가 온 겁니다. 뜨거웠던 시절을 보내기 아쉬워서
기를 쓰는 거겠죠. 혹시 우리 같다는 생각은 안 해봤어요?"

"여기 오기 전에 한국에서의 그 숨 막히는 더위 냄새가 나는 것 같아요. 타이어 냄새 같기도 하고, 풀이 타는 냄새⋯⋯."

갑자기 그가 내 목덜미에 입술을 댔다. 그의 입술은 '인디언 섬머' 처럼 뜨겁고 느닷없었다. 나는 그의 말을 막기 위해 여름 냄새를 말하는 중이었고, 그는 내 말을 막으려고 기습적인 키스를 연출한 것이다. 어디선가 계피 냄새가 났다. 나는 주유기를 잡은 상태로 뒤돌아서서 그의 입술을 두 차례나 핥아보았다. 그는 커피가 들린 양손을 뻗치고서 어쩔 줄을 몰라 했다.

"계피 냄새 같기도 하고⋯⋯."

나는 입맛을 다시며 고개를 갸우뚱거렸다. 그때 주유기가 철커덕 소리를 내면서 멈추었다.

"계피 맛밖에 못 봤는데, 20달러 더 넣을 걸 그랬나 봐요."

뻔뻔스런 내 말에 선재는 양팔을 펼친 채 웃었다. 그의 등 뒤로 조각난 하늘과 패스트푸드점 지붕에 걸려 있는 빨간색 간판이 보였다. 그 장면이 언뜻 커피 브랜드의 광고 표지 같았다. 그는 내게 커피를 건네며 말했다.

"정말 정신이 없네요, 인주 씨는."

---

23 인디언 섬머(Indian Summer)는 인디언이 이맘때쯤 쳐들어온다거나 인디언처럼 변덕스럽기 때문이라는 백인들의 야유가 들어 있기도 하다. 작은 여름, 주저하는 여름으로도 불린다. 유럽에서는 '늙은 아낙네의 여름(Old Wives' Summer)' 이라거나 '물총새의 날(Halcyon's Days)' 이라고 하며, 영국에서는 성자(聖者)의 이름을 빌려서 '성(聖) 마틴의 여름(St. Martin's Summer)' 또는 '성 루크의 여름(St. Luke's Summer)' 이라 부르기도 한다.

"……"

"이런 사람인가 싶으면 저런 사람 같고, 저런 사람인가 보다 싶으면…… 또 그런 사람 같은 겁니다."

나는 커피를 마시다 말고 손을 내저으며 대답했다.

"제가 다중 인격이라고 말씀드렸잖아요? 걱정 마세요. 그게 장애가 될 수도 있지만 변화무쌍해서 좋을 때도 있으니까요. 아마, 항산화 효과도 있을걸요."

"남자한테 적극적인 여자들 별로였는데, 이상하게 지금은 나쁘지 않아요. 아니, 오히려 행복한 것 같아요. 그런데요, 진짜 항산화 효과가 있을까요?"

내 말이 누군가에게 갔을 때 탄성이 좋은 공이 되어서 되돌아오는가 하면, 누군가에게는 닿는 순간 비누 거품처럼 팡 터져버리는 경험을 한다. 선재는 어떤 말에 부딪쳐도 탄성이 뛰어난 공이다.

릴루엣에 가까이 다가갈수록 가슴이 뛰었다. 산등성이를 따라서 붉은색 가루가 직선으로 뿌려져 있었다. 맥클린 산에서 발생한 산불에 대응해 어쩔 수 없이 맞불을 놓은 것이었다. 릴루엣 산 중턱에 있는 모텔 뒤로는 아직도 흰 연기가 가늘게 피어오르고 있었다.

"인주 씨에게 저곳을 꼭 보여주고 싶었는데…… 자꾸 불안해지는데요."

선재는 어지럽게 날아다니는 헬리콥터를 바라보며 내 손을 꼭 쥐더니 가속 페달을 밟으며 더 속력을 냈다.

릴루엣 진입로에는 검문대가 설치되어 있었다. 검문대 옆에 임시 재난방지 센터가 있었고, 연방 경찰과 마을 보안관들이 서성거리고 있었다. 그들은 거주를 증명하는 릴루엣 주민 신분증이 없는 사람들은 일단 돌려보내고 있는 중이었다. 선재는 임시 재난방지 센터로 들어갔다가 잠시 후 허탈한 표정으로 나왔다.

"미안해요, 인주 씨."

우리는 그쯤에서 돌아서야 했다.

"인주 씨, 돌아가는 길이 몇 갈래 있는데요…… 시간이 걸리더라도 아까보다는 경치가 좋은 곳으로 갑시다."

그는 산불 진압 장면을 바라보면서 다시 미안하다고 말했다. 자신이 마치 방화범이라도 되는 듯 거듭 미안하다는 것이었다.

"선재 씨, 난 다 좋은데, 자꾸 미안하다고 하면 내가……."

"가다가 태국 식당에서 식사하는 거 어때요? 똠양꿍을 좋아할 수 있는 기회를 내게도 주세요."

그는 나를 차에 태우고 말없이 안전벨트를 매주었다. 차가 출발하기 전, 진입로에 서 있던 연방 경찰관과 원주민 보안관이 우리에게 다가왔다. 선재가 차창을 내리자 그들이 유쾌한 목소리로 사과를 했다.

"미안하다. 릴루엣에 못 들어가게 되어 유감이다. 어쩔 수 없었다."

선재는 나를 한번 돌아보고는 그들에게 말했다.

"규칙을 지키면 뒤탈이 없어서 좋다. 그러니 신경 쓰지 마라. 우린 이대로도 더없이 좋으니까."

선재는 그들과 일일이 악수를 나누고서 출발했다.

출발한 지 얼마 되지 않아 길옆으로 태국 식당이 나타났다. 식당은 근사한 정원 안에 들어앉은 모습이었다. 주변의 숲이 아주 울창해서 꽃과 풀 냄새가 진동하고 있었다. 선재는 천천히 정원 안으로 들어가서 주차를 했다.

식당 문 앞에 손가락을 뻗치고서 춤을 추는 커다란 민속 모형이 서 있었다. 내가 버린 열쇠고리의 무희 인형과 똑같은 포즈였다. 갑자기 웃음이 비어져 나왔다. 법정에서 선재를 만난 첫날, 그의 뒤를 따라가던 장면이 떠올랐던 것이다. 그런데 지금 나는 그와 함께 0마일 지점에 나란히 앉아 있지 않은가. 감격에 겨운 나머지 나는 웃다 말고 그의 목을 와락 끌어안았다. 가만히 있던 그가 조용히 중얼거렸다.

"잘 웃고, 잘 안아줘서 고마워요. 아무튼 항산화 효과가 있는 게 분명하네요."

이번에는 선재 뒤쪽에 서 있는 모형이 보였다. 오렌지색 장삼을 걸친 부처님이 가부좌를 틀고서 우리를 물끄러미 바라보고 있었다.

불이 붙었을 때, 처음 불길이 훨훨 일어나는 순간은 그 불길을 잡는 것이 거의 불가능하다. 불길이 거세게 확 일어날 때는, 정말이지 어쩔 수가 없는 것이다. 그러나 시간이 흐른 다음에는 불길을 잡을 수도 있고, 유지하려는 노력이 없으면 스스로 꺼지기도 한다. 우리는 그 불기둥 한가운데 서 있었다.

할로윈 웨딩 커플

길거리 보도블록 위에는 오렌지색 호박들로 넘쳐났다. 오렌지색 사이에서 간혹 짙은 청록색 호박이 눈에 띄기도 했다. 할로윈 복장을 한 사람들이 누런 쇼핑 봉투를 가슴에 안고 지나갔다. 옆에서 걷던 선재가 그중 한 사람과 어깨를 부딪쳤다. 코끼리처럼 긴 코에 마귀할멈의 머리카락 같은 회색 가발을 쓴 사람이었다. 두 사람은 서로 손을 들어 사과하면서 돌아섰다.

선재는 감색 더블 재킷의 단추를 닫으면서 말했다.

"크루즈 있는 곳까지 가려면 몇 번은 더 부딪치겠어요. 인주 씨, 그 드레스 예쁘네요. 스물리치 눈썰미기 좋군요."

나는 캐나다 국기를 가지고 만든 벨벳 원피스를 입고 있었다. 흰색 바탕에 빨간 단풍잎이 가슴에서부터 엉덩이까지 감싸고 있는 디자인이었다.

"스물라치가 이 원피스 사주면서 뭐라고 했는지 아세요? 그건 너처럼, 가늘고 납작한 여자들이 입어야 해."

선재가 쾌활하게 웃었다.

잉글리시 베이에 도착하자, 무지개 깃발을 달고 있는 크루즈 위에서 암스트롱이 불쑥 나타났다. 턱시도를 입은 그는 우리를 향해 필요 이상으로 열렬하게 손을 흔들고 있었다.

크루즈 안에는 축제가 한창이었고, 밴드는 「즐거운 나의 집」을 빠른 템포로 연주하고 있었다. 많은 사람들이 할로윈 복장으로 참석했기 때문인지, 언뜻 할로윈 축제처럼 보이기도 했다. 하객들은 대개 싱글클럽 회원들이라고 했다. 그런데 벌써 대기하고 있어야 할 스물라치가 보이지 않았다.

나는 주위를 둘러보며 암스트롱에게 물었다.

"우리도 좀 늦게 도착했는데, 당사자가 아직 안 오면 어떡해요?"

"이제 나타나겠죠."

나는 가방을 열고 전화기를 찾았다.

"제가 전화해볼게요."

"지금 해봤는데 전원이 꺼져 있어요."

암스트롱이 굳은 얼굴로 말했다. 선재는 스물라치에게 전화를 걸고 있었다.

"정말 꺼져 있네요. 중요한 시간에……."

하객들은 암스트롱에게 와서 웨딩 시간을 묻고 돌아갔다. 그러고는 다시 춤을 추기 시작했다. 사람들의 복장을 보니 무슨 가면무도회 같았다. 오페라의 유령 복장을 한 커플은 어울리지 않는 선정적인 춤을 추면서 서로의 몸을 더듬었다. 그러고 보니 어울리지 않는 것투성이였다. 덩치 큰 녹황색 호박은 마귀할멈에게 연신 구애를 하는 중이었고, 밴드 뒤에 선 남자는 아파치 추장 얼굴에 해적의 몸을 하고 있었다. 퓨전이 인기라 해도 너무 어울리지 않았다. 가면을 잘못 썼든지 하의 복장을 잘못 고른 것 같았다.

"20분 후면 돌아올 겁니다."

암스트롱은 그렇게 말하면서 호기롭게 웃었다.

스물라치는 두 시간이 지나도 나타나지 않았다. 할로윈 복장들이 하나둘 배에서 내려가고, 밴드까지 모두 돌아간 뒤에도 스물라치는 보이지 않았다. 암스트롱은 그제야 흰 장갑을 벗었다. 그는 결혼에 대한 기대와 흘러내리지도 않는 흰 장갑을 연신 추켜올리고 있던 중이었다.

스물라치는 그날 새벽이 되어서야 돌아왔다.

그는 암스트롱이 아니라 나를 찾아왔다. 경자 아주머니는 현관에서부터 스물라치의 행색을 낱낱이 살폈다. 눈만 껌뻑이던 스물라치는 아주머니에게 미안하다는 말을 다섯 번이나 해야 했다. 처음에 베이스 음으로 시작해서 나중에는 울음 섞인 소프라노로 끝을 맺었다. 그런 다음 소파가 아니라 식탁 의자에 앉혀졌다. 당장 무언가를 먹이지 않으면 안 될, 저승사자의 얼굴이라는 아주머니의 고집 때문이었다.

"한국 남자를 좋아한다니, 떡국은 먹을 수 있겠구먼."

아주머니는 냉동실에서 흰떡을 꺼내 물에 담그고는, 하나님과 맹세에 대한 강의를 시작했다.

"목사님 설교가 생각나는구먼. 하나님의 자비가 얼마나 되는지 궁금하면 용감하게 죄를 지어보라 하셨지. 어때, 인주도 한 그릇 먹을 텐가? 지금 생각하면 용감하게 지은 죄가 꽤 되는데 말이야, 하나님은 자비롭지 않았던 것 같아. 그럼, 2인분을 끓이지. 특히 말이야, 평생 한 남자를 사랑하며 섬기겠다는 혼인 맹세 말이야. 그 일은 평생에 걸쳐서 분할 상환으로 갚게 하셨다 이거지. 평생 갚아도 모자라, 난 아직도 갚고 있다고. 주여, 용서하소서! 결혼하는 사람이 용감하다 이 말이야. 아, 물론 나는 그 맹세를 세 번이나 했지만 말이야."

아주머니의 말이 끝나자 스물라치가 내 얼굴을 빤히 바라보았다.

"아주머니 말은, 네게 용기가 필요하대. 맹세에 대한 용기. 그런데 하루 종일 어디 갔었어?"

"리치몬드."

"혼자서?"

"암스트롱하고 윌리엄이랑 자주 갔던 카지노야. 거기에서 저녁까지 있다가, 야시장 구경하다가……."

"내가 어떤 말을 해주길 바라니?"

"사실은…… 나 거기 있었어."

"어디에?"

"크루즈 안에."

"네 전화기는 꺼져 있고, 너는 보이지 않았어."

"밴드 뒤쪽에, 아파치 가면 쓰고 있었어. 머리는 검붉고……."

"너였어? 그 해적 아파치가? 어째 위아래가 안 맞더라니."

스물라치는 자꾸만 입술을 물어뜯었다. 이유는 물을 필요도 없었다. 당당하게 혼인 맹세를 하는 사람들보다 겁이 많거나, 아니면 그들보다 덜 무모한 건지도 몰랐다. 나는 다시 그에게 물었다.

"혹시 나한테 듣고 싶은 얘기가 있어? 아니면, 그냥 식사하고 조용히 잘까?"

스물라치는 자세를 고쳐 앉으면서 다급하게 외쳤다.

"아무 말이라도 해줘. 암스트롱이 날 떠났다는 말만 빼고!"

"그는 널 떠나지 않았고, 떠나지 않을 거야. 그는 네 걱정뿐이야. 결혼하지 않고 너와 오래 지내고 싶다고 했어. 또 대화법에 대해서 공부하고 싶대, 널 위해서."

"또?"

"또? 그리고 네가 자기 위로 올라와도 된다고 했어. 아니, 그건 그냥 그가 혼자 중얼거린 거야."

"인주, 나 배고파 죽겠어. 빨리 뭐 좀 먹고 살아야겠어."

스물라치를 뚫어지게 바라보던 아주머니가 내게 물었다.

"이 사람 지금 뭐라는 거야? 뭔 죽겠다는 소린 알겠는데."

"사랑하는 사람 때문에 죽겠고, 배고파 죽겠고 그렇대요."

"난 센 척하는 남자보다, 끝까지 데려다주는 남자가 더 좋더라, 뭐."

아주머니는 갑자기 성욕을 주변으로 전염시키면서 즐거워했다. 아주머니와 내가 웃음을 터트리자, 스물라치도 겨우 웃기 시작했다.

"나도 너희 나라에 갈 수 있을까? 암스트롱 부모님이 날 이상하게 볼 거야. 오늘 카지노에서도 게이 혐오자들이 하는 소릴 들었어. 양이 염소한테 올라타는 걸 볼 때도 이렇게 더러운 기분은 아니었다고."

스물라치의 얼굴에서 웃음이 사라졌다.

"스물라치, 결혼 전에 남편이 나를 자기 집에 데려가서 인사를 시켰어. 그날 그들은 내가 들리도록 쑤군거렸어. 세상에, 집안이 안 좋으면 예쁘기라도 해야지, 저건 너무 평범한 거 아니야? 아니, 뭘 믿고 저렇게 평범하다니? 그때, 남편이 뭐라고 했는지 알아?"

스물라치는 뭔가 안다는 듯이 고개를 끄덕거렸다.

"남편이 말했어. 벗으면 평범하진 않아. 그러자 한바탕 웃는 소리가 들려왔지. 그날 그 집을 나올 때까지 냄새나는 축축한 옷을 걸치고 있는 느낌이었어. 그런데 다시 생각해보니, 그 축축한 옷은 그들이 생각하고 있는 옷이었던 거야. 지금 내 영어 이해해?"

스물라치는 또 고개를 끄덕였다.

"스물라치, 남들이 네가 입은 옷이 보기 싫다고 비난한다고 해서, 그 옷을 벗을 필요는 없어. 그건 그 사람들의 생각이고 평가일 뿐이잖아. 자, 식사하자."

"나 이거 전에도 먹어본 적 있다."

아주머니는 떡국을 떠주고는, 식탁 옆에 앉아서 천천히 헤어 롤을 말았다. 분홍색 롤을 머리에 다 말고 나서 그 위에 스카프를 둘러썼다. 그리고 늘 그렇듯 하품을 길게 세 번 하고는 잠자리를 찾았다.

내 아버지의 영혼을 팝니다

스물라치에게 전화를 걸어 언젠가 말했던 인터넷 경매 사이트를 물었다. 그는 사이트를 알려주고서 특유의 인사말도 잊지 않았다.

"설마, 인주 난자를 거기에 올리는 건 아니겠지?"

"생각 중이야."

경매 사이트에는 이런저런 무빙 세일과 룸메이트를 구하는 광고들이 대부분이었는데, 중학생들이 룸메이트를 구하는 경우도 있었다. 그러고 보면 현재 나의 룸메이트가 제일 고령이었다. 나는 끈기를 가지고 이곳저곳을 돌아다니다가 드디어 'This is not a joke!'라는 제목을 클릭했다. 농담이 아니라니.

그 제목 안에는 '내 아버지의 영혼을 팝니다'라고 시작하는 글이 올라와 있었다. 나는 전자사전의 전원을 켰다.

내 아버지의 영혼을 팝니다.

나는 여섯 살짜리 아들을 두고 있는 주부입니다. 1년 전 함께 살던 친정아버지가 돌아가셨습니다. 요즘 그분이 자꾸 집에 나타나십니다. 처음에는 무척 반가웠습니다. 그런데 여섯 살짜리 아들이 혼자 있을 때에 나타나곤 해서 아이가 두려움에 떨고 있습니다.

할 수 없이 아버지의 영혼을 78달러에 팔려고 합니다.

당신이 내 아버지의 영혼을 직접 만나보면 알겠지만, 그는 매우 조용하고 깔끔했으며, 다정한 사람이었습니다. 특히 내 아들에 대한 사랑이 그랬습니다.

당신이 만약 입찰을 하신다면, 메탈 지팡이를 보내드리겠습니다. 영혼이 눈에 보이지 않으니, 아버지가 쓰시던 메탈 지팡이를 보내드리는 것입니다.

그리고 78달러는 아들에게 특별한 선물을 사줄 작정입니다.

추신.

만약 아버지의 영혼을 사주신다면, 한 가지 부탁을 드립니다. 당신이 '할아버지의 영혼과 함께 잘 지내고 있다'는 내용의 편지를 내 아들에게 보내주세요. 그러면 당신에게 정말 감사할 것입니다.

제 이메일 주소는 luckyjisu@naver.com입니다.

글의 내용은 제품에 대한 보증서처럼 죽은 아버지의 영혼에 대해 꼼꼼하게 설명하고 있었다. 댓글에는 이런저런 위로의 글들이 올라와 있지만 사겠다는 사람은 아직 없었다. 어쩌면 노인에게는 못다 한 말이 남았는지도 모른다. 나는 차마 사이트를 닫지 못하고 한참을 앉아 있다가 덜컥 입찰을 했다. 그냥 지팡이를 구입하는 것도 나쁘지 않을 거라는 생각이었다. 입금이 이루어지면 물건은 다음 날 배송이 된다고 쓰여 있었다. 나는 판매자의 이메일 주소를 선재와의 공동 메일함 주소록에 등록해놓고, 이름란에는 '아버지의 영혼'이라고 써넣었다.

지팡이는 3일이 지난 후에야 도착했다. 노인의 영혼을 같이 보내느라 배달이 늦겨졌는지도 몰랐다. 아주머니는 지팡이를 꺼내는 나를 보며 이해할 수 없다고 혀를 끌끌 찼다.

"아, 78달러면 좋은 지팡일 살 수 있는데, 왜 굳이 중고 지팡이야? 그것도 죽은 사람 거라면서? 아우, 끔찍해. 요즘 젊은 사람들은 귀신도 사고파네그래."

아주머니는 그러고도 한참을 더 이해가 안 간다면서 우는소리를 했다.

지팡이는 아주 깔끔했다. 땅에 닿는 부분에만 흔적이 남은 것으로 보아 노인이 무척 조심스러운 사람이었을 거라는 생각이 들었다. 지팡이란 기대고 의지해야 하는 대상이 아닌가. 그러한 대상을 이렇게 고이 보존해온 노인을 구체적인 모습으로 떠올리려고 애를 써보았다. 눈을 떠올리면 입이 모자이크 처리되고, 입을 겨우 떠올리면 코 윗부분이 모두 뭉개져버렸다. 요즘은 아버지의 얼굴도 부분적으로 뭉개지기 시작했다.

아버지의 지팡이는 늘 윤이 났다. 일을 그만둔 아버지는 등산을 다니기 시작했고, 돌아오면 그 용품들을 빛이 날 때까지 문질러 닦았다. 그리고 방 안에 나란히 펼쳐놓고 바라보는 걸 무척 좋아하셨다. 평상시에 그것들은 방 안에 있었다. 그러나 아버지와 엄마 사이에 언쟁이라도 벌어지면, 지팡이는 엄마의 손에 의해 현관 구석으로 쫓겨 나가곤 했다. 그런 것이 엄마와 아버지의 대화법이었다. 지팡이가 현관에 서 있으면 두 사람 사이의 냉전을 뜻하는 것이어서, 나는 잔뜩 몸을 사렸다. 그러다가 현관에서도 지팡이를 볼 수 없게 되자, 그때부터 아버지의 모습도 볼 수 없었다.

어쩌면 노인은 지팡이로 땅을 짚고 다니는 대신 그것을 그저 간직했는지도 모른다. 어딘가에 앉을 때면 무릎 위에 올려놓고 만지작거리다가 집으로 돌아와 마른 수건으로 오래도록 닦았을 것이다. 어린 손자도 그런 식으로 사랑했을 것이 분명했다.

어린 손자가 두려워했던 것은, 가슴과 머릿속에서만 살아가야 하는 할아버지가 불쑥불쑥 눈앞에 나타났기 때문일 것이다. 때로 남아 있는 사랑을 주체할 수 없어 제자리를 찾아가지 못하는 경우가 있다는 걸 손자는 아직 모를 것이다. 성인이 되어 절실한 감정에 휘둘리고 나면 그때 알게 되겠지. 주었던 사랑을 쉬이 거둘 수 없어, 빈껍데기로나마 그 사람 주위를 서성이게 된다는 것을.

영화에서는 집을 나간 부모가 한 번쯤 자식을 보러 오는 장면이 있지만, 지팡이와 함께 사라진 아버지는 한 번도 나를 찾아오지 않았다. 어쩌면 멀리서 보고 갔는지 모른다는 생각도 해보았다. 교복이 달라질 때마다 다녀가셨는지도 모르고, 부영의 팔에 매달린 채 열에 달떠 있는 내 모습을 보며 가슴을 쓸어내렸는지도 모른다. 문득 그런 생각이 들 때면 나도 모르게 자세를 바로하고 눈을 동그랗게 뜨는 연출을 하기도 했다.

문신

휴식 시간에 도서관으로 내려갔다. 선재는 늘 내가 중간 휴식을 할 때쯤 도착해 있었다. 층계를 다 내려가자 도서관 입구에 서 있는 그의 뒷모습이 눈에 들어왔다. 오전에 통역이 있어서인지 정장 차림이었다. 그와 얘기를 하고 있는 사람은 암스트롱이었다. 암스트롱이 나를 알아보고는 손을 번쩍 들어 올렸다. 내가 슬며시 선재 옆에 섰을 때, 마꼬가 도서관 문을 열고 나타났다.

"하이, 언니. 암스트롱과 놀러 왔어요."

마꼬는 밝게 타오르는 머리카락을 흔들며 내게 요란하게 인사를 건넸다. 나는 그녀가 내미는 손을 잡으면서 어쩔 수 없이 불편함을 느꼈다. 암스트롱이 호탕하게 웃으며 선재의 어깨에 손을 올리고는 한국어로 말했다.

"마꼬에게 끌려왔습니다. 여기 와야 선재를 볼 수 있다고 해서요."

선재가 불편한 얼굴로 끼어들었다.

"그럼 내가 인주 씨랑 갈 테니, 다운타운에서 보기로 하자."

선재는 다시 마꼬를 바라보며 물었다.

"마꼬는 어때?"

그녀는 좋다고 대답하며 얼굴이 찡그려질 정도로 활짝 웃었다. 나는 그들에게 손을 흔들고는 서둘러 강의실로 돌아왔다.

방금 전 선재의 행동은 아주 합리적이었다. 적절한 거절을 못 해서 원치 않는 시간을 억지로 같이 보내게 된다면, 그건 양쪽 모두에게 바람직하지 못하기 때문이다. 대화법에서는 거절을 못 했을 때의 느낌과 욕구를 바닥까지 들여다보라고 한다. 그리고 적절한 거절은 아주 중요한 의미가 있을뿐더러 오히려 상대에 대한 배려가 된다고 했다. 그러니까 무엇이든 간에, 가슴에서 우러나올 때에만 주라는 것이다.

강의 시작 전에, 나는 전 시간에 했던 책임에 대한 말을 이어갔다.

"사람들은 선택의 여지가 없다는 말을 자주 합니다. 그것도 일종의 책임에 대한 도피가 아닐까 합니다만."

내 말이 끝나기도 전에 한 여성이 손을 번쩍 들었다. 그 여성은 내게 화를 내면서 항의했다.

"하지만, 좋든 싫든 해야만 하는 일이 있어요! 그리고 저는 우리 아이들에게도 해야만 하는 일이 있다고 말해주는 건 아무런 잘못이 아니라고 봐요."

나는 그렇게 '꼭 해야만 했던 일들'이 무엇이냐고 물었다. 그녀는 마치 기다렸다는 듯이 대답했다.

"그야 간단하죠! 이 모임이 끝나면 저는 집에 가서 저녁을 해야만 해요. 저는 밥하는 게 지겹거든요. 정말이지 울화가 치밀 정도로 싫어요. 하지만 저는 20년간 매일같이 해왔고, 꼭 해야만 하는 일이라 끔찍하게 아플 때도 했어요."

나는 두 손을 마주 잡고 공손하게 고개를 끄덕여주며 말했다.

"그렇게 하기 싫은 일을 하면서 인생의 많은 부분을 보냈다는 말을 들으니 정말 마음이 아픕니다. 부디 이 대화법을 통해서 좀 더 즐거운 가능성을 찾기를 진심으로 바랍니다."

그러자 이번에는 그 여성의 뒤쪽에서 초등학교 교사분이 조용히 손을 들었다.

"저도 학생들의 성적을 평가하는 일이 너무 싫어요. 하지만 성적 평가를 해야만 하죠, 교육 방침이거든요."

나는 그 여선생 앞으로 걸어가서 말했다.

"그러면 제가 선생님께 부탁을 좀 드릴게요. '교육청의 방침 때문에 성적 평가를 한다'라는 표현을 '나는 무엇을 원하기 때문에 성적 평가를 하기로 선택했다'라고 바꿔서 말씀해보시면 어떨까요? 부탁드립니다."

그 여선생은 잠시 생각하다가 입을 열었다.

"나는 내 직업을 유지하기를 원해서 성적 평가를 하기로 선택했습니다."

그러고는 곧바로 덧붙였다.

"하지만 이렇게 말하는 건 별로 좋아하지 않아요. 왜냐하면 내가 하는 일에 책임감을 느끼게 하거든요."

내가 활짝 웃으며 말했다.

"바로 그런 이유 때문에, 선생님이 그렇게 말하기를 바란 겁니다."

강의가 끝나고 나서도 나는 곧바로 내려가지 않았다. 10분쯤 후에 사람들이 거의 돌아가고 난 뒤 천천히 층계를 내려왔다.

선재는 도서관 입구로 나와 서성거리고 있었다. 정장 차림의 그를 보니 재판을 받던 날이 떠올랐고, 그를 향하던 마꼬의 더운 눈길도 생각났다. 마꼬는 내게 전화번호를 주면서 웃었지만, 그 웃음으로 그녀의 불안과 경계의 눈빛까지 감출 수는 없었다.

"오늘은 힘들었나 보네요?"

그는 걱정스런 표정으로 다가왔다.

"조금요."

나는 여전히 웃었지만 그는 내 속을 읽을 수 있는 사람이었다. 밖으로 나오자 그는 주차장으로 가지 않고 내게 조심스럽게 물었다.

"우리, 좀 걸어도 괜찮겠어요?"

우리는 눈발이 흩날리고 있는 거리를 말없이 걸었다. 작은 스튜디오들은 저마다 색다른 트리를 선보이고 있었다. 꼬마전구의 불이 발작을 일으키듯 불규칙적으로 깜박이는 것도 있었다. 한참을 보아도 불이 들어오는 순서를 예측할 수가 없었다.

선재는 떨어지는 눈을 물끄러미 바라보며 입을 열었다.

"그때 암스트롱이 말했던 문신 얘기 있잖아요. 기억나시죠?"

"스물라치의 문신은 아닌 것 같았어요."

"학교 다닐 때, 매일 정류장에 나타나서 저한테 돈을 달라는 여자애가 있었어요. 차비가 없다면서 그 큰 눈으로 나를 뚫어지게 바라보는 겁니다. 그래서 5불을 주었습니다. 그다음 날도 나타나서 제 앞에 손을 벌렸어요. 또 차비가 없다는 겁니다. 어느 날은 배가 고프다고 해서 10불을 주고…… 계속 그랬어요. 하루는 옆에서 지켜보던 친구 놈들이 저를 놀리더군요. 헤이, 멍청아! 넌 왜 그녀랑 안 하는 거야? 그건 같이 자고 싶다는 제스처야, 멍청아."

"그럴 수도 있겠네요."

눈발이 얼굴로 날아와 순식간에 녹아내렸다.

"어느 날 그녀가 다시 내 앞에 나타났어요. 이번에는 돈을 달라고 손을 내밀지 않고 그냥 나를 빤히 쳐다보는 겁니다. 그러더니 갑자기 자기 티셔츠를 위로 쑥 올렸어요. 그 순간 그녀의 배꼽을 봤어요. 그 위에 있던 문신까지요. 그리고 그녀는 셔츠를 내리더니 그냥 가버리는 겁니다. 그런데, 그 후에 어떤 일이 일어났는지 아세요?"

"잤어요?"

"아니요, 그 여자애의 몸이 그리워서 미칠 지경이 된 거예요. 눈을 감으면 그 배꼽 위에 있던 문신이 막 숨을 쉬는 것처럼 선명하게 떠오르는 겁니다."

"무슨 문신이었는데요?"

"초승달 위에 별 하나요. 암스트롱이 아직까지 놀리는 게 그겁니다. 그리고 수요일 점심시간에 학교 식당에서 그녀를 봤어요."

"그래서 잤군요?"

"그녀가 마꼬예요."

우리는 걸음을 멈추었다. 그리고 잠시 후, 그는 자백을 강요받은 용의자처럼 힘들게 입을 열었다.

"그래요, 딱 한 번 마꼬를 만졌어요. 술기운을 빌리긴 했지만, 그날은 충동적이었어요. 그리고 굳이 거부할 것까진 없다는 생각도 들었어요."

순간 내 안에서 감정 한 자락이 날카롭게 펄럭였다. 이런 느낌이 다시는 내게 일어나지 않을 거라 여겼는데…… 살아 있는 동안, 모든 감정은 시도 때도 없이 부활할 수 있다는 사실이 새삼 감사하기도 했다. 나는 소리 없이 몸을 한번 뒤채고서 걸음을 옮겼다. 마꼬의 커다란 눈을 떠올리며 내가 중얼거렸다.

"마꼬의 행동이 이제 이해가 되네요."

선재는 노련한 용의자처럼 납득할 만한 이유를 설명하려고 애를 썼다.

"처음에는 마꼬의 밝은 면이 나를 위로해주는 것 같았어요. 그러다가 내가 도망쳤어요. 마꼬를 피해서, 한국에 나가 잠시 직장에 다닌 적도 있어요."

"마꼬가 힘들었을 거라는 생각을 안 한 건 아니겠죠?"

"내가 살려다보니, 나도 모르게 그렇게 됐어요."

나는 선재에게 책임을 느끼게 할 만한 문장을 만들어주려다가 그만두었다. 어느새 마꼬의 불안과 경계심은 내 몫이 되어 있었다. 이제 곧 한국으로 돌아가야 한다는 생각만으로도 가슴이 뻐근해져 왔다. 끊임없이 몸이 끓어오르고, 질투를 일으키는 사람을 곁에 두는 일은 많은 에너지를 필요로 했다.

트리스탄과 이졸데

공항에는 선재와 스물라치가 배웅을 나왔다. 암스트롱은 중요한 미팅이 있어 전화로 작별 인사를 했다. 그는 조만간 한국에 다니러 나가겠다면서 호탕하게 웃더니, 슬픈 트리스탄을 잘 달래주라고 말했다. 나는 전화를 끊기 전에 그에게 물었다. 원치 않는 이별은, 어떻게 해야 하는지 잘 모르겠다고. 그런 걸 암스트롱에게 물어서 어쩌겠다는 것인지 나도 알 수 없었지만, 그의 대답은 너무도 간단했다.

"이별하지 않는 방법뿐입니다."

암스트롱다운 생각이었다.

우리는 공항의 커피숍에 앉아 탑승 시간을 기다리며, 유리창 밖의 부산한 움직임에 시선을 던져놓고 있었다. 덩치 큰 가방을 끌면서 황급히 걷는 사람들 사이로 회색 나무가 미세하게 몸을 떨었다.

나무에 남아 있는 파리한 잎이 바람에 흔들릴 때마다, 내 안에서는 현악기 줄 몇 개가 동시에 울렸다. 선재는 내 손을 꼭 쥐고 있었다.

잠시 후에 스물라치가 일어서더니 주차장에서 기다리겠다고 했다. 스물라치와 나는 부둥켜안은 채 서로의 등을 오래 두드려주었다. 그는 공항의 자동문을 나설 때까지 계속 손을 흔들었다.

선재는 다시 내 손을 잡았다. 할 수 있는 거라고는 손을 잡는 게 전부인 연인들처럼 우리는 서로의 손을 만지고 바라보기를 반복했다. 그의 손은 커다랗고 도톰한 모포 같았다. 그러나 갈라진 손끝을 볼 때마다 무언가에 베인 듯 선득한 느낌이 찾아왔다. 나는 그의 손을 바라보며 에스프레소를 두 모금에 나누어 마셨다. 그리고 탑승하자마자 잠들고 싶은 욕심으로 기내용 가방에서 수면제를 꺼냈다. 내가 선재의 컵에 남아 있는 커피를 들여다보자 그는 내 약통을 만지작거렸다.

"무슨 약이죠?"

"수면제예요. 어쩌다, 아주 필요할 때만 한 번 먹어요."

그는 수면제를 꺼내어 한동안 들여다보더니 복잡한 표정이 되었다. 그리고 뚜껑을 닫으며 말했다.

"이런 데 기대지 말아요. 내가 그냥 버릴게요."

"내가 돌아가서 버리죠 뭐."

나는 그의 손에서 약통을 빼앗다시피 해서 되돌려 받았다. 그리고 시계를 보며 일어섰다. 그는 미동도 없이 앞을 똑바로 바라보며 트리스탄처럼 말했다.

"우리 사이에도, 이제 순결의 검을 놓고 잠들 시간이 오는군요."

갑자기 그가 내 손을 잡아채더니 검지를 그의 입안에 넣었다. 한없이 매끄럽고, 그리고 너무 뜨거웠다. 공항 유리창 밖에서 흔들리던 나뭇가지가 흠칫 몸을 떨면서 멈추었다.

내 몸이 막 나른함에 젖어들 무렵, 그가 내 손가락을 지그시 깨물었다. 그리고 더 계속해서 힘을 주었다. 이제 그의 앞니가 내 손가락 속으로 거의 파묻히고 있었다. 무지근한 통증이 몸 전체로 날카롭게 퍼져나갔다. 밖으로 나오지 못하고 안으로 잠겨 드는 비명 대신에, 눈물이 그렁하게 매달렸다. 그러나 내 입에서는 '으' 하는 짧은 탄식이 흘러나왔다. 감정적으로는 전혀 슬프지 않은데도 몸이 저 스스로 지각하고 눈물방울을 또르르 밀어내고 있었다. 몸이 이토록 예민한 센서를 가지고 있다는 사실을 눈물이 지나간 자리의 서늘함이 또렷이 환기시켜주었다.

그는 손가락에서 이를 거둔 후에도 한동안 입안에서 꺼내지 않았다. 그만큼 내 통증은 깊어졌다. 나는 그의 입에서 손가락을 꺼내어 팔랑거리며 흔들었다. 청사 밖의 가지들도 다시 흔들리기 시작했다. 아까보다 더 세차게 흔들리면서 가지 끝으로 내게 손짓을 하는 것 같았다. 오라는 것인지 가라는 것인지 알 수 없는 몸짓을 반복하고 있었다.

그가 한참 만에 입을 열었다.

"금붕어는 기억력이 3초지만, 고통은 24시간 기억한대요."

고통을 줌으로써 자신을 기억하게 하는 것이, 그가 당장 할 수 있는 말의 전부인지도 모른다. 나는 손가락에 차가운 입김을 불면서 허탈하게 웃었다.

"그래서, 기억해달라는 말을 이렇게 하고 있는 거예요?"

그는 할 말을 다 했다는 듯 입을 꽉 다물어버렸다. 고통을 곱씹어가면서 오래 기억하는 습성이 누구에게나 있듯이, 나는 이 손가락의 통증이 완전히 사라질 때까지 어쩔 수 없이 그를 떠올리게 될 것이다.

나는 그의 얼굴 앞에 손가락을 들이대고 장난스럽게 물었다.

"그럼, 이건 일주일짜리 통증인 셈인데. 그 후에는 당신에 대한 부분만 기억에서 지워지는 해리 증상을 일으켜도 괜찮겠어요?"

그는 내 말을 들으면서도 여전히 침묵했고, 시선은 허공에서 부유하고 있는 먼지를 쫓고 있었다. 나는 손바닥으로 그의 목덜미에서부터 머리 위쪽으로 길게 한번 쓸어 올렸다. 그와의 추억 같은 것이었다. 다시 머리를 거꾸로 쓸어 올려도 그는 반응을 보이지 않았다. 그의 시선이 머물러 있을 만한 테이블의 중간쯤을 손톱으로 두드려 다락다락 소리를 내보아도, 여전히 굳은 얼굴로 꼼짝도 하지 않았다.

이제 그를 남겨두고 가야 했다. 이별치고는 너무 어색한 장면이지만 어쩔 수가 없었다. 나는 그의 귀에 마지막 인사를 속삭이고는 서둘러 탑승구로 향했다.

"고마워요, 미스터 트리스탄."

그는 아마도 탑승구를 통과하는 내 모든 동작을 지켜볼 것이다. 활짝 벌린 내 팔과 다리에 공항 요원의 검색 봉이 무참히 지나가는 것을, 치욕스러운 듯 옷매무새를 꼭꼭 여미는 내 손길을, 기내용 가방을 거칠게 끌면서 비칠거리듯 황급히 사라지는 내 뒷모습을, 그 순간 정전기를 일으키며 나풀거리는 잔 머리카락과 그 주위에 일어나는 미세한 자기장의 변화를 내내 지켜볼 것이다. 그리고 내가, 결코 뒤돌아보지 않으리라는 것을 그는 알고 있을 것이다. 나 또한 알고 있었다. 그가 깨물었던 이 손가락의 통증은 결코 일주일짜리가 아니라는 것과, 그 단 한 번의 기습을 내 몸이 집요하게 기억해내리라는 것을.

3700피트 상공에서

내 옆 창가 자리는 비어 있었다. 자리에 앉자마자 눈을 감았지만 기대했던 잠은 좀처럼 몰려오지 않았다. 잠들고 싶은 만큼 정신은 더 명료해졌다. 온갖 생각들이 감고 있는 눈꺼풀에 달라붙어서 제각각 압력을 가해오는 것 같았다.

공항에 두고 온 그의 고집스런 옆모습이 떠올랐다. 그러자 그의 입안에 있던 손가락으로 통증이 몰려왔다. 손가락에는 아직도 그의 이 자국이 선명하게 남아 있었는데, 첫 번째 마디를 겨우 넘어서 하나의 마디가 더 있는 듯이 보였다. 손가락에 찬바람을 불어보냈다. 아까의 얼얼한 통증이 몸 전체로 툭툭 퍼져나가는 것을 느끼면서 다시 눈을 감았다.

아마도 그가 깨물었던 한마디의 손가락은 그 순간 잘려 나가 그의 입속에 남았을 것이다. 그리고 고통만을 기억하는 물고기가 되어 지느러미를 흔들며 식도를 내려가서, 그의 내장 속을 휘젓고 돌아다닐 것이다. 이제 그는 고통스럽게 팔딱이는 물고기를 어쩔 수 없이 자기 안에 가둔 채 살아가게 될 것이고, 내 손가락은 그 점막의 감촉을 수시로 기억해낼 것이다.

둔탁한 소리에 눈을 떴다. 동양인 청년이 바로 앞자리 선반으로 가방을 밀어 넣고 있었다. 그는 영어로 전화 통화를 하면서 계속 키득거렸다. 상대는 아마도 연인인 것 같았다. 청년은 두툼한 하프코트를 벗으면서 통화를 계속했다. 코트를 벗어 들자 그의 맨발이 눈에 들어왔다. 청년이 코트를 선반에 넣고 자리에 앉을 때까지 나는 그의 맨발에서 시선을 떼지 않았다. 건강하고 투명한 선재의 발이 떠올랐다. 푸른 정맥이 가지런히 흐르는 그의 발등에 입술을 대던 순간이 사무치게 그리웠다. 그 욕망을 잠재우려는 듯 나는 다시 눈을 꼭 감았다.

눈을 감은 지 얼마 되지 않았을 때 이상한 느낌이 들었다. 잠은 오지 않았지만 눈을 뜨기도 귀찮았다. 한참이 지나서야 어떤 힘에 이끌려 겨우 눈을 떴다. 그리고 내 옆에 서 있는 덩치 큰 남자와 눈이 마주쳤다. 남자는 아마도 한참 전부터 거기에 서 있었던 듯 나와 눈이 마주치자 반색을 했다. 남자가 손에 들고 있던 가방을 선반에 넣자 그제야 나는 그가 내 옆자리 승객임을 알아차리고 벌떡 일어섰다.

"감사합니다."

남자는 허리를 굽히며 인사를 하고는 창가 자리에 앉았다. 남자의 몸집은 비대했다. 땀을 흘리며 가쁜 숨을 몰아쉬는 남자의 가슴이 앞 의자 등받이에 닿을 것 같았다. 정말이지 옆에 자리를 차지하고 앉아 있기가 민망할 정도였다. 남자는 계속 땀을 닦으면서 미안하다고 말했다. 그가 숨을 쉬면서도 몸을 오므리는 시늉을 해서인지 어깨가 아래로 처져 보였고 전체적으로 둥그렇게만 보였다.

"미안합니다."

남자는 땀을 닦는 행위 자체도 미안하다는 기색이 역력했다. 나는 도저히 말없이 앉아 있기가 버거워 남자에게 말을 걸었다.

"출장을 다녀가시나 봐요?"

"휴가를 내서, 아내와 아이들을 보고 돌아가는 길입니다."

남자는 내 말을 넙죽 받고 나더니, 조곤조곤 이야기를 이어나갔다. 그는 힘들다면서 또 땀을 닦고 한숨을 작게 내쉬었다.

"아내가 6개월 전보다 달라졌어요. 제 앞에서, 휴가 같은 거 차라리 없었으면 좋겠다는 말을 웃지도 않고 하더라고요."

남자의 목소리는 의외로 듣기에 편안했다.

"제가 여기 머무는 동안에도 아이들은 캠프를 떠나고, 아낸 골프를 치러 다녔습니다. 저는 일주일 동안 옆집 고양이와 사귀다가 돌아가는 길입니다."

"그래도 공항에서 부인과 헤어질 때는 마음이 좀 짠하지 않으셨어요?"

공항에 두고 온 선재의 모습이 떠오르자 가슴 아래가 찌르르 울려왔다.

"웬걸요, 그 사람은 새벽에 시애틀로 골프 치러 갔습니다. 전 다운타운에서 버스로 공항에 왔어요. 그게 맘 편하죠."

기내식이 나왔다. 남자는 냉동실에 있던 훈제 연어를 아침으로 먹고 나왔다며 과일만 겨우 먹고서 물렀다. 밤색 앞치마를 두른 승무원들은 서둘러 승객들에게 밥을 먹이고, 면세품을 설명하더니 무언가에 쫓기듯 재빨리 소등을 했다. 남자는 눈을 감고 있었다. 그러고는 가끔씩 땀을 닦느라 손을 분주하게 움직였다.

나는 내 앞의 모니터를 열고 영화 프로그램들을 고르다가 이탈리아 영화를 골랐다. 매뉴얼에는 설치미술을 하는 남자와 아내의 사랑을 다룬 이야기라고 쓰여 있었다.

옆자리에서 남자의 숨소리가 크게 들려왔다. 열두 시간 비행을 버티려면 남자도 앞자리의 청년처럼 신발이라도 벗어야 할 것 같았다. 아니면 상의 단추라도 몇 개 풀어놓았으면 싶었다. 그러나 남자는 그저 꼼짝 않고 숨 쉬는 데에만 열중하더니 이내 코를 골았다. 영화 속에 나오는 거구의 이탈리아 남자도 벽에 걸린 그림에 기대어 코를 골기 시작했다. 피식 웃음이 나왔다. 나도 모르게 옆을 돌아보니, 어느새 남자가 눈을 뜨고서 나를 바라보고 있었다.

"죄송합니다."

그는 재빨리 죄송하다고 말했다. 일어나고 싶다는 뜻이었다. 나는 무릎 위에 있던 담요와 베개를 주워 들고 일어섰다. 남자는 깍듯하게 인사를 한 다음에 뒤쪽으로 성큼성큼 걸어갔다. 다시 자리에 앉아 영화를 보며 남자가 돌아오기를 기다렸다. 영화는 이제 여자의 전 애인이 음모를 꾸미는 단계에 이르렀다. 결국, 여자의 남편이 그 음모에 희생되고 여자가 통곡을 하면서 영화는 끝이 났다. 남자는 그때까지 돌아오지 않았다.

나는 다시 할리우드 영화를 클릭하고서 눈을 감았다. 그리고 까무룩 잠이 들었다가 깨어났다. 옆자리는 여전히 비어 있었고, 할리우드 영화도 끝나 있었다. 두 편의 영화가 끝났으니 최소한 두세 시간이 흘렀을 것이다. 사람들은 거의 잠들어 있었고 영화를 보는 사람들이 몇 명 눈에 띄었다.

건조한 눈을 견디다 못해 다시 눈을 감았을 때, 이상한 기분이 들기 시작했다. 혹시 잠들어 있는 나를 깨우지 못하고, 다른 빈자리를 찾아가서 앉아 있는 건 아닌가 싶기도 했다. 그러나 공항에서 대기자들이 줄을 서 있던 장면이 떠올랐다. 비행기는 애초에 만석이었고, 빈자리가 있을 리 없었다. 나는 버튼을 눌러 승무원을 불렀다.

밝게 웃고 있는 승무원에게 옆자리 남자가 돌아오지 않는다고 말했다. 예상대로 그녀는 여전히 밝게 웃으며 말했다.

"곧 돌아오시겠죠. 걱정하지 마십시오."

"자리를 뜬 지 세 시간은 되었는데, 이상하지 않은 걸까요?"

"종종 동행들과 함께 계시는 분들도 계십니다."

"영화 두 편이 끝나고도, 아니, 더 지났는지도 모르겠어요……."

여전히 밝은 표정으로 돌아섰던 승무원의 얼굴이 다시 내 앞에 나타났다.

"그런데, 세 시간이 넘은 게 확실한가요?"

나는 고개를 끄덕이다가 말했다.

"출발하고 얼마 후니까, 아마 그 이상일지도 모르겠어요."

그녀는 얼굴에서 웃음을 거두고 돌아갔다. 그 뒤로도 남자는 돌아오지 않았고, 나는 까무러치듯이 잠들었다가 깨어나기를 반복했다.

비행기가 인천공항에 착륙한다는 안내 방송이 흘러나왔다. 그때, 여자 승무원이 다가오더니 내 옆에 쪼그리고 앉았다. 아까의 승무원이 아니라, 수석 승무원이었다.

"죄송합니다. 규정상 일찍 전해드리지 못했습니다. 옆자리 승객분은 사망하셨습니다. 닫혀 있던 화장실에서 발견했고, 사인은 추정이 가능합니다만, 아직 정확하진 않습니다."

"어떻게, 그럴 수 있어요?"

땀을 닦아내느라 분주하게 오르내리던 남자의 통통한 손이 떠올랐다.

"죄송하지만, 오늘은 댁으로 돌아가셨다가 내일 참고인 진술을 해주실 수 있으신지요? 저희도 참, 난감해서요."

비대한 몸을 축소시키려는 듯 자꾸만 어깨를 안으로 구부리던 남자의 모습과 그가 아침으로 먹었다던 연어가 생각났다. 승무원은 아직 돌아가지 않고 있었다. 그러고 보니 내 대답을 기다리는 모양이었다. 나는 승무원에게 고개를 끄덕여주었다.

이상한 일이었다. 탑승하자마자 눈을 감고 있었기 때문에, 나는 남자가 기내로 들어오는 모습을 보지 못했다. 그런데도 몸을 움츠린 남자가 기내의 좁은 통로를 걸어오는 모습이 눈앞에 훤히 펼쳐져서 실제의 영상처럼 자리 잡았다. 일주일 동안 옆집 고양이와 사귀었다던 남자는, 3700피트 상공의 비좁은 화장실에서도 내내 혼자였던 것이다.

제2부

가변 차선

남자의 부검 결과는 뇌출혈이었다.

수사과장은 나이에 상관없이 일어날 수 있는 일이라고 말했다. 고인이 무척 비만한 상태에다 당뇨가 있었고, 심한 스트레스를 받은 것 같다고도 했다. 게다가 '한겨울'이었다고 덧붙이는 그의 말에 의하면, 모든 현상이 다 남자의 사인이 될 수 있었다. 수사과장의 말을 듣고 있던 고인의 아내가 비명을 지르며 무너졌다. 그것이 통곡의 시작이었다.

사실 내가 협조할 사항은 거의 없는 셈이었다. 나는 그저 고인의 마지막 모습과 인상에 대해 최대한 주관적으로 표현했다. 진술을 마치면서 옆에 앉은 부영을 돌아보았을 때, 그가 나를 아주 객관적으로 바라보고 있다는 사실을 깨달았다. 그건 아주 보기 드문 표정이었는데, 화실에서 처음 나에게 다가올 때와 비슷했다. 내게서 그에 대한 열정의 단서를 찾고자 했던 그 몰입의 표정을 닮아 있었다.

우리는 수사과를 나와서 차에 올랐다. 부영은 차에 오르자마자 급히 시동을 켜고 출발했다. 스피커에서 최신 가요가 흘러나오자, 그는 신경질적으로 오디오 전원을 꺼버렸다.

"당신한테 재밌는 말을 해주려고."

그 말을 하는 부영의 얼굴에 야릇한 미소가 떠올랐다.

"실은, 죽은 그 남자 말이야. 우리 회사 임상 실험 환자였어."

"말이 되는 소리를 해요…… 선배!"

"임상 실험 환자들은 아무것도 몰라. 그 약이 어느 회사 제품인지 뭔지, 어쨌든 모든 게 비밀이니까. 우린 그들이 약을 가져갈 수 없도록 했지. 회사 밖에서 만나는 직원들에 의해 약을 받고, 그 자리에서 복용한 다음 돌아가도록 조치했거든."

차는 비보호 좌회전 신호 앞에서 멈췄다.

"정말이에요?"

부영은 대답하지 않고 앞만 보며 말했다.

"그 약은 식욕을 일으키는 두뇌 속의 단백질 생성을 억제시켜줘. 그러니까 거의 모든 욕구를 차단시킨다고 보면 돼. 분명한 건, 체중이 감소한다는 거지. 물론 그 남자도 효과를 보고 있었어."

"그럼, 승인도 받지 않은 약을 먹였단 말이에요?"

"거의 모든 제약회사에서 이런 임상 실험을 하고 있어. 승인을 받아도 다른 용도로 쓰이는 약들이 많아. FDA에서는 아스피린을 진통제로 승인했지만, 심장마비 치료제로 지금까지 쓰여오고 있다고. 불면증에는 수면제보다 항우울제를 처방하고, 암에는 스테로이드를 처방하기도 하잖아?"

"그 사람들이 얼마나 절박한 심정으로 그 실험에 참여했겠어요?"

"그러니까, 절박함은 일방통행이라잖아. 우린 그런 고객들 없으면 곤란해. 그리고 엄밀히 말하면 그들과 우린 공생 관계라고."

"일부러 그런 사람들을 이용했다는 거예요? 그럼, 선배가 그 남자를 죽였을 수도 있는 거잖아요?"

부영은 급히 좌회전을 하면서 나를 힐끗 돌아보며 말했다.

"이용은 서로가 하는 거야. 그들도 우리가 필요하거든. 아까 죽은 남자 부인 봤지? 자기 때문에 죽었다고 통곡하던 거. 자기 남편이 절망 때문에 죽었다잖아?"

나는 아예 몸을 돌려서 부영을 향해 앉았다.

"그 남자의 사인이 절망이라고요? 그럼, 자궁까지 오지 못하고 나팔관에 착상했던 우리의 그 첫 번째 배아는?"

"무슨 소리야, 당신?"

"선배는 원래부터 가변 차선 같았어요……. 어때요? 내가 이런 식으로 평가하니까 기분이 어떠냐고요?"

부영은 앞만 바라보며 날카롭게 물었다.

"당신이 한다는 대화는 이런 식인가? 남편을 선배라고 부르면서?"

"선배가 새로운 사랑들을 찾아 나선 이후, 다시 예전으로 돌아간 거예요. 내가 선배에게 불특정 다수로 살았던 그때로."

우리는 다시 정지 신호 앞에서 멈췄다.

"한 번 임신을 한 적이 있었어요."

나를 바라보는 부영의 눈이 점점 세모꼴로 바뀌었다.

"나도 선배에게 재밌는 얘기 하나 해주려고요."

결혼을 하고 얼마 안 되었을 때였다. 나는 임신 판정을 받고서 초음파 검사를 하기 위해 진료대에 누웠다. 초음파 검사기로 아무리 찾아도 아기집이 보이지 않았다. 여자 의사는 안경을 고쳐 쓰면서 다시 찾기 시작했지만 모니터에는 흑백의 물결만 어지럽게 일렁였다. 의사는 자궁외임신일 수도 있다면서 나팔관을 뒤지기 시작하더니, 얼마 후 반갑게 소리쳤다. 애가 여기 있었군요. 거기에 서라도 찾아낸 것이 다행이라는 듯이 들렸다.

"자궁까지 가지도 못 하고 나팔관에 착상한 배아는 위태롭게 외줄을 타는 듯이 보였어요. 나는 그 어린 배아에게 말했지. 미안하다고. 어렵게 찾아온 너를 이렇게 맞이해서 정말 미안하다고."

수술 날짜를 말하는 의사에게 나는 일주일 후에 하겠다는 고집을 부렸다. 그리고 병소처럼 워크숍을 이끌었고, 먹고 싶은 음식의 리스트를 작성해서 모두 맛보았으며, 닥치는 대로 영화를 보면서 울 수 있는 기회를 찾아다녔다. 일주일 내내 초경을 하던 열일곱의 겨울처럼 아랫배가 아렸다.

"우리의 배아가 그 맛을 영원히 기억해주기를 바라면서 음식을 먹었어요. 그리고 선배에게는 끝내 말하지 않았어. 그조차 내 탓이 될까 봐 두려웠거든요."

내 얘기를 다 듣고 난 부영의 얼굴에 아쉬움이 지나갔다. 부영은 무슨 말을 하려는 듯 나를 힐끔거렸지만, 결국은 아무 말도 하지 않았다. 사람들은 상대가 한 발 물러서는 모습을 보이면 성큼 발을 내딛어 그 양보한 만큼의 자리를 차지해버린다. 자칼 사회에서의 습성 같은 것인데, 나도 여지없이 그 순간을 놓치지 않고 재빨리 부영 앞에 불편한 과거를 들이댔다.

"생각해봐, 물컵만 해도 그래요."

갑자기 물컵 얘기를 꺼내자, 부영은 어리둥절한 표정을 지었다.

"바닥에 놓인 물컵을 내가 엎지르면, 선배는 내게 부주의하다면서 화를 냈어요. 그런데 선배가 물컵을 엎었을 때도, 내게 화를 냈어. 물컵을, 왜 하필 그 자리에 놓았느냐는 거였어. 난 이럴 수도 저럴 수도 없었어요. 모든 걸 내 탓으로만 돌리는 선배 앞에서 나는 쩔쩔매면서 진땀을 흘리기 시작했어. 그래서 그때 그런 생각이 든 거예요. 선배라는 사람은, 자기 쪽에서 필요할 때만 차선을 열고 들어오는 가변 차선 같은 사람이라고."

부영은 여전히 아무 말도 하지 않았다.

수수방관

나는 김치를 썰면서 부영에게 물었다.

"나 개종하려고 하는데, 어때요?"

"당신에게 종교가 있었나?"

부영은 눈을 감은 채 식탁 위에 턱을 얹고서 건성으로 물었다. 언제부터인가 그가 나에 대한 호칭을 '당신'으로 바꿨을 때, 나는 다른 사람이 된 기분이었다. '너'에서 '당신'으로 도약한 순간, 내 눈에는 그도 다르게 보였다. 언어란 그런 힘이 있었다. 뜻은 같지만 '어떻게' 말하느냐에 따라서 전혀 다른 효과를 가져왔다. '무엇을' 말하는가보다는 '어떻게' 말하는가였다. 부영은 내게 종교가 뭐냐고 다시 물었다. 나는 접시에 담은 김치를 부영 앞에 놓으며 말했다.

"권선징악…… 웃자고 하는 소리니까 웃어요. 동화책마다 착하면 복을 받고, 안 그러면 벌을 받는다고 했잖아요. 나 그동안 착한

척하느라고 힘들었어요. 길을 가다 개미라도 밟으면 어쩌나 노심
초사했거든요. 그래서 내가 얻은 최초의 진단명은 '정서적 노예 상
태'라는 거였는데…… 아, 좀 웃으라니까요."

그는 놀란 듯 눈을 두 번에 걸쳐 깜빡거리다가 겨우 떴다. 사실
그가 이렇게 긴 얘기를 들어주는 것도 처음이었다. 대개 두 마디
이상을 참지 못하고 말을 끊기 일쑤였다.

"우울증은, 착한 사람으로만 행동할 때 얻는 보상이라잖아요. 그
냥 착하면 괜찮은데, 착한 척하려고 하니까 병이 생기는 거잖아요."

그가 잠시 생각하는 표정을 짓더니 이내 눈을 감고 심드렁하게
물었다.

"난 또…… 그럼, 뭘로 개종할 건데?"

나는 그가 눈을 뜰 때까지 기다렸다. 그와 살면서 알게 된 것은,
그가 자기와 관련된 최대의 관심사가 아니면 잘 듣지도 않을 뿐더
러 기억조차 못 한다는 것이다. 불리한 말을 귀담아듣지 않는 것도
그의 장점이었다. 그런 장점이 그를 앞으로만 가게 했다. 어쩌면
그를 사랑했던 건 그런 점이었는지도 모른다. 그러나 그렇게 전진
하는 사람은 자신의 방식에 대해 의심할 시간이 부족하다.

내가 대답을 하지 않자, 잠시 후 그가 눈을 반짝 떴다. 나는 그의
눈에서 렌즈를 빼낸 다음 식염수를 넣어줄 때처럼, 한 음절씩 똑똑
떨어뜨리듯이 말했다.

"수, 수, 방, 관."

그렇게 또박또박 발음하고는 식탁에 앉았다. 그리고 이미 작성된 이혼 서류를 부영 앞에 내밀며 서명란을 손가락으로 가리켰다. 그러자 그의 얼굴이 순식간에 자줏빛으로 변했고, 달아오른 양쪽 볼의 모공이 또렷이 보일 지경이었다.

"돌아오자마자 이러는 이유가 뭐니?"

"부탁할게요. 인간적인 관계로 다시 시작해요, 우리."

나는 부영에게 다시 시작하고 싶다고 말했다. 지금 이 제도의 영향력에서 벗어나면 우리 관계를 다시 갱신할 수 있을 거라고 간곡하게 말했다.

"나 이제 그냥 수수방관할래요. 권선징악이라는 그 은근한 강요에서 벗어나 수수방관이라는 자연스러운 흐름을 선택하기로 했어요."

그가 갑자기 폭소를 터트리더니 어이없었다는 듯이 웃기 시작했다. 그는 계속 흐흐거리며 웃었다. 그런 웃음은 그가 긴장하고 있다는 증거였다.

"그리고 이제 엄마 집으로 들어갈게요."

내 말이 끝나자마자, 부영은 눈썹을 붉게 물들이며 소리쳤다.

"넌 지금, 날뛰는 활어 꼴이야. 쓸데없이 세상의 불빛을 보고 미쳐 날뛰는 거라고. 넌 지금 미쳤어."

공격적인 말과 행동은, 충족되지 않은 욕구의 비극적 표현이라고 했다. 누군가에게 창피를 주는 것도, 그가 나를 불편하게 할까 봐서라고 한다. 그러니까 상대를 제어하기 위해 상대에게 수치심을 주게 되는 것이다. 나도 그를 공격했다.

"미치는 게 필요하다면, 내가 살기 위해서 미쳐야 한다면……
난 그럴 거예요."

나는 말을 다 마치고 조용히 밥을 먹기 시작했다.

신혼 초였던가. 그와 함께 수산시장에서 도미를 살 때였다. 노란 장화를 신은 주인 여자가 물에서 도미를 건져 올리자, 그물 안에서부터 팔딱거리기 시작했다. 저울 위에 올려놓았는데도 사방에 물을 튀기면서 필사적으로 퍼덕거렸다. 주인 여자가 분홍 고무장갑을 낀 손으로 도미의 눈을 가렸다. 그러자 미친 듯이 날뛰던 도미가 잠잠해지는 것이었다. 그렇게 도마 위에 오를 때까지 아주 조용히 있었다.

"그래요, 나도 그 활어를 분명히 기억하고 있어요. 손바닥에 의해 눈이 가려지자, 팔딱거림이 멈추었지만, 무게는 여전히 2킬로였어요. 도미는 날뛰며 저항하고 있었을 때의 어떤 것도 포기하지 않은 거예요."

우리는 법원에 갔다.

우리가 들어갔을 때, 남녀 몇 쌍이 머리를 맞대고 이혼 양식을 작성하고 있었다. 슈퍼마켓에 다니러 온 듯 슬리퍼를 신고 있는 어린 커플도 있었다. 무슨 이유에선지, 그 둘은 계속 사이좋게 키득거렸다. 마치 부모 몰래 신용카드 신청서를 작성하는 청소년처럼 보였다. 그들이 몇 자 적고 나서 직원에게 가져가면, 직원은 눈살을 찌푸리며 다시 설명을 시작했다. 그 횟수가 거듭될수록 직원의 음성도 차차 높아졌다.

나는 직원 앞에 슬쩍 서류를 내밀었다. 직원이 서류를 쓱 훑어보더니, 눈을 점점 크게 뜨면서 말했다.

"어우, 정말 잘 쓰셨네요."

그는 짧은 스포츠머리를 손바닥으로 문지르면서 서류를 다시 한 번 검토했다. 그러고는 감탄한 나머지 자기도 모르게 한 번 더 '어우'라고 내뱉었다. 그는 곧 머쓱한 표정을 짓더니, 일주일 뒤에 출석하라는 접수증을 내밀었다. 늘 지적을 받던 결혼 생활에 비해 이혼 과정은 터무니없는 칭찬과 더불어 진행되었다. 그리고 선재가 보내온 메일은 새로운 시작이면서 갈등에 대한 암시를 주었다.

인주 씨.

어제 F4 비자를 신청했습니다. 이 결정을 하는 데에 한 달 반이 걸렸습니다. 인주 씨가 한국으로 돌아간 날부터 고민했던 셈입니다. 이곳에서의 내 사리를 모두 놓고 떠난다는 건 쉽지 않았나 봅니다. 그러나 이제 뭔가를 놓치고 사는 건 아닌가 하는 의심으로 남은 날들을 그럭저럭 살고 싶지는 않았습니다. 그곳에 가면 원어민 강사를 하게 될 것입니다. 그러기 위해 비자를 기다리는 중입니다.

우스운 얘기 좀 하겠습니다. 나는 스물일곱 살이 될 때까지 사자가 개과라고 알고 있었습니다. 백과사전 덕분이었죠. 초등학교 5학년 때, 월부 책 장수가 동네에 들어왔습니다. 아이큐 테스트 용지를 아이들에게 나눠주고 검사를 했습니다. 그런데 내 아이큐가 150이 나온 겁니다. 엄마는 너무 기뻐하시면서 그 '구몽사 어린이 대백과사전' 세트를 사주셨어요. 거기에 사자가 개과라고 돼 있었습니다.

스물일곱 살이 되었을 때, 내셔널 지오그래픽인가 하는 채널에서 동물의 왕국을 보여줬습니다. 그런데, 사자가 고양이과라고 하는 겁니다. 그때 흥분해서 방송국에 전화를 걸려고까지 했습니다. 망신당할 뻔한 겁니다. 물론 사자가 개과든 고양이과든, 내 인생을 치명적으로 몰고 가진 않은 것 같습니다.

그런데 말이죠, 내 인생에서 사실과 다르게 알고 있는 게 무엇일까 생각하면 지금도 아찔해집니다. 그런 게 후유증으로 남았습니다. 재미있는 건, 그때 옆집에 살던 애도 아이큐가 150으로 나왔다는 겁니다. 나중에 안 사실인데요, 그 동네 아이들 아이큐가 모두 150이었습니다. 물론 그 애들 모두 그 백과사전을 가지고 있었습니다. 좀 웃으셨나요?

칼 융이 그랬습니다. 두려워하는 일을 찾아라, 진정한 성장은 그때부터 시작된다. 나는 두려운 일을 스스로 선택한 적이 한 번도 없었습니다. 지금 내게 가장 두려운 건 당신입니다. 그래서 나는 그곳에, 그러니까 인주 씨 곁으로 가는 것을 선택했습니다.

귀신과 사랑의 공통점

선재는 한 달이 지나서야 비자를 받았고, 서슴없이 한국행 비행기를 탔다. 그가 오는 날은 봄이 시작되고 있었지만 아직은 뼛속까지 추위가 느껴졌다.

자동차 시동을 켜고 내비게이션의 안내 방송이 나올 때까지 기다렸다. '인천공항'을 입력하고서 안내 시작을 누르자 여자의 또랑또랑한 목소리가 흘러나왔다.

"음성 안내를 시작합니다. 실재의 교통 규제에 따라 운전하시기 바랍니다."

'실재의 교통 규제에 따르라'니…… 안내는 하셨지만 사고가 생기면 책임지지 않겠다는 말인가. 저 한마디를 첨가함으로써 일종의 보험에 가입하는 셈이다. 그러고는 입력된 경로대로 나를 목적지까지 데려갈 것이다. 사람들이 자신의 머릿속 지도를 따라 길을 찾듯이, 일단은 모든 가능성의 길을 닫아두고 오로지 입력된 경로로만 안내할 것이다. 어젯밤에 사라진 막다른 골목으로 나를 데려갈 수도 있다.

4차선을 달리던 트럭이 방향등도 켜지 않고 갑자기 내 앞으로 쓱 들어섰다. 트럭 위에 실려 가던 소 한 마리가 넘어지지 않으려고 다리 근육에 잔뜩 힘을 모았다. 트럭의 속도가 올라가고 방향이 바뀔 때마다 소의 다리 근육이 팽팽하게 일어섰다. 빗질이 잘된 머릿결을 보는 것 같았다. 소가 만드는 근육의 결을 눈여겨보던 나는 황망히 시선을 거두었다. 늘 종종걸음 치던 내 걸음걸이를 보는 듯해서 속이 편치 않았다.

"안전 운전 하십시오, 이 구간은 위험 지역입니다."

안내하는 여자는 참 자상하기도 하다. 내 인생에도 이런 내비게이션을 장착했더라면 좋았을 뻔했다. 그랬더라면 내가 막 사랑에 빠지려 했을 때, 위험 구간이라는 신호를 보냈을지도 모른다. '3백 미터 앞에 있는 남자는, 그냥 지나가십시오'라고 했을까. 나는 입술을 오므리고 소리 없이 웃었다.

공항에 거의 도착했을 때 전화가 걸려 왔다. 경선이었다. 몇 달 만에 전화를 건 그녀는, 내가 전화를 받자마자 '여보세요' 대신에 '결혼한다'는 말부터 했다. 결혼 상대는 오랫동안 같은 부서에서 일하던 남자였는데, 천생의 배필을 이제야 알아보게 되었다며 호들갑을 떨었다. 어느 날 그 남자가 처음 보는 사람처럼 눈에 들어오더니, 순식간에 가슴으로 돌진해 오더라며 자지러지게 웃었다. 그녀는 서슴지 않고 자신의 사랑을 암에 비유했다.

"그래서 사랑도 암처럼 조기 발견이 중요하다니까. 더 많은 시간을 같이할 수 있었는데 말이야, 안 그러니?"

나는 선뜻 대답을 못 하고 혼잣말처럼 물었다.

"그럼, 그것도 예방이 가능할까?"

"미안하지만, 사랑에 대한 백신은 아직 없단다."

"그게 개발되면 평생에 걸쳐 면역이 생기려나? 재발하지 않고."

그 말을 하면서 나도 모르게 선재가 사준 귀고리로 손이 올라갔다. 십자가 끝으로 진주알이 만져졌다. 경선은 다시 사랑을 귀신에 비유했다.

"난 그런 거 원치 않는다. 인주야, 너 귀신과 사랑의 공통점이 뭔지 아니?"

"……."

"귀신처럼, 사랑에 들리고 쓰인다니까."

"그래서?"

"헛소리를 하게 되지."

그녀와 나는 30분 동안 헛소리를 했다. 선재를 발견한 내가 전화를 끊지 않았더라면, 우리는 온종일 헛소리를 했을 것이다.

선재는 트렁크 한 개를 가볍게 끌고 나왔다. 편안해 보이는 회색 코르덴 면바지에 쥐색 롱코트를 걸치고 있었다. 머리카락은 더 길어져서 끝이 곱실거렸다. 나는 손을 내밀면서 그를 환영했다.

"고향에 돌아온 걸 진심으로 환영해요."

그는 내가 내민 손을 못 본 척하고 뒤로 한 발짝 물러섰다. 내가 장미 엑스레이를 볼 때 그랬던 것처럼 눈을 가늘게 뜨고서 나를 빤히 바라보았다. 겨울이 지나는 사이 그의 눈은 더 깊어지고 빛이 났다.

잠시 후에 다가온 그가 성호를 그으며 맹세하듯이 말했다.

"당신답지 않은 건, 절대로 강요하지 않을 겁니다."

눈물이라도 머금은 듯 그의 눈이 빛을 발했다. 마치 그 눈빛이 그 말을 하는 것처럼 보였다. 그런데 저 말은 언젠가 들었던 말이다. 부영에게서였다. 청혼을 하던 부영의 눈도 저렇게 깨질 것처럼 단단하고 형형하게 빛을 발했다.

동병상련

선재의 집은 전원주택 단지의 맨 끝에 있었다.

"한국을 떠나기 싫어했던 아버지가 이 집을 보존하게 했어요. 지금 생각해도 다행스런 일입니다."

마당 끝에는 마주 보고 앉을 수 있는 그네처럼 만든 시소가 보였다. 그 옆으로 자주색의 차가 주차되어 있었다. 아니, 자주색의 자동차 화단이었다. 자동차를 화단으로 개조한 것이었는데, 차의 지붕과 보닛은 온데간데없고 흙이 꽉 찬 차 안에서 여러 종류의 묘목이 빼곡하게 자라고 있었다. 나무들의 키는 거의 1미터를 넘어서는 것도 있었다. 얼핏 보면, 영락없이 묘목을 나르는 자동차로 보였다.

"아버지와 함께 폐차장에 가서 가져온 차예요. 화단으로 쓰려고 바퀴와 핸들만 남은 걸 끌어왔어요. 가끔 아침에 일어나면 이 화단이 저기 건너편 집에도 가 있고, 다리 옆에도 서 있고 그럽니다. 동네 애들 장난이죠."

선재는 한쪽 시소에 트렁크를 올려놓았다. 그리고 반대편에 자신의 코트를 깔고서 그 위에 나를 앉혔다.

"내가 먼저 들어가서 환기 좀 시킬게요. 부모님께서 냉동고 두 개를 꽉 채워놓고 들어가셨다니까, 겨울잠도 잘 수 있을 겁니다. 잠시만 이 위에 있어요."

선재는 시소를 흔들어주고서 집 안으로 들어갔다. 선재의 가방과 내 체중이 엇비슷했는지 시소는 멈추지 않고 계속 흔들렸다. 화단은 볼수록 신기했다. 보닛 부분까지 화단이어서 규모가 꽤 되었다. 방치된 상태에서도 잘 자랄 수 있는 회양목과 둥근 향나무 등이 주종을 이루고 있었다. 시소의 움직임이 잦아들 무렵 선재가 나타났다.

집 안에 들어서니 밴쿠버에 있는 그의 집에 다시 온 것 같았다. 집 안 분위기가 그곳과 별로 다르지 않아서였는데 낯선 것에 적응하는 과정을 지독히 싫어하는 그의 아버지 때문이라고 했다. 특히 세계문학 전집이 빼곡히 꽂혀 있는 서재는 익숙해서 정감이 갔다. 밴쿠버 집에 비해 이곳에 없는 거라곤 선재 방의 유리 천장과 강아지뿐인 것 같았다.

"어떤 선물을 좋아할까 생각하다 골랐는데, 좀 부피가 커요."

선재는 트렁크에서 자신의 옷으로 둘둘 싸여 있는 무언가를 꺼내 들며 웃었다. 옷을 걷어내고 미농지까지 모두 벗겨내고 나니 넓적한 물 항아리처럼 보이는 도자기가 나타났다. 그는 내게 다가오라는 손짓을 했다.

"에밀리 카 대학 학생들이 만든 겁니다. 거기 스튜디오를 뒤지다가 발견했어요. 첫눈에 인주 씨 분위기라고 생각했는데, 어때요?"

도자기 바닥에는 원주민의 토템 신앙이 그려져 있었다. 달빛을 받으며 조용히 숨 쉬는 숲의 정령이 그대로 느껴져서 바라보고만 있어도 가슴이 벅차올랐다. 나는 조용히 숨을 들이마셨다.

"여기 서 있는 두 장승까지도 평화로워 보이네요. 너무 고마워요. 그리고 이 선물은 당분간 이곳에 두고 감상할게요……."

선재는 조용히 고개를 끄덕였다. 그리고 도자기를 들고서 주변을 둘러보다가 식탁 위에 올려놓았다.

"여기가 조명도 잘 받겠어요."

식탁 위에 도자기를 올려놓던 그가 갑자기 쾌활한 목소리로 물었다.

"비자 준비하면서 내내 생각했는데요, 인주 씨는 우리가 서로 이끌리게 된 게 뭐라고 생각하세요?"

"일종의 재앙인 거죠!"

그가 폭발하듯이 웃었다. 그 모습을 보니 막혔던 가슴 바닥이 뚫리면서 다시 숨 쉴 수 있는 삶의 에너지가 뿜어져 나오는 것 같았다. 그의 웃음이 잦아들자 내가 진지하게 말했다.

"사실은, 저도 그 생각 많이 했어요. 왜 그랬을까? 선택의 여지가 없었던 것은 아닐까. 그렇게 다시 생각해보니, 과대망상이었던 것 같아요."

"과대망상이요?"

"그러니까 선재 씨가 나에게 호감을 갖고 있다는 과대망상 때문에, 선재 씨를 원하게 된 것이라는……"

"듣고 보니 그럴 수도 있겠네요. 그럼 또 다른 이유는 우리가 가진 유사성이라고 생각하지 않아요? '유유상종'이라는 거 말입니다."

나는 생각하는 척 눈을 깜빡거리다가 명랑하게 떠들었다.

"그러면 우리의 끌림은 사자성어로 요약할 수 있어요. 과대망상에 의한, 유유상종으로 동병상련의 질환까지 앓고 있잖아요?"

"……"

"중독이요."

또다시 폭소를 터트리는 그를 바라보는데, 문득 가슴이 저려왔다. 소중한 것을 잃은 채, 게다가 그 소중한 것이 무엇인지도 모르고 살아갈 뻔했다는 자각이 가슴 바닥에서부터 꾸역꾸역 올라왔던 것이다.

선재는 티브이 리모컨을 꾹 눌러놓고, 찻물을 끓이려고 주방으로 들어갔다. 티브이 화면이 차차 밝아지더니 주사위 구르는 장면이 나타났다. 확률에 대한 진실을 밝히는 중이었다. 엎어진 세 개의 그릇 중에서 주사위가 들어 있는 것을 찾아낼 수 있는 확률을 계산하는 방식이었다.

선재는 다기 세트를 들고 오면서 화면을 힐끗거렸다. 그리고 찻주전자에 뜨거운 물을 부으면서 말했다.

"확률은 믿을 게 못 돼요."

주전자를 들고 있는 선재의 손목이 눈에 들어왔다. 그 순간 나는 믿을 수 있는 건 사람의 살이라고, 그건 어떤 확률보다도 높지 않겠느냐고 묻고 싶었다. 주전자를 내려놓은 선재가 찻잔을 들고 나를 바라보다가 다시 잔을 내려놓았다. 그리고 우리는 누가 먼저랄 것도 없이 서로에게 손을 내밀었다.

우리가 급하게 끌어안는 순간 내 입에서 알 수 없는 소리가 새어 나왔다. 참았던 그리움이 비명을 지르는 것 같았다. 우리는 입술을 찾으며 허둥거렸다. 마치 서로의 급소를 찾으면서 으르렁거리는 두 마리 짐승 같았다. 이상했다. 살이 달았다. 그의 몸에서 올라오는 열기와 땀, 그런 것들이 뒤섞여서 달착지근한 냄새가 났다. 온몸의 감각은 물론이고 내 몽롱한 시선과 숨소리마저 그에게서 완전한 지지를 받는 느낌이었다.

잠시 후에 나는 그의 몸 위에서 정신을 차렸다.

"이 점이 언제부터 여기 있었어요?"

그의 가슴 한복판에서 까맣고 입체적인 점 하나가 나를 말뚱말뚱 올려다보고 있었다. 크기가 그의 젖꼭지만 했는데 왜 이제야 발견했는지는 알 수 없었다. 고개를 갸우뚱거리며 선재를 바라보았

지만 그는 미소만 짓고 있었다. 달아오른 얼굴로 미소를 지을 뿐
입을 열 듯하면서 계속 아무 말도 하지 않았다. 참다못한 내가 연
극배우 흉내를 내면서 오필리아의 대사를 읊조렸다.

"'사랑하라, 그리고 침묵하라' 인 거예요?"

그때 꼭 다문 그의 입술 사이에서 무언가 솟아올랐다. 진주였다.
그는 여전히 미소를 지으며 그것을 천천히 밀어 올렸다. 진주 아래
로 서서히 십자가가 드러났다. 반사적으로 귀를 만져본 나는 왼쪽
귀고리가 사라진 것을 알고 웃음을 거두었다. 귀고리가 떨어지면
서 그의 입안으로 들어간 것이었다. 나는 재빨리 그의 입술에서 귀
고리를 꺼냈다.

"이렇게 죽을 수도 있다는…… 그런 생각을 하고 있었어요."

귀고리를 꺼내자, 그가 처음으로 한 말이었다.

나는 선재를 욕조 안에 들어앉혔다. 머리끝을 조금씩 다듬어줄
생각이었다. 촘촘한 빗으로 머리카락을 들어 올린 다음 전기면도
기의 커터날을 이용해 스치듯이 다듬었다. 욕조에 떨어진 그의 머
리카락들을 모아서 투명한 밀폐 용기에 담았다. 용기 안에서 그의
DNA가 까맣게 반짝거렸다.

선재가 샤워를 마치고 나오자, 그를 소파 위에 앉히고 손톱을 잘
라주었다.

"사랑도 손톱 같아서, 잘 다스려야 해요."

자칫 너무 길어지면 그 사랑이 상대를 다치게 한다고 중얼거리면서, 손톱을 적당한 길이로 잘랐다. 선재를 향해서 말을 하고는 있지만, 사실 그 말들은 나 자신에게 하는 다짐이기도 했다. 선재의 손톱은 열 개 모두가 비슷한 길이로 길쭉하고 무언가에 기가 질린 듯 살짝 보랏빛을 띠고 있었는데, 그것조차도 알 수 없는 유대감을 느끼게 했다.

"손톱도 그래요. 너무 길면 상대를 괴롭히고, 그렇다고 너무 짧으면 내가 부대껴서 힘들잖아요."

사랑하는 사람의 손톱을 자르고 그 끝을 다듬어줄 때 생기는 애착은 상상했던 것보다 끈끈한 것이었다. 이런 행위가 육체와 정신의 쾌감을 증폭시킬 수 있다는 사실이 놀랍게 다가왔다. 부영과 살면서 한 번도 이런 경험을 해보지 않았다는 게 믿기지 않을 지경이었다. 상대에 따라서 몸이나 언행 자체가 다르게 반응한다는 것 또한 새삼스러웠다. 내가 이런 사람일 수도 있다는 것을 부영은 모를 것이다. 귀고리를 상대의 입속에 떨어뜨리고도 사랑에 몰두할 만큼 뜨거울 수 있다는 사실을, 부영은 죽을 때까지 모를 것이다.

자칼과 기린의 귀

"밀턴의 실낙원에 나오는 말입니다만, 오늘은 이 네 가지만 이 해하시면 여러분 마음을 스스로 지배할 수 있습니다. 여러분 마음 속에서 지옥을 천국으로, 천국을 지옥으로 만들 수 있다는 것입니다. 제가 무슨 만병통치 약장수 같죠?"

① 자칼 귀 안 — 상대가 하는 말을 그대로 받아들여 상처를 받고, 자신을 비난함: 죄책감 수치심, 우울증 유발.

② 자칼 귀 밖 — 상대방의 말을 공격으로 받아들여서 상대를 비난하는 데 초점을 둠: 분노를 느끼고 자신의 느낌과 상황, 모든 책임을 상대에게 돌림.

③ 기린 귀 안 — 나의 느낌과 욕구를 돌아봄: 여유가 생김.

④ 기린 귀 밖 — 상대의 비난 뒤에 들어 있는 그 사람의 느낌과 욕구

에 초점을 맞춤: 공감을 통해 소통 가능, 유대감 형성.

"자 그럼, 병 주고 약 주는 식의 장사를 시작하겠습니다."

나는 필기해놓은 부분을 가리키며 말했다.

"자칼은 머릿속에 있는 개념이나 선입관에서 나오는 반응으로서, 습관적이고 자동적인 것입니다. 그래서 우리 대부분에게는 제2의 천성처럼 되어 있습니다. 이 경우는 시간과 에너지를 자기 자신을 비난하거나, 상대를 벌주려는 데 사용하게 됩니다."

나는 준비해 온 자칼의 머리 모형 안에 손을 넣고 복화술사처럼 말했다.

"넌 그렇게밖에 못하니?"

자칼의 분홍 혓바닥이 날름거리는 것을 보고 다들 가볍게 웃었다.

"이 말을 들으면 자칼 귀를 안으로 쓰는 사람은 어떤 반응을 보일까요? ①번에 해당되는 경우입니다."

"맞아, 난 부족해."

"난 정말 무슨, 문제가 있어."

"그래, 다 내 탓이야!"

심각한 표정을 짓던 사람들은, 수염이 더부룩한 남학생의 외침에 폭소를 터트리고 말았다.

"다들, 연기를 잘하시네요. 이렇게 자칼 귀를 안으로만 쓰는 사람들은 여기에서 헤어나지 못하는 경우가 많아요. 사실 저도 이 단

230

계에 오래 머물러 있었습니다. 지금은 기린 귀 쪽으로 이동 중인
데, 부작용이 있어요. ①번 단계를 벗어나면서 자칼 귀를 밖으로
쓰게 되는데요, 아주 공격적이 되기도 합니다. 송곳니가 2밀리는
더 자랐다고 느끼는 날도 있었으니까요."

화이트보드에 한 문장을 더 적어 넣었다. '메시지가 왔을 때, 내
가 어떻게 반응하느냐에 따라 내 세상이 달라진다.'

"그럼, ②번 경우인데요. 넌 그렇게밖에 못하니? 라는 말을 들었
을 때, 자칼 귀를 밖으로 쓰는 사람은 어떻게 반응할까요?"

'넌 얼마나 잘해서?'

'넌 해놓은 게 뭐가 있는데?'

두 가지 대답이 나왔다.

"네, 상대에게 수치심과 죄의식을 넣어주려고 으르렁거리는 소
리가 막 들려오는 것 같죠? 이제 병을 드렸으니까, 잠시 후에 약을
드리도록 하겠습니다."

'자칼 귀 밖'까지 하고는 휴식 시간을 가졌다.

복도로 나와 커피 자판기 앞에서 휴대폰의 전원을 켰다. 부재중
전화는 모두 부영에게서 온 것이었고, 음성 메시지도 한 개 있었
다. 부영은 나에 대해 걱정하는 듯 말하다가도 '넌 아직 법적으로
무사하지 못하다'고 으르렁거리면서 미행하겠다는 협박까지 하고
있었다. 나는 그의 음성을 삭제했다. 강의 전에 도착한 선재의 메
시지는 봉골레 파스타를 준비하겠다는 것이었다. 내가 커피를 들

고 강의실로 들어가자, 모두들 잔을 든 채로 따라 들어왔다.

나는 커피를 한 모금 마시고 웃으면서 말했다.

"만병통치약 선전을 했더니, 오늘은 반응이 좋네요."

화이트보드를 바라보며 열심히 필기를 하던 주부가 손을 번쩍 들고 질문을 했다.

"선생님, 똑같은 말인데도, 내 반응에 따라 상대도 달라진단 말인가요?"

"어머, 예습을 정확하게 하셨네요. 제가 설 자리를 잃을지도 모르니까, 이제 진도를 천천히 나가야겠어요."

질문을 했던 주부가 손으로 입을 가리고 수줍게 웃었다.

"③번 유형의 기린이 귀 안으로 이 말을 들으면 어떻게 할까요? 넌 그렇게밖에 못하니?"

이번에는 다들 서로 돌아보면서 선뜻 입을 열지 못했다.

"넌 그렇게밖에 못하니? 라는 질책을 들었을 때, 느낌이 어때요? 네, 당황스럽고, 마음이 일단 아프겠죠? 내가 나름대로 노력했다는 것에 대한 이해와 지지를 받고 싶고, 지원도 필요한데, 서로 좀 더 이해하고 따뜻한 방식으로 말하면서 살기를 원하겠죠. 이 관찰과 느낌, 욕구에 대해서 어느 분이 한번 해보시겠어요?"

이번에도 예습을 하던 주부가 손을 들었다.

"넌, 그렇게밖에 못하니? 라는 말을 들으니까, 내 마음이 아프고 당황스럽다. 나는 나대로 노력했다는 것에 대해 이해와 인정을 받고 싶고, 지원도 필요하다. 그리고 우리가 좀 더 이해하고 따뜻한 방식으로 서로에게 말하면서 살게 되기를 원한다……."

"네, 더없이 훌륭하게 잘하셨습니다. 귀를 안으로 쓰는 건, 자기 자신을 향하는 것이고, 귀 밖은 상대를 향하는 것이라고 생각하시면 간단합니다. 이제 마지막 ④번 단계인데요, 기린 귀 밖입니다. 그러니까 상대의 느낌과 욕구를 헤아리는 것이 됩니다. 이 사람들은요, 넌 그렇게밖에 못하니? 라는 말을 들으면, '뭔가 실망스러운 것이 있었니?(느낌) 혹은, 다른 결과를 보고 싶었어?(욕구)' 라고 상대의 입장에서 그 말을 받아들일 수 있습니다."

이번에는 남학생이 손을 들었다.

"질문인데요, 기린 안팎의 순서가 정해져 있나요?"

"기린 귀 안쪽이 먼저 되어야 합니다. 먼저 자기를 돌아본 다음에 내 우울과 화가 가라앉아야 상대를 이해할 수 있기 때문이죠. 그럼 제가 예문을 드릴게요. 위의 네 가지로 듣는 방법을 연습해보세요. 두 분이서 짝을 이루세요. 한 분이 예문을 말씀하시면, 한 분은 저 네 가지 방법으로 반응하시는 겁니다. 그럴 때 자신의 몸 상태를 한번 느껴보세요. 자칼일 때와 기린일 때, 안과 밖일 때조차 뇌의 반응 부분이 다르거든요."

나는 화이트보드에 몇 가지 예문을 썼다.

*너 언제 결혼할 거냐? (명절 등에 친척들이 모였을 때)

＊됐거든요. (아이에게 뭔가 설명하려는데 아이가)

＊그걸 옷이라고 입었냐?

＊집에 좀 붙어 있어라.

＊우리 헤어지자.

＊이거, 다시 해 와.

＊그러니까 이혼당했지.

＊살 좀 빼라.

＊넌 정말 착해.

＊차라리 회사 가는 게 낫겠다. (주말에)

저런 말을 하는 상대방의 느낌과 욕구를 우선적으로 헤아리기까지는 상당한 시간이 걸렸다. 지금도 나는 대화법을 인식하면서도 수시로 자칼 귀를 안팎으로 뒤집는데 오늘도 마찬가지다. 나는 강의가 끝나고도 휴대폰 전원을 켜지 않은 채 선재에게 달려갔다. 하늘은 낮게 내려와 있었고, 가는 눈발이 어지럽게 흩날리고 있었다.

선재는 문 앞으로 달려와서 나를 맞이했다. 그는 평소처럼 나를 품에 안고서 내가 묻혀 온 비릿한 바람 냄새를 맡으며 킁킁거렸다.

"오늘은 다른 냄새가 나는 것 같은데요?"

그는 내 표정을 살피더니 조심스럽게 물었다. 나는 투정 부리는 아이처럼 나른한 목소리로 대답했다.

"성난 자칼 냄새요? 아니면, 주눅 든 자칼 속이 타들어가는 냄새?"

"어, 오늘 인주 씨한테 무슨 일이 있었구나?"

그는 좋은 꿈을 꾸다가 깨어난 어눌한 표정으로 내 어깨를 잡고서 가만히 바라보았다. 미안하고 안타까운 심정이 가슴 아래로 슥 지나갔다. 나는 웃으면서 그의 이마를 들이받으며 호들갑스럽게 말했다.

"오늘 수업 내용이에요, 자칼 씨."

"당신한테 모든 신경이 집중돼 있다는 걸 매 순간 깨달아가는 중입니다. 그런데 내 이름을 그렇게 자주 바꿔도 되는 겁니까?"

"더 좋은 이름이 나타날 때까지, 호적에는 올리지는 마세요."

"그러죠. 그럼, 이제 봉골레 파스타를 만들까 합니다."

오늘도 그는 파프리카 썰기로 요리를 시작했다. 나는 물에 담겨 있는 조개를 건드리며 파프리카를 자르는 그를 흘끗거리면서 말했다.

"대화법 시작하고 3, 4주째에 나오지 않는 사람이 생겨요. 느낌과 욕구를 찾아내서 표현하는 방법이 까다롭다는 거예요……. 힘이 빠지는 시기예요. 물론 보람을 느낄 때도 있었죠. 밴쿠버에서 워크숍 할 때, 밥하기 싫은데 할 수 없이 해야만 한다면서 화를 내던 여성이 있었거든요. 그다음 주에 두 아들과 함께 왔더라고요."

실제로 그 여성은 집에 돌아가서, 이제 요리를 하고 싶지 않다고 선언했다. 그녀의 가족들 특히, 두 아들은 그 순간 하나님께 감사했다고 한다. 이제부터는 끼니마다 엄마의 불평을 듣지 않아도 되겠구나! 하는 생각이 먼저 떠올랐다는 것이다.

"그 여성분은 대화법을 아주 빠르게 습득했는데, 정말 보기 드
문 경우였어요."

"문법은, 나도 다 외웠는데요."

"일반 어학 문법처럼 외운 대로만 하면 되는 게 아니라서 힘든
거죠. 대화에는 감정이 개입되어 있거든요. 그 감정이란 놈이 꿈틀
거리면, 치밀하게 준비된 말도 제멋대로 비틀어버리잖아요. 원하
는 말은 A인데, Å, B, 나중에는 왜 그 말을 했는지조차 기억이 안
나는 지점까지 나아가는 거죠. 물론 선재 씨는 예외였지만."

"내가요?"

"사랑한다는 말로 일단 무장해제시켰던 기억 안 나요?"

그는 멋쩍게 웃더니 파프리카를 다지기 시작했다. 그러고는 반
으로 잘린 파프리카를 높이 쳐들고 눈을 빛내며 말했다.

"당신 자궁 같지 않아요? 내가 숨을 만한 공간도 있어요."

자궁이 없는 엄마는 숨을 곳이 없어서 그 많은 가시를 만들어내
고 있었나? 막다른 골목에서 더 이상 숨을 곳이 없을 때는, 폭력적
인 말로써 다가올 두려움에 저항하는 것이 관계의 법칙인지도 모
른다.

엄마는 낮 동안 거식 증세를 보이다가 밤이면 미친 듯이 음식을
탐했다. 내가 지켜보는 것도 모르고 허겁지겁 음식들을 집어삼켰
다. 그렇게 한참을 먹다가 어느 순간 벌떡 일어나 욕실로 달려갔

다. 그리고 변기에 엎드려서 입안으로 손가락을 밀어 넣고는, 그 밤에 먹은 만찬의 내용물을 모조리 쏟아냈다. 어쩌다가 욕실 앞에 서 있는 나를 발견하면 빨개진 눈에 그보다 더 붉은 노기를 띠었다. 그러고는, 네년 때문이라면서 내 등을 후려쳤다. 내가 엄마 자궁을 빼앗았어? 아버지를 빼돌렸냐고? 참다못한 내가 반항을 하면 엄마는 묵묵히 식탁을 치웠다. 그때의 나는 그토록 엄청난 허기가 어디에서 오는지 몰랐고, 엄마의 자궁과 함께 사라진 아버지가 어디에 있는지도 알지 못했다.

선재는 파프리카를 내려놓으며 바이러스 얘기를 했다.

"그런데 바이러스도 생식 활동을 하거든요."

뜬금없이 그렇게 말하고는 파프리카를 요란하게 잘랐다.

"파프리카는 유리 온실에서 키워야 하고, 식물성 바이러스도 조심해야 해서 재배 조건이 아주 까다로워요."

주황색 파프리카를 보고 있자니 불타오르는 마꼬의 머리카락이 떠올랐다. 그런 상상을 할 때 그가 파프리카를 향해 칼을 들어 올리면 나도 모르게 고개를 돌렸다. 그는 계속 바이러스에 대해 말했다.

"그놈들은 단백질과 핵산으로만 되어 있어서, 하나의 입자에 불과하기 때문에 무생물에 가깝거든요……."

그리고 다시 파프리카의 빈 속을 자세히 들여다보았다. 정말로 내 자궁이라도 되는 것처럼 지그시 바라보는 것이었다. 그곳의 온기와 냄새를 맡으려는 듯 파프리카를 들고는 숨을 크게 들이마셨다. 그러다가 곧 억울하다는 표정을 지었다.

"그런데 이놈이 생식 활동을 하는 바람에, 어쩔 수 없이 생물로 분류해요."

생물과 무생물의 경계에 있는 바이러스는, 생식을 하면서 인류를 위협하는 바람에 생물 축에 든다는 것이다. 그런데 생물인 자신은 오히려 그 끔찍한 바이러스만도 못하다는 것이었다. 바이러스만도 못하다니…… 그는 정신적인 마조히스트 같았다. 식사를 시작하면서야 겨우 그의 바이러스 타령이 끝났다.

와인을 한 모금 마시고 오래 음미하던 그가, 이번에는 헤밍웨이 부부를 식탁 위로 끌어들였다.

"헤밍웨이는 정부paramour를 집 안에 끌어들여서 아내의 사랑을 확인했답니다. 지독하죠? 아내가 머리를 쥐어뜯고 괴로워하는 것을 보면서, 그 고통의 세기로 사랑을 측정했다는 겁니다."

"가학의 극치네요. 혹시 아내분은 마조히스트가 아니었을까요?"

"그랬으면 천생연분이었겠죠. 인주 씨는 내가 어떤 짓을 해도 고통스럽지 않겠죠?"

"……"

"인주 씨가 머리를 쥐어뜯을 일은 없겠군요."

"도대체 선재 씨의 첫사랑은 어떤 사람이었어요?"

"비등점이 높은 여자였어요. 웬만해서는 끓어오르지 않았거든요."

끓어오르지 않는 것이 몸이었는지, 정신이었는지, 아니면 불같은 성격이었는지는 말하지 않았다. 그는 할 말을 다 했다는 듯 베이컨과 파스타를 동시에 말아 올렸다. 그는 거의 자학 수준에 머물러 있었고, 모든 언행이나 사고가 자칼 귀 안의 상태를 보이고 있었다. 그러나 그 귀는 언제라도 안과 밖이 바뀔 준비를 한다는 게 특징이었다.

행복은 고통이라는 캡슐 안에

천안으로 내려가는 고속도로는 한산했다. 시에서 추천하는 교사
들을 대상으로 그곳에서 8주간의 강의가 시작되었다.

요즘은 운전을 하면서도 부영의 협박을 의식하고는 주위를 두리
번거린다. 그래서인지 오늘따라 버스 전용차선의 푸른 실선이 선
명하게 다가왔다. 넘지 말아야 할 선에 대한 분명한 자각을 하라는
경고 같았다.

나는 선재에게 당분간 만남을 자제해야 한다는 메일을 보냈다.
부영의 완강함에 이혼이 이루어지지 않고 있는 지금, 괜히 위험에
빠져들 필요가 없다는 내용의 편지였다. 그는 메일을 읽고서도 아
직 답장을 하지 않았다. 아마도 잔뜩 화가 나서 또다시 우울 속으
로 빠져들었을 게 분명했다.

'망향휴게소'라는 노란 간판이 보이자, 나도 모르게 핸들을 오

른쪽으로 돌리고서 뒤늦게야 방향등을 켰다. 뒤에서 달려오던 승용차가 경적을 길게 울리고는, 왼쪽으로 추월하며 지나갔다. 그러나 미안한 마음을 전할 방법이 없다. 이런 식으로 나를 지나간 사람들도, 나에게 미안함을 전할 방법이나 시간이 없었을까. 내가 용서받으려면 그들을 용서해야만 한다. 사랑받으려면, 사랑해야 하듯이.

휴게소 중앙의 정자 옆에 거대한 자웅동주가 서 있었다. 흘깃 바라보고 그냥 지나치려는데 발걸음이 떨어지지 않았다. 비가 떨어지는 투명한 지붕 아래서 그와 저렇게 얽혀 있던 모습이 떠오르자 귓불이 달아올랐다.

"오빠, 졸려? 아이, 나랑 놀자."

오빠가 아님에도 불구하고 내 고개가 획 돌아갔다. 옆에 서 있던 트럭의 스피커에서 여자의 콧소리가 계속 쏟아져 나왔다. 내비게이션이 내는 소리였다. 판매하는 남자가 반색을 하면서 내게 다가오더니, 새로 나온 내비게이션은 음성 안내 버전이 다양하고 사투리 버전은 더 죽인다며 호들갑을 떨었다.

"전국 방방곡곡, 구석구석, 복잡한 샛길……."

여기서 그는 헛기침을 한번 하더니, 짐짓 굵은 저음으로 변조시켜서 다시 말했다.

"하다못해 말이죠, 지도에 읎는 길까지 알아서 안내한다니까요."

잠시 후에는 천국행 지도까지 내장돼 있다고 떠벌릴지도 모른다. 나는 재빨리 남자에게서 몸을 돌렸다. 그러자 정면에 휴게소의 전광판이 나타났다.

커다란 화면 안에서 '믿음과 가치를 만드는 조폐공사' 라는 자막이 막 떠오르고 있었다. 내가 알기로 엄마의 믿음과 가치는 조폐공사에서 만들었고, 아버지의 믿음과 가치는 어느 철대문 안에서 날조되고 있었다.

나는 커피와 호두과자를 사 들고서 야외 테이블에 앉았다.

'정지선을 지키자' 는 캠페인이 끝나자, 이어지는 화면에서는 많은 사람들이 뒤엉켜 실랑이를 벌이고 있었다. 얼마 전 시사 프로에서 이단 교회와 교주에 대한 보도가 있었는데, 그들에 대한 수사가 마무리된 모양이었다. '구속 조치할 방침' 이라는 자막이 아래로 지나가는 가운데, 철대문을 사이에 둔 취재진과 교인들의 몸싸움이 계속되었다.

카메라는 엉켜 있는 사람들을 차례로 비추었다. 나는 고개를 돌리려다 다시 화면을 더듬었다. 엄마가 보고 있던 그 장면이었다. 솜털이 일어서면서 목덜미에 소름이 돋았다. 그리고 그 돌기들은 등뼈를 타고 내려가면서, 얼마 전 방영된 9시 뉴스 앞으로 나를 데려갔다.

그날 밤 눈동자를 불안하게 굴리면서 뚫어져라 화면을 노려보던 엄마는, 어딘가로 전화를 걸더니 되는대로 옷을 걸쳐 입고는 '찾았다' 는 말을 되풀이하면서 허둥지둥 현관을 나섰다. 엄마가 저토록 찾는 것이라면 무엇일까. 화면을 더듬던 나는 막 사라지려는 장면에서 추레한 남자의 실루엣을 보았다. 영락없는 아버지였다. 그리고 그 새벽에 다시 엄마의 구역질 소리를 들었다. 구역질 사이사이에 고양이 울음소리 같은 끊어질 듯 가느다란 소리가 간간이 섞여서 들려왔다. 그리고 잠시 후에 쉬이, 하는 소리가 길게 들려왔다. 그 소리는 계속 반복되고 있었다. 나는 부스스 일어나 조용히 문을 열었다. 변기에 걸터앉은 엄마가 입으로 쉬이, 소리를 내고 있었다. 방광이 또 말썽을 부리는 모양이었다. 수돗물이라도 틀어놓으면 도움이 되련만, 당신 몸에 스스로 구령을 붙여주고 있었다. 쉬이, 소리가 몇 번 더 들리더니 또르르 소변 떨어지는 소리가 가늘게 들려왔다. 나는 문을 닫고 돌아누워 눈을 꽉 감았다.

그 새벽처럼 눈을 꼭 감고 있었다.

여자들의 말소리가 들려왔다. 눈을 뜨지 않은 채, 그곳이 휴게소의 야외 테이블이라는 걸 깨닫기까지는 몇 초의 시간이 흘렀다. 나는 천천히 눈을 떴다. 종이컵을 나란히 든 중년 여자 셋이 내가 앉은 테이블 앞에 서 있었다. 그중 자동차 열쇠를 손에 든 여자가 컵을 테이블에 놓더니 주차장 쪽으로 급히 뛰어갔다.

"글쎄, 15년을 살도록 단 하루도 행복한 적이 없었대."

뛰어가는 여자의 뒷모습을 보며 한 여자가 속삭이듯이 말했다. 진주 목걸이를 한 여자가 미간을 모으며 '설마'라는 말을 두 번 반복했다.

"이 일이 터지고 나서 곰곰이 생각해보니까 그렇더래."

이번에는 설득하듯이 말하자, 진주 목걸이가 또 설마 하는 표정을 지으며 양팔을 그러모아 팔짱을 꼈다. 그사이 뛰어갔던 여자가 돌아왔다. 15년 동안 한 번도 행복하지 못했던 여자처럼은 보이지 않았다. 그녀들은 시간이 가면 다 잊는다는 결론을 내리더니, 커피를 홀짝이며 서둘러 테이블을 떠났다.

"아니었을 겁니다."

호두과자와 담배를 손에 든 남자가 턱으로 여자들을 가리키며 말했다. 나는 그제야 남자의 존재를 깨달았다. 남자는 담배를 피우며 호두과자를 먹고, 앞에 놓인 커피를 마셨다.

"한 번도 행복한 적이 없었겠습니까. 말이 안 되죠. 그래서 행복은 고통이라는 캡슐에 둘러싸여 있다는 겁니다. 그러니까 이 호두알처럼 말입……."

남자가 말을 다 마치기도 전에 휴대폰 벨이 요란하게 울렸고, 남자는 호두과자를 채 삼키지도 못 한 채 전화를 받았다. 그 바람에 남자의 입에서 씹다 만 팥 덩어리가 굴러떨어졌다. 남자는 급히 담배를 비벼 끄고는, 내게 눈인사를 하면서 주차장으로 내려섰다. 나는 남자가 흘리고 간 팥 넝어리를 물끄러미 바라보다가, 고개를 돌려 그의 뒷모습을 보았다. 남자의 점퍼 등 뒤에 유명 제약회사 이름이 고딕체로 수놓아져 있었다.

남자의 말처럼, 행복의 습성은 늘 고통이라는 캡슐 안에서만 존재하는지도 모르겠다. 그렇게 매일 고통을 복용하던 어느 날, 느닷없이 그 안에 든 행복의 약효에 전율하는 순간이 찾아오는 것인지도. 그래서 절정의 순간처럼 행복한 비명을 질러대는 게 아닐까.

밖에서 너무 오래 앉아 있었는지 오싹 소름이 돋았다. 그런데, 아버지는 그 철대문 안에서 더 행복했을까. 철대문 안의 계율들이 아버지를 어떤 평화의 세계로 이끌었는지 새삼스레 궁금해졌다.

바기니즘

"집 안에 움직이는 게 있었으면 좋겠어요."

"그럼 애완견을 데려올까요?"

선재는 내 말을 듣고 잠시 생각에 잠기더니 이내 고개를 저었다.

"그냥, 물고기를 기르는 게 좋겠어요."

그의 말이 끝나자마자, 나는 당장 사러 나가자며 열쇠를 집어 들었다. 그가 웃으며 다가오더니 내 손에서 열쇠를 가져갔다.

"차는 두고 나갑시다."

그는 등 뒤에서 내 목덜미에 얼굴을 묻으며 말했다.

"오늘은 밖에서 저녁 먹고, 술에 취해서 돌아옵시다."

이렇게 등을 안아줄 때면, 그에게서 완전한 지지와 사랑을 받고 있다는 충만감에 빠져들었다. 나는 기분 좋은 저음으로 중얼거렸다.

"와우, 원더풀."

그리고 언제인가처럼 말도 안 되는 노래를 흥얼거리기 시작했다.

"W는 원더풀의 W, W는 와우의 W, W는 우후의 W, W는 윌리엄의 W, 윌리엄은 내게 웰컴 투 우후, 우후?"

내가 노래를 마치면서 왼쪽 골반을 쑥 내밀자, 그는 어이없어 하면서도 유쾌하게 웃었다. 나는 이내 표정을 수습하면서 마무리를 했다.

"이게 다 호르몬이 하는 짓이에요. 내가 하는 게 아니라니까요."

"그럼, 호르몬이 다 떨어지면 그런 공연은 다시 볼 수 없는 겁니까?"

"뭐, 열정이 다 떨어지면 변덕으로 버텨보죠. 열정보다는 변덕이 더 오래간다잖아요?"

"너무 솔직한 표현은 상대를 불편하게 한다면서요? 지금 막 불편해지려고 합니다."

"변덕도 열정의 한 증상이에요. 열정Passion이 시들면 상업성을 뜻하는 약자로 Com을 데려와서 연민Compassion으로 살아가는 것도 괜찮은 일이라고 생각해요. 저 쓸데없는 영어만 더 늘었죠?"

"나는 그래도 열정 안에서 살고 싶어요. 우리가 언제 죽을지 모르는 거잖아요?"

"선재 씨, 우린 지금 정확히 그 안에 있어요. 지금 정신이 없어서 세금도 못 낼 지경이라고요."

선재는 만개한 벚꽃처럼 웃었다.

시내로 나온 우리는 수족관으로 갔다. 한참을 고르다가 '구피'라는 아주 작은 물고기를 선택했다. 얼마나 작은지 갓 부화한 올챙이 같았다. 암컷은 몸통이 좀 있는 편이고 수컷은 몸집이 작은 대신 지느러미가 훨씬 발달해 있었다. 수컷의 꼬리와 지느러미는 약간 붉은빛을 띠고 있어 수탉의 벼슬을 연상시켰다. 우리는 그중에서 제일 활발하게 움직이고 있는 암수 두 쌍을 골랐다. 그리고 공기가 통하도록 되어 있는 플라스틱 통 속에 넣었다.

"선재 씨가 사다준 그 수조 있잖아요? 원주민들 숲이 그려진 도자기요. 그걸 어항으로 사용하면 어때요?"

"그래요, 이런 항아리 뚜껑보다는 훨씬 낫겠어요. 와, 이놈들은 이제 그 숲의 정기를 마시며 살아가겠군요."

우리는 소라 껍질과 물 위에 띄워줄 나뭇잎 몇 장을 사고는 수족관을 나왔다. 그리고 선재가 예약해놓았다는 레스토랑을 향해 걸었다. 잠시 후 그는 산토리니라는 레스토랑의 층계 앞에서 멈춰 섰다가 앞장서서 올라갔다. 그의 구두 뒤축을 보니 걸음걸이가 반듯하다는 걸 짐작할 수 있었다. 구두 굽은 어느 쪽으로도 기울지 않고 정확히 가운데 부분이 닳아 있었다. 손을 씻는 것과 관련이 있을 거라는 생각에 웃음이 나왔다.

그는 레스토랑 앞에서 기다렸다가 내게 문을 열어주었다. 그리고 레스토랑 안으로 들어서자, 이미 세팅이 되어 있는 창가의 테이블을 가리켰다.

"자주 왔었나 봐요?"

내가 창가로 가면서 물었다. 그는 말없이 웃기만 하더니, 테이블 앞에 도착해서 내게 의자를 꺼내주며 말했다.

"실은, 어제 인터넷 수색해서 찾아냈어요."

테이블 위에 놓인 물컵이 진한 코발트블루여서 누구라도 쪽빛 바다를 연상할 것 같았다. 우리는 들고 온 물고기를 의자 위에 조심스레 올려놓았다. 그가 메뉴를 보며 내게 물었다.

"내가 주문해도 괜찮죠?"

역시 코발트블루의 조끼를 입은 웨이터가 오더니 잔에 물을 따라주었다. 선재는 무사카와 수블라키를 주문하고는, 와인 리스트를 펼쳤다.

나는 벽돌이 듬성듬성 보이는 창틀 주변을 눈여겨 바라보았다. 벽돌 사이에는 시멘트의 거친 입자가 그대로 드러나 있었는데, 그 위에 연두색 페인트가 칠해져 있었다. 시멘트 사이의 거친 입자를 은폐하기 위해 일부러 밝은색을 칠한 것 같았다. 나는 벽돌 사이로 손을 뻗었다. 그때 우웅 소리가 나면서 휴대폰이 진동했다. 부영이었다. 그는 요즘 하루에도 몇 번씩 전화로 자신의 존재를 확인시키고 있었다.

나는 시멘트의 거친 입자들을 손으로 더듬으면서 이 집의 실내 인테리어가 좀 색다르다는 인상을 받았다. 색색의 펜으로 그려진 작은 달력의 아래쪽에 '질투는 영혼의 황달이다'라고 쓰여 있었

다. 어쩌란 말인가. 우리는 모두 황달에 걸려 노랗게 질린 채 살아
가고 있으니. 부영은 휴대폰을 통해서 계속 진동을 일으켰다. 그는
지금 나에 대한 질투로 노랗게 질려 있는지도 모른다.

음식이 나오자, 선재는 빈 접시를 내 앞에 놓아주며 웃었다. 음
식들을 먹기 좋게 자르고, 소스를 얹어서 내 접시에 올려주었다.
그리고 포크에 고기와 야채를 찍어서 화이트소스를 얹고는 내 입
으로 가져왔다. 나는 눈을 동그랗게 뜨고 그를 바라볼 뿐 선뜻 입
을 열 수가 없었다. 그가 조용히 웃으며 말했다.

"괜찮아요, 어서요."

한 번도 이런 경험을 못 해본 탓인지 도무지 입이 열리지 않아서
한참이나 애를 먹었다. 바기니즘에 걸린 여자들이 이런 기분일까
싶었다. 사랑하는 사람과의 섹스에서도 질이 열리지 않아 고통스
러웠다는 그녀들의 말이 떠올랐다. 그 증상은 몸의 결함이 아니기
때문에, 정서적인 습관에서 비롯된다는 걸 이해해야만 치유할 수
있다고 했다.

내 입은 겨우 반쯤 벌어졌다. 그렇게 반쯤 열린 입으로 음식물을
흘리면서 간신히 받아먹었다. 나는 민망한 얼굴로 냅킨 위에 떨어
진 야채를 조금씩 주워 먹었다. 선재는 내 손에 슬며시 와인잔을
쥐여주었다. 분위기는 황홀했고, 그리스 노래는 일본어 발음과 비
슷해서인지 아주 익숙한 느낌이었다.

식사를 마치고 거리로 나서면서 나는 잠시 휘청거렸다. 몸의 긴

장이 풀어지고 잔뜩 오그라들었던 앞날에 대한 희망이 과장되게 부풀어 올랐다. 나는 상가의 벽에 기대서 깔깔거리며 웃었다. 요즘은 이렇게 휘몰아치는 감정의 기류 속에 나를 던져두고 지켜보는 일이 즐거울 때가 있다. 내가 이렇게 행복해도 되나? 이런 종류의 행복이 정말 내 몫인가? 내 생각에 대답이라도 하는 것처럼, 그가 나를 돌아보며 활짝 웃었다. 공짜 치즈는 쥐덫 위에만 있다는 속담이 다시 떠올랐다. 나는 계속 실실거리면서 그의 손에 이끌려 겨우 걸어갔다.

선재는 웃고 있는 나를 도로 옆으로 데려갔다.

"미안해요, 인주 씨. 잠시만 여기 이렇게 서 있어요. 왜 그래요? 무슨, 생각하고 있어요?"

"선재 씨가 공짜 치즈가 아니길 빌고 있어요."

선재는 나를 보도블록 위에 서 있게 하고 도로로 내려섰다. 그는 한 손에 물고기가 든 봉지를 들고 서성이면서 택시를 기다렸다. 그리고 자주 뒤돌아서서 입술을 과장되게 움직여 보였다. 사랑해.

잠시 후, 택시 한 대가 그냥 지나갔다. 나는 그의 뒷모습을 바라보며 중얼거렸다. 지금 서 있는 이 길 또한 쥐덫이 아니길…… 다시 뒤를 돌아보던 그가 갑자기 달려오더니 보도블록 위로 올라섰다. 그는 메고 있던 가방과 물고기를 바닥에 내려놓고, 거칠게 내 얼굴을 잡아 올렸다. 그리고 내 입술을 물어뜯기 시작했다. 택시가 주춤거리며 우리 옆을 지나갔고, 내 입이 조금씩 열리고 있었다.

대화의 방법

아침에 일어나보니 부영이 거실 소파에 앉아 있었다. 그의 오른쪽 팔은 손목까지 붕대가 감겨 있었고, 왼손에는 스카치잔이 들려 있었다.

"새벽에 들어온 거예요? 왜 그래요?"

그는 내 눈길을 의식하면서 깁스한 팔을 들어 올렸다. 그리고 잔을 한입에 비우고 나서 말했다.

"실험실에서 사고가 있었어."

"그럼, 많이 다쳤어요?"

"신입사원 들어오면 사고 나는 징크스 있잖아."

"부러진 거예요?"

"뼈가 부러진 건 아냐. 화상을 좀 입었어. 걱정은 되니?"

부영은 힘겹게 일어서더니 내게 다가왔다.

"당신 가운 입은 모습, 오랜만에 본다."

그 말과 동시에 부영의 손이 가운 속으로 쑥 들어왔다. 나는 정중하게 그의 손을 제자리에 돌려놓았다.

"거절하는 거니?"

다시 그의 손이 다가왔다. 나는 그의 손을 잡은 채 진지하게 말했다.

"사양하는 거예요."

그가 다시 다가오자, 나는 한 걸음 물러나면서 그를 노려보았다.

"오호, 당신 얼굴에서 그리스 몽키는 사라지고…… 이젠 눈빛에 권위가 서리는구먼. 어이구, 무서워."

부영은 깁스한 팔을 흔들면서 비아냥거렸다. 나는 주방으로 걸어가 싱크대 앞에 서서 물을 마셨다. 그대로 거실에 서 있던 부영이 느닷없이 고함을 지르기 시작했다.

"네가 감히? 누구도 내게서 등을 돌릴 수 없어. 다른 여자들은 나를 숭배한다고, 알아? 아느냐고……."

그러고는 한동안 아무 소리도 들려오지 않았다. 나는 싱크대에 매달린 TV 모니터를 통해 부영의 실루엣을 바라보았다. 그는 그대로 서 있었다. 잠시 후 그가 손을 목으로 가져가는 게 보였다. 나는 조심스럽게 뒤를 돌아보았다. 그의 얼굴은 빨갛게 달아올라 있었다. 갑자기 그가 베란다 쪽으로 달려가서 유리창에 얼굴을 대고 도리질을 치더니 그대로 무릎을 꿇었다. 그리고 숨을 쉬지 못한 채

껙꺽거리며 버둥거렸다. 순간 그가 공황에 빠졌다는 걸 알아챘다.

나는 물잔을 내려놓고 달려가서 그의 팔을 잡았다. 그는 엄청난 악력으로 내 손을 움켜쥐었다. 뼈가 바스러질 것 같았다.

"선배, 괜찮아. 내 말 잘 들으면 돼. 숨을 그냥 참아봐. 참아, 그리고 천천히…… 그렇지. 서두르지 말고 숨을 참아. 이제 천천히 뱉어내고…… 그렇지. 괜찮아, 이건 아무것도 아니야. 당황하지 않으면, 아무 일도 안 일어나……."

부영은 한참 만에 안정을 되찾았다. 그는 목을 문지르면서 거친 목소리로 겨우 말했다.

"처음이다, 이런 거. 진짜 죽는 줄 알았어."

부영은 목을 만지며 소파에 드러누웠다.

"병원에 가요. 좀 도움이 될 거예요. 나는 지금 선배에게 스트레스를 유발할 수 있는 사람이라서, 근본적인 도움을 줄 수가 없어요."

나는 부영의 심정을 누구보다 잘 알고 있다.

이제 부영은 숨통을 조여오는 목 안의 이물감 때문에 자꾸만 헛기침을 하게 될 것이다. 증상이 찾아오면 새빨개진 얼굴로 호흡을 멈춘 채, 목 안의 반란이 가라앉기를 기다리는 수밖에 없을 것이고, 발작이 진행되는 그 이삼십 초 동안 끔찍하게 죽었다가 격렬하게 되살아날 것이다. 발작의 강도가 심해지다가 거의 매일 찾아오게 되면, 그 또한 일상으로 받아들일 준비를 하게 될 것이고, 하루에 한 번씩 죽는 일상도 괜찮다는 생각을 하게 될 것이다. 어쩌면 그는 서서히 호흡이 돌아오고 난 후에, 잠시 목소리를 잃을지도 모른다. 사래가 들린 것처럼 말을 이을 수 없어서 결국 대화가 불가능한 상태가 되었다가, 20여 분이 지나서야 다시 목소리를 되찾을지도 모른다. 그러면 그의 눈에 보이는 세상은 지금까지의 세상이 아닐 것이다. 나도 모르게 부영의 깁스한 손을 꼭 쥐고 있었다.

선재에게 전화를 해서 오늘 약속을 지킬 수 없다고 했다. 그는 대답 없이 거친 숨소리만을 보내왔다.

"그 사람이 화상을 입었어요."

"……."

"게다가 지금 패닉에 빠진 것 같아요. 이대로 두고 나가기에는……."

잠자코 있던 그가 무섭게 으르렁거렸다.

"당신이 아직도, 그 집 안에서, 그 사람과 숨 쉬고 있다는 사실이 나를 미치게 한다는 거 몰라요? 모른 척하는 겁니까? 그건 그가 꾸며낸 일이라고요."

이해할 수 없는 일이었다. 모두들 순식간에 짐승의 소리를 내면서 덤벼든다는 것이. 나는 전화를 끊었다. 대화를 지속할 수가 없었다.

정신과 소파에 앉아 차례를 기다리는 일이 내키지 않아 차 안에서 시간을 보냈다. 화상 입은 팔 때문에 부영은 당분간 운전을 하기도 불편했다. 병원의 2층 창가에는 낮은 울타리로 만들어진 화분이 놓여 있었고, 그 안에서 이름 모를 조화가 자라고 있었다. 조화가 자라고 있다니. 그때 부영이 물었다.

"저 꽃 진짜니?"

"올라가서 확인해봐요, 우리. 내 눈엔 자라는 것 같으니까."

병원에 들어서자마자 부영의 이름이 불리는 바람에 우리는 그냥 진료실 안으로 들어섰다. 부영에게 의자를 권하는 의사의 볼살이 안경에 눌려 있었다. 의사의 흰 가운은 발그레한 볼살과 잘 어울리지만 구김이 없이 팽팽해서 여유가 없어 보였다. 의사는 부영의 증상에 대해 듣고 나서 고개를 끄덕이더니 우선 빨대를 통해 호흡을 하도록 권유했다.

"숨이 막히고 메스꺼운 증상은 산소를 과다 흡입하기 때문에 교감신경이 활발해져서 오는 증상입니다."

의사는 마치 의학 용어를 외우듯이 숨도 쉬지 않고 말했다.

내 시선은 의사의 등 뒤에 걸려 있는 직사각형의 액자에 고정되어 있었다. 각기 다른 크기의 벽돌 조각들이 차곡차곡 쌓여 있고, 그 아래에는 두 명의 사람이 아주 작게 그려져 있었다. 쌓아 올려진 벽돌은 모양과 크기가 조금씩 달라서 사이사이에 구멍이 뚫려 있고, 두 사람의 주변에는 떨어진 것인지 부서진 것인지 모를 벽돌 조각들이 어지럽게 흩어져 있었다.

의사는 부영을 설득하듯이 말했다.

"그럴 때에 대비해서, 산소를 아주 조금씩 마시는 연습을 하는 겁니다."

내가 불쑥 물었다.

"산소도 과하면 사람을 어지럽게 하나요?"

그래서 사랑이 지나치면 자신이 먼저 휘청거리고, 그다음에는 상대를 할퀴게 되는지도 몰랐다.

부영은 최대한 호흡을 가라앉히고 빨대를 입에 물었다. 익숙한 장면이었다. 빨대를 통해 세상과 호흡하는 10분간이, 그때까지 살아온 날들의 몇 곱절로 길게 느껴진다는 걸 부영도 곧 깨닫게 될 것이다. 부영은 금방이라도 죽을 것처럼 보였다. 그는 숨을 참으며 달아오른 얼굴로 나를 힐끗 쳐다보았다. 의사는 서두르지 말라며, 주문을 걸듯이 나른하게 말했다.

"목에 걸린 이물감도 조급증의 결과입니다."

빨대를 잡고 있는 부영의 손이 바들바들 떨렸다. 그는 마른침을 삼키면서 숨을 몰아쉬었다. 의사는 앉은 채 몸을 좌우로 살짝살짝 흔들면서 책장을 넘기고 있었다. 그러면서 아까와 똑같은 톤으로 말했다.

"조금만 더 참으세요. 일상은 잠시 묻어두셔야 합니다."

오히려 묻어버리고 싶은 일상들이 다투어 달려와 줄을 서는 듯 부영의 눈자위가 붉어졌다. 눈물이 고이고 얼굴이 시뻘게지더니 급기야 그는 숨을 턱 멈추었다. 그리고 빨대를 세차게 뱉어내면서 의자에서 튕기듯이 일어섰다. 그의 입을 떠난 빨대가 의사의 책상 위로 떨어져 모서리에 위태롭게 걸렸다. 그것을 바라보던 의사는 진료카드에 무언가를 급히 휘갈기더니 내게 잠시 자리를 비워달라고 말했다.

나는 인사를 하면서 의사 뒤에 걸린 액자를 바라보았다. 그림의 제목은 '대화의 방법'이었다. 대화는 저렇게 하는 것이라고 말하는 것 같았다. 서로가 숨 쉴 틈을 마련해주고, 부족한 부분은 널려 있는 돌멩이로 메워주면서 그렇게 하는 것인지도 몰랐다.

대기실로 나오자, 구석에 놓여 있는 고객용 컴퓨터가 눈에 들어왔다. 티 테이블에 마련된 원두커피를 한잔 따라 들고서 메일함을 열었다. 안 읽은 편지 한 통이 있었다. 메일 제목은 '제목 없음'이었다.

오래 서성거리고 딴전을 피우다가 더는 미룰 수 없다는 생각으로, 이렇게 운을 뗍니다. 내가 얼마나 고통스럽고 힘들게 이 글을 쓰고 있는지 잊지 말기 바랍니다. 그러나 우리는 어차피 win-win 게임을 벌이고 있다는 점도 잊지 맙시다. 어떤 결과에 이르든, 아무리 최악의 것에 이르더라도 우리 사랑으로 결국 승리하게 될 것입니다.

그런 의미에서 먼저 당신에게 몇 가지 요구를 하고자 합니다. 지금 내게는 이런 요구를 할 수 있는 권리가 있다고 믿고 있습니다. 고통의 극한에서 울화가 치밀어 견딜 수 없게 되면 당신과의 관계 자체에 대한 회의까지 찾아들고, 그로 인해 더더욱 고통스러워집니다. 그러니 이제 당신이 우리 사랑을 보호하기 위해 최선을 다해야 합니다.

이제 당신에게 이 상황을 헤쳐나가기 위해 몇 가지 원칙을 제시하고자 합니다.

첫째, 당신은 앞으로 철저히 우울해져야 합니다. 남편 앞에서 폐인이 되어가야 하고, 미소는 물론 말도 하지 말아야 합니다.

둘째, 최근 남편의 행동에 수동적으로 따랐던 것은, 최소한의 도리를 지키기 위해서였다는 사실을 수시로 상기시켜야 하고, 그때마다 연민과 당당함을 드러내야 합니다. 당신이 침묵을 지키다가 입을 열게 되면, 그때마다 상대방을 압도해야 합니다. 말을 하기 전에 항상 심호흡을 하고 상대방을 똑바로 응시해야 합니다.

셋째, 일단 전쟁이 시작되면, 주도권을 당신 자신이 잡아야 한다는 사실을 잊지 말아야 합니다. 그러기 위해서는 정상적인 대화가 불가능한 상태가 되어야 합니다. 그가 서류를 찢어버리는 행동을 하면 그 이상을 당신이 벌여야 하고, 미친 사람처럼 행동해야 합니다. 나아가 자학과 가학의 행동을 벌여야 합니다. 자학의 강도만큼 상대방을 모욕하고, 필요하다면 당신 자신에게, 그리고 상대방에게 상소리까지 해야 합니다. 상소리는 그 자체로 필요성이 있습니다. 인간적인 도리 따위는 내던져버려야 합니다. 삶에서 필요한 순간의 상소리는 결코 나쁜 게 아닙니다. 그로 인해 자신에 대한 모멸감을 느끼게 되기도 하겠지만, 그 모멸감도 인간에게는 반드시 필요합니다. 자신이 괜찮은 사람이어서 체면과 위신을 지켜야 한다는 생각도 상당 부분 위선과 관습의 결과라는 걸 잊지 마시길!

넷째, 전쟁을 수행하는 중에, 극심한 조울증 증세를 보여야 합니다.

다섯째, 위자료 따위는 안중에도 없다는 사실을 분명히 하고, 그 순간, 당신 자신이 당신 말을 믿어야 상대방도 믿는다는 걸 명심해야 합니다. 실제로 위자료를 받지 않는 게 당신을 구원하는 방법이라는 걸 잊지 맙시다. 인형의 집, 허위와 기만과 관습의 집을 떠난 노라를 잊지 마시길!

지금으로서는 대충 이 정도입니다. 이 글을 쓰면서 어쩔 수 없이 술을 마셨습니다. 앞으로 살아생전에 이런 편지를, 다시는 쓰고 싶지 않습니다. 당신은 착한 사람입니다. 그러나 나 또한 착한 사람입니다. 당신이 수동적으로 고통받는 모습이 나를 이렇듯 모질고 악한 사람으로 만들었고, 이제 당신은 그 점을 미안해해야 합니다. 그리고 당신이 그렇듯 완강한 모습을 보이는 게 그를 위하는 것이라는 점도 잊지 마십시오.

그는 지금 자기가 무슨 짓을 하는지도 모르면서 불꽃에 손을 대는 어린아이와 같습니다. 그가 화상을 입을까 하여 주변 사람들이 전전긍긍하는 건 그에게도 좋지 않은 것입니다. 경험만이 가장 확실한 스승입니다. 경험이 그를, 우리를, 이 일상의 무지몽매함으로부터 자각하고 깨어나게 할 것입니다.

사랑과 혐오가 손을 잡으면 관계는 일시 정지한다. 이런 편지를 쓴 사람이 선재라는 걸 도무지 믿을 수가 없다. 그의 인격 어디에 저런 인물이 숨어 있었을까! 그와의 관계에 일시 정지 버튼이 눌린 것 같았다. 불꽃에 손을 가져가고 있는 건 부영뿐이 아니었다. 선재와 나, 우리 세 사람 모두 이글거리는 불꽃에 손을 디밀고 있었다.

메탈 지팡이

어제 간단하게 짐을 꾸려서 엄마 집으로 들어왔다. 부영과 한 공간에서 계속 지내는 것은 서로에게 안 좋은 영향을 끼치고 있었다.

"남편 잃어버리는 것도 유전이냐?"

트렁크를 밀면서 현관을 들어섰을 때 엄마의 환영 인사였다.

오늘도 아침에 일어난 나를 보자마자, 김치 타령을 시작했다. 엄마는 아버지가 좋아했던 물김치를 담그고 있었다.

"넌 지금 딱 미친 맛이여. 김치 익기 전에 그 맛 말이다."

"엄마."

"익고 나야 김치 맛이 나는 법인데, 이건 도대체 배추 맛도 고추 맛도 아닌 게, 그렇다고 소금 맛이 나는 것도 아닌, 그 미친 맛 말이다."

"엄마, 잠을 잘 수가 없어."

얼마 전부터 잠을 잘 수가 없었다. 사흘 동안 깨어 있던 날 아침에는 머리에서 열이 났다. 나는 정수리에 손을 얹고서 공포에 떨었다. 사흘 동안의 불면 때문이 아니라, 앞으로도 오랫동안 감정과 몸이 쉬이 잠들지 못할 거라는 예감 때문이었다.

엄마는 문득 내 얼굴을 뚫어져라 바라보았다.

"얼굴이라고······ 걸레 비틀어 짠 것마냥 못쓰게 되었구먼."

혀를 차던 엄마는 그길로 나를 앞세우고 용하다는 만신집을 찾아갔다. 엄마는 여자 만신에게 다짜고짜 물었다. 왜 애가 들어서지 않느냐는, 의외의 질문이었다.

나는 불현듯 꿈 얘기를 했다. 뇌 뚜껑이 열린 채로 고통스럽게 거리를 걷는 꿈을 꾼다고. 만신은 손바닥에 침을 잔뜩 묻히더니 누런 책장을 팔랑팔랑 넘겼다. 무릎까지 팔랑팔랑 떨었다. 그러더니 한참 후에 눈알을 희번덕거리며 말했다.

"조상 묘가 돌아앉았어. 조상이 가슴을 내리눌러서 숨을 제대로 쉬는 날이 읎구먼. 안 그려?"

엄마는 내 안색을 살피더니, 만신에게 누구의 묏자리냐고 넌지시 물었다. 만신은 다시 무릎을 떨다가 누런 책을 탁 소리 나게 덮었다.

"그런 꿈은, 망신수가 있으니 조심해야 써."

점집의 쓰러져가는 대문을 나서면서 나는 자꾸만 실실거렸다. 어쨌든 살아가는 일이, 바로 이렇게 사는 일이 망신살이라고 중얼거리면서 계속 웃었다. 엄마는 비틀거리는 내 어깨를 때리면서 망신스럽다고 낮게 소리를 질렀다.

"감히, 결혼에서 도망을 쳐?"

그 결혼의 형량을 다 채우지 못하고 탈영했다간 그 뒤에 치르는 형벌은 몇 배 더 가혹할 것이라는 엄마의 일장 연설이 시작되었다. 말을 하면서도 나를 바라보는 엄마의 시선은 차차 무뎌져갔지만 말끝마다 '자궁도 멀쩡한 년이'라는 후렴구가 따라붙기 시작했다.

엄마를 수영장에 내려주고 집으로 돌아와 하릴없이 스웨터의 보풀을 뜯어내기 시작했다. 한쪽 겨드랑이 밑을 다 뜯어내고 나니 졸음이 몰려왔다. 점집을 다녀온 덕분인지, 조상 묏자리를 옮기지도 않았는데 잠이 왔다. 나는 침대 모서리에 비스듬히 누워서 하던 일을 계속했다.

소매 부분을 대충 뜯어내고 반대편 겨드랑이 부분을 펼쳐보니, 서로 마주 닿는 부분에 보풀이 한 움큼씩 생겨 있었다. 사람 사이도 이와 같으려니 싶었다. 마주 닿은 채 살아가는 관계에서 일어나는 것은 보풀뿐이 아니었다. 아버지가 집을 나가기 전에 한 말은 한 주먹의 보풀 이상이었다. '당신은 몸 바쳐 일하고, 입으로 다 말아먹지!' 그 한마디로 아버지는 그간의 긴 침묵을 다 말아먹었고, 엄마는 한 달여를 누워서 지냈으며 나는 또 휴학을 했다.

오래된 인연에 이런저런 결함이 생기는 건 당연한 일이었다. 그런 세월의 결함을 이겨낼 수 있는 것은 오랜 시간을 버팀으로써만

얻을 수 있는 발효이다. 나는 엄마를 볼 때마다 그 인간관계의 이상적인 발효 조건 중 하나는 상대에 대한 존중이라고 말하고 싶어서 입술이 달싹거렸다. 하지만 말할 수가 없었다. 엄마가 그 말에도 무너질 것 같아서 겁이 났다.

반대쪽은 소매부터 시작했다. 어떤 보풀은 뽀얗고 예쁘게 일어났는데, 어떤 것은 납작하고 질겨 보였다. 사람도 어느 위치에 있느냐에 따라 다른 인상을 받는 것과 비슷하다는 생각을 하는데, 현관에서 무슨 소리가 들려왔다. 스웨터를 든 채로 급히 나가보니, 노인의 메탈 지팡이가 내 부츠 위로 엎어져 있었다. 지팡이를 구석으로 안전하게 세워놓고 방으로 돌아왔다.

아까의 그 자리로 돌아가려는데, 눈앞에서 전등갓이 떨어져 내렸다. 어이없는 꿈을 꾸고 있는 것 같았다. 전등갓은 정확히 내가 누웠던 침대 모서리에 떨어지면서 세 동강이 나버렸다. 내 머리에 떨어져 박살이 나는 광경이 정지 화면처럼 떠올랐다가 쓰윽 지나갔다. 깨진 전등갓을 들어보니, 꽤나 두툼하고 묵직한 유리였다. 납작한 철판 틈새에 의지해서 지금까지 매달려 있었다는 것이 의심스러울 지경이었다. 아직도 보풀을 뜯고 있었다면 어떻게 되었을지를 생각하니 아찔해졌다. 최소한 기절했거나 지금쯤 혼자서 조용히 죽어가고 있을지도 몰랐다. 이런 게 우연의 법칙인가. 설마, 노인의 영혼이 정말로 따라온 건 아니겠지? 지팡이를 살 때의 조건처럼, 손자에게 편지를 써달라는 말은 아닐까 싶었다. 가슴을 쓸어내리며 다시 현관으로 가보니, 메탈 지팡이는 구석에 조용히 서 있었다. 아버지가 집에 계실 때와 똑같은 풍경이었다.

수영장에 다녀온 엄마는 전등갓 얘기를 꺼내기도 전에 수면제를 찾았다.

"음, 파, 너 내 수면제 슬쩍했니? 음."

수영을 배우기 시작한 엄마는 모든 말 앞뒤에 음파를 붙이고 돌아다녔다.

"내가 엄마 잠을 훔쳤다는 말 같잖아."

"기집애도 음, 파, 무슨 말을 강의한다는 년이 음, 말을 그렇게밖에 못하니? 파. 그래, 네가 내 잠을 훔쳤냐 음, 파."

그때 초인종 소리가 들리자, 나는 방으로 들어갔다.

잠시 후 엄마가 내 방문을 열었고, 엄마 뒤에는 부영이 서 있었다. 일그러지는 내 얼굴을 보더니 부영이 너스레를 떨었다.

"장모님한테 밥 좀 얻어먹으려고."

엄마는 무슨 대회에 출전한 선수처럼 재빠르게 한 상을 차려 내왔다. 부영의 말대로 그는 엄마의 밥을 먹기 위해 온 사람 같았다. 불쌍할 정도로 급하게 한 그릇을 비웠다.

"선배는 식욕이 더 왕성해진 거야?"

그는 수줍은 듯 머뭇거리며 대답했다.

"실은, 당신이 해주던 음식 먹고 싶을 때도 있어. 예전엔 당신 모든 게, 특히 음식 솜씨도 미숙한 것 같았는데."

"그건 사실이지만, 그래도 하느라고 노력한 건 알죠?"

그는 연신 고개를 끄덕이더니 조심스럽게 말했다.

"근데 내 식성이 그 미숙한 맛에 길들었나 봐. 밖에서 식사하다 보면 나도 모르게 그런 맛을 찾을 때가 가끔 있어."

"누구나 가끔 풋사과를 먹고 싶을 때가 있잖아요."

부영의 식사가 끝나자, 나는 일어나라고 채근했다. 그는 말없이 시계를 들여다보았다. 들어올 때는 붕대 감은 팔을 가볍게 흔들어 보이더니, 이제는 무거운 물건을 다루는 표정이었다.

"무거우면, 그 팔 내가 들어줄까요?"

부영은 그제야 나를 올려다보며 자리를 털고 일어섰다. 엄마는 돌아가는 그를 바라보며 내 등을 떠밀었다. 나는 할 수 없이 옷을 걸쳐 입고 나섰다.

우리는 잠시 말없이 걸었다.

"인주야."

"……"

"나, 당신 보내주고 싶다. 밴쿠버에서 나를 정부government처럼 여긴다는 말을 들었을 때, 참 힘들더라. 이번 주에는 법원에 갈게. 우리 숙려 기간에 대해서 합의했지?"

마치 세계 평화가 오는 소리 같았다.

"다행이다. 선배, 지금 편안해졌구나?"

"참 이상하다? 난 당신 말고 무서운 게 없었는데, 외려 당신이 날 두려워하고 있었다는 게 말이야."

그가 돌아서 걷다가 다시 물었다.

"그럼 당신 말대로 이제 우리 관계를 갱신하는 건가?"

"네, 우리 관계를 갱신하는 거예요."

상대의 말을 반복해주는 것은, 시간을 절약해준다. 나는 약국으로 들어가서 화상에 바를 연고와 특수 가제를 몇 가지 샀다. 밖으로 나오자 부영이 붕대 감은 팔을 번쩍 들어 올렸다. 전우처럼 힘들 때만 뭉치는 우리의 이런 인연은 언제부터였을까. 부영은 약봉지를 받아 들고 웃으면서 돌아섰다. 그리고 다시 한 번 팔을 들어 보였다. 어둠 속에서 그의 팔이 하얗게 빛났다.

모든 사람이 제도 안에서만 행복한 것은 아닐 테고, 누구에게나 똑같은 대화법이 일률적으로 적용되는 것도 아닐 것이다. 어쩌면 부영과 나는 이혼을 통해 한 단계 더 높은 대화법을 터득할 것이고, 그렇게 화해할 수 있을 것이다.

흰 손의 이졸데

초인종을 눌러도 인기척이 들리지 않아서 현관문에 귀를 대보았다. 선재는 언제나 현관 앞으로 달려와 나를 맞이했는데, 오늘은 아무리 눌러도 대답이 없다. 그에게는 아직 거처를 옮겼다는 얘기를 하지 않았다. 왠지 그의 지나친 열정이 부담스럽고 염려가 되었다. 초인종을 한 번 더 누르려다 비밀번호로 문을 열고 들어갔다. 온 집 안의 창문이 활짝 열려 있었다. 문에서 들이치는 바람 때문에 블라인드가 미친 듯이 펄럭거렸다. 내가 왔을 때 그가 집을 비운 적은 처음이다.

수조 안에서 놀고 있는 구피들의 움직임도 심상치가 않다. 배가 불룩한 놈은 도망을 다니고 붉은 지느러미는 죽어라고 그 뒤를 따라다녔다. 배가 불룩한 것으로 보아 새끼를 밴 것이 분명했다. 나뭇잎 아래에서 숨을 돌리고 있는 배불뚝이 앞에 붉은 지느러미가 또다시 나타났다. 배불뚝이는 기겁을 하더니 소라 껍질 속으로 사라져버렸다. 붉은 지느러미는 계속 따라붙었다. 인간이 아닌 다른 종species들이 벌이는 추격전에도 필요 이상으로 신경이 곤두섰다. 저희들끼리 장난을 치는 것일 수도 있겠지만, 계속 바라보기가 힘이 들었다. 나는 소파로 걸어가서 길게 드러누웠다.

깜빡 잠이 들었다 깬 후에도 선재는 돌아오지 않았다. 실내는 벌써 어둑해지고 있었다. 나는 누운 채로 그에게 전화를 걸었다. 안내 멘트로 넘어갈 때까지 그는 전화를 받지 않았다. 요즘의 그는 매사에 위태위태했다.

나는 벌떡 일어나 베란다로 달려가서 밖을 내다보며 다시 재다이얼을 눌렀다. 불안한 신호음만 계속 이어졌다. 전화를 끊을 때쯤 어디선가 희미하게 음악 소리가 들려왔다. 라 캄파넬라. 내가 그에게 다운받아준 벨 소리였다. 나는 다시 재다이얼을 누르고 소리가 나는 곳으로 귀를 세웠다. 벨 소리는 집 안이 아니라 밖에서 들려왔다. 나는 현관과 마당의 가로등 불을 모두 켰다. 마당 끝의 자동차 화단이 불빛을 받아 더욱 무성하게 모습을 드러냈다.

전화기를 든 채 현관을 나서니 좀 더 자세히 들려왔다. 벨 소리는 마당 끝 쪽에서 들리는 것 같았다. 다시 듣기 위해 연신 재다이얼을 누르며 화단 앞에 섰다. 소리는 화단 안에서 나오고 있었다. 나는 마른침을 삼키며 둥근 향나무와 회양목 사이를 조심스럽게 젖혔다. 그러자 그의 운동화가 보였다. 순간 내 몸의 장기들이 일제히 내려앉는 느낌이었다. 도대체 이게 무슨 일인가. 향나무 잎을 좀 더 젖히려는데 안에서 커다란 손이 쑥 튀어나왔다.

"어서 와요. 오래 기다렸어요."

그는 화단 위 묘목들 사이에 있었다. 입고 있던 후드 티의 모자 부분에 머리를 대고서 식물처럼 고요히 누워 있었다. 나무 사이로 새어 든 불빛 때문에 그의 얼굴이 더 처연해 보였다. 그가 고개를 돌려 나를 향해 웃더니 향나무 잎을 따서 입에 넣고는 질겅질겅 씹기 시작했다. 풀 냄새가 나는 웃음이라면, 바로 저 모습이겠지. 갑자기 몸을 일으킨 그가 내 손을 잡아당겨 화단으로 끌어 올리는 바람에 어쩔 수 없이 그의 몸 위로 올라가게 되었다. 나무들 사이에 두 사람이 누울 만한 공간은 없었다. 둥근 향나무 잎들이 바로 내 등과 옆구리로 달라붙었다.

그가 입을 열자, 술 냄새와 풀 냄새가 동시에 풍겨왔다.

"나는 여기 와서 마꼬의 심정을 이해했어요. 갖고 싶은 걸 갖지 못할 때 드는 심정이요……. 내가 마꼬를 받아들이면 서로 편해질 텐데, 왜 그럴 수 없게 되어 있는 거죠?"

나는 일부러 활짝 웃어 보이며 물었다.

"그렇게 되면, 내가 화단에 누워야겠네요?"

"가끔은 마꼬가 흰 손의 이졸데는 아닐까 하는 생각을 해봤어요."

나는 수염이 총총히 올라오고 있는 그의 턱을 깨물었다. 그가 신음과 함께 몸을 뒤틀자, 강도 높은 전류가 내 몸을 관통하고 지나갔다. 나는 무언가 생각난 듯 급히 물었다.

"트리스탄은 아름다운 이졸데와 비극적인 최후를 맞이하는 거죠? 그럼 난 흰 손의 이졸데 할래요. 비극적 최후는……."

그는 대답 대신 내 입술을 열었다. 쓴맛이 입안에 확 퍼지더니 목젖까지 얼얼해졌다. 나는 그 알싸한 맛 때문에 길을 잃지 않으려고 눈을 감았다. 그리고 그의 고른 치열과 건강한 잇몸을 찾아 더듬거렸다. 우리는 곧 아찔한 현기증을 느끼면서 하나가 되어 허둥거렸고, 향나무 잎과 회양목 가지들도 덩달아 살랑거리기 시작했다. 그는 상체를 일으켜서 나와 눈을 맞추고는 내 몸을 바스러뜨릴 듯이 껴안고 최대한 힘을 주면서 숨을 멈추곤 했다. 그 노동의 대가로 내 몸은 쉴 새 없이 물결치고 있었다. 차츰 그의 표정이 애절하게 변하더니 갑자기 양옆에 있는 묘목의 몸통을 움켜잡았다. 양쪽에서 비어져 나온 나뭇잎이 얼굴을 슬쩍슬쩍 가리는 바람에 그의 표정은 더없이 비극적으로 보였다. 참을성 있는 그의 몸짓에 녹초가 된 나는 허리를 비틀면서 고양이처럼 울부짖었다. 처음에는 아주 작게, 그리고 점점 소리를 높여서. 묘목이 휘어지도록 더욱 세게 끌어당기던 그의 얼굴에 미묘하고도 참담한 표정이 떠오르자, 나는 진저리를 치면서 엎어졌다. 그의 가슴은 데일 것처럼 뜨거웠다. 나는 천천히 아득한 잠에 빠져들었다.

머리를 쓰다듬는 감촉을 느끼며 눈을 떴을 때, 그는 더없이 간절한 눈빛을 하고 있었다. 그의 몸도 어느새 전투적이 되어 있었다.

"우리 아무래도 고양이 같지 않아요?"

그는 내 물음에 눈만 빛냈다.

"고양이는 사랑을 하면서 세상이 떠나가라 울부짖지만, 새끼를 낳을 땐 아무도 모르는 곳으로 숨어들어요. 여긴 지금……."

그는 대답 없이 움직였고, 내 입에서는 긴 한숨이 흘러나왔다. 절정을 연기하기 위해 안간힘을 쓰는 그를 보자, 내 몸 구석구석에서 또다시 가학의 세포들이 스멀스멀 기어 나왔다. 그 세포들은 내 혈관 어디쯤에 숨어 있다가 자극이 오면 피를 따라 이동하는 것 같았다. 어쩔 줄 몰라 하는 그를 보면서 일방적으로 폭력을 휘두르는 판타지에 빠지고, 그 판타지는 내 몸을 다시 그와 똑같은 상태에 도달하게 만들었다. 그는 나를 멈추게 하기 위해 도리질을 해 보이지만 내 몸은 이미 뇌관이 제거된 폭탄처럼 오로지 폭발을 향해 내달리는 것 외에는 아무것도 할 수 없었다. 그는 체념하듯 목을 길게 젖히고 흐느꼈다. 그의 고통은 높고 길게 이어졌으며 그 비명이 내 몸에 엄청난 폭발을 불러왔다.

얼마나 지났을까. 깜박 잠들었던 우리는 배고픔을 느끼면서 깨어나 동시에 웃음을 터트렸다. 서로의 옷을 여며주면서 웃음을 참느라 기진맥진해졌다.

"이러다가 동네에서 쫓겨나겠어요."

선재가 먼저 내려가고, 잠시 후 나는 그의 등에 업혀서 화단을 내려왔다.

"이대로 동네 한 바퀴만 돌까요?"

그의 목소리가 등 전체를 울리고 내 몸까지 울려왔다. 나는 그의 목덜미에 머리를 묻었다. 문득 이 넓고 뜨거운 등이 내 차지가 되기까지 30년이 걸렸다는 생각이 들었다. 그러자 그의 등에 머리를 묻었을 얼굴도 모르는 여자들에 대한 질투가 끓어올랐다.

아마도 그가 사랑한 여자들은 이미 죽어서 열정이라는 재로 남았을 것이다. 그러나 나는 그 꽃들의 목을 움켜쥐고 숨통을 조이고 싶은 충동마저 일었다. 시들고 죽어버린 그 꽃들이, 어쩌다 그의 가슴에서 요란하게 개화할 수 있다는 생각만으로도 심장이 아팠다. 그 이해할 수 없는 통증의 원천을 더듬다가 나도 모르게 도리질을 쳤다.

그의 등에 업힌 채 현관을 들어섰을 때, 달력이 눈에 들어왔다. A4 용지만 한 달력 안에서 말 세 마리가 시선을 한곳으로 모으고 있었다.

"언제부터 여기에 달력이 있었어요?"

"처음부터요."

말의 머리 부분만 강조하고 여백은 흐릿하게 처리되어 있어서, 언뜻 보면 세 마리의 영혼이 서성거리고 있는 것처럼 보였다. 크고 선량한 눈은 눈물이라도 고인 듯 축축하게 빛났다. 문득 메탈 지팡이 노인이 떠올랐다. 아마 노인도 저렇게 맑은 눈을 가진 사람이었을 거라는 생각이 들었다.

"선재 씨, 잠 못 드는 밤에 이 앞에 오면, 저 영혼들하고 속 깊은 대화를 나눌 수 있을 것 같지 않아요?"

"인주 씨같이 특별한 사람은 가능할 거예요."

선재는 나를 달력 앞에 내려놓고 주방으로 걸어갔다.

"그 할아버지 영혼을 살 때, 손자에게 편지 써준다는 약속도 포함되어 있다는 걸 깜박했어요."

"생각난 김에 지금 하세요."

선재는 냉장고 문을 열면서 휘파람을 휘익 불었다. 그가 내는 휘파람 음률이 냉장고의 한기와 버무려져 한층 높고 시리게 들려왔다. 나는 컴퓨터 전원을 켜면서 편지 제목을 생각했다.

"선재 씨, 편지 다 쓰고 나면 문법 좀 정리해주세요."

제목란에 '할아버지의 영혼'이라고 썼다가 지웠다. 아이의 이름을 모르니 난감했다. 한참 만에 그냥 '나의 손자'라고 부르기로 했다. Dear my grand-son!

사랑하는 나의 손자야,

여기는 아시아의 한국이라는 곳이다. 나는 얼마 전에 메탈 지팡이와 함께 태평양을 건너 이곳에 왔단다.

나는 수줍음이 무척 많은 사람이었다. 지팡이를 들고 밖을 나서는 것조차 부끄러웠지. 그래서 나는 지팡이를 집 안에 두거나 밖에 들고 나가서도 사용하지 못했다. 그런데 죽어서 몸이 사라지고 나니, 내 영혼이 어딘가에 들어가 기댈 곳이 필요하더구나. 그래서 이제 나는 지팡이와 하나가 되었고, 영혼은 이제 지팡이에 의지한단다. 그러니까 지팡이가 내 몸이 되는 셈이란다.

여기까지 쓰고 나니, 다음 말이 떠오르지 않았다. 평소 노인의 대화법은 어떤 것이었을까. 어쨌든 손자에게는 할아버지가 그곳을 완전히 떠나왔다고 믿게 할 만한 근거를 제시해주어야 할 것이다. 할아버지에 대한 좋은 인상을 주게 될 만한 이야기를 해주는 것도 좋을 것이다.

나는 최근에 내가 겪었던 이야기를 했다. 스웨터의 보풀을 제거하는 주인 여자. 그 위로 떨어져 내리는 전등갓에 대처하는 지팡이의 활약상을 담은 것이었다. 그리고 손자에게 마지막 인사를 하게 해주었다.

우리 영혼들은 이런 식으로 대화를 한단다. 조심하라는 암시를 주거나 대화를 하고 싶다는 표현을 이런 식으로밖에 할 수가 없구나. 나를 데려온 그녀는 내 말을 알아듣기라도 하는 것처럼 나를 유심히 살핀단다. 깨끗하게 닦아서 늘 같은 자리에 세워두고 오래오래 바라보곤 한단다.

나는 살아 있을 때에도 이렇게 관심을 받은 적이 없는 사람이었다. 별로 많은 말을 하지 않았고, 그래서 눈에 잘 띄지 않는 사람이었다. 그런데 죽고 나니, 네게 못 해준 말이 많다는 걸 깨달았단다. 네가 나를 닮아 부끄러움을 많이 타는 사람이 될까 봐 걱정스러웠다. 나는 네게 용기를 주고 싶어서, 네 앞에 나타난 것이란다. 그리고 무엇보다 발그레한 네 얼굴이 무척 보고 싶었다. 그뿐이란다. 그런데 너에 대한 내 사랑이 오히려 너를 힘들게 한다는 걸 알았을 땐, 참 미안하더구나. 그래서 이곳으로 오려는 결심을 하게 되었단다.

나는 요즘 산책을 자주 한단다. 그러다보면 너를 닮은 아이들을 많이 본단다. 머리는 까만색이지만, 네 얼굴과 하나도 다르지 않더구나. 아이들의 얼굴은 어디를 가나 어쩌면 그리도 닮았는지 참 신기하더구나.

이제 나는 아주 먼 곳으로 떠나왔다. 다시는 네 앞에 나타나지 못할 거야. 그러니 걱정하지 말고 편히 지내야 한다.

사랑하는 나의 손자야.

이렇게 너와 떨어져 있지만, 나는 언제든 너를 보호해줄 수 있단다. 사랑하는 사람을 보살피는 일은 우리 영혼들도 할 수 있는 아주 특별한 일이니까 말이다. 네가 커서 어른이 될 때까지, 아니, 언제까지나 너를 보호해주마.

보고 싶고, 사랑한다! 나의 손자야.

소금 기둥

    부영에게서 전화가 걸려 왔다. 법원에는 나타나지 않고 수시로 전화만 걸어대더니 일방적으로 약속을 정했다.

    "잠깐만 보자. 나 아직 점심도 못 먹었다. 지금 엄마네 집 근처 그 레스토랑에서 기다리고 있어."

    "미쳤어요? 약속도 하지 않고? 아니, 약속도 없이……."

    부영은 또 일방적으로 전화를 끊었다. 다시 걸 필요도 없었다. 그가 먼저 와서 앉아 있으니 도리가 없었다. 입안이 썼다. 그곳은 이미 선재와 약속이 되어 있는 곳이었다. 그가 음식 맛을 칭찬했던 유일한 곳이기도 했다. 그는 오전에 수업이 있었고, 나는 오후에 있었다. 그래서 오늘은 늦은 점심을 편안하게 즐기자고 했던 것이다.

    선재는 벌써 끝났을 시간인데도 전화를 받지 않았다. 어쩔 수 없이 문자 메시지를 보냈다.

— 미안해요. 급한 일이 생겨서 약속을 미뤄야겠어요. 전화할게요.

레스토랑에 도착할 때까지도 선재에게서는 답장이 오지 않았다.

부영은 내가 들어오는 걸 지켜보고 있었는지 2층에서 내려오며 손짓을 했다. 나는 입구에서 곧장 2층 계단으로 올라갔다. 테이블에는 이미 샴페인과 잔이 놓여 있었다. 부영은 활짝 웃고 있었다. 예전 같으면 온 얼굴을 구긴 채 불편하게 했을 거라는 생각이 앞지르자, 문득 나 자신이야말로 남을 평가하는 데에 완전히 길이 들어 있구나 싶었다. 어쩌면 부영은 저렇게 잘 웃는 사람이었을지도 모른다. 기억은 늘 왜곡되어서 도대체 믿을 수가 없다.

"인주야, 우리 같이 살면 안 되니?"

자리에 앉기도 전에 그에 대한 내 기억이 왜곡은 아니라는 것이 증명되었다. 그는 아직도 가변 차선 같았다. 나는 머리카락을 한 움큼 집어 올리며 말했다.

"내 가슴에도 선배가 아닌 어떤 사람이 성큼 들어왔어요. 이렇게 머리카락이 쭈뼛하고 일어설 만큼."

부영은 멀뚱히 바라보다가 씩 웃으며 말했다.

"넌 아직 법적으로 내 아내라는 사실 잊지 마."

"선배, 대한민국 정부가 내 신체에 대한 관리를 할 수는 있지만, 내 정신까지 심판할 권리는 없어요."

"우리 다시 시작하자. 그냥 같이 살면 안 되니? 복잡한 거 딱 질색이다."

'다시 시작하자'는 부영의 전문용어였다.

"컴퓨터 리셋하듯이요? 인간관계는 그렇게 기분 내키는 대로 켰다 껐다 할 수 있는 게 아니잖아요."

"하면 되지, 안 될 건 뭐 있어? 그냥 껐다 켜면 되는 거지."

"그러면 일단 꺼야지요. 이혼이요."

"그건 맘에 안 든다."

나는 부영의 얼굴을 해를 넘긴 연말 부록처럼 바라보았다. 지나간 사랑이나 달력은 그렇게 어쩔 수가 없다. 그래도 한 장 두 장 넘기다보면 함께한 시간들이 불쑥불쑥 얼굴을 내밀 것이다. 그러나 그건 죽어버린 시간에 대한 애도라는 걸 잘 안다. 그 애도의 기간은 떠나보낸 상대에 대한 예의가 될 것이다. 상복을 입고 머리에 흰 핀을 꽂는 일을, 그렇게 대신하는 것이리라. 누구는 짧고 경건하게, 누구는 길게, 혹은 평생을 애도하며 보내기도 하는 것이리라.

겨우 이런 대화를 하려고 선재와의 약속을 취소한 생각을 하니 화가 치밀고, 상욕이라도 내뱉고 싶은 지경이었다. 오늘은 부영이 이렇게 나오리라고는 생각하지 않았다. 그간의 만남조차도 이별에 따르는 적당한 절차를 밟아가는 중이라고 여겼을 뿐이다.

"그 말 하려고, 법원에는 나오지도 않고, 갑자기 이런 식으로 불러내는 거예요? 이런 말이 오가기에는 너무 늦었잖아요?"

나는 늦었다고 반복해서 말하고는 일어섰다. 서둘러 층계를 내려서자 카운터 앞에 선재의 뒷모습이 서 있었다. 쥐색 캐시미어 카

디건과 목덜미를 살짝 덮는 곱슬머리는 분명 그의 것이었다. 무슨 꿈을 꾸고 있는 것 같았다. 계산을 마치고 돌아서는 남자는 역시 선재였다. 도망갈 수도 없이 움쭉달싹 못하는 상태로 가위에 눌린 느낌이었다. 이런 지독한 악몽 속에서 내가 할 수 있는 건 아무것도 없었다.

선재는 앞에 있는 나를 발견하고 눈을 크게 떴다. 그리고 반가운 얼굴로 손을 치켜들었다가 내 뒤에 서 있는 부영을 발견하고는 천천히 손을 내렸다. 나는 기어 들어가는 목소리로 물었다.

"문자 못 받았어요?"

"난 그냥…… 늦게 받았어요. 그땐 이미 거의 도착해 있어서 ……."

두 사람은 거의 같은 시간에 이곳에 도착했고, 부영은 2층에, 선재는 1층의 구석 어디쯤에서 식사를 한 것이다.

나는 어쩔 수 없이 두 사람을 서로에게 소개시켰다. 선재에게는 부영을 남편이라고 소개했지만, 부영에게는 선재에 대해 아무 말도 하지 않았다. 두 사람은 어색한 눈인사를 나누고 돌아섰다. 선재는 부영의 붕대 감은 팔에 시선을 주었다가 먼저 문을 나섰다. 나는 부영과 나란히 나올 수밖에 없었다. 문 밖으로 나와 우리는 가벼운 눈인사를 나누고 헤어졌다. 선재는 우리와 반대 방향으로 천천히 걸어갔고, 나는 그의 뒷모습을 바라보며 우두커니 서 있었다.

부영이 갑자기 내 손을 거칠게 잡더니 자신의 승용차로 나를 밀어붙였다. 그는 한쪽 팔이 아니라 온몸으로 힘을 쓰고 있었다. 나를 보닛 위로 올려놓고는 내 위로 올라탔다. 그 충격으로 차량 경보기가 작동하기 시작했고 사람들이 돌아보았다. 지나가던 사람들이 쳐다보는 건 상관없었다. 경보기의 사이렌이 울리자 걸어가던 선재가 무심코 뒤를 돌아보았다. 어느 얘기에서나 '결코, 뒤돌아보지 말라'는 금기가 있다. 그러나 금기는 반드시 깨진다. 그래야 신화가 계속되니까. 그리고 그는 소금 기둥이 되는 것이다. 선재의 얼굴은 비참하게 일그러졌고, 내 심장은 그의 얼굴보다 더 참혹하게 쪼그라들었다.

나는 부영의 얼굴을 노려보았고, 그는 내 위에서 힘들게 웃고 있었다.

"선배 얼굴에, 침 뱉고 싶어!"

부영의 얼굴에 침을 뱉음으로써 결국 내 얼굴에 침을 뱉고 싶었다. 그러나 나는 아무것도 시도하지 못하고 머리를 떨어뜨렸다. 나를 사랑하는 사람이 보호받아야 할 최소한의 감정조차 지켜주지 못하는 내가 혐오스러웠고, 그 순간이 미치도록 길고 길게 느껴졌다. 올라간 치맛단을 겨우 끌어 내리고 선재의 뒷모습을 지켜보는 것 외에는 아무것도 하지 못했다.

오후의 워크숍은 힘들게 진행되었다.

*정서적 노예 상태 → 얄미운 단계 → 정서적 해방

나는 화이트보드에 쓰인 글을 바라보다가 한참 만에야 입을 열었다.

"우리 대부분은, 다른 사람과 자유로운 감정 상태로 인간관계를 맺으면서 살 수 있을 때까지, 대개 위의 세 단계를 거친다고 합니다. 물론 성향이 다르기 때문에 누구나 다 그렇지는 않을 것입니다."

나는 화이트보드에 쓰인 것을 가리키며 다시 말했다.

"처음에는 다른 사람의 느낌에 책임이 있다고 여기는 정서적 노예 상태에 있다가, 화가 나고 불편해지면서 다른 사람의 느낌에 책임지고 싶어 하지 않는, 얄미운 단계에 이릅니다. 사실 저는 지금, 이 단계에 너무 오래 머물러 있는 것 같아 걱정입니다."

농담이 아닌데도 사람들은 웃어주었다.

"마지막으로 정서적 해방의 단계에 이르면, 절대로 두려움이나 죄의식, 수치심에 따라서 행동하지 않는다고 합니다. 타인의 욕구도 똑같이 중요하게 여기면서, 자기가 원하는 것을 분명하게 표현할 수 있게 되는 거죠. 저는 그 해방의 날을 고대하고 있습니다."

나는 한 번씩, 웃고 나서 다시 덧붙였다.

"만약 제게 그날이 오면, 태극기가 아니라 만국기를 흔들면서 거리로 뛰쳐나갈지도 모르겠어요."

사람들은 내 말이 농담이 아니라는 것을 눈치채는 것 같았다. 대부분의 사람들이 조용히 웃으면서 고개를 끄덕여주었다. 오늘 처음으로 내 진심이 공감을 받았다는 느낌이 들었다. 사실 강의 시작 전까지도 낮에 일어난 일의 잔상이 사라지지 않아서 어쩔 수 없이 전 수업에 대한 복습의 시간을 가진 것이다.

'자기 공감Self Empathy' 의 장을 시작했다. 지난날의 나를 애도하면서, 나 자신에게 해주는 공감이다. 그래서 이 '자기 공감' 은 대화법에서 가장 중요하게 여기는 부분이다.

"연극 「일천 광대」에서는, 열두 살 된 조카를 아동 복지 당국 관계자에게 넘기길 거부하는 주인공이 이렇게 외칩니다. '나는 이 아이가 자신이 얼마나 특별한 존재인지 알게 되길 원합니다……. 이모든, 길들여지지 않은 야생의 가능성을 보게 되기를 원합니다……. 그리고 자기가 한낱 의자가 아니고 왜 사람으로 태어났는지, 그 미묘하고 비밀스러우면서도 중요한 이유에 대해 알기를 원합니다.' 여러분, 이 주인공이 자기 조카가 지키기를 열망했던 것은 바로 우리 자신의 '특별함' 에 대한 인식이었습니다."

자신의 특별함을 깨닫는 순간 세상도 그 사람의 특별함에 동참하게 된다는 것을, 나는 경험으로 알고 있다.

"여러분 혹시, 지난날에 대해 후회하고 계신 게 있나요?"

그런대로 있다는 대답과, 아주 많다는 대답이 흘러나왔다.

"그럼, 한 가지만 떠올려보세요. 지난날의 나를 애도하는 겁니다. 그때 내가 이러저러했는데…… 지금 아주 후회스러운 어떤 것.

그때는 어떤 느낌이었고, 그때의 나 자신에게 어떻게 말하고 싶었
는지……."

모두들 과거의 자기를 찾아서 눈을 깜박거리고 있었다. 나는 한
사람 한 사람 눈을 마주치면서 물었다.

"떠오르셨어요?"

대개 고개를 갸우뚱하면서 수줍게 웃었다.

"아직 안 떠오르세요? 누구…… 어떤 분이 좀 도와주시겠어요?
지나간 자기를 이 자리에서 애도하고 싶으신 분?"

의외로 선뜻 나서는 사람이 없었다. 그러자 맨 뒤에 우직하게 앉
아 있던 남자 교사가 손을 들었다. 나는 반갑게 인사를 건넸다.

"감사합니다. 선생님은 어떤 일을 떠올리셨어요?"

"청소 시간에, 청소를 하지 않고 그냥 간 학생 뺨을 때렸습니다."

사람들이 자세를 고쳐 앉으며 그 교사의 다음 말을 주목했다.

"그러면 그 행동에 대해서 선생님 자신을 비판하는 말이나 생각[24]
이 있으신가요? 선생님께 어떤 메시지를 보내오는지, 세 개만 말씀
해주시겠어요?"

교사의 입에서 거침없이 내면의 자칼 메시지가 쏟아져 나왔다.

"나는 폭력적이다. 나는 교사 자격이 없다. 나는 형편없는 선생
이다."

---

24 자신을 비판하는 '내면의 교육자' 또는 '내면의 자칼 메시지'라고도 한다.

나는 화이트보드 위에 세 가지를 그대로 적었다. 그리고 '나는 폭력적이다'를 가리키며 교사에게 물었다.

"이 생각은 어떤 욕구를 원해서일까요? 지금 찾는 욕구를 A라고 이름 붙이겠습니다."

교사가 선뜻 대답을 못 하자, 그 옆자리의 여자가 대신 말해주었다.

"학생들과의 관계가 좀 더 따뜻해지기를 바라서가 아닐까요?"

"네, 사랑과 따뜻함이 전달되는 방식으로 관계를 맺고 싶으신 거겠죠? 그러면 '나는 교사 자격이 없다'는 말에는 어떤 욕구가 담겨 있을까요?"

이번에는 그 교사가 입을 열었다.

"감정 조절을 잘하고 교사로서 본이 되는 행동을 하고 싶었습니다."

"그러면 이 세 번째 메시지에 대한 욕구도 말씀해주시겠어요?"

"교사로서의 자긍심과 보람을 느끼고 싶었던 것 같습니다."

교사는 그 행동으로 인해 저런 중요한 욕구들이 충족되지 않은 것을 의식하고서 몹시 실망스럽고 슬펐을 것이다. 중요한 것은, 자신이 찾아낸 저 욕구 자체의 에너지와 충분히 머무르는 일이다. 이것이 자기 공감이다.

"학생들을 존중하고 이해하면서 따뜻한 유대 관계를 가지고 지도하는 것이 선생님께는 정말 중요한 욕구라는 것을 알았습니다. 그러면 선생님께서 찾아낸 저, 욕구 자체의 아름다운 에너지를 천천히 몸과 마음으로 느껴보시기 바랍니다. 눈을 감으셔도 좋습니다."

교사는 눈을 감았다.

잠시 후 그 교사가 눈을 떴을 때 나는 다시 물었다.

"선생님, 욕구 자체의 아름다운 에너지를 충분히 느껴보셨나요?"

교사가 고개를 끄덕거리며 희미하게 미소 지었다. 나는 이제 다른 사람들을 돌아보며 물었다.

"그러면, 그 학생에게 그런 행동을 했을 당시에는 선생님께 어떤 욕구가 있었을까요? 지금의 욕구는 B라고 부를게요."

여러 가지 대답들이 쏟아져 나왔다. 공동체의 질서와 조화, 신뢰, 선생의 의견에 대한 존중과 학교의 청결을 유지하는 데 협조해야 한다는 등, 사회에 나가서도 좋은 생활 습관을 가르쳐야 하기 때문이라는 대답까지 다양했다.

나는 다시 그 교사에게 물었다.

"어떻게 하면 선생님께서 찾아낸 아름다운 욕구 A와 B를, 더 효과적으로 충족시킬 수 있을까요? 한번 선생님 자신에게 부탁하는 말로 해주시겠어요? 부탁드립니다."

교사는 아까와 달리 오래 생각하지 않았고, 목소리도 한층 여유가 있었다.

"저런 상황이 또 생긴다면, 우선 내 안의 분노에 대한 자기 공감을 하자. 그다음에 그 학생의 느낌과 욕구를 들어주고 공감대를 형성하자…… 그리고 내 느낌과, 내가 중요하다고 여기는 것을 전달하자."

교사의 말이 끝나자 아까 욕구를 대신 말해주던 옆자리의 여자가 손을 들었다.

"선생님, 저는 거절해야 되는 상황에서도 예스를 해요. 그리고 저 자신을 혐오하는 지경까지 가는 경우가 많아요. 언제나 그런 것 같아요……."

수업이 끝나고 선재에게 전화를 했지만 전원이 꺼져 있었다. 오늘은 몸과 마음이 완전하게 지쳐 있었다. 내가 집으로 돌아와서 한 일은 겨우 그의 편지를 확인하는 일뿐이었다.

나도 모르게 내 입에서 중병 환자처럼 뜨거운 한숨이 어찌나 수시로 쏟아져 나오던지! 그야말로 뜨거운 숯을 삼킨 듯했습니다. 그 숯에 의해서 내 심장이 오그라드는 것 같았습니다. 바로 그 장어의 심장이었습니다.

당신과 함께 보았던 장어의 심장을 기억하고 있겠지요. 당신 손톱만 한 보라색 심장 말입니다. 석쇠 위에 오른 장어는 온몸이 익으면서 오그라들고 있었습니다. 그래도 꼬리를 좌우로 움직였고, 손톱만 한 심장은 팔딱거리고 있었습니다. 차츰 심장이 익어가기 시작했습니다. 장어는 여전히, 반사적으로 꼬리를 흔들었습니다. 당신은 그때 눈물이 난다며 고개를 돌렸습니다.

오늘 낮에 내가 두 사람을 향해서 손을 흔들었을 때, 바로 그 장어의 꼬리가 생각났습니다. 나는 당신들에게 반사적으로 손을 흔들었던 겁니다. 심장은 오그라드는데, 여전히 꼬리를 흔들던 그 장어와 내가 하나도 다르지 않았습니다.

사랑하는 당신! 고대 그리스의 유명한 커플, 오디세우스와 페넬로페에 대해 생각하다가 문득 우리에 대한 생각에 이르렀습니다.

그들 두 남녀가 아무리 서로를 사랑했다고 해도, 페넬로페가 무수한 구혼자들의 핍박에 대해 극적인 용기와 기지로써 그 상황을 이겨내지 못했다면, 그리고 오디세우스가 지혜와 상상력으로 트로이의 성벽을 부수고 자신의 고향 이타카로 돌아갈 길을 뚫지 못했다면, 게다가 그들이 그렇듯 적절히 타이밍을 맞추지 못했다면, 애초에 '오디세이아'는 존재할 수조차 없었을 것입니다.

우리에게 지혜는 있으니, 이제 용기를 내어, 수동적인 입장보다는 사랑이라는 궁극적 승리를 얻기 위해, 마치 공연을 하고 게임을 하듯이 상황을 당당하고 단호하고 용의주도하게, 필요하면 위압적이고 책략적으로, 우리 자신이 주도권을 잡고서 지나가야 한다고 생각합니다. 그러나 당신을 압박하려는 의도는 없습니다. 시간을 앞당기라고 채근하는 게 아니기 때문입니다.

당신은 충분히 페넬로페의 자질이 있습니다. 그러니 앞으로는 어떤 상황, 어떤 경우에도 결코 두려움에 떨거나 위축되지 않기를 바랍니다.

세상에! 선재는 이제 온갖 전투적 용어들을 끌어내어 내 앞에 포석으로 깔아놓았다. 어서 그것들을 밟고 부영을 넘어서 자신에게 오라고, 페넬로페라는 이름을 내 목에 걸어주고 있는 것이다. 과연 사랑이라는 궁극적 승리 이후에는 어떤 오디세이아가 기다리고 있을 것인가. 그 오디세이아가 아무리 찬란하다 해도, 교활하고 용의주도한 전쟁에서의 전리품이라면 나에게는 곤란하다. 그것을 어떻게 납득시켜야 할까.

파프리카

주류 코너 앞에서 카트를 세웠다. 주말이어서인지 마트 안은 카트를 밀고 다닐 수도 없을 만큼 붐볐다. 앞사람의 카트를 따라서 어쩔 수 없이 그 뒤를 따라다니는 형국이었다. 선재는 와인 리스트를 보고 있었다. 나는 솔향기가 나는 보드카를 들고서 그를 향해 흔들었다.

"보드카는 이렇게 흔들어서 기포가 많이 생기는 것이 좋다고 하네요."

불빛에 비춰보느라 보드카를 좀 더 위로 들었을 때, 바글거리며 떠다니는 기포들 사이로 마꼬의 눈부신 노란 머리가 보였다. 나는 보드카 병을 더 이상 올리지도 내리지도 못 한 채, 그 머리가 움직이는 방향으로 병의 위치를 옮겼다. 마꼬의 머리는 한동안 움직이지 않고 있었다. 나는 기포가 다 사라지기 전에 슬며시 병을 내렸다. 내 앞으로 아이를 태운 젊은 부부가 카트를 밀며 지나가고 있었다.

나는 뒤돌아서 선재를 찾았다. 그 순간 주류 코너 천장 구석에 붙은 볼록 거울이 눈에 들어왔다. 거울 속에서 마꼬의 머리가 유기농 코너를 따라 사라져가고 있었다. 나는 거울에서 눈을 떼고 유기농 코너를 바라보았다. 잘못 보았던 것일까. 마꼬의 머리는 더 이상 보이지 않았다.

선재의 집 마당에 도착하자, 시소가 흔들리고 있었다. 누군가가 방금 전에 타기라도 한 것처럼 일정한 리듬으로 흔들거렸다. 바람 한 점도 없는 날이었다.

짐 정리를 마친 선재는 와인부터 따라놓고 필요한 재료를 다듬었다. 노란색 파프리카는 벌써부터 도마 위에 올라가 있었다.

윤기가 흐르는 파프리카의 정수리가 수상하게 번뜩였다. 오목한 부분이 잠시 빛나는가 싶더니 은색의 칼이 꽂히고, 정확한 대칭으로 갈라진 파프리카의 빈속이 고스란히 드러났다. 내려치는 그의 손끝이 어찌나 매서운지, 갈라진 파프리카에서 비명이 들리는 듯했다. 아니면, 짐승의 내상처럼 흉강과 복강 사이의 미끈거리는 기관들이 꿈틀거리면서 뜨거운 김이라도 뿜어낼 것 같았다.

나는 벌떡 일어나서 도마 위를 훑어보았다. 갈라진 파프리카의 단면은 켜켜이 쌓인 하얀 씨가 삼각뿔처럼 낮게 솟아 있을 뿐 횅하고 을씨년스러웠다. 코끝으로 달려들던 비릿한 냄새는 어느덧 사라져버렸다.

"왜 그런 식으로 잘라야 해요?"

"습관이에요. 그래야 맛도 나고 모양도 좋잖아요."

선재는 반으로 갈라진 파프리카의 내장을 몇 초간 바라보았다. 그리고 다시 도마 위에 반듯하게 세웠다. 반쪽짜리 파프리카는 잘 세워지지 않았지만 그는 포기하지 않았다.

그의 칼은 뭉툭한 직사각형이다. 칼등으로 갈수록 점차 두꺼워지기 때문에 그 무게로도 충분히 가속도가 붙을 만했다. 그는 시간을 들여서 반쪽짜리 파프리카를 다시 일으켜 세웠다. 그러고는 요리법에 적혀 있기라도 한 듯, 단칼에 두 동강을 내더니 왼쪽 어깨에 두르고 있던 요리용 수건에 손을 한번 슥 문질렀다.

그는 한쪽 면에 은박지가 붙어 있는 노란색 항균 비누를 집어 들었다. 그리고 냄새라도 맡는 듯 코끝으로 가져갔다가 요란하게 거품을 내기 시작했다. 소리가 날 정도로 양손을 마주 비빈 다음, 싱크대의 물을 틀고서 다시 빠득빠득 손바닥을 비벼댔다. 파스타를 만드는 사이사이에 수도 없이 손을 씻는 그는, 오늘 주방에 들어선 이후 네 번째로 손을 씻는 중이다.

그는 두 손을 자세히 들여다보면서 물기를 꼼꼼하게 닦았다. 그런 행위 자체가 요리법의 하나인지 모른다는 생각이 들 정도로, 무슨 의식처럼 정갈하게 손을 씻는 것이었다. 마치 영혼들을 위한 제례 의식처럼 순서를 건너뛰지도 않고 서두르지도 않았다.

"당신 손을 제물로 바치는 것처럼 보이네요?"

그가 나를 돌아보며 짧게 웃었다. 저 천진한 웃음이야말로 죽은 자들의 영혼이 탐낼 만한 것이다.

그의 손이 마르자, 갈라진 손끝에서 아주 적은 양의 피가 서서히 스며 나와 골이 깊은 그의 지문 융선들 사이로 흘러들었다. 나는 재빨리 뛰어가서 수첩을 가져왔다. 그의 손가락을 백지 위에 올려 놓고 꾹 누른 다음, 갈라진 틈으로 연고를 살짝 밀어 넣었다. 그의 지문이 찍힌 아래에 제목을 적어 넣었다. 수첩 안에는 다른 제목이 적힌 종이들이 많다. 오른손 검지, 또는 왼손의 약지 등으로 쓰여 있었고, 그 아래에는 날짜나 만들던 음식의 이름과 장소 같은 것들이 적혀 있었다. 누군가 우리를 본다면 가학의 연인들이라는 호칭을 줄지도 모를 일이었다.

파스타를 담아서 선재 앞에 놓아주고 마주 앉았다. 그는 말없이 포크에 파스타를 돌돌 말아서 감아올렸다. 포크에 감긴 파스타의 덩치가 그의 침묵과 더불어 점점 커지더니 엄청나게 불어났다. 그는 그것을 입안 가득 욱여넣고 턱 근육을 움직이느라 애를 먹었다. 그렇게 한참을 우물거리다가 겨우 삼키고서 씩 웃었다. 그가 또다시 한입 가득 파스타를 욱여넣고는 한참 만에 삼켰다.

"이럴 땐 내가 아는 그 사람이 아닌 것 같아요, 선재 씨."

그의 눈이 빤짝하고 빛났다. 그는 또 말없이 파스타를 입안으로 밀어 넣고 천천히 턱 관절을 움직였다. 투두둑. 그의 눈에서 쉴 새 없이 눈물이 굴러떨어지더니 순식간에 그의 손등이 홍건해졌다.

"왜 그래요?"

그는 괜찮다는 표시로 말없이 한 손을 들어 보였다. 나는 더운물을 가지고 그의 옆자리에 앉아서 억지로 물을 먹였다. 눈물을 그친 그가 커다란 손을 뻗어 내 얼굴을 더듬기 시작했다. 눈과 코, 인중의 오목한 선을 쓰다듬더니, 무슨 귀중품을 감정하듯이 내 눈을 오래 들여다보았다. 그러고 보니 밝게 웃는 그의 얼굴을 본 지도 오래되었다.

"선재 씨 또 예민해진 거예요?"

그는 천천히 손을 내리면서 고개를 저었다. 나는 그의 손을 다시 잡아 올리면서 장난을 쳤다.

"선재 씨한테 그날이 온 건가? 나 대신 생리하는 거 맞죠?"

그는 한참 만에 겨우 미소를 지었다. 나는 그의 눈꺼풀에 입술을 댔다. 그러고 있으면 수정체의 떨림이 고스란히 전해졌다.

"무슨 맛이 나요? 짠맛?"

"아니, 쓴맛이요. 진저리 쳐지도록 쓴."

나는 다시 그의 눈꺼풀을 핥는 시늉을 하고는 도리질을 쳤다. 그러자 그가 선수를 치며 조용히 말했다.

"인생의 쓴맛이라고 하려는 거죠? 당신은 항상 그런 농담으로 불편한 자리를 모면하려 드니까."

나는 그의 말을 못 들은 척했다. 그가 내 얼굴을 만지던 순서대로 그의 눈에서부터 콧등을 지나 인중까지 입을 맞추었다. 그리고 그의 턱을 깨물었다. 그는 낮은 비명을 토하면서 저항했다. 나를 밀어내는 듯 거리를 두고서 입을 열었다.

"인주 씨, 내가 생각하는 섹스는 몸으로 하는 게 아니에요. 몸은 일종의 도구에 지나지 않는 거죠. 상대와 나누는……."

"네, 알아요. 긍정적 텔레파시. 그러니까, 상대의 인생 전체에 대한 무조건적인 신뢰가 두 사람을 목적지까지 데려다준다?"

"사랑에 대해서 말들이 많지만, 한 인간을 유일무이한 바로 그 사람 속에서 체험하는 것이라는 말이 가장 그럴듯해요. 다른 한 사람을 그의 인격 가장 깊은 핵심까지 파악할 수 있는 유일한 방법이라는 거죠, 사랑이."

나는 그의 말에 조용히 공감했다.

"다른 사람의 인격 가장 깊은 곳까지 파악할 수 있는 유일한 방법이요? 정말, 사랑이 아니면 불가능한 일이겠네요."

자정이 되어서야 집으로 돌아왔다.

조용히 현관을 들어서니, 욕실에 불이 들어와 있었다. 욕실 안에서 쉬이, 소리가 길게 들려왔다. 나는 가방을 내려놓고 욕실 옆에 쪼그리고 앉아서 엄마보다 더 크고 길게 '쉬이' 소리를 내주었다. 발이 저려올 때쯤이 되자 겨우 소변 떨어지는 소리가 들렸다. 그제야 나는 비칠거리며 일어섰다.

메일함을 열고 보니, 선재는 '잘 자요, 내 사랑!' 이라는 한마디를 남겨놓았다. 내가 그에게 말할 차례였다.

선재 씨,

당신은 내게 뒤를 돌아보지 말라고 했어요. 뒤를 돌아보는 사람은 예외 없이 소금 기둥이 되거나 돌기둥이 되어버린다고. 그렇게 과거를 돌아보는 사람들이 우울한 감정 속으로 빠지는 거라며 나를 이끌어준 사람이잖아요.

그래서 나는 노력했어요. 내 질투의 배경을 알아냈거든요. 그리고 그 질투의 센서가 너무 민감하다는 것도 동시에 깨달았어요. 경자 아주머니 집에 달려 있던 도난 경보 장치를 떠올렸지요. 필요 이상으로 예민하게 경보음을 내면서 고객을 불안에 떨게 할 필요는 없다는 생각을 그때 했어요. 그렇게 매사에 비명을 지르지 않아도 경보 장치는 묵묵히 작동되고 있거든요.

내가 하는 사랑에도 질투의 성분은 분명히 있어요. 그러나 그 배경을 알고 있기 때문에, 쓸데없이 뒤를 돌아보다가 돌기둥이 되지는 않을 거예요.

사랑은 정말 까다로워서 도무지 예측할 수가 없어요. 무수한 유형의 얼굴을 가지고 있거든요. 언제 어떤 얼굴이 튀어나와서 우리를 울고 웃게 할지 늘 긴장하게 만들어요. 그러나 두 사람 사이의 교감이 깊어지면 상대의 다음 얼굴을 어느 정도는 예측할 수 있게 되지요. 그러나 그 교감이 누구에게나 생기는 건 아니에요. 그래서 사람들은 자극적인 것을 넘어서는, 확실한 무엇을 원해요. 당신이 말했듯이 그 것은 서로의 유사성이라고 생각해요. 우리는 정말 많은 부분에서 닮 았고, 그래서 나는 편안했어요. 그렇다고 내가 그 열정 안에서 이미 빠져나온 건 아니에요. 나는 단지 편안해지기 위해 일상으로 나가고 싶지는 않거든요. 선재 씨는 지금 그 열정 안에서 힘들다고 비명을 지르지만, 막상 거기서 빠져나간다고 해도 밖의 세상이 얼마나 팍팍 한지는 잘 알잖아요. 아무런 강박도 없이 그저 살아가기만 하는 일 이, 실은 더 어렵다는 것을요.

당신의 그 파들거리는 열정이 내게는 더할 수 없는 최음제라는 것 도 알고 있어요. 그러니 지금처럼 그 안에 있어줘요. 열정 안에 있어 도 세금은 얼마든지 낼 수 있어요. 우리 그렇게 균형을 잡아가도록 해요.

당신이 나를 특별한 존재로 여기고 완전하게 지지한다는 느낌이, 내가 살아오는 동안 상했던 온갖 자존심을 극복하게 해주었어요. 당 신 때문에 나는 이미 특별해져 있었던 거예요. 그러니까 당신이 내게 해준 표현들이 플라시보 역할을 한 셈이죠.

당신은 오늘도 손을 씻으면서 자책감에 시달렸겠지요? 선재 씨, 이제는 눈치 보면서 손 씻지 말아요. 그냥 편안하게 씻으세요. 부끄 러워하지 말고 당당하게요. 손을 씻는 게 법을 어기는 일도 아니고 누군가를 음해하는 일도 아니잖아요. 손끝에 약을 좀 바르면 괜찮아요. 우리 이제 불편하게 살지 말아요. 이제는 내가 당신 손을 닦아주고 싶어요. 하얗게 거품을 일으켜서 손목뼈와 손가락, 그리고 섬세한 융선까지 꼼꼼하게 닦아주고 싶어요.

우리 약속 하나 할까요. 당신이 손을 한 번 씻을 때마다, 내가 당신에게 한 걸음 더 성큼 다가가기로. 그러면 당신은 손을 씻지 않을 때마다, 당신에게서 나를 밀어내는 셈이 되는 거예요. 그러니까 더 자주 손을 씻으세요. 씻어야 한다는 그 강박이 어쩌면 다른 효과를 가져올지도 모르겠네요.

누군가의 말처럼 사랑에는 한 가지 법칙이 있어요. 좋아하는 사람을 행복하게 만드는 것. 그것이 법칙이에요. 그러기 위해서는 당신의 도움이 필요해요. 당신을 행복하게 해주고 싶어요.

기억은 피를 흘린다

카페는 유럽의 저택을 연상시켰다. 천장이 무척 높고 발코니를 통해 1, 2층을 구분하도록 되어 있었다. 우산 꽂이에 우산을 넣고 돌아서는데, 구석에 서 있는 비너스의 전신상이 하얗게 빛을 발했다. 비너스의 두상이 왠지 친근하게 다가왔다. 한참을 바라보다가 뒤돌아서자, 부영이 2층 발코니에서 손을 흔들고 있었다.

부영은 아래층이 내려다보이는 테이블에 앉아서 와인을 따르고 있었다. 카페 전체가 눈에 훤히 들어왔다. 자리에 앉아서 고개를 숙였더니 머리에 고였던 빗물이 또르르 흘러내렸다. 그 서늘한 느낌에 저항히듯이 나는 신경질적으로 입을 열었다.

"언제까지 이 일방적인 약속에 끌려다녀야 해요?"

부영은 내 말을 못 들은 척하면서 밝은 얼굴로 일상사를 늘어놓았다. 목소리는 침착하게 가라앉아 있지만 분위기를 위해 애쓰는 모습이 역력했다. 그는 와인을 따르고서 잔을 빙글빙글 돌려 공기와 접촉시켰다. 그리고 냄새를 맡아보더니 내게 건네주었다.

"마셔봐, 좋네."

그가 잡았던 잔의 손잡이에서 온기가 느껴졌다. 순간 내가 이런 식의 온기에 굶주린 것은 아닌가 하는 생각이 스쳐 갔다.

나를 바라보던 부영이 문득 어색한 표정을 지으며 말했다.

"오늘 아침에 세수하고 얼굴 닦다가 수건에 인쇄된 걸 봤어. '축결혼'이라고……."

그는 잠시 말을 끊고 감정을 다잡듯이 헛기침을 했다. 그리고 다시 말을 이었다.

"우리 결혼 기념 수건이었어."

말을 마치자마자 부영은 잔을 집어 들었다.

오른쪽 관자놀이에서 피를 흘리고 있는 하얀 석고상 그림을 본 적이 있다. 눈을 지그시 감고 입을 꼭 다문 채, 기억의 외상을 견디고 있었다. 그 두상은 이렇게 말하는 것 같았다. 기억은 피를 흘린다고. 아픈 기억은 물론이고, 행복했던 기억조차 어차피 그리움의 흰 피를 흘릴 수밖에 없다고 그렇게 말하는 것 같았다.

부영은 한 잔을 단숨에 마시고, 다시 잔을 채우면서 입을 열었다.

"만나는 사람 있다는 거, 알고 있어. 저번에 그 사람."

그는 미간을 모으고 입맛을 다시더니, 이번에는 단호하게 말했다.

"집으로 돌아와라."

"미안해 선배…… 이제, 그 사람이 내 집이야."

부영 앞에서 내가 이렇게 당당한 적이 있었던가. 나는 잔에 남은 것을 모두 마시고 그를 똑바로 바라보았다. 렌즈를 통해 보는 것처럼 그의 모습이 저만치 멀어져 있었다. 그가 입을 열었다가 다시 다물어버렸다. 그는 지금 변해버린 이 상황에 자신을 맞추느라 기를 쓰고 있었다. 그러다가 할 말을 정확히 찾았다는 듯 목소리에 힘을 주었다.

"인주야, 너는 나로 인해서 남자를 알았고 그때부터 내 옆에 있었어."

"마치 내 주소가, 그때부터 선배 옆이었다고 말하는 것처럼 들려요."

"언젠가는 네가 나를 떠날 것 같았어. 내가 다른 여자들에게 한 것처럼. 왠지 처음부터 그랬다고. 너는 내가 다른 여자들 앞에서 지었던 그런 무심한 표정과…… 아무튼."

부영은 차차 알게 될 것이다. 그 두려움과 어설픈 지레짐작의 정체를. 그것들이 언제 어디서든 나날이 몸피를 불리고 있다는 것을. 어느 날, 그렇게 불어난 지레짐작에 정면으로 들이받힌다는 사실까지도.

"그러면, 선배는 그 두려움 때문에 내게 함부로 대한 거예요?"

"함부로 대한 적 없어. 어쨌든 지금은 내 짐작이 맞았잖아."

"지금 선배가 하는 말은, 내가 비명을 지를까 봐 미리 꼬집었다는 거예요. 그리고 꼬집힌 내가 비명을 지르니까 시끄러워서 꼬집었다고 나를 탓하고 있잖아요."

화가 난 사람 앞에서는 '그렇지만'이라는 말을 삼가야 한다. 그러나 나는 그 단어로 말문을 열었다.

"그렇지만, 선배는 지금 같이 살자고 설득하러 온 사람 같지 않아요. 주소가 바뀌어서 배송이 잘못된 물건 찾으러 온 사람처럼 굴고 있잖아요. 사실, 나도 이렇게 말하면 안 되는 거 알아요. 그렇지만, 세상의 대화법을 모조리 무시하고 싶을 때가 있어. 특히 선배의 그런 표정을 볼 때면."

이건 내가 원하던 대화가 아니었다. 그에 대한 수상한 기억들을 모조리 끌어들여서, 그것들과 삼자대면을 하고 있는 기분이 들었다. 부영은 갑자기 미간을 넓게 만들고는 숙였던 상체를 꼿꼿이 펴더니 뒤로 물러나 앉았다. 그의 얼굴은 내가 말을 시작하기 전보다 훨씬 수척해 보였다.

잠시 후에, 부영은 두 손을 허공으로 들어 올리며 간절한 표정을 지었다.

"내가 널 얼마나 사랑했는지 알면, 네가 좀 행복했을 거야."

"선배가 내게 했던 게 사랑이라면, 이제 사양할래요."

"……."

"이제 선배를 이해하고 싶지 않아요."

어떤 사람을 이해하고 싶다는 것은, 그 사람과의 좋았던 시절로 돌아가고 싶다는 뜻이 될 수도 있다. 부영의 얼굴이 붉게 물들어가더니 눈썹에서 뺨까지 순식간에 붉어졌다.

문득, 피를 흘리고 있던 석고상이 꼭 다물었던 입술을 열면 제일 먼저 무슨 말을 할지 궁금해졌다.

분노의 껍데기

"그래요? 폭력에는 양식이 없죠. 지금 선재 씨를 잘 돌아보세요."

선재는 내가 쉬는 시간마다 정확히 전화를 걸어 왔다. 그리고 전화를 끊을 즈음이면 강도 높은 말을 해서 내 신경을 건드리곤 했다. 그가 내 관심을 끌기 위해 공격적인 말을 골라서 하고 있다는 것을 잘 알고 있었다. 그러나 그의 투정에 일일이 공감하는 일도 점점 지루해지기 시작했다.

"물고기 한 마리가 자살했어요. 안락사시키려는 나무들은 오히려 죽지도 않고 살아 있는데 말이죠⋯⋯."

"무슨 소리예요, 선재 씨?"

"아침에 일어났는데 한 놈이 보이지 않는 거예요. 혹시나 싶어서 나뭇잎을 들춰보고 소라 껍데기를 몇 바퀴 굴려봤는데도 없었어요."

"그래서 전화한 거예요? 그럼 새끼를 배고 있던 암컷은요? 배가 아주 빵빵해서 위험해 보였는데."

"그 암놈은 여기 있어요."

"그럼, 계속 물 위로 튀어 오르던 애요?"

"예, 그놈이요. 그러다 잘못 떨어질까 봐 당신이 걱정했던 그 수컷이요. 아침에 싱크대 근처에서 찾았어요."

"죽었어요?"

"한밤중에 그랬나 봐요. 바싹 말라 있었어요."

"……."

"정자는 가장 힘세고 왕성한 놈이 세상 구경을 할 수 있지만, 얘들 세상에서는 힘세고 호기심 많은 놈이 먼저 죽기도 하네요."

"선재 씨, 요즘 너무 냉소적인 거 알아요?"

"아니면, 하루 종일 사람 기다리는 게 지루해서 말라 죽기로 작정한 건지도 모르죠. 나처럼."

"집에서 하루 종일 나만 기다리는 게 아니라, 일이 있잖아요. 강사 일이 있고 원어민 통화도 규칙적으로 이어지고 있잖아요. 그리고 나를 기다렸다고 해서 그게 그토록 못 견디는 일이라고 말하는 건, 선재 씨답지 않아요."

"나는 내 공간과 직업을 모두 팽개치고 여기로 왔어요, 당신 때문에요. 그건 '나' 다운 겁니까?"

"누구 때문이라고는 말하지 말아요, 선재 씨. 우리 안에 있는 본

능은 언제나 자기 자신을 위해서 움직여요. 봉사나 희생도, 냉정하게 말하면 자기 자신을 위해서 하는 거예요. 그렇게 타인을 배려함으로써 자기가 위로받고 마음 편해지기 위해서 하는 거죠. 그렇게 하지 않으면 봉사하고픈 자신의 욕구를 충족할 수 없거든요."

"시니컬하군요. 강의 아직 안 끝났죠? 지금 잠시 얘기해도 돼요?"

"그럼, 간단하게 말하고 나중에 다시 해요."

"방금 전화 통화에서…… 그러니까 프리 토킹 하는 고객인데, 중급 이상의 실력을 가지고 있어요. 아, 지금 와인을 반병이나 마셨더니 좀 그러네요."

그는 또 취한 채 하루를 보내고 있었다. 안절부절못하면서 술잔을 들고 이리저리 움직이는 그의 모습이 바로 앞에 보이는 듯했다.

"규정상 고객들은 내가 한국인이라는 걸 모르도록 되어 있는 거 알죠? 나는 한국말을 전혀 못하는 완전한 캐내디언으로 되어 있잖아요. 고객들은 나 같은 반쪽이가 아니라 백 퍼센트 원어민을 원하기 때문이죠. 그런데 오늘 대화를 하던 중에 그 사람이 갑자기 한국말로 '한국 이름이 뭐죠?'라고 묻는 거예요. 그 순간 그냥, 숨이 딱 멈췄어요."

"그게 문제가 돼요?"

"내가 만약 한국말을 전혀 못 알아들었다면, 당장 그 사람을 따끔하게 꾸짖었어야 되는 거였어요."

"그럼, 그 사람이 적절치 못한 행동을 한 거네요. 영어만 배우면 되는데 쓸데없는 호기심을 휘두르는 거잖아요."

"난 아무래도 세상 사람들 속도에 못 따라가나 봐요."

"계속해서 술을 마시고 있어요? 선재 씨는 지금, 그 세상 속에서 최선을 다해 달리는 셈이에요."

"내 정자는 남들처럼 헤엄을 못 쳐요!"

"……?"

"난 지금 코리언이 아니에요. 그렇다고 속까지 캐내디언이 될 수도 없어요. 결국 아버지처럼 평생을 이민자로 살다가 죽을 겁니다. 아버지도 처음 그곳에 도착해서 내내 칭얼거렸어요. 그러다가 엄마 손에 이끌려 성당을 다니기 시작했습니다. 그렇게 하나님의 자식이 되면서 울음을 뚝 그친 거죠. 그렇게 된 겁니다……."

선재는 지금 나한테가 아니라, 감히 아버지의 삶을 향해서 호통을 치고 있었다. 코끝에 주독이 오르고, 늘 술에 취해 돌아오는 아버지라도 가지고 싶었던 내 앞에서 아이처럼 투정을 부리고 있는 것이다.

"휴식 시간 끝났어요, 지금 들어가봐야 해요."

"인주 씨, 그럼 부실한 내 징자와도 비폭력 대화를 시작할까요?"

요즘의 그와 대화를 지속하기에는 내공이 부족할 때가 많다. 그는 부쩍 술에 의지하고 있었고, 자주 조증 상태를 보였다. 나를 앞에 두고 있을 때는 물론이고, 편지에서조차 극단적으로 대조적인 모습을 보였다. 더없이 사랑한다고 속삭이다가도 더 이상 견딜 수 없다고 소리치는가 하면, 우리의 사랑을 지키기 위한 방법에 대해서 치밀하게 가르치기도 했다. 그런 그를 보고 있노라면 마치 천국과 지옥의 갈림길에서 이쪽저쪽으로 훈수를 두고 있는 것처럼 보일 지경이었다.

강의실로 들어오니, 필기를 하던 여성이 화이트보드를 가리키며 질문을 했다.

＊사람을 죽이는 것은, 분노의 껍데기만 표현하는 것이다.

"저 분노의 껍데기가 뭔지 모르겠어요."

"저 사람이 나를 화나게 만들었다는 생각처럼, 책임을 타인에게 돌리는 상태를 말하는데요. 예를 들어볼게요. 혹시 선생님은 최근에 화나신 적이 있으세요?"

"저는…… 예, 그러니까 약 2주 전에 자재 부서에 물건을 부탁했는데, 아직도 소식이 없어요."

"그런 일이 있었을 때, 선생님은 무엇 때문에 화가 나셨나요?"

나는 그 여성에게 분노의 원인을 말해보라고 했다.

"방금 말씀드렸잖아요. 그들이 내 부탁을 들어주지 않아서 화가 났어요!"

질문한 여성은 자극과 원인을 같은 것으로 생각함으로써, 자신을 화나게 한 것이 자재 부서의 직원이라고 스스로를 착각하게 하고 있었다.

나는 화이트보드 앞으로 가서 집 모양을 그리고서, 그 안에 방을 그려 넣었다.

"자, 이 방 안에 가스가 꽉 들어차 있다고 생각해보세요. 가스가 들어찬 방에서 성냥불을 그어대면 어떻게 될까요? 꽝. 폭발하겠지요. 그럼 그 화재는 불 때문에 일어난 것일까요? 아마도 많은 분들이 그렇게 생각하실 겁니다. 그러면 방 안에 가스라는 '원인'이 없었다면 어땠을까요? 성냥 같은 '자극'이 와도 불이 붙지 않고 피해갈 수도 있었을 겁니다."

그 가스를 어떻게 하느냐는 질문이 나왔다.

"자기 안에 들어 있는 가스라는 원인을 제쳐두고, 다른 사람을 처벌함으로써 우리의 분노를 껍데기만 표현하는 것입니다. 그러니까 가스의 성분을 살피는 일은, 곧 우리의 '욕구'를 들여다보는 일입니다."

나는 웃으며 덧붙였다.

"그러고서 재빨리 환기를 시켜야 되겠죠?"

"오늘은 연습 시간이 없습니까?"

가스를 어떻게 하느냐는 질문을 했던 남자가 다시 물었다. 나는 한 가지만 더 말씀드리고 연습 시간을 갖자고 말했다.

"다른 사람이 똑같은 행동을 했는데도, 느낌이 다를 때가 있습니다. 외부의 자극이 같은데도 당시 우리가 무엇을 원하느냐에 따라서 내 느낌이 달라지는 거죠."

나는 질문한 남자를 향해서 물었다.

"약속한 사람이 시간에 늦게 도착했을 때, 만약 선생님이 그 사람과 시간을 유용하게 쓰고자 했다면 어땠을까요?"

"아, 실망했을 것 같아요."

"그럼, 그 사람이 선생님을 무척 아낀다고 믿었다면 어떠셨을까요?"

"상처를 입을 것 같습니다."

"그러면 선생님이 한 30분 정도 혼자서 조용히 지내고 싶으셨다면, 어떤 마음이 드셨을까요?"

"그럴 땐, 아주 고마웠을 겁니다."

"그러면 상대의 행동이 나를 화나게 하는 게 아니라는 것을, 지금 선생님께서 증명해주신 겁니다."

분노를 우리 자신을 일깨우는 자명종으로 활용할 수 있다면, 그건 꽤나 쓸모 있는 일이 될 것이다.

사랑하는 당신,

술에 취해 낮 시간을 보내고 이 편지를 씁니다. 지금 내가 할 일은 이것밖에 없다는 생각에 다시 쓰기 시작합니다. 아무리 온갖 생각을 다해보아도, 이제 나는 당신을 잃고 살아갈 수 없습니다.

　모든 생각의 끝에, 당신이 내 생명처럼 귀중하다는 사실에 이를 뿐입니다. 내가 그런 혼란스러운 말을 토해낸 것도, 사실, 나 나름대로 이 힘겨운 상황에서 당신의 고통에 동참하는 방법이었습니다. 그러다가 그 동참의 방법이 불충분하고 하잘것없게 느껴져서 폭력적인 언어로 이어졌습니다. 내가 당신을 공격한 것은, 그렇게라도 하지 않으면 견딜 수 없었기 때문입니다.

　미안합니다. 진심으로 미안하게 생각합니다. 그리고 당신을 이해합니다.

　당신은, 아마도 나보다 더 완벽합니다! 내가 완벽하지 못하여 그랬습니다. 일전에도 말했지만, 지금 나는 수시로 자살 충동에 휘말립니다. 내가 이 상태에서 자살을 하는 편이 차라리 우리 사랑을 위하는 게 아닐까 하는 생각이 들기도 합니다. 이 상황에서 멀쩡히 살아 있는 나 자신이 모멸스럽게 느껴지는 것입니다. 당신이 고통을 느껴서 당신 행동에 박차를 가해, 나의 고통을 덜어주기를 바랐습니다. 내 이기적인 마음의 소산이었습니다. 앞으로는, 참고 또 참겠습니다.

아벨의 입술

강의가 끝나고서 복도에 있는 컴퓨터에 앉아 공동 메일함을 열었다.

암스트롱이 보내온 편지가 있었다. 편지 제목은 '인주가 좋아하는 표정'이었고, 이미 수신 확인이 되어 있었다. 암스트롱은 짧은 인사말과 함께 스물라치의 사진을 다섯 장이나 보내왔다. 대부분 스물라치의 이마를 찍은 사진들이었다. 앞머리를 들어 올리고 이마를 확대해서 찍은 것도 있고, 얼굴 전체를 각도별로 우습게 보이도록 포즈를 취한 것도 있었다. 내가 주책없게 터져 나오는 웃음을 겨우 참고 있을 때 낯익은 목소리가 들려왔다.

"내가 제시간에 왔나 보네."

뒤돌아보니 부영이 서 있었다. 그의 어깨가 비에 젖어 있었다.

"나가자."

부영은 내게 꼭 할 말이 있다면서 억지로 순두부집으로 끌고 갔다.

순두부가 나오자, 부영은 수저로 내 뚝배기를 한번 휘저어주고는 먹기 시작했다. 나는 아무 생각 없이 순두부 한 숟가락을 떠서 삼켰다. 뜨거운 덩어리가 식도를 넘어가는 느낌까지는 참을 수 있었는데, 그 이후로 점점 더 뜨거워서 견딜 수 없는 지경이 되었다. 그러다 왈칵 눈물이 쏟아졌다. 부영이 놀란 얼굴로 물었다.

"내가 지금 잘못했니?"

나는 고개를 가로저었다.

"말을 해. 가슴이 철렁했잖아."

"순두부가 너무 뜨거워서, 그 사람 같아서."

나는 수저를 놓고 눈물을 닦으며 다시 말했다.

"너무 뜨겁고 아픈데, 꺼낼 수도 없고……."

부영은 딱 소리가 나도록 수저를 내려놓았다.

"그러고 보니, 너한테 아주 잔인한 면이 있었어."

"선배, 나도 그 기분 잘 알아. 어떤 느낌인지."

"네가 이 기분을 안다고? 체스 게임이나 장기판에서도 절대로 움직이지 말아야 할 패가 있는 거야. 넌 지금 그런 걸 함부로 쓰고 있어. 어쨌든 난 아직 너 놔줄 준비 안 됐어."

"그래 선배, 절대 움직이지 말아야 할 패가 있어. 그런데도 그 패를 움직일 때는 두 가지 이유에서일 거예요."

"······."

"기적을 바라거나 그 판을 뒤엎어버리고 싶을 때······."

"미치겠네. 널 처음 여자로 알게 됐을 때도 넌 날 이렇게 뒤흔들었어. 내가 준비되면 그때 보내줄게. 이렇게는 안 돼. 내가 미칠 거라고."

"선배는 오래 미치기엔 너무 건강한 사람이야."

"그래? 난 건강한 카인이다. 여자들은 아벨이 아니라 카인과 놀아나길 원해. 왜 넌 아니냐고?"

"그 여자들도 상처받으면 울면서 아벨의 품으로 돌아가잖아."

"상처 때문에 캐릭터 뒤로 숨는 거야. 너 미술사 공부 안 했지? 넌 내게 받은 상처 때문에 그 남자 뒤에 숨는 거라고. 정신 차려, 서인주."

"사랑에 빠진 사람에게 정신 차리라는 말이 가당키나 해요? 술은 부주의하기 위해 마시는 거라고 했잖아요."

"서인주, 이제 보니 상당히 논리적이구나?"

"비웃는 건 위트가 아니야, 선배. 그리고 이 아벨한테는 숨을 만큼 여유 있는 가슴이 없어. 내가 그를 보살펴야 할 차례 같아요. 그 사람은 이제 신에게 올리는 기도문조차 잊었어요."

"넌 아직, 법적으로 내 아내라는 사실 잊지 마!"

대화법에 따르면 '위협적인 표현 뒤에는, 단지 자신의 필요를 채우고자 호소하는 사람이 있을 뿐'이라고 했다. 부영은 언제나 그런 식으로 호소했다.

여전히 비가 내리고 있었다. 선재는 특별한 저녁을 만들겠다는
메시지를 보내왔었는데, 지금은 전화를 받지 않았다. 나는 그의 집
으로 향하면서 계속 전화를 걸었다. 20분 뒤에 선재의 휴대폰으로
전화를 받은 사람은, 자신을 중학교 동창이라고 소개했다.

"지금 바에 들어와 있는데요, 선재가 많이 취해 있습니다."

나는 바의 주소를 물어 내비게이션 검색창에 입력했다. 선재의
집과는 완전히 반대쪽에 위치해 있었다. 내비게이션은 40분이 걸
린다고 했지만, 한 시간이 지나서야 바 앞에 주차할 수 있었다.

지하에 위치한 바는 생각보다 넓은 공간이었다. 재즈 음악이 흐
르고 있었고 무척 시끄러웠다. 텁텁한 공기가 얼굴에 들러붙는 것
같아 나도 모르게 미간이 좁아졌다. 선재는 금방 눈에 띄었다. 취
객들의 시선이 거의 그에게로 향해 있었다.

그는 라이브 무대 앞의 빈 공간에서 혼자 춤을 추고 있었다. 음
악에 맞춰 흐느적거리면서 자신에게 심취해 있었다. 예전에 하던
퍼포먼스처럼 사람들의 시선이 흐트러질 즈음이면, 발을 굴러서
박자를 맞추고 다시 사람들의 시선을 끌었다. 얼굴에 분장을 하지
않았을 뿐, 그는 지금 하버센터 앞에서 마약 퇴치 모금을 할 때와
조금도 다르지 않았다. 그의 와이셔츠 등 부분이 땀에 젖어서인지
다른 색으로 보였다.

나는 그와 동행으로 보이는 테이블을 찾아서 주변으로 눈을 돌렸다. 그리고 놀라운 것을 발견했다. 불타는 마꼬의 머리. 분명 마꼬였다. 그녀는 무대로부터 두 번째 라인의 동그란 테이블에 앉아 춤추는 선재에게서 눈을 떼지 않았다. 만질 수도, 가질 수도 없는 것을 바라보는 그녀의 얼굴은 의외로 편안해 보였다. 나도 모르게 쫓기듯이 그 자리를 떠나 밖으로 나왔다. 내가 나타나 보란 듯이 선재를 데려오는 것은 마꼬에게 잔인한 일이 될 터였다. 나는 다시 선재의 휴대폰으로 전화를 걸어 그의 동창에게 사정을 설명했다.

잠시 후 선재는 동창 손에 이끌려 나오더니, 한동안 비를 맞고 서 있었다. 그리고 조용히 내 차에 올랐다. 화난 얼굴을 보니, 그다지 취한 것 같지는 않았다.

"괜찮아요?"

"괜찮지 않으면요? 술에 취한 게 아닙니다. 그냥 이것저것……."

그는 집에 도착할 때까지 더 이상 아무 말도 하지 않았다.

선재의 집은 베란다까지 집 안 전체에 불이 켜져 있었다. 먼저 들어간 그는 내가 들어서는데도 소파에 앉아 베란다 쪽만 바라보고 있었다. 나는 창문을 타고 흘러내리는 빗줄기를 바라보면서 일부러 목소리를 높였다.

"이런 비는 처음이에요. 다 쓸려갈 것 같아요."

그의 옆얼굴은 변함없이 단단하게 굳어 있었다. 그는 잠깐 고개를 틀어 나를 바라본 후 다시 본래의 자세로 돌아갔다. 나는 강의를 할 때마다, 상대의 침묵 뒤에 숨겨진 느낌과 욕구에 귀를 기울임으로써 공감하라고 말한다. 그런데 정작 일상으로 돌아오면 그 문법을 잊고 살 때가 많다.

그의 침묵이 불편해지기 시작했을 때, 그가 격앙된 목소리로 입을 열었다.

"나는 다른 남자들처럼 '아름다운 이졸데'를 꿈꾸지 않았어요. 그건 일종의 판타지니까요. '흰 손의 이졸데'를 거부하고서 비극으로 끝나는 드라마는 원치 않는다고요. 내가 원하는 건 흰 손의 이졸데예요. 이상과 환상이 아닌 피와 살이 느껴지는 존재요, 같이 아프고 깨지면서 울고, 웃고, 뒹굴 수 있는 살아 있는 존재를 원한다고요."

내가 결혼에서 원했던 것을 선재도 원하고 있었다. 그냥 그의 욕구에 공감해주면 되는 일이었다. 그러나 나는 내 욕구의 바닥에 있던 형체도 분명하지 않은 어떤 것을 끄집어내어 그에게 디밀었다. 마치 그의 원죄에 대한 단서라도 되는 양.

"내 기질이 아닌 건, 어떤 것도 요구하지 않겠다고 말했어요. 그것도 선재 씨가 여기 땅을 밟던 날, 내게 그 말을 했어요."

"젠장……."

선재의 입에서 그 말이 신음처럼 새어 나왔다. 그 순간 눈앞으로 번개 같은 섬광이 지나갔다. 피뢰침이 되어 나를 보호하겠다는 그의 간지러운 속삭임도 떠올랐다. 그러나 지금은 붉은 등을 껌뻑거리는 저 선재라는 피뢰침이 오히려 번개보다 두렵고 성가시게 여겨졌다.

유독 이번뿐만은 아니었다. 그는 내 모든 시간에 대해 궁금하고 못견디겠다는 말을 서슴없이 하면서 자주 폭발했다. 폭발이 다른 폭발을 불러왔다. 그의 뇌관은 내 일거수일투족이었다. 문득 이런 시간을 견디는 게 부질없다는 생각이 고개를 들더니, 급기야 더 이상은 견딜 수 없다는 데까지 감정이 나아갔다. 나도 모르게 도리질을 쳤다.

그가 다시 뾰족한 말을 던졌다.

"누굴 만나면, 미리미리 전화 좀 해주면 안 되는 겁니까? 당신 위해 준비했던 음식과 시간들은 아무것도 아닌 거예요? 꼭 이런 식으로 나를 비참하게 만들어야 합니까? 이렇게 화를 내고, 애원하고, 빌면서 매달려야 당신 직성이 풀리는 거냐고요?"

선재는 그 말을 퍼붓고는 널브러지듯이 소파에 기대었다.

나도 모르게 중얼거리듯이 내뱉었다.

"차라리 가변 차선이 낫겠어요. 그건 차량이 많은 방향으로 차선을 열어주는 융통성을 발휘할 줄 아니까요."

나는 순간적으로 부영의 융통성을 그리워하고 있었다. 부영이 내게 직접적으로 명령을 내렸다면, 선재는 은근한 회유와 협박을 사용하고 있다는 생각마저 들었다.

관계 중독자인 나는, 이제 내가 어떻게 움직이게 될지를 잘 알고 있다. 무의식적으로 선재의 저 말에 휘둘리게 될 거라는 걸. 갈등을 애초에 차단하기 위해 모든 시간을 조절하느라 안절부절못하게 될 터이고, 그러다가 결국은 그를 떠나는 꿈을 꾸게 될 것이다. 그런 식으로 이 관계에 균열이 일어날 것이다. 어느새 나는 새로 사 온 옷을 들고서 당황하는 심정이 되어버렸다.

"옷을 사가지고 돌아와서 옷장 문을 열어보고 후회할 때가 있어요. 예전의 것과 같은 색, 같은 스타일의 옷을 사 온 경우가 많았거든요. 생각해보니 거의 그랬어요. 이성에 대한 취향도 어느 정도는 마찬가지라는 비관이 드네요."

선재는 소파에서 등을 떼고 내 쪽을 바라봤다.

"그래서 어느 날, 내 딴에는 완전히 다른 옷을 골라보는 거예요. 그런데 예전의 것과는 전혀 다른 독특함 때문에 골라온 옷이 말이죠? 실은 그 독특함 때문에 실망을 줄 때, 제대로 입지도 못 하고 쩔쩔매게 될 때, 지금처럼 참 막막해져요."

나는 그렇게 내뱉고는 버릇대로 입술을 잘근잘근 깨물었다. 그가 벌떡 일어나더니 현관 쪽으로 달려 나왔다. 그리고 내 얼굴에 뺨을 비벼댔다.

"미안해요. 말이 계속 엇나가요. 미안해요."

그는 사랑한다는 말이나 미안하다는 말을 잘하는 사람이다. 그래서 가끔 그가 말하는 사랑조차 의심스러울 때가 있다. 그가 구사하는 언어의 부드러움에 감탄했던 것이 언제 적인지 까마득했다. 아무렇게나 자라난 그의 턱수염 때문에 광대뼈가 쓰리고 얼굴이

횟횟하게 달아올랐다. 나는 슬며시 그의 얼굴을 밀어내면서 등을 두드려주었다.

식탁 위에 놓인 와인잔과 접시가 눈에 들어왔다. 언제 따라놓았는지 잔에는 와인이 담겨 있었고 접시에는 치즈와 살라미, 그리고 장식처럼 올리브가 몇 알 놓여 있었다. 나는 올리브 한 알을 입안에 넣었다. 그리고 한 알을 더 집어 든 다음 잔을 들고서 베란다로 나갔다.

밖이 어두워서 숲은 보이지 않았다. 다만 잔을 들고 있는 내가 인화하기 전의 네거필름처럼 유리창 위에 오롯이 떠올랐다. 장미 엑스레이처럼 내 안의 어떤 가시도 보이지 않았다. 그가 살며시 등 뒤로 다가와 내 눈을 가리고서 물었다.

"당신은 정말, 누구지?"

나는 대답 대신 와인을 한 모금 삼키고는 혀끝을 입천장에 대고 동그랗게 원을 그렸다. 매지근한 맛이 감돌다가 슬쩍 사라지자, 탄닌의 떫은맛이 입천장에 눅진하게 들러붙었다. 혀의 돌기들이 그 떫은맛에 저항하느라 뻣뻣하게 일어섰다. 고통을 발효시키면 이런 맛이 날까. 어쩌면 이 떫은맛을 음미하려고 서둘러 사랑을 시작했는지도 모른다. 나는 뒤돌아서서 들고 있던 올리브와 손가락을 그의 입안으로 밀어 넣었다.

"춤추고 싶어요, 그때처럼."

선재와의 전쟁을 치르고 자정이 지나서야 집에 도착했다.

조용히 현관을 들어서는데 어디선가 코 고는 소리가 들려왔다. 익숙한 소리였다. 어둠에 익숙해지자 거실 전체가 눈에 들어왔다. 코 고는 소리는 거실 바닥에 널어놓은 젖은 옷가지 사이에서 들려오는 것이었다. 부영이 내는 소리였다. 그는 술 냄새를 풍기며 젖은 빨래들 틈에서 후줄근하게 잠들어 있었다.

소유와 애증. 아마도 부영이 내게 가지고 있는 정확한 감정일 것이다. 그 두 극단 사이를 끊임없이 진동하는 상태를 우리는 사랑이라 착각하기도 하니까. 부영도 나처럼 그 착각 속에서 길을 잃었을지 모른다. 그 속에서 나오는 길은 멀고도 험할 것이다.

나는 조용히 씻고 들어와 메일함을 열었다. 선재는 내가 집으로 달려오는 사이에 벌써 편지를 써놓았다.

나를 이해할 수 있겠지요? 좀 전에 당신은 나를 이해한다고 말했습니다. 그 말에 내가 얼마나 고마움을 느꼈는지 알아주기 바랍니다. 이제 그런 혼란을 겪고 나서 냉철하고 강한 모습으로 돌아가는 것, 그것이 수순이었습니다. 앞으로 그동안 혼란스러웠던 만큼 강해지겠습니다. 당신을 믿고 모든 것을 당신에게 맡기겠습니다. 내 생명까지 당신에게 넘겨주겠습니다.

지금 이 순간, 당신 웃음소리를 다시 듣고 싶은 욕망에 머릿속이 타들어갑니다. 부디 빨리 졸음이 와서 당신 웃음소리를 환청처럼 들으며 잠들고 싶습니다. 그런데, 술기운이 밀려와도 잠을 잘 수는 없을 듯합니다. 도대체 얼마나 더 술을 마셔야 잘 수 있을까. 아니, 잠들지 못하는 고통도 그리 대수로울 게 없습니다. 고통이여 와라, 이제 나는 그렇게 생각합니다.

고통을 피하기 위해 유치한 행동을 벌였으니, 이제 나는 고통과 더불어 강해질 것입니다. 내가 얼마나 고통스러웠으면 차라리 당신을 놓아버리고 싶었겠습니까. 자학적이고 가학적인 행동까지 했겠습니까. 나는 그런 내가 차라리 자랑스럽습니다. 이게 진정한 사랑이구나, 그렇게 느낍니다.

이제 그 실체를 느꼈으니, 그 사랑을 완성하겠습니다. 너무도 놀라운 경험에 혼란스러웠던 것은 당연한 일이니, 이제 다음 단계로 그 경이로움을 지키기 위해 최선을 다하겠습니다. 당신이 한없이 고맙습니다. 나는 마침내 이 삶에서 구원을 받았습니다. 이제 나는 다시 태어났습니다.

선재의 말대로 내가 그를 사랑하지 않는 것일까. 아니면, 사랑을 하면서도 무자비하지 못한 것일까. 그렇다면 자연의 법칙에 어긋나는지도 모른다. 그의 편지를 읽고 나면 내가 그를 객관적으로 바라보고 있다는 사실을 깨닫는다. 그의 혼란과 욕망, 환청과 고통마저도 그저 물끄러미 바라본다는 것을 알았다. 저렇듯 감격에 겨운 그의 문장들이 조증 상태에서 쓰인 것은 아닐까 하는 회의가 불현듯 찾아오기도 하는 것이다.

부메랑

"난 당신 때문에 병들었어."

"내가 무슨 바이러스인 것처럼 말하는군요."

남녀가 싸우다보면, 어느덧 본질은 멀리 던져버리고 전혀 다른 이유로 새로운 언쟁에 휘말릴 때가 있다. 그러고는 서로에게 비난의 돌을 던지면서 상처 입히기에 열중하는 것이다. 상대가 던진 돌이 날아오자마자, 주위를 돌아보며 그보다 더 뾰족한 돌을 찾아 던지기를 거듭한다. 선재는 다시 날카로운 돌을 찾아 내게로 던졌다.

"당신 남편 같은 사람은, 세상과 톱니바퀴처럼 맞물리는 인간이라고요. 당신 때문에 그가 포기한 건 아무것도 없다는 걸, 아직도 몰라요?"

입술의 용도가 저토록 다양하다는 사실이 원망스럽다. 택시를 잡다 말고 달려와 입술을 물어뜯으며 사랑한다고 말하던 저 입으로, 지금은 내 급소를 물어뜯고 있는 것이다.

"인주 씨, 관계를 가지고 홍정하는 게 아닙니다. 당신은 처음부터 홍정을 했어요. 저쪽을 놓으면 내게 올 것처럼 그랬다고요. 왜요? 이젠 그 사람 대신 나를 헐값에 내놓겠다는 겁니까?"

나는 소파에 무너지듯 주저앉았다. 그리고 한숨을 길게 내쉰 다음에 조용히 입을 열었다.

"건너갈 징검다리를 확보해야만 디디고 있던 곳에서 발을 떼는 식은, 내 남편이 하는 방식이죠. 나는 자존심 때문에라도 그냥 물에 빠지는 쪽을 선택하는 사람이에요. 바위에 부딪치고 물살에 떠밀리면서 진심으로 과거를 음미할 수 있거든요. 당장 아프지 않기 위해 다음의 상대를 정해놓고서 이별을 하는 사람들은, 그런 막다른 삶의 철학을 영원히 모르겠죠. 하지만, 난 이미 알아요. 그리고 지금도, 아니, 선재 씨를 만나기 전까지 계속 부딪치면서 표류 중이었어요. 자, 그럼, 이제 나가도 되겠죠?"

내가 벌떡 일어서자, 그는 현관으로 성큼 걸어 나가서 미리 내 앞을 막아섰다. 그리고 숨을 크게 들이마시더니 말했다.

"당신은 중독됐어요!"

"알아듣게 말해요, 예전처럼."

그는 입을 벙긋하려다가 말았다. 그리고 골몰하는 표정으로 한참을 서 있더니 겨우 입을 열었다.

"당신이 가지고 있던 수면제, 그거 뭔지 알아요?"

"수면제는 이제 먹지 않아요."

"난 진작 알고 있었어요, 그건 수면제가 아니라 항우울제예요. 나도 한동안 그 약을 처방받았거든요."

"무슨 소리예요? 난 그걸 먹고 잠들었어요."

"잠들었겠죠. 그걸 먹으면 무기력해져서 나도 용량을 반으로 줄였으니까요."

"설마 그 사람이 두 번씩이나 그럴 리가…… 악의가 아니라면 그럴 리가 없어요."

나는 중얼거리며 생각에 빠져들었다. 그는 변해버린 내 표정에는 아랑곳없이 하던 말을 계속하고 있었다.

"당시에 우울증 관련해서 정액 테스트를 받았어요. 덕분에 내 정자 운동량이 20퍼센트밖에 안 된다는 걸 알게 됐지만."

"……."

"암튼, 잠을 푹 자는 게 아니라 늘어지는 겁니다. 당신 남편이 갖다준 건, 수면제가, 아니에요."

그는 '아니에요'를 힘주어 발음하고는 잠잠해졌다.

다리가 저려왔다. 어차피 수면제는 더 이상 먹지 않는다. 그것이 수면제가 아니라는 사실은 몰라도 상관이 없었다. 모르고 살아도 되는 것을 알게 되었을 때, 아니, 차라리 평생 모르고 사는 것이 더 위안이 되는 사실을 알게 되었을 때에는 그 사실을 알려준 대상에게 더 큰 분노의 화살이 날아갈 수 있다.

식탁 의자를 끌어내어 앉으려는데, 장식장 안에 놓인 유리병이 보였다. 그의 DNA는 여전히 까맣게 빛나고 있었다. 나는 장식장에서 유리병을 꺼내어 그를 향해 던졌다. 그는 얼결에 유리병을 받아 들고 뚜껑을 열었다. 그리고 한참을 들여다보더니 어눌한 표정으로 물었다.

"무슨 뜻인지 모르겠어요. 이게 뭐예요?"

"당신 머리카락."

"그게 왜 여기 들었어요……."

그는 유리병을 들여다보다가 거칠게 뚜껑을 닫고 달려와서는 내 입술을 깨물었다.

"다시 그 사람에게 돌아갈 거예요?"

그는 나를 열기 위해 애를 쓰지만, 내 입은 열리지 않았다. 나는 그를 조용히 밀어내고, 내가 밀어낼수록 그는 훨씬 더 강하게 끌어당겼다. 그에 대한 사랑 때문이 아니라 오로지 숨이 막혀서 신음이 나왔다. 나는 양손을 늘어뜨린 채, 그가 지칠 때까지 기다렸다.

불같은 사랑, 그게 나를 태웁니다. 다시금, 차라리 죽고 싶다는 충동에 휘말립니다. 그러니 내가 무슨 짓인들 못 하겠습니까. 내가 당신을 갈가리 찢어놓는 짓, 그 짓인들 왜 못 하겠습니까. 그래서 그랬습니다. 하지만 이제 참고 또 참겠습니다. 그러나 오늘 이 밤에만은, 내 마음속에 있는 모든 말을 털어놓겠습니다. 그러고 나서, 당신이 원하는 나로 돌아가겠습니다. 적어도 오늘까지는 술만이 나의 구원입니다. 내내 술에 취해 있는 나를 거울에 비춰보면, 나 자신도 내 모습에 소름이 끼칩니다.

당신이 남편 얘기를 할 때, 나는 미치는 줄 알았습니다. 그가 당신을 편히 보내줄 준비가 될 때까지 기다려주는 것이 예의라고 말하는 당신 입을 찢어버리고 싶었습니다. 지금 생각하니 난 정말로 미친 건지도 모릅니다. 또 지금 생각하니 당신이 말하는 그런 예의를 이해할 수도 있습니다. 어쩌면 나는 당신이 그런 사람이어서 이토록 사랑하는지도 모를 일입니다. 물론 압니다. 당신이 나를 불안한 눈으로 바라본다는 것을 잘 알고 있습니다.

사랑하는 당신, 나를 놓지 말아주기 바랍니다. 내일부터 나는 다시 강한 인간으로 돌아가겠습니다. 당신이 내게 언제든 완전히 기대고 의지하게 하겠습니다. 나는 당신으로 인해 난생처음 이런 사랑이 존재한다는 것을 깨달았습니다.

이런 사랑이 존재하리라고는 상상조차 하지 못했습니다. 내 온갖 과도한 행동도 너무 큰 감정으로 인해 지독한 혼란 속으로 빠졌기 때문입니다. 당신이 나를 조금이나마 옆으로 밀어놓을까 그것이 두렵습니다.

아침이 오면 나는 다시 태어날 것입니다. 평온한 나 자신을 되찾겠습니다. 이 엄청난 지옥 속에서 고통이 찾아드는 그 꼴을 객관적으로 지켜보겠습니다. 나로서도 어쩔 수 없었습니다. 훗날 돌이켜보면,

아마도 나는 내가 오늘까지 당신에게 보여준 내 모습에 자랑스러움을 느낄 것입니다. 고통스러워서 이토록 혼란스럽지 않았다면, 오히려 그 점을 부끄러워할지도 모를 일입니다.

부영에게 전화를 걸었다. 머리로는 대화법에 근거한 대화를 원했지만, 무조건적으로 부영의 욕구에 귀를 기울이기에는 그가 너무 얄미웠다. 해맑은 음성으로 전화를 받는 부영에게 나는 거칠게 으르렁거렸다.

"딱 한마디만 물어볼게. 선배에게 나는 임상 실험용이었어? 결국 선배와 살았던 그 공간이 임상 실험용 짐승을 가두는 우리였던 거냐고?"

"무슨 소리니?"

"집에 들어가서 싱크대 열어봐. 왼쪽 맨 위 칸."

"무슨 소리냐고?"

"돌이켜보니, 나는 너무 자주 넘어졌어. 왜 그랬을까. 욕실 미닫이문에 부딪쳐서 수도 없이 멍이 들었고, 그러다가 그 문이 떨어져 내리는 바람에 고무 패킹을 새로 달아야 했지. 그래, 오전에는 몸을 가누기가 힘든 적도 있었어. 게다가 발음이 불분명해서 당황하는 나에게 선배는 핀잔을 주었지. 그런데도 내게 끊임없이 약을 투여한 거야."

"……."

"그런 거야? 당시 베란다 너머로 보이는 달이 얼마나 허옇게 질려 있었는지 선밴 몰라. 나는 내가 자주 몸살을 앓는 탓이라고 생각했어. 그래서 내 눈에는 달도 앓고 있는 중이라고 위로했다고."

"인주야, 어쩌다보니까 여기까지 온 거야. 그래도 그 약 덕분에 그만큼 지낸 거잖아."

"난 항우울제는 한 알도 안 먹었어. 나중에 가져온 수면제에만 의지했어. 그런데 그게 같은 약이었다는 거잖아, 고의였어?"

"인주야."

"그래, 이만큼 살아온 게 무언가의 덕을 본 거라면, 대화법 덕분이었어. 그건 부작용이 전혀 없었어."

부영은 기다리고 있었다는 듯 태연하게 대답했다.

"그럼 됐잖아?"

"분노한 사람 앞에서, 단절의 그 한마디로 뻔뻔스럽게 되물을 수 있는 것도 선배 장점 중 하나지."

"그럼 된 거잖아?"

"왜, 날 찾으러 밴쿠버까지 왔어? 임상 실험용 인간이, 갇혀 있던 우리 속을 탈출해서 화가 났던 거야? 그래서 다시 날 찾으러 왔던 거야? 선배 말처럼 절망 때문에 죽었다던, 3700피트 상공에서 죽은 그 남자 생각이 나네. 선밴 내가 죽어도, 아내의 사인은 분노 때문이라고 말할 사람이야. 선배의 임상 실험 대상들은 그렇게 분노와 절망으로……"

"그만해. 더 이상 못 들어주겠다."

"선배야말로, 그만했어야 했어."

나는 머릿속으로 온갖 끔찍한 형용사와 조사를 조합해보면서 부영에게 상처가 될 만한 단어들을 한참이나 찾았다. 그에게 던질 돌멩이를 찾아 씩씩거리다가 겨우 뾰족한 돌을 찾아서 손에 든 순간, 망설임이 찾아왔다. 어차피 그는 이 돌에 맞아도 꿈쩍하지 않을 것이고, 그 돌은 다시 부메랑이 되어 나를 향해 직선으로 날아올 것이었다. 그때는 훨씬 더 가속이 붙어서 나는 지금보다 더 많은 피를 흘리겠지. 어느새 나는 들고 있던 돌멩이를 슬그머니 내려놓았다.

"이제 내 위령제도 지내야겠네."

나는 그 말을 남기고 전화를 끊었다. 부영은 다시 전화를 걸어왔다. 휴대폰은 진동과 소리를 동시에 냈다. 휴대폰이 왈츠에 맞춰 춤을 추는 것 같았다.

위령제

차에 올라 숨을 몰아쉬면서 시동을 걸었다. 한 번, 두 번. 시동이 걸리지 않자 정신을 집중하고 계기판을 노려보았다. 강의 도중에 내가 했던 말이 메아리처럼 들려왔다.

'분노는 자신을 일깨우는 신호로 활용해야 합니다. 화를 내는 건, 우리의 힘을 남을 처벌하는 데에 써버리는 것입니다.'

계기판에서는 아무것도 읽을 수 없었다. 그다음에는 사이드 브레이크를 들었다 내리면서 기어를 살펴보았다. 기어가 드라이브 상태에 놓여 있었다. 아마도 주차 라인에 들어서자마자 그 상태에서 시동을 꺼버린 모양이었다.

어디든 달릴 수 있는 곳으로, 좀 더 넓은 도로를 찾아서 달렸다. 고속도로로 들어서자 가속 페달에 더 힘을 주어 속력을 높였다. 내 비게이션의 안내 방송이 경고를 보내왔다.

"7백 미터 앞에서 제한 속도 백 킬로미터입니다."

나는 가속 페달을 더 힘주어 밟았다. 이대로 미친 듯이 달리다보면 내 삶에 또 다른 스티커가 날아들지도 모른다. 거주지를 어디로 옮기든 간에, 지금의 과속이 저지를 뻔했던 모든 사건에 대한 책임을 청구서로 받아보게 될 것이다. 생각 없이 던진 말 한마디가 바이러스처럼 공기 속으로 번져나가 치명상을 입히듯이, 이 과속에 의해 벌어질 수 있었던 모든 가능성에 대해서도 나는 발뺌할 수 없을 것이다.

속도를 줄이라고 안내 방송의 여자가 다급하게 말했다.

"3백 미터 앞에서, 제한 속도 백 킬로미터입니다."

경고음이 땡땡 울리기 시작했다. 내 안에서는 또 다른 경고음이 아득하게 울려왔다. 그리고 그 경고음은 아까부터 울리고 있는 전화벨 소리로 대체되었다. 부영이었다.

부영은 자동응답으로 두 번에 걸쳐 음성 메시지를 남겼다.

"인주야, 제발 내 애기 좀 들어봐. 후우, 정말 힘들다. 이렇게 고백을 하게 되네. 꼭 화만 낼 일이 아니다. 네 상태는 네가 알고 있는 것보다 훨씬 심각했어. 그나마 그렇게라도 하지 않았으면 넌 지금쯤 사회생활 힘들었을지도 몰라. 누구보다 내가 너를 잘 안다. 난 지금도 네 모습이 눈에 선해. 어느 날 너는 친구들과 깔깔대며 웃고 있었어. 그건 드문 일이었어, 그런 모습을 본다는 건…… 갑자기 웃음을 그친 넌 곧 다른 얼굴이 되더니 산만하게 주위를 둘러

보았어. 그때 네 얼굴은…… 그래, 빠르게 시들어가는 장미 같았
어. 이런 표현 말고는 아직도 적절한 게 떠오르지 않아. 참 인상
적……"

한 개의 메시지는 거기에서 끊겼다. 두 번째 메시지에서 부영의
목소리는 많이 가라앉아 있었다.

"그때는 그런 게 사랑인지 몰랐다. 요즘 돌이켜보니 내가 너를
진작부터 사랑했다는 걸 깨달았어. 물론, 그래 미안하다. 난 사랑
한다거나 미안하다는 말을 잘 못해. 진짜. 선천적으로 이렇게 타고
난 건지, 아니면 그런 말에 거부감을 가지는 건지 나도 잘 모르겠
다. 그렇다고 내가 너를 사랑하지 않는 건 아니잖아. 그런 말을 입
밖에 내지 않았다고 해서 그런 감정이 변하는 것도 아니고. 그리고
약은 그래. 먹지 않고 힘들게 사는 것보다는 먹는 게 낫다고 생각
했어. 그리고 나는 너를 계속 살펴봤어. 물론 때를 봐서 약을 그만
주려고 했지. 그러다가 여기까지 오게 된 거야. 제발, 전화는 받았
으면 좋겠다. 네게 밥상을 한번 차려주고 싶었어…… 우리가 살던
집에서, 부탁이다."

부영의 음성 메시지를 듣고 있을 때, 선재로부터 문자 메시지가
연이어 들어왔다.

— 미안해요사실마꼬가한국에들어와있어요.

— 인주씨를만나고싶어했어요.

잊고 있었던 목 안의 덩어리가 묵직하게 자신의 존재를 알려왔

다. 목을 감싸 쥐고 헛기침을 두 차례 해보았다. 나는 주변을 살피면서 갓길이 나올 때까지 달렸다. 그렇게 몇 킬로를 더 달려가서야 갓길이 나타났다.

갓길에 들어서자마자 차에서 내려 헛기침을 하기 시작했다. 이 물감을 떨치려고 칵칵거리면서 인후 부분에 강한 충격을 몇 차례 주었다. 오히려 불쾌한 느낌이 더 커졌다. 뱉어지지 않으니 삼켜보려고 애를 썼지만 부질없었다. 뱉어지지도 삼켜지지도 않았다. 정확히 지금의 내 처지 같았다.

한약을 먹고 마음을 달래면 매핵기라는 이 덩어리가 녹아내린다고 말하던 한의사의 말이 떠올랐다. 기spirits의 덩어리가 뭉쳐서 목에 걸린 것이니, 그렇게 다스려야 한다는 것이었다. 어떻게, 몸을 막고 있는 정신의 기를 약으로 녹일 수 있다는 것인지 알 수 없었다. 엑스레이를 찍어도 나오지 않는 기의 덩어리라니? 그렇다면 장미의 가시도 그렇게 해서 생겨난 건 아닐까.

게릴라처럼 덮쳐오는 목 안의 근지러움을 잠재우기 위해 찬 공기를 연거푸 들이마셨다. 숨을 크게 들이마신 다음 헛기침을 해보았다. 너무 힘을 준 탓에 눈물이 올라왔다. 나는 눈물이 그렁해진 눈으로 급하게 내달리는 차들을 바라보았다. 달려오던 자동차의 불빛이 아래위로 흔들리더니, 로데오에 나온 황소처럼 날뛰기 시작했다. 나는 휘청거리며 뒤로 한 걸음 물러섰다. 두 개씩 달려 있는 자동차의 전조등이 네 개로 늘어나고, 다시 여덟 개로 늘어나더니 야간 경기장의 조명처럼 일제히 불어났다. 너무 환해서 앞이 보이지 않았다.

다리에서 힘이 빠져나가는 것이 역력히 느껴졌다. 메슥거리는 속을 달래느라 바닥에 침을 뱉었다. 침이 입술 끝에 끈적하게 매달려 떨어지지 않았다. 한 번 더 입술을 모으고 힘주어 침을 뱉었다. 침은 다시 입술 끝에 느른하게 매달렸다.

휴대폰을 주머니에 넣고 손바닥으로 입가를 훔치다가 문득 바닥을 내려다보았다. 대형 트럭의 길고 긴 경적이 들려왔다. 그 순간 바닥이 너무 가까이 와 있다는 걸 깨달았다. 시멘트 바닥은 상상했던 것보다는 훨씬 부드러웠다. 경적 소리가 아득하게 멀어지면서 귓가에 바람 소리가 들어찼다. 바람은 꽤 오래 머물렀다. 문득 엄마의 얼굴이 그 바람 속을 헤치고 들어섰다. 웬일일까. 나는 눈을 비비며 엄마를 바라보았다. 다시 바람 소리가 들려오고 몸이 떨렸다. 바람 소리에 섞여서 귀에 익은 왈츠가 들려왔다. 그리고 떨림이 계속되었다. 그것이 휴대폰의 진동과 벨 소리라는 것을 깨닫기까지는 수초의 시간이 걸렸다.

휴대폰을 꺼내고 보니 화면에 '엄마'라고 떠 있다. 엄마는 여간해서 전화를 하지 않는 사람이다. 받으려는 찰나에 전화가 끊어졌다. 주위는 어두웠고 나는 시멘트 바닥에 누워 있었다. 고개를 돌려보니 내 차는 여전히 비상등을 깜빡거리고 있었다. 무릎과 어깨에 묵직한 통증이 몰려왔다. 다시 왈츠가 들려왔다. 폴더를 열자마자 엄마의 목소리가 서둘러 튀어나왔다.

"부영이가 전화했더라."

엄마는 전화를 끊기 전에 경고하듯 단호하게 말했다.

"그리고, 너 이단 교회 같은 덴 절대 얼씬도 마라."

일상을 견뎌내기 위해, 사랑이라는 이단이 필요하다는 걸 엄마에게 말해주고 싶다. 아버지가 이단이라는 종교에 빠져든 것도 어쩌면 엄마라는 견고한 일상을 피하기 위해서였는지 모르겠다. 그 생각을 하면서 폴더를 닫는 순간, 이번에는 엄마에 대한 연민이 꾸역꾸역 올라왔다. 눈앞이 흐려지는 바람에 자동차의 전조등 불빛이 더 찬란하게 빛났다.

문득 발끝이 가려웠다. 차에 올라 실내등을 켜고 양말을 벗었다. 가느다란 발가락 끝에서 한 세계가 다시 피어났다. 새로 나오는 발톱과 이제 막 죽어나가는 발톱이 나란히 공존하고 있었다. 나는 양말을 신고 천천히 차를 출발시켰다. 첫 번째 나타나는 톨게이트로 빠져나갈 것이다. 갓길을 벗어나자, 대형 트럭이 경적을 길게 울리면서 3차선으로 비껴서 지나갔다. 나는 부영의 아파트로 향하고 있었다.

비밀번호는 아직 바뀌지 않았다. 부영의 휴대폰 번호 가운데 자리에 9 자를 더한 것이었다. 집 안에 들어서자 아일랜드 식탁 위의 할로겐 조명이 켜져 있었다. 인스턴트 스파게티 용기와 맥주 캔들이 어질러져 있을 뿐 집 안은 별로 달라진 것이 없었다. 침대 시트도 내가 마지막으로 갈아놓은 상태 그대로였다.

의자 위로 올라가 싱크대 문을 열고 전기 쿠커를 꺼냈다. 쿠커를 들어내고 보니, 부영이 가져왔던 약통들이 먼지와 함께 굴러다니고 있었다. 모두 열일곱 통이었다. 밀봉된 뚜껑을 열고 아래로 기울이니 녹색과 크림색이 맞물린 캡슐들이 좌르르 쏟아져 나왔다. 다섯, 여섯 통. 계속해서 쏟아내다보니 눈에 익은 색이어선지 친근함마저 들었다. 나는 열 번째 통을 열어놓고, 부영이 가져다준 수면제를 꺼냈다. 내가 항우울제를 거부하자 수면제라면서 가져다준 것이었다. 그것은 비닐 팩에 열 알씩 들어 있었다.

캡슐의 한쪽이 연두색인 것은 똑같았다. 그러나 수면제의 캡슐 한쪽이 항우울제보다 더 진한 노란색을 띠고 있었다. 나는 두 가지 약을 들고서 작게 쓰인 글씨를 비교해보았다. 항우울제의 캡슐에 릴리, 20mg이라고 쓰여 있었다. 그리고 수면제라며 나중에 부영이 가져다준 약에도 똑같은 글씨가 쓰여 있었다. 같은 회사에서 만든 것이었고, 이름과 용량도 똑같았다. 그동안 부영이 가져다준 수면제는 선재의 말처럼 항우울제였다.

누군가에게 감정적인 폭발을 일으킬 때는, 눈앞에 벌어진 그 한 가지 이유만은 아니라는 것을 알았다. 당면한 그 한 가지 이유는, 그간 꼭꼭 눌러 쌓였던 감정들을 태우기 위한 불쏘시개로 쓰일 뿐이다.

나는 냉동실을 열고서 보드카를 꺼냈다. 보드카를 물컵에 따라서 크게 두 모금으로 나누어 마셨다. 머리가 쨍하고 맑아지는 느낌이었다. 나는 다시 보드카를 따라 들고서 부영의 서재로 들어가 컴퓨터를 켰다.

요즘은 하루의 시작과 끝에 공동 메일함에 들어가 선재의 정황을 살피는 것이 일과가 되었다. 그의 편지는 감정의 극과 극에 서서 아슬아슬한 줄타기를 하고 있었다. 어쩌면 그를 놓아주는 것이 오히려 현명할 거라는 생각도 해보았다. 그의 말처럼 내가 그를 망치고 있는지도 몰랐다. 아니, 그는 이미 충분히 망가지고 있었다.

부디 월요일에 나를 만나주기 바랍니다. 당신에게 미안하다는 말을 하고, 내 달라진 모습을 사랑하는 당신에게 보여주고 싶습니다. 그러고 나서 필요하다면 오래 침잠하겠습니다. 그게 사랑임을 이제 나는 알게 되었습니다. 분명, 당신이 내 글과 행동에 회의를 느꼈던 것은, 내가 얼마나 고통스러워하는지 충분히 느끼지 못한 탓도 있습니다. 부디 그렇게 생각해주기 바랍니다. 벽에 머리를 짓찧고 싶은 충동, 자살 충동, 엄청난 양의 담배와 술, 이 모든 게 단지 사랑의 결과였습니다. 그러나 당신을 위해 견디고 살아남겠습니다. 지금으로서는 앞으로 당신을 누리고 살 행복에 대한 기대 같은 것은 전혀 없습니다. 그저 오직 사랑이 시키는 대로 할 뿐입니다.

충분히 고통스럽고 혼란스러웠으니, 이제 맑고 건강한 모습으로 사랑을 지키겠습니다. 당신을 껴안으면서 경이로워 혼란스러웠으니, 이제 그 대상을 보호하겠습니다. 월요일에, 나는 결코 혼란스럽거나 감정적이 되지 않겠습니다. 당신이 원하는 모습으로 그렇게 웃으며 당신을 맞이하겠습니다. 이토록 집요하게 내가 나 자신을 들볶는 것도 필요한 과정이었습니다. 그렇지 않았다면 오히려 부끄러운 노릇입니다. 당신 고통을 지켜보며 내가 어찌 냉정한 상태를 유지했겠습니까. 당신의 고통이 그대로 내게 전해지는데, 내가 어찌 비명을 지르지 않을 수 있겠습니까.

나는 자주 망각의 약을 조제하곤 합니다. 키르케가 오디세우스에게 먹인 그 치명적인 약 말입니다. 나도 그 약을 먹고서 당신에 대한 모든 것을 잊고 편안해지고 싶었습니다. 그래서 그럭저럭 살아가는 운명조차 힘들어 하지 않을 수 있는 상태, 모든 욕망의 망각 상태에 빠지기를 희망했습니다.

그 약의 성분은 이런 것입니다. 프람노스 포도주와 치즈, 밀가루, 그리고 노란 꿀을 잘 섞은 것. 호메로스의 시에는 이 약의 약리적 효능까지 잘 나와 있습니다. 처음에는 이 약을 마시고 토해버렸습니다. 그토록 설명이 불가능한 맛은 처음이었습니다. 아마도 내가 조제한 것은, 마시자마자 그 맛을 잊어버리는 약인지도 모르겠습니다. 부끄러워서 당신에게는 말하지 않았지만 이렇게 고백을 하게 되었습니다. 당신을 완전히 얻고 나면 결코 술에 의존하여 현실을 버티려 하지 않을 것입니다.

사랑하는 당신, 예전에 우리가 느꼈던 완전한 충일감, 그 충만감을 되찾기 위해 이제 나는 최선을 다하겠습니다. 나는 당신의 사랑을 받을 자격이 있습니다.

선재는 자신의 감정을 모두 사랑이라고 착각하고 있었다. 그가 말하는 '사랑'을 '감정'으로 바꾸어 읽는 것이 오히려 한결 나았다. 그의 편지를 두 번째 읽고 났을 때, 현관문 소리가 들렸다. 나는 천천히 메일함을 닫았다.

"인주니?"

부영은 황급히 방으로 들어왔다. 의자에 앉아 있는 나를 보더니 그의 얼굴이 대번에 밝아졌다. 그러고는 책상 위에 있던 A4 용지를 뒤적이면서 물었다.

"혹시 여기 있던 편지 읽었니?"

나는 일어서면서 모르는 일이라고 대답했다. 내가 주방으로 나오자, 부영이 뒤따라 나왔다.

"저번에 말했던 어린 여자애…… 홍보 부서 어시스턴트였어. 내가 그랬잖아, 끝낸다고. 그래서 달래주려고."

"선배, 내가 더 들어야 하는 내용이 있어요? 내가 몰라도 되는 거면 듣고 싶지 않아요, 부탁이에요."

그때 초인종이 울렸다. 부영은 내게 배달을 시켰느냐고 물었고, 나는 인터폰으로 다가갔다. 인터폰 화면에 여자의 얼굴이 둥실 떠올랐다. 그 얼굴은 화면 바로 앞에 이마를 들이대고 눈을 감았다 떴다 하고 있었다. 카메라 렌즈의 굴절 때문인지, 여자의 이마는 얼굴의 반을 넘게 차지하고 있었다. 나는 재빨리 현관으로 달려가 문을 열었다. 술 냄새가 확 끼쳐왔다. 여자가 눈을 들어 나를 보더니 그대로 흠칫하고 굳어버렸다.

"들어와요."

나는 여자의 손을 잡아끌었다. 여자는 잠깐 저항하다가 힘없이 끌려 들어왔다. 여자의 긴 파마머리에서 내가 사용하던 샤넬의 향수 냄새가 풍겼다. 나는 여자의 손을 잡아서 집 안으로 끌었다. 그 바람에 여자는 하이힐을 벗지도 못 하고 거실로 들어섰다. 부영이 현관으로 걸어왔다. 부영이 나타나자 여자가 숨을 몰아쉬면서 울먹거렸다.

"계속 문자 보냈잖아요, 밖에서 기다린다고……."

"그냥 가라, 제발."

부영은 얼굴을 쓸어내리며 낮게 소리쳤다. 여자는 나를 돌아보았다. 앳된 얼굴이었다. 사랑을 갓 시작했을 때 온통 상대의 장점에만 몰두하게 되는 시기가 있다. 여자는 바로 그 사랑의 정점에서 벼랑으로 내몰리고 있었다. 벼랑 앞에 섰다는 확신이 여자의 표정에 드러나더니, 그 붕괴된 사랑 앞에서 쩍쩍 금이 가기 시작했다.

여자가 부영 앞으로 다가서자, 부영은 반사적으로 한 걸음 물러났다. 부영의 얼굴에 짜증과 두려움이 동시에 지나갔다. 그의 강한 표정과 커다란 목소리 뒤에 저토록 나약하고 비겁하기까지 한 어린아이가 들어 있지만, 그걸 알고 있는 사람은 그리 많지 않았다. 짧은 만남으로 지나가는 그의 새로운 연인들은 알 턱이 없었다.

"앉으라고 하세요."

내 말이 끝나자마자 여자가 다시 나를 돌아보았다. 그리고 어깨에 메고 있던 핸드백을 내리더니 부영을 향해 내던졌다. 여자는 그 상태로 바닥에 주저앉으며 무너졌다.

"나는 어떡하라고?"

여자가 제 가슴을 치고, 바닥을 내리치면서 악을 쓰기 시작했다.

"나는 어떡하라고, 사귀던 사람도 버렸는데 이제 어떡하라고……."

나는 어떡하라고? 여자가 쏟아낸 말 중에서 가장 많이, 그리고 가장 크게 외친 말이었다. 순간, 그 장면을 어디선가 본 듯한 데자뷰가 느껴졌다. 그랬다. 나는 저 말을 속으로만 외쳤고, 여자는 상대의 면전에 대고 외치고 있는 것이 다를 뿐이었다.

나는 찻물을 끓이러 가다가, 부영에게 낮은 목소리로 말했다.

"선배도, 나도, 저 어린 여자도, 죽기 전에 두 번은 겪지 말아야 할 장면이야……."

부영은 여자를 일으켜 세웠다. 그리고 부축하듯이 여자를 데리고 천천히 현관으로 걸어갔다. 여자는 많은 걸 쏟아낸 뒤인지 순순히 끌려 나갔다.

얼마 지나지 않아 부영은 서둘러 돌아왔다.

"그렇게 말했는데도 저러네."

그는 말을 하고 나서 짜증난다는 듯 손바닥을 털었다.

"날 사랑해서가 아니라, 다 자기들 욕망 때문에 저러는 거라고…… 내 주변을 탐내는 거라니까."

그 말을 하면서 그는 서재로 들어갔다.

나는 차를 준비하려던 마음을 접고 가방을 챙겨 들었다. 식탁 의자 밑에 손거울이 떨어져 있었다. 여자의 가방이 바닥에 뒹굴 때 떨어진 것 같았다. 주먹만 한 은색 거울을 주워서 식탁 위로 올려놓는데, 정말이지 만감이 교차했다.

부영이 황급히 나오더니 내 앞에 A4 용지를 내밀었다.

"이거, 그 여자애한테 보내려던 편지야. 이메일로 보내려다가 혹시 나중에 문제 삼을까 봐…… 이건 증거가 될 수 없잖아. 그리고 시간 내서 밥 사주고 잘 달래서 보낼 생각이었어. 그 정도는 해줘야 될 것 같아서."

"……."

사람들은 자기에게 필요 없는 것을 주면서 생색을 내기도 하는데, 그런 것을 자선이라고 부르곤 하는 모양이었다. 부영은 여선히 자신의 잔꾀를 자선으로 바꾸는 설명을 하고 있었다.

"마지막 인사가 말보다는 이게 낫겠더라, 걔한테도 그렇고. 그래도……."

내 속에 엎드려 있던 성난 자칼이 이를 드러냈다.

"그건 인간성의 문제야!"

나는 그의 뺨을 세차게 후려치면서 소리를 질렀다.

"그 어린 여자에 대한 의도적인 폭력이라고!"

그리고 다시 내 손이 올라갔을 때 그가 얼굴을 돌리고 몸을 피했다. 나도 모르게 그의 등을 움켜잡았다. 그러고는 기어코 두 대를 더 때렸다. 그는 다시 내 손을 피해서 등을 돌리고 엎드렸다. 그 순간, 때릴 만한 가치도 없다는 생각에 헛웃음이 터져 나왔다. 나는 주방으로 달려가 냉동실에서 보드카를 꺼내 들었다. 그러자 놀라운 일이 벌어졌다. 그가 재빨리 거실 끝으로 달려가더니 수화기를 집어 들고는 부르짖었다.

"폭력은 용서 못 해! 경찰을 부를 거야."

냉동실 문을 닫고 나서 내가 말했다.

"그래요? 그럼 경찰에게 말해요. 여기 서로에게 폭력이라고 말하는 짐승끼리 싸움이 붙었다고."

"여자가 난동을 부립니다. 네? 네, 아는 사람입니다."

아마도 아는 사람이냐고 물었던 모양인지, 아는 사람이라고 대답하고는 끊었다. 그는 실제로 112를 눌렀던 것이다.

살면서 한 번도 겪지 않을 수 있는 일을, 오늘 모두 겪는다는 생각이 들었다. 그러자 오히려 마음이 가라앉으면서 편안해졌다.

"선배는 늘 말로써 폭력을 자행했어. 내 정서적인 세포들이 모조리 살해당하는 것 같았거든. 그런데 선밴, 내게 뺨 몇 대 맞고서 112에 신고를 해? 그래, 선배 말처럼 아직은 법적인 아내를?"

부영은 날뛰면서 으르렁거렸다.

"씨발, 경찰이 올 거야. 폭력은 용서 못 해!"

그는 점점 더 날뛰면서 욕설을 쏟아냈다.

"좆같은, 네가 감히 날 때려?"

그에게 가졌던 일말의 연민마저 사라지고, 내 가슴이 시원하게 뚫리는 소리마저 들리는 것 같았다. 나는 차분하게 말했다.

"선배가 때린 사람들은 생각 안 나? 주먹이 아니라, 그 입으로 때린 거? 그럴 때마다 난 그 입에 재갈을 물리고 싶었어요. 아마 내가 그렇게라도 할 수 있었다면, 어쩌면 난 선배를 여전히 사랑했을지도 몰라요."

"좆같은 것들이⋯⋯."

"난 변화를 두려워하거든요. 특히 인간관계를 재배치하는 일에 대해서는 아주 귀찮아했어요. 그건 참 이상한 일이야. 물건이 조금만 불편해도 바꿔야 직성이 풀리는데, 사람에 대해서는 내가 맞추려고 했다는 게 말이에요⋯⋯."

"내가 맘이 약하니까, 좆같이⋯⋯ 여자들이 날 만만하게 본다니까."

우리는 서로의 말은 듣지도 않고 각자의 말을 하고 있었다. 부영은 자기 안에 갇혀서 날뛰었다. 여전히 억울하다는 듯 씩씩거리면서 거실을 서성거렸다. 급기야 제 머리를 쥐어뜯는 시늉을 하더니 다시 소리를 질렀다.

"씨발, 이래서 여자들이 좆같다니까!"

그의 모습이 너무도 비현실적으로 보였다. 지금까지 보았던 무수한 그의 모습들 중에서 가장 소름 끼치는 장면이었다.

국어사전에 있는 폭력의 정의는 '난폭한 힘' 이라는 명사로 기재되어 있다. 부영은 폭력에 대한 이해를 다르게 하고 있었다. 그가 저지른 온갖 말과 힘, 성의 폭력은 온데간데없었다. 그에게 있어 폭력이란 오로지 뺨 세 대를 맞은 것이었고, 헤어지고 싶은 애인이 집으로 찾아온 일이었다. 그래서 지지부진하게 붙들고 있던 아내를 경찰에 신고할 만큼 있을 수 없는 일이었던 것이다.

나는 코트를 입으며 말했다.

"선배도 옷 입어, 진술하러 가려면. 이제 우린 정말로 서로를 보내줄 수 있게 됐어."

그때 초인종이 울렸다. 내가 문을 열자마자 두 명의 경찰이 급히 현관 안으로 들어섰다. 그들은 우리를 번갈아 보고는 집 안을 빠르게 둘러보면서 물었다.

"난동을 부린 사람이 누굽니까?"

난동이라니. 밴쿠버 법정에서도 나는 난동을 부린 사람이었다. 내가 앞으로 나서며 대답했다.

"예, 접니다."

"심각한 상황은 아닌 것 같으니까, 그냥 돌아가겠습니다. 괜찮 겠습니까?"

두 명의 경찰은 각기 집 안을 다시 둘러보고는 바쁘다고 말했 다. 나는 경찰서에 가서 조서를 쓸 테니, 잠시 밖에서 기다려달라 고 했다.

"반드시 조서를 쓰겠습니다. 그냥 잠시만 기다려주세요. 부탁드 립니다."

그들은 미적거리면서 밖으로 나갔다. 뒤돌아보니 부영은 그토록 아끼던 스피커 아래에 우두커니 서 있었다. 다시 헛웃음이 나왔다.

"그 스피커는 안 다치게 할 테니 염려하지 말아요. 선배 말대로 내가 왜 난동을 부렸는지 경찰에게 곧이곧대로 말하면 선배가 안 팎으로 다치겠죠? 그건 우리 둘 다 원하는 게 아니에요. 이제 우 리, 원하지 않는 것을 하면서 후회하지 않는 게 좋겠어요. 그러니 이 약속만 지켜줘요. 그러면 선배가 지켜야 할 그 자존심은 안 다 치게 노력할게요. 이제 이쯤에서 날 보내줘요."

"……"

"그리고 그 어린 처녀에게 반드시 사과를 했으면 좋겠어요. 변 명이 아니라 진심 어린 사과면 더 좋겠어요. 난 지금도 선배를 이 해하고, 공감할 수는 있어요."

"……"

"선배, 이해받고 공감을 얻는 데에도 예의는 갖추어야 된다고 생각해요. 살인을 저지르고도 무조건 이해받고 공감받을 수는 없잖아요. 내가 하는 두 가지 부탁이 선배에게 무리하게 들리지 않았으면 하는 바람이에요. 부탁할게요."

부영은 나를 바라보지도 않고 고개를 끄덕거렸다. 그리고 힘겹게 손을 들어 올리더니 나가달라는 시늉을 했다. 관계에서의 꽃이 겸손이라는 것을 알기에는 그를 둘러싼 조건들이 너무 좋았는지도 모른다. 그러니 좋은 사회적 조건을 가진다는 것이 모두에게 축복일 수는 없을 것이다.

현관문을 나서자 문이 스스로 잠기면서 소리를 냈다. 삐리리릭. 그러고 보니 마지막 음은 저음이다. 문이 열릴 때는 고음이었다. 문득 그 소리가 부영이 내게 건네는 마지막 인사처럼 들렸다. 이제 삐리리릭, 안녕.

망각의 레시피

내 편지는 읽히는데 당신에게서는 아무런 연락이 없습니다. 휴대
폰을 들고서 메시지가 들어온 게 없나 수시로 살피는 지금, 실로 끔
찍하고 끔찍한 일입니다. 그런 내가 끔찍하고, 우리 관계가 끔찍하
고, 특히 당신이 끔찍합니다. 사랑이 없었으면, 사랑이 조금만 덜했
어도 끔찍해야 할 게 조금도 없었을 테니, 이제는 사랑이 끔찍합니
다. 오직 사랑만이 끔찍합니다. 살아오면서 가장 큰 사랑, 유일하게
사랑이라고 부를 수 있는 그런 사랑을 느꼈다고 생각했는데, 그 사랑
때문에 끔찍해하면서 그 사랑을 향해 끔찍하다고 저주를 퍼붓고 있
습니다. 이제 당신과 나 사이에 이질감 같은 게 느껴집니다.

사랑이라고 불리는 끔찍하고도 완강한 큐브 안에 갇힌 것 같았
다. 나야말로 사랑이 지겹고, 끔찍하고, 무서웠다.

나는 선재가 만들었다던 망각의 레시피를 가지고 약을 만들기 시작했다. 레시피대로 넣고 내용물을 모두 믹서에 넣었다. 그러다가 내가 먹고 있던 보조 식품들을 모조리 집어넣었다. 이소플라본 한 판을 전부 뜯어서 집어넣고, 클로렐라를 병째로 털어 넣었다. 그리고 아스피린과 칼슘, 엄마의 수면제와 항우울제까지 눈에 보이는 대로 집어넣었다. 돌아가는 믹서의 커터날을 바라보고 있자니 알 수 없는 쾌감이 스멀거리며 올라왔다. 푸른 거품이 뚜껑까지 피어올랐다. 그래, 저것이 망각의 색깔이다.

나는 그 푸른 거품을 한 컵, 두 컵, 모두 따라 마셨다. 말로 표현하기 힘든 맛은 그런대로 견딜 수 있었다.

침대에 누워서 천장을 똑바로 올려다보았다. 그러다가 시선을 돌려 창밖을 바라보다 눈을 감았다. 이런 걸 죽음과도 같은 시간이라고 말해야 하나. 스프링 튕기는 소리가 침대 아래쪽에서 아득하게 올라왔다. 저 아래 과거의 시간 어디쯤에서 내게 보내오는 신호음 같았다. 너는 지금 살아 있다고, 그 어느 때보다 살아 있다고.

신호음은 위와 장에서도 보내왔다. 그 어느 때보다 격렬하게 몸을 일으킨 나는 욕실 문을 열고 엎드렸다. 그리고 변기 앞을 떠날 수 없었다. 나중에는 노랗고 푸르스름한 위액까지 토해냈다. 잠시라도 정신을 잃기는커녕, 밤새 그 끔찍한 푸른색의 저주에 시달렸다. 망각에 대한 형벌이었다. 아니, 망각을 시도한 형벌이었다.

제도 밖으로

우리는 법원에서 마지막 인사를 했다.

흐드러진 벚꽃 때문에 법원 전체에 하얀 눈이 내리는 것 같았다. 바람이 불 때마다 문득문득 눈이 감길 정도였다. 그 안에서 우리는 서로를 보내주었다. 나는 부영에게 잘 참아줘서 고맙고, 미안하다고 말했다. 그는 내 눈을 피해 흩날리는 벚꽃으로 시선을 주었다.

어떤 관계는 대가를 치르고 나서야 비로소 진행되는 것이 있다. 그 진행의 힘은 사랑에서 오는 에너지일 수도 있지만, 복수심에서 비롯되는 한풀이의 한 자락일 수도 있다. 그것이 남녀 관계의 시작과 끝에서 일어날 수 있는 일종의 화학자용인 것이다. 어떤 힘에 의한 진행이든 간에 대가를 치르지 않는 관계는 없을 것이다.

나는 부영에게 부탁을 한다고 입을 열었다. 그제야 그가 나를 바라보았다. 우리 사이로 광풍처럼 지나가는 벚꽃 무리가 편안한 거리감을 만들어주었다.

"그 여직원에게는, 제대로 된 사과를 했으면 좋겠어요."

"꼭 그래야 하나?"

나는 그의 시선을 붙잡고 힘주어 고개를 끄덕이며 말했다.

"나는 선배한테 이미 결혼이라는 선물을 받았잖아요. 내가 선배를 사랑하면서 느꼈던 그 감동의 맛은, 누구도 아닌 선배만이 내게 줄 수 있는 거였으니까요."

"……."

"그리고 미안해요……. 이해하고 공감하는 것까지는 할 수 있지만, 늘 지적당하던 그 불편한 식탁 앞으로는 다시 돌아가기 싫었어요. 내 이기심, 이해해줄 수 있어요?"

엄마는 내게 '무조건, 참고 살라'고 했지만, 나는 내 딸에게 다르게 말해줄 것이다. 지독히 사랑하고 공감해라. 또한 넉넉히 이해하고 용서해라. 그래도 안 되면 사람으로서 품어라. 그러나 가장 너답게 살 수 있는 방식으로 살아가라. 그것이 네 자식에게 물려줄 건강한 유전자가 될 것이라고.

부영은 주차장을 가로질러서 걸어갔다. 그가 자동차 문을 열자 벚꽃들이 그를 따라 차 안으로 날아 들어갔다. 그는 시동을 켜고 나서 한참 후에 출발했다. 흰 벚꽃 무리가 그의 차 꽁무니를 따라가다가 뿔뿔이 흩어졌다. 부영은 4월의 눈보라를 일으키며 내게서 떠나갔다.

오랜 불화 끝에 엄마를 받아들이던 순간에도, 나는 저런 눈보라를 보았다. 당시의 엄마는 아버지와 세상에 대해 퍼부었던 욕설의 방향을 내게로 바꾸었다. 아버지가 어떤 종교적 피안의 세계를 찾아 집을 나간 뒤부터였다. 엄마의 입을 통해 나오는 건 온통 저주로 들렸다. 마치 내 교복을 질투하는 것처럼, 빳빳하게 다림질한 교복을 입고 등교하는 아침마다 엄마는 내게 저주의 말을 퍼부었다.

엄마가 퍼붓는 그 자잘한 가시들이 하루 종일 목에 걸려 내려가지 않았고, 자주 거기에 걸려 넘어졌다. 그때의 나는 내게 일어나는 모든 액운이 엄마가 던지는 가시 탓이라고 믿었다. 적어도 내 교복 위에서 흩날리던 새하얀 좀약들을 보기 전까지는.

졸업 후 어느 날이었다. 상자에 뭔가를 넣고 있던 엄마는, 현관을 들어서는 나를 보더니 흠칫 놀랐다. 쭈뼛거리며 다가간 나는, 눈에 보이는 것을 의심하지 않을 수 없었다. 길쭉한 베이지색 상자 안에는 오래전에 잃어버린 줄 알았던 내 여고 시절이 들어 있었다. 학교 배지와 학년 배지를 단 교복이 단정하게 누워 있었고, 그 위에 하얀 좀약들이 놓여 있었다. 엄마는 그토록 미워하며 욕설을 퍼붓던 내 교복을 고이 간직하고 있었다. 흐려진 내 눈 앞에서 눈송이 같은 하얀 좀약 덩이가 벚꽃처럼 어지럽게 날아다니고 있었다. 엄마는 내게 하얀 좀약으로, 그렇게 말을 걸이왔다.

부영이 떠난 자리에서 무연히 벚꽃을 바라보다가 엄마에게 전화를 걸었다. 엄마는 전화를 받자마자 '여보세요' 대신에 '왜?' 하고 물었다.

"엄마 내 교복 기억나요?"

"나한테 기억이라는 게 남았겠냐? 자존심도 다 팔아먹고. 이제 남은 건 장기 몇 개뿐이다."

그쯤에서 한숨을 쉬던 엄마는 수줍은 듯 다시 말했다.

"니네 아버지 빨리 꺼내 와야 되는데……."

"엄마, 정 안 되면 내 신장이라도 팔아줄게요."

"얘가, 미쳤나?"

"왜? 이만하면 엄마 딸답잖아요."

우리는 동시에 흐흐거리며 오래 웃었다.

엄마는 장기를 팔아서라도 아버지를 꺼내 오겠다고 말하지만, 사실은 내심 안심하는 눈치였다. 아버지의 거처가 확실하다는 점이 엄마에게 그런 위안을 주는 것 같았다. 그곳이 감옥이어도 엄마에게는 상관이 없는 것이다. 그처럼 확실한 거처는 없을 테니까.

"엄마, 나 4일 동안 수련원에 들어가는 거 신청했어요. 휴대폰도 반납하고 들어가니까 전혀 연락이 안 되는 곳이에요."

"설마, 니네 아버지 있던 곳은 아니겠지?"

"거긴 신을 찾는 곳이 아니라, 자기 자신을 찾으려고 혈안이 된 사람들이 오는 곳이에요."

나는 선재에게 서로를 놓아주자는 편지를 쓰기로 했다. 그러나 메일함을 열었다 닫기를 네 번이나 하다가 결국 그냥 짐을 꾸렸다. 그에게는 아무런 흔적도 남기지 않았다.

당신은 누구입니까?

"당신은 누구입니까?"

"네? 저요?"

"김은애 씨, 당신은 누구입니까?"

"네, 저는 김은애입니다."

"김은애가 모두 당신입니까?"

나는 김은애라는 여자를 흘깃 바라보았다. 곱실한 파마머리가 여자의 동그란 뿔테 안경과 잘 어울려 보였다. 여자는 입에 손을 갖다 대고 잠시 망설이더니, 무언가 생각났다는 듯 황급히 대답했다.

"네, 저는, 김은애라는 이름을 가진 사람입니다."

"그럼, 김은애라는 이름을 가진 사람은 모두 당신입니까?"

절간의 방에서 운선이라는 법사가 수련 과정의 진행을 맡고 있었다. 그가 질문을 하면 나를 비롯한 열세 명의 사람들이 거기에 대답을 하는 과정이었다.

법사는 커다란 눈이 쑥 들어간 대신에 광대뼈가 불룩 튀어나왔고, 살집이 거의 없어서 차려입은 회색 법복마저 무거워 보였다. 그럼에도 인상은 매우 선량해 보였으며, 눈빛은 형형하기까지 했다. 김은애라는 여자가 손으로 입을 가리며 난감해했다. 법사는 다시 여자의 오른쪽에 앉은 남자에게 당신은 누구냐고 물었다.

비스듬히 벽에 기대앉아 있던 남자는 갑자기 상체를 벌떡 일으켰다. 그리고 지나치게 큰 소리로 대답했다.

"네, 나는 납니다."

"'나'라는 사람은, 모두 당신입니까?"

다시 그 옆의 남자에게, 당신은 누구냐는 질문이 돌아갔다. 남자는 미리 준비라도 하고 있었던 것처럼, 다짜고짜 '모르겠습니다!'라고 당당하게 대답했다.

내 차례가 되었다. 법사는 계속 무표정을 유지하며 물었다.

"서인주 씨, 당신은 누구입니까?"

"네, 저는 서인주라고 불리는 사람입니다."

"서인주라고 불리는 사람은, 모두가 당신입니까?"

내 딴에는 준비해서 한 대답이었는데, 다른 사람과 마찬가지로 무참한 지경이 되고 말았다. 다시 내 차례가 돌아오기까지 열세 명이 똑같은 질문을 반복해서 받았다. 몇몇은 아까와 다른 대답을 했고, 또 몇 사람은 처음처럼 똑같은 대답을 했다. 그러고는 법사로부터 무참한 질타를 다시 받아야 했다.

사람들의 대답은 다양했다. 누구의 아내와 누구의 엄마라는 둥, 어느 회사의 과장이며 어느 학교의 수학 선생님이라고 대답했다. 그러면 법사의 칼 같은 질문이 다시 돌아왔다. 아무개의 아내나 아무개의 엄마는, 모두 당신입니까? 학교의 수학 선생님은, 모두가 당신입니까?

정말, 나는 누구인가? 그러고 보면 내 이름을 가진 수많은 사람들이 존재하고, 또 모든 사람은 서로와의 관계 안에 놓여 있었다. 그러면 내 안에 얼마나 많은 존재가 깃들어 있는가. 사랑이든 가시든 무언가를 서로에게 끊임없이 제공하면서 살아내지 않는가 말이다. 내 차례가 돌아왔다.

법사의 질문을 받자, 나는 목소리를 한 톤 낮추어 대답했다.

"나는, 우리 모두입니다."

"우리 모두가, 다 당신입니까?"

"네, 우리 모두 안에, 우리가 있습니다."

법사는 옆 사람에게로 질문을 옮겨 갔다. 선문답에 정답이 있을 수 없겠지만, 나는 좀 일찍 깨달았다는 자만심으로 사람들의 면면을 찬찬히 훑어보았다. 앉은 채로 엎어져 있는 사람, 옆으로 비스듬히 누워서 얼굴을 괴고 있는 사람, 졸면서 가끔씩 눈을 지나치게 크게 뜨는 사람까지, 방 안의 풍경은 그야말로 가관이었다. 온돌방에서 둥그렇게 원을 그리고 앉아 있기 때문에, 허리가 아프고 쥐가 나서 수도 없이 몸을 뒤틀어야 했던 것이다.

계속해서 당신은 누구냐고 묻던 법사가, 이번에는 각자의 가방을 꺼내놓으라고 했다. 사람들이 부스럭거리면서 가방을 끌어다 앞에 내놓았다. 기내용 트렁크를 끌고 온 여자도 있었다. 법사가 내게 물었다.

"그 가방을 이곳에 내주고 돌아갈 수 있겠습니까?"

나는 가방을 앞으로 밀어놓으며 기꺼이 내놓았다.

"네, 드리겠습니다."

"그럼, 가방을 내놓고 여기서 집에까지 어떻게 돌아가겠습니까?"

"봉지를 얻어서 소지품만 챙기면 됩니다."

법사는 내 옆 사람에게 다시 그 질문을 던졌다.

"그 가방을 이곳에 내주고 돌아갈 수 있겠습니까?"

"그럴 수 없습니다."

의외로 많은 사람들이 가방을 내놓지 못하겠다고 법사와 말싸움을 벌였다. 나와 정면으로 마주 앉은 여자는 법사와 본격적인 싸움이 붙었다. 여자는 눈썹을 모조리 밀고 앞부분을 ㄷ 자형으로 각이 지게 그렸는데, 세상에 대한 전투 자세로 보였다. 그래서인지 더욱 단단해 보였다. 가방을 내놓으라는 법사의 말에 여자는 완강히 거부했다. 법사는 아무런 표정도 없이 우렁찬 목소리로 다시 물었다.

"그 가방이 당신 것입니까?"

"네, 제가 돈을 주고 산 것이기 때문에 제 것입니다."

"당신이 돈 주고 산 것이면, 모두 당신 것입니까?"

"……."

그 두 번째 장이 다 끝날 때까지도 여자는 가방을 내놓지 않았다.

휴식 시간에 재래식 화장실을 다녀온 나는 웃으면서 방으로 들어섰다. 끝내 가방을 내놓지 않은 여자가 가방에 엎어져서 흐느끼고 있었다. 옆자리에 앉은 사람이 여자의 등을 토닥여주었다. 엎드려 있는 여자의 목덜미는 의외로 희고 가늘었다. 나는 여자에게 다가갈까 하다가 참았다. 마침 법사가 울려대는 종소리와 함께 또 새로운 장이 열렸다.

법사는 가장 분노했던 순간을 떠올리라고 했다. 나는 살아온 날들을 다시 되감기 시작했다. 언제였을까. 언제 가장 분노했을까. 최근이었나? '가장 분노한 순간'이라는 전제 때문인지, 자꾸만 더 큰 분노를 찾아서 기억을 더듬었다.

"장이식 씨, 가장 분노했던 순간은 언제였습니까?"

남자의 이름 때문인지 몇 명은 조용히 웃음을 머금었고 몇몇은 소리 내어 웃었다. 은행원이라고 자신을 소개했던 남자였다. 남자는 평생을 이름 때문에 남들을 웃기고 있다면서 소탈하게 웃었다. 그 바람에 참고 있던 나머지 사람들은 물론이고 한 치의 흔들림도 보이지 않던 법사마저 미소를 지었다.

"제 분노는 아내입니다. 아내는 제 직장 상사였습니다. 물론 지금도 그렇고요. 저는 아내 입에서 '맘대로 해'라는 소리만 들으면 분노가 치밉니다. 그럴 땐 저한테도 화가 납니다."

아내를 사랑하는 줄 알았던 남자는, 사랑하는 게 아니라 두려워하고 있다는 걸 깨달았다. 그 속에는 이혼에 대한 두려움도 있었다. '맘대로 해' 라는 아내의 말은 이혼을 뜻한다는 것이었다. 그래서인지 필요 이상으로 아내에게 살갑게 굴었다던 남자는, 이제 아내의 자동차 엔진 소리에도 가슴이 둥당거리고 마른침이 넘어가기 시작했다.

"그래서 그게 아내에 대한 설렘이 아니라 두려움이라는 것을 알게 됐습니다. 저는 아내의 불륜 현장도 보았습니다. 그런데 이혼을 하는 게 겁이 나서……."

남자는 설렘과 두려움을 구분하는 데에 결혼 생활의 대부분을 쓴 것처럼 보였다. 사랑과 폭력처럼 그 경계도 아주 애매했던 것이다.

잠자코 듣고 있던 법사가 입을 열었다.

"아내분이 장이식 씨를 화나게 했습니까?"

"네, 아내의 외도 때문에 죽고 싶었던 적도 있었습니다."

"그럼, 아내분이 죽으라고 했습니까? 외도하는 아내를 둔 남자들은 모두 죽으려고 합니까?"

"상처받았으니까요. 그러고도 저한테 맘대로 하라니 그게 협박이 아니면 뭐겠습니까?"

침착해 보이던 남자의 목소리가 떨리기 시작했다.

"맘대로 하면 되지 않겠습니까? 맘대로 하라는데도 못하는 게 부인 때문입니까?"

"어떻게 맘대로 합니까? 아이들도 있고……."

"그럼, 맘대로 못하는 게 아이들 때문입니까?"

"아닙니다."

남자는 책임이 아이들에로 돌아가자 급히 부정을 했다.

"아내는 좋은 사람이었습니다. 그러니까 좋은 이웃, 좋은 친구,
네, 필요 이상으로 좋은 상사일 때도 있었습니다."

법사는 한 박자를 건너뛰려는 것인지 더 이상 질문하지 않고 남
자의 말이 끝나기를 기다렸다. 남자가 다시 덧붙였다.

"이제 아내 앞에서 쩔쩔매는 건 더 이상 하고 싶지 않습니다. 저
도 남자로 인정받고 싶습니다."

"남자로 인정받고 싶어서 분노했던 겁니까? 그럼, 그렇게 인정
받기를 원한 사람은 누구입니까?"

"물론 접니다."

"그럼 그 분노는 누구 때문입니까?"

"……."

관계에서의 위치는 한번 자리 잡으면 쉬이 체제 변화가 오지 않
는다. 결혼에서도 마찬가지였다. 아까 가방을 내놓지 않았던 여자
의 차례가 되었다.

"조경희 님은 언제 가장 분노했습니까?"

"저는 아마, 폭파시키고 싶었을 때인 것 같습니다."

여자의 말에 사람들의 눈빛이 흔들렸다. 그중에는 조용히 좌우를 돌아보는 사람도 있었다. 여자는 자신의 아이가 네 살이었을 때 이혼하던 무렵을 떠올렸다. 지식인으로 자처하던 남편이, 여자를 보이지 않는 끈으로 묶어서 원격 조정했다며 목소리를 떨기 시작했다. 남편이라는 관 속에 매장당하는 느낌이었다는 것이다.

"전 좋은 대학을 나와 인정받는 간호사가 되었지만, 남편은 나를 세상에서 제일 나쁜 엄마라고 욕했어요. 출산 휴가가 끝난 다음부터 전쟁이 시작된 거예요. 그러니까 남편은, 내가 아닌 남의 손에는 한순간도 아이를 맡길 수가 없다는 거였어요."

여기까지 말하고서 여자는 숨을 크게 몰아쉬었다.

혹시 여자도 목 안에 있는 무언가 때문에 웃지 않는 것은 아닐까. 그래서 눈썹을 부적처럼 그려 넣고 엄숙한 표정을 짓고 있는지도 모른다. 그러나 여자를 눕히고 엑스레이를 찍어보면 눈썹 같은 것은 흔적도 없을 것이다. 뾰족해서 더 안쓰러운, 장미의 가시가 그렇듯.

"견딜 수가 없었어요, 남들이 보는 남편과 나를 학대하는 남편은 정말 다른 사람이었거든요. 남편은 일부러 내 가슴에 못이 박히는 말만 골라서 했어요. 그걸 다른 사람들에게 보여줄 재간이 없어요. 싸움은 늘 일방적이거든요."

어느 날 여자는 한밤중에 집을 뛰쳐나왔다가 길을 잃었다. 한순간, 여자의 눈에는 그 동네 집들이 모두 똑같이 생겨서 골목을 분간할 수도 없었다.

"밤새 걷다가 새벽녘에야 집을 찾아 초인종을 눌렀어요."

남편이 문을 열고 현관으로 나서는 순간, 여자는 오른손에 든 것을 흔들면서 폭파시켜버리겠다고 으르렁거렸다.

"이제 다 폭파시켜버릴 거야!"

잠시 후 정신을 차린 여자는 그대로 주저앉았다.

"그때 제 손에 들려 있던 건, 피 묻은 생리대였어요."

앉아 있는 사람들 사이에서 낮은 탄식이 새어 나왔다.

이제 법사의 질문이 시작되었다.

"조경희 씨, 남편이 조경희 씨 가슴에 못질을 했습니까?"

나는 여자가 가방을 내놓지 않은 이유를 헤아리고 있었다. 모성이 시작되는 여성의 증거를 뽑아 들고서 폭파시키려 했던 여자가, 끝까지 내놓지 못한 가방은 무엇이었을까.

휴식 시간에 옆자리 여선생이 내게 소곤거렸다. 그 여자가 내놓지 않은 가방은 아마도 그녀의 아이였을 거라고. 나는 고개를 끄덕거리며 생각했다. 지금까지 내가 내려놓지 못한 것은 무엇일까. 그러다 가장 분노했던 순간을 찾지도 못 하고 떠나보낸 것 같았다. 분노라고 부를 수 있는 사건들이 모두 내게서 떠나간 깃처럼, 가슴이 벅차오르고 머리가 더없이 맑아졌던 것이다.

다음 날 새벽 4시, 법사가 종을 울리자 모두 일어나 자기 앞에 놓인 벽을 바라보고 눈을 감았다. 법사는 차례차례 사람들의 이름을 불렀다.

"김은애 씨, 당신은 누구입니까?"

"네? 저는…… 잘 모르겠습니다."

잠이 덜 깬 상태에서 나오는 대답이 어쩌면 정답일 수도 있었다.

3박 4일의 수련원 과정이 모두 끝나고 휴대폰을 돌려받았다. 전원을 켜자, 온통 선재의 전화와 문자들이 도착해 있었다. 나는 제일 먼저 그의 단축 다이얼을 눌렀다. 그는 내 목소리를 확인하고는 알 수 없는 소리를 중얼거리기 시작했다.

"Thank God…… 감사합니다."

그는 두 마디를 반복해서 중얼거렸다.

트리스탄의 칼

식탁 위에 놓인 전시회 카탈로그에는 고양이를 안고 있는 에밀리 카의 자화상이 들어 있다. '전시회 보러 가요, 당신이 열광하는 여자가 왔어요.' 선재의 목소리가 다시 들려올 것 같다. 나를 안고서 그 말을 할 때, 그의 목소리는 충만한 고양이처럼 가르랑거리지 않았는가. 오랜만에 본 그는 까맣게 타들어가고 있었다. 수염이 그의 얼굴을 가무스름하게 거의 뒤덮을 지경이었다. 그는 나를 안으며 울고, 웃고, 또 신에게 감사했다.

6월 2일부터 7월 2일까지 6전시실에서는 캐나다 여류 화가 에밀리 카의 '숲의 정령전'을 전시한다. ……어둡고 조용한 숲. 그 세팅 속의 기념비적 인디언 조각품과 서부 해안, 끝없는 하늘, 높게 솟은 전나무…….

정수기에서 물 내려가는 소리가 들렸다. 선재가 나갈 때도 저 소리를 들었다. 그는 무슨 신호가 오기를 기다린 것처럼 물 내려가는 소리가 들리자마자, 손을 움켜쥔 채 현관으로 뛰쳐나갔다. 그 장면이 아주 오래전의 기억처럼 아득했다. 시간이 그로부터 얼마나 흘렀는지조차도 알 수 없다.

주방에는 아직도 불이 훤하게 켜져 있고, 그의 은색 칼은 싱크대 구석에 처박혀 있었다. 얼핏 도마 위를 바라보니, 잘려 있는 노란 파프리카들이 군데군데 빨갛게 물들어 있었다. 선뜻 도마 앞으로 다가갈 수가 없었다. 나는 마른침을 삼키며 천천히 도마 앞으로 발을 옮겼다.

파프리카는 세로로 길게 잘려 있는 것이 아니라, 그냥 마구 다져 놓은 것 같았다. 잘게 잘려 붉게 물든 파프리카 사이에 손가락 끝의 한마디가 뒹굴고 있었다. 나는 음이 분명치 않은 낮은 비명을 삼키며 뒤로 물러섰다. 이제 손톱에 묻은 피는 말라가고 있었다. 귓속에 이명이 들어찼다. 바람 소리 같기도 하고 경고음처럼 삐 소리가 나는 것 같기도 했다. 그는 지금 어디로 가고 있나.

식탁 위에 그가 먹다 놓은 사과가 눈에 들어왔다. 이미 산화되어 버린 사과는 그의 잇자국을 따라 갈색으로 변해 있었다. 나는 사과를 집어 들고 그 잇자국을 따라 한입 베어 물었다. 이상했다. 새콤한 과즙이 입안으로 들어오자 반사작용처럼 눈물이 흘러나왔다. 나는 흐느끼면서 사과를 남김없이 모두 먹었다. 씨는 거칠었고, 비릿한 풋내가 났다.

　잠시 후에 파프리카 사이에서 뒹구는 그의 손가락을 조심스럽게
집어 들었다. 숨이 턱 멈추었다. 잘리고 나서도 신경의 반사작용을
빌려 처절하게 꿈틀거렸을 것이다. 제 존재를 증명하고자 필사적으
로 팔딱거리는 모습을 떠올리니 가슴이 먹먹해져왔다. 그의 손가락
에 가지런히 매달려 있었을 손톱과, 곤충의 더듬이처럼 섬세하던
융선마저 이토록 낯설기는 처음이었다. 수도 없이 보고 더듬으며
지문을 찍었는데도 몇 번째 손가락인지 도무지 알 수 없었다.

　잘린 마디를 정수기의 흐르는 물에 씻으려다 말고 수첩을 꺼냈
다. 그리고 마지막이 될지도 모르는 손가락의 지문을 찍었다. 이쯤
되면 우리는 정말 한 쌍의 마조히스트인지도 모른다. 손가락을 손
수건에 말아서 비닐 팩 안에 넣은 다음, 다른 팩에 얼음을 채우고
서 그 안에 다시 넣었다. 이제 그의 지문은 내게 부적 같은 것이 될
것이다.

　거실로 나와 수조 안을 들여다보니 올챙이보다 작은 것들이 떼
를 지어 헤엄을 치고 있었다. 일주일 전에는 파리똥같이 까만 것들
이 둥둥 떠 있었는데, 그 알들이 부화한 모양이었다. 모두 긴 꼬리
를 달고서 힘차게 유영하고 있다. 일제히 달려가는 정자들의 모습
이다.

　거실에 놓인 컴퓨터는 화면 보호기가 작동되고 있었다. 인터넷
검색창에 '손가락'이라고 써넣고 엔터를 누르자, 블로그와 카페들

이 화면에 죽 떠올랐다. 손가락 관리 용품, 손가락 지문 채취, 우리 아이가 손가락을 빨아요, 손가락 장애 등급 문의, 심지어 손가락 뜨개질까지 떠올랐다. 나는 다시 '잘린 손가락'을 검색했다. '수술 후에 거머리를 이용해서 손가락의 신경을 살린다'는 블로그를 클릭했다.

손가락이 절단되면 정맥 등이 끊겨 있어 접합 수술을 해도 피가 잘 돌지 않아 고여 있다. 이렇게 되면 손가락 끝이 퉁퉁 붓게 돼, 접합된 손가락이 죽기 일쑤다. 여기에 거머리를 갖다 붙이면, 거머리는 접합 부위에 달라붙어 배가 빵빵해질 때까지 피를 빤다. 거머리 침에서 나오는 '히루딘'이라는 물질이 상처를 아물게 하고 혈액순환이 잘되게 한다. 거머리 치료는 살 속에서 새로운 혈관을 살려내는 효과가 있다.

그 아래에는 K병원에서 접합 수술을 하고 있는 사진이 실려 있었다.

이제 그를 찾기만 하면 된다. 일단 병원으로 달려가서 손가락을 보관시키고, 그곳의 도움을 받아 그를 찾는 것이 순서일 것 같았다. 그런데 이렇게 손가락을 버리고 가다니! 그는 뭔가를 가리키거나 지시하는 행위 자체도 포기하겠다는 말인가.

문득 떠오르는 생각이 있어 메일함을 열어보았다. '할아버지께'

라는 편지가 도착해 있었다. 제목을 보니, 지팡이 노인의 어린 손
자일 것이다. 파일 박스와 내게 쓴 편지, 받은 편지함에도 선재의
흔적은 없었다. 나는 메일함을 닫고 컴퓨터를 껐다.

만약 이대로 선재가 사라진다면, 어쩌면 나는 그에 대한 블랙박
스를 마꼬의 가슴에서 찾아야 할지도 모른다. 나는 다시 컴퓨터 전
원을 켰다. 어디서든 선재가 내 편지를 읽을 수도 있을 테니까.

당신은 내 사랑을 늘 헤밍웨이식으로 확인하고 싶어 했으니, 내
상처의 단면을 보여주어야겠지요. 그러나 나는 당신 앞에서 머리를
쥐어뜯고 통곡하는 대신에 이렇게 말할 거예요. 이 순간 내가 흘린
피의 양을 수치로 표시해서 당신에게 제시할 수 있다면, 아니, 내 가
슴과 뇌의 통증을 사진으로 찍을 수 있다면, 그래서 선명하게 일렁이
는 이 고통을 총천연색으로 보여줄 수 있다면! 그리고 세월이 흘러
내가 지금의 과다 출혈로 죽는다면, 그제야 당신은 사랑의 확인과 고
통의 자비를 동시에 받게 되겠지요!

나는 베란다로 달려가 블라인드를 걷어 올렸다. 등산로 입구에
미리를 촘촘히 땋은 계집아이가 비눗방울을 뿌리며 지나갔다. 한
무더기의 비눗방울이 찬란하게 솟아오르다가 다시 내려앉았다. 그
러고는 갑자기 마술처럼 사라졌다. 대여섯 살이나 되었을까. 밭고
랑처럼 쪽 고른 가르마가 유난히 하얗고, 땋아 내린 머리에서 비눗

방울 같은 천연색 윤기가 흘렀다. 계집아이 주변으로 빛이 감돌았다. 저 빛 또한 마술처럼 감쪽같이 사라질 것이다.

그때 마술처럼 전화가 걸려 왔다.

"언니, 마꼬입니다. 선재 여기 있습니다."

그녀의 목소리는 거의 울고 있었다. 얼굴은 언제나 웃고, 목소리는 늘 울먹이고 있으니 참 어색한 조합이다. 선재는 마꼬를 어디에서 만났을까. 자신이 있는 곳이라면, 어디든 나타나는 그녀를 못 견디겠다던 그의 말은 사실일까.

"마꼬 잘 들어요. 선재 데리고 그냥 K병원으로 가요, 지금 당장."

나도 모르게 일본 말이 튀어나갔다. 그조차 전화를 끊고 나서야 깨달았다. 나는 집을 나서다 말고 베란다로 달려가 나무에 물을 주었다. 선재가 안락사시키려고 구석에 밀어둔 나무들이었다. 그는 나와의 힘든 상황을 이 나무들에게 투사시키고 있었다. 어차피 이곳을 떠날 거라면서, 그 전에 미리 안락사를 시켜야 한다며 고집을 부렸다. 나는 선재 몰래 계속 물을 주고 있었다.

내비게이션의 전원이 들어오고 GPS 신호가 잡혔다. 병원의 위치는 어렴풋이 알고 있었지만, 막상 기억해내려니 병원 주변의 도로 상황만 떠올랐다. 나는 일단 출발했다.

타고난 사주팔자를 못 고친다는 말처럼, 내비게이션은 제 몸에 입력된 경로로만 나를 이끌었다. 다급해진 나는 안내 방송을 무시하고서, 좌회전을 하고 다시 우회전을 거듭했다. 어렴풋한 기억에 의존하면서 내 몸이 비상등을 켜고 있는 것 같았다. 안내하는 여자 목소리는 경로를 재탐색하고 나서 다시 유턴을 시켰다.

"경로를 재탐색합니다. 3백 미터 앞에서 우회전입니다. 그리고 곧 우회전입니다."

나는 자꾸만 다른 길로 들어서고, 여자 목소리는 나를 입력된 길로 끈질기게 진입시키려 했다. 나는 끝내 목소리를 무시하고 고가 밑으로 들어섰다. 잠시 후 경로를 재탐색하던 여자는 어쩔 수 없다는 듯 아주 사무적인 어조로 말했다.

"다음 안내시까지는, 직진입니다."

두통이 다시 몰려왔다. 운전대를 잡고 있는데도 잠깐씩 정신을 잃을 지경이었다. 문득, 그에게 아직 감사의 말을 전하지 못한 것이 떠올랐다. 그와 나 사이에는 이제 비폭력 대화법의 마지막 단계가 남아 있었다.

다시 사무적인 여자의 목소리가 흘러나왔다.

"250미터 앞에, 위험 방지 턱이 있습니다. 그리고 요철 구간이 시작됩니다."

이미 위험 방지 턱을 수도 없이 넘었고, 지금도 넘고 있는 중이다. 그리고 또 요철 구간이라니. 나는 내비게이션의 전원을 꺼버렸다.

헤밍웨이 사랑법

병원의 응급실 침대에서 눈을 떴다. 때마침 몰려온 두통이 모든 기억을 생생하게 복원시켰다. 마꼬가 손을 내밀어 선재의 손가락을 받아 가는 모습이 느린 화면으로 서서히 떠올랐다.

병원에 도착해 차에서 내렸을 때 얼굴의 피가 모조리 아래로 내려가는 느낌이 들었다. 얼굴 위로 전기가 지나가는 것처럼 저릿저릿했고, 목은 가눌 수 없이 아팠으며 그 사이로 끔찍한 두통이 몰려들었다. 나는 그 불편한 두 가지 감각을 견디느라 병원의 차가운 벽에 손바닥을 붙이고 서 있었다. 손바닥을 통해 느껴지는 한기가 메슥거리는 속을 잠시 달래주었다. 그리고 다시 몰려오는 두통 때문에 벽에 손을 댄 채 그대로 주저앉았다.

선재의 손가락을 마꼬에게 전해줄 때는 시간이 멈춘 것 같았다. 바로 내 눈 앞에서 마꼬의 머리통이 몇 개씩 늘어났다가 줄어들기를 반복했다. 그녀가 손을 내밀어 손가락을 받아 가는 모습이 굴절되어서 건네주는 일이 아주 오랫동안 진행되는 듯 아득하게 느껴졌다. 그리고 그녀의 검은 손톱은 무수히 증식되어 허공에서 동동 떠다녔다. 원어민 강사로 직장을 잡으려 하고 있다는 그녀의 말에 나는 의미 없이 고개를 끄덕거렸다. 그 순간 메스꺼운 무언가가 아래로부터 강력한 힘으로 밀고 올라왔다. 나는 최대한 입을 크게 벌렸다. 기억은 거기까지였다.

당직 의사가 내 침대 앞으로 다가와 볼펜을 껐다 켰다 하면서 딸깍거리고 있었다. 그는 내게 일어난 최근의 정황을 종합해보더니, 뇌를 촬영해보는 게 순서 같다고 말했다. 그리고 신경외과 쪽 검사를 하자면서 계속 볼펜을 딸깍거렸다. 나는 그 볼펜 소리에 최면이 걸린 듯 고개를 계속 끄덕거렸다.

인주 씨,

이제는 나 때문에 힘들어 하지 않아도 됩니다. 내 안에서 나를 조종하던 광기는 손가락이 잘리던 날 어디론가 숨어버렸으니까요. 그곳이 무의식의 어디쯤인지, 아니면 내 혈관 속인지 모르지만 당장은 우리 사이를 방해하지 않을 겁니다.

빛나는 것은 언제나 위험하다. 그래서 찬란한 사랑일수록 단명한다. 돌이켜보면 나는 이 말장난에 놀아났습니다. 그러나 지금도 그 순간을 떠올리면 고통스러운 희열이 느껴지는 건 부정할 수 없군요.

그런 광기가 어디서 왔는지도 알 수 없고, 또 저항할 수도 없었습니다. 그저 그 욕망의 시나리오대로 움직이게 된 겁니다.

오디세우스는 헤르메스 신의 처방으로 동물이 되는 마법에 빠지지 않습니다. 그런데 키르케의 사랑의 마법에 걸려들어, 1년간이나 고향의 페넬로페를 잊고 살아가게 됩니다. 사랑에 대한 처방전은 없었던 겁니다.

사랑에는 생명이 있어서 인간에게 지배당하지 않는답니다. 그래서 피해 가기도 힘들고 그것과 싸워서 이길 수도 없다는 것입니다. 그러고 보면 난 참 무모했습니다. 어떻게든 이겨보려고 그렇게 기를 쓰고 덤벼들었으니까요.

상상해보세요. 내가 주방에 서서 그 치명적인 망각의 레시피를 조합하고 있는 장면을 말입니다. 셰이커에 레시피대로 넣고 잘 저은 다음, 그것을 오래도록 흔들면서 내가 무슨 생각을 했겠습니까. 미쳤구나, 이렇게 미쳐가는구나! 그러고는 그 망각의 약을 마신 다음, 그다음에는 당신 생각으로 진짜 미쳐서 날뛰었던 겁니다.

당신이 내게 오지 않던 여러 날 동안, 그 짓을 매일 반복했습니다. 당신의 영혼을 누군가와 나누어 갖는다는 건 결코 쉬운 일이 아니었거든요. 압니다. 내 센서가 너무 예민해서 나 자신에게조차 경고음을 낸다는 것도 잘 알고 있습니다.

당신이 오랜만에 온 그날, 요리를 하면서 파프리카를 써는 당신을 뒤에서 조용히 안았습니다. 나는 이제 당신이 어떤 냄새를 풍기든,

어떤 옷을 걸치고 있든 간에 당신을 안으면 언제 어디서든 눈을 감고도 당신이라는 것을 알 수 있습니다. 당신의 몸과 정신은 내게 정말 내 입맛처럼 꼭 맞거든요. 당신의 모든 규격이 나에게 맞춰진 것처럼 여겨질 정도였습니다. 당신이 잠시 칼질을 멈췄습니다.

당신은 나와 달리 파프리카를 깍둑썰기로 잘게 자르고 있었습니다. 나는 당신에게 방법을 가르쳐주기로 했습니다. 우선 손목의 방향을 칼등과 나란히 하고서 손잡이를 잡게 했습니다. 그리고 팔꿈치 각도를 120도 정도로 만드는 연습을 시켰던 겁니다. 당신은 웃으면서 그대로 따라 했습니다.

당신이 웃으며 머리를 살짝 추스르자, 샴푸 냄새가 났습니다. 그럴 때마다 나는 잠깐씩 아찔해지곤 했습니다. 무슨 풀 냄새인데 아주 달콤했거든. 그 순간을 영원히 붙잡고 싶다는 생각이 고개를 들더니, 나도 모르게 왼손에 빳빳하게 힘이 들어가 있었습니다. 언젠가 당신 손가락을 깨물었던 것처럼, 이번에는 내 손가락을 당신에게 주자! 욕망이 작동하면 그야말로 규칙이 없다는 걸 실감했습니다.

당신은 칼을 쥐고 있었고, 나는 당신의 그 손을 꼭 쥐고 있었습니다. 당신이 웃으면서 반 토막짜리 파프리카를 일으켜 세웠습니다. 그때의 당신은 마치 유린딩하기 직전의 어린아이 같았습니다. 당신은 '어서요' 하는 내 신호에 따라서 칼을 들어 올렸습니다. 그 순간 나는 파프리카 위로 활짝 펼친 내 손을 올려놓았던 겁니다. 당신은 파프리카를, 그리고 내 손가락을 잘랐습니다.

잠시 후, 당신은 칼을 싱크대에 내던지고 거실 쪽으로 뛰어갔습니다. 그리고 소파에 주저앉아서 미친 듯이 소리를 질렀습니다. 당신은 누구냐고? 그 순간 나도 내게 물었습니다. 이런 무모함이 도대체 누구의 자식이냐고? 그렇습니다, 그런 미련한 욕망도 결국 사랑의 자식입니다. 당신이 말했던, 그 여러 얼굴들 중의 하나였던 겁니다.

사랑이 찬란하게 빛나서 어쩔 수 없이 위험하고, 그래서 단명하는 속성을 가졌다면, 그렇게라도 우리의 미래를 연기하고 싶었던 것입니다. 부끄럽다는 거 잘 압니다. 그런 감정은 결코 빛나지도 찬란하지도 않을 겁니다.

나는 이제 부끄러워서, 이 검지로 무언가를 가리키는 일은 하지 않을 것 같습니다. 차라리 손 전체로 방향을 가리키는 게 보기에도 좋을 것 같습니다. 그러다보면 제가 좀 겸손해질 수도 있겠군요. 그러나 내 사랑은 아직 겸손해지지 않았습니다.

흰 장미가 피다

신경외과 대기실에 선재와 나란히 앉아 있을 때 암스트롱에게서 전화가 걸려 왔다. 암스트롱은 캐나다 시민권을 받고 한국 국적을 포기할 것인지 그냥 영주권자로 살아갈 것인지를 고민 중인이었다. 한참 통화를 하던 선재가 스물라치라면서 내게 전화기를 건넸다. 무슨 일인지 스물라치는 또 까칠해져 있었다.

"그는 가슴이 두 쌍인 여자를 원해요. 맞아요, 네 개. 그는 내게 없는 것만 더 원한다니까요."

내 차례가 돌아왔다. 나는 전화기를 선재에게 넘겨주고 진료실로 들어가기 위해 일어섰다. 그리고 선재의 붕대 감긴 손가락에 입을 맞추며 속삭였다.

"내가 들어오라고 하기 전까지는, 그냥 밖에 있어주는 거예요. 부탁."

나는 진료실 문을 열기 전에 뒤돌아서 선재를 향해 한 번 더 웃어 보였다. 의사는 환하게 웃으며 들어서는 나를 보더니, 한참 만에 의자를 손짓해 보였다. 그는 초록색의 수술 가운 위에 흰 가운을 걸치고 있었다. 수술 가운과 얼굴에 붉은 기운이 도는 것으로 보아 방금 전에 수술을 마치고 온 것 같았다.

"검사는 편안하게 받으셨나요?"

의사는 말을 하면서 손바닥을 비볐다. 통역할 때의 선재를 보고 있는 것 같았다. 그때도 초조하게 손을 비벼야 할 사람은 나였고, 지금도 마찬가지였다. 보호자가 오지 않느냐는 의사의 물음에, 오고 있는 중이라고 대답했다.

"그동안 생활하는 데 별 지장이 없으셨나요?"

"네, 별로…… 네, 잘 모르겠어요."

"그러니까, 구토나 언어장애 같은 건 없었나요?"

"언어장애라면, 말을 못하는 건가요?"

"아니요, 혹시 발음에 문제가 없었습니까?"

"그런 건 모르겠어요."

"그건 있을 수도 있고 없을 수도 있습니다. 그럼 정신을 잃은 적은 최근이었습니까?"

"네."

"시력에는 문제가 없었나요? 복시 현상 같은 걸 경험하지 않았나 해서요?"

"복시라면, 혹시 사물이 겹쳐 보이는 거 말인가요?"

"그랬을 거예요. 3, 4, 6번 뇌신경을 압박하면 복시 현상이 일어나거든요. 지금 말한 증상들이 아직 일어나지 않았다면 다행이지만, 앞으로 그런 일이 없으리라는 보장이 없다는 겁니다."

선재의 손목뼈를 처음 보았을 때가 생각났다. 다른 사물이나 사람의 얼굴이 몇 개씩 겹쳐지던 장면도 떠올랐다.

"그러고 보니까 그런 경험 많았어요. 저는 그게 상대에 대한 관심에서 나오는 어떤 영적인 체험 같은 거라고 생각했어요. 곧 사라지곤 했으니까요."

의사가 어이없다는 듯 힘주어 말했다.

"그건, 뇌신경이 압박당할 때 나타나는 증상입니다."

"뇌라면, 그럼 뇌의 이상인가요?"

의사는 CT 필름을 형광판에 끼워 넣고서 말했다.

"이제 말씀드릴게요, 보호자분 안 오셔도 되겠어요?"

"일단, 제가 먼저 들을게요."

"우선, 좋은 소식은 종양 상태가 양성이라는 것이고요. 나쁜 소식은, 그렇기 때문에 이런저런 판단을 내리기가 힘들다는 겁니다. 이 병의 잠복 기간은 평생이라고 보시면 됩니다. 증상이 나타나기까지 10년이 걸릴 수도 있고, 죽을 때까지 그냥 잘 살다가 갈 수도 있다는 겁니다."

"그런데 그걸 제가 이렇게까지 모를 수도 있나요? 근데, 뭐부터 물어봐야, 그게 그러니까 난치병이나 불치병, 뭐 그런 건가요?"

"제가 먼저 양성이라고 말씀드렸잖아요. 종양 중에서 이 뇌수막종은 완치 가능성이 제일 높은 편입니다. 수술 후에도 남은 평균 수명을 다 살고 가는 사람도 있으니까요. 방사선 치료를 받아야 될지 아닐지는 두고 봐야겠네요."

의사는 스크린에 끼워져 있는 필름을 손짓하면서 말했다.

"이 뇌수막종은, 일단 성장 속도가 아주 느려서 자라지 않은 채 몇십 년이 흐르는 경우도 있어요. 평생을 모르고 살아가는 사람도 있고요. 발견이 되더라도 이렇게 완전히 커져서 뇌 안쪽을 누르게 될 때죠. 그제야 겨우 증상들이 나타나거든요. 그러면, 이제 사진을 보여드릴게요."

"그럼, 러브 스토리에 등장하는 병은 아니군요?"

"예?"

의사는 내 질문이 못마땅한지 잘못 들었다는 듯이 눈을 치켜뜨고 말했다.

"사실 종양 중에서 아주 흔한 질환이긴 합니다만……."

의사는 두 장의 필름이 끼워져 있는 곳으로 의자를 당겨 앉았다. 내게 더 다가오라는 손짓을 하고는 깜빡했다는 표정으로 다시 일어섰다. 그러고는 급히 창가로 가더니 대여섯 개의 약통들 속에서 각기 알약을 꺼내 입안에 털어 넣고는 물컵을 집어 들었다. 그의 목울대가 크게 두 번 움직였다. 나는 다시 형광빛에 투과된 눈부신 내 머릿속을 바라보았다. 의사가 돌아와 의자를 당겨 앉았다.

"여기 보세요. 여기, 하얗게 보이는 부분이 뇌를 싸고 있는 뼈대입니다. CT 촬영은 이렇게 하얗게 나오지만, MRI에서는 이 부분이 검은색으로 보일 거예요. 어차피 수술을 하려면 다시 그걸 찍어야 합니다. 여기 종양이 보이죠, 허옇게 보이는 둥그런 거요. 이것이 뇌를 둘러싼 이 막 밖에서 생겨나 뇌 안쪽으로 자라난 겁니다, 이렇게. 우리는 수술로 이것을 제거하는 겁니다."

나는 의자에서 일어나 스크린 앞으로 얼굴을 바싹 들이댔다. 저 사진 한 장으로 내 정신까지 낱낱이 들여다볼 수 있다면 살아가는 일이 얼마나 간단해질까 싶었다. 흑백필름은 왠지 낯이 익었다. 자세히 보면 허연 덩어리 끝 부분에 약간씩 빛이 퍼져나가는 것이 꽃잎처럼 보이고, 허연 종양 덩어리는 둥그런 꽃처럼 보였다. 그러고 보니 활짝 핀 흰 장미꽃이었다. 나는 놀라운 것을 발견한 듯 흥분한 목소리로 말했다.

"선생님, 흰 장미가 핀 것 같지 않아요? 장미 엑스레이 같은 거요. 정말, 여기 보세요."

나는 동의를 구하며 의사를 바라보았다. 그때 진료실 문이 배꼼히 열리며 선재의 얼굴이 들이섰다. 선재가 들이와 형광판의 필름과 의사의 얼굴을 번갈아 바라보았다.

"그렇게 보일 수도 있겠네요."

의사가 낮게 중얼거렸다.

의사는 선재에게 손짓으로 의자를 권했다. 그러고는 그를 바라
보며 예민한 목소리를 냈다.

"보호자분 눈에도 그렇게 보일까요? 뇌수막종입니다. 증상도 이
미 진행 중이고요, 수술에 대한 결정을 하셔야 할 차렙니다."

의사를 바라보는 선재의 눈은 원망을 가득 담고 있었다. 마치 의
사가 내 머릿속에 이상한 것을 집어넣기라도 한 것처럼 화가 난 표
정이었다.

"선재 씨, 흰 장미가 여기에서 피었대요. 우리, 그때 다운타운에
서 본 장미 엑스레이 기억나죠?"

선재의 눈에서 푸른빛이 쏟아져 나왔다. 나는 그의 눈에서 쏟아
지는 빛을 한동안 받아내다가 변명처럼 말했다.

"수술하지 않고 평생을 사는 사람도 있대요……."

의사가 내 말을 잘랐다.

"그건 증상이 나타나지 않았을 때의 일이고, 지금은 장담할 수
없는 상황입니다."

선재는 순식간에 단호한 표정이 되었다. 갑자기 병실 구석으로
나를 데려가더니 깊은 눈으로 뚫어지게 바라보았다. 내가 그의 시
선을 피해 눈길을 떨어뜨리자, 그는 전에 없이 침착한 목소리로 말
했다.

"지금 당장 보호자 사인이 필요하면 남편에게 말해요. 힘들면
내가 말해볼게요."

하필 이런 상황에서 그 얘기를 한다는 것이 마음에 들지 않았지만 어쩔 수 없었다. 서두르는 그를 지켜보기만 하는 일이 만만치 않았다.

"사실은…… 이제 그 사람 서명 필요 없어요."

은유를 사랑하다

마꼬는 내게 전화를 걸고는 공항이라고 말했다.

"본국으로 돌아간다."

그 말을 하고는 조용히 숨소리만을 보내왔다. 나는 전화기를 오른쪽에서 왼쪽 귀로 옮기고, 계속하라는 뜻으로 그녀의 이름을 불러주었다. 그녀는 한 번 더 숨소리를 내게로 보내왔다. 아마 지금이 순간에도 그녀의 얼굴 근육은 여전히 웃고 있을지 모른다. 마꼬가 힘에 겨운 듯 다시 갈라지는 목소리를 냈다.

"당신들이 한 일이 믿어지지 않고, 지금도 이해가 안 된다."

"마꼬, 네 말이 맞다."

마꼬는 떨리는 목소리를 누르느라 애쓰면서 다시 한마디를 뱉었다.

"그건, 사랑이 아니다."

"네 말이 또 맞다."

나는 또 '네 말이 맞다'고 말해주었다. 대화법에서도 '지속적인 공감은 세상을 새로운 눈으로 보게 하고, 또 계속 앞으로 나아가게 한다'고 했다. 나는 이미 선재를 통해서 그 공감의 능력을 오래전에 확인했다.

그녀의 침묵이 시작되었다. 나는 사이를 두고 그녀의 이름을 불러주었다. 잠시 후, 그녀의 음성이 다시 들려왔다. 그녀는 입었던 옷을 훌훌 벗어던지듯이 담담한 목소리로 말했다.

"이제 돌아간다."

"마꼬, 네가 많이 아팠을 거라는 거 너무 잘 안다. 그게 마음에 걸린다. 그리고 돌아가지 않고 이곳에서 잘 지내는 방법도 있어. 나는 그렇게 생각해."

결핵 환자는 병의 특성상 하얀 얼굴에 발그레한 입술과 뺨의 홍조를 보이는데, 우울증도 외적으로는 결핵과 아주 비슷한 성향을 보인다. 새하얀 얼굴 위에, 달아오른 뺨과 입술이 오롯이 떠오르는 장면은 그것을 바라보는 이성의 마음을 뒤흔들어놓기 십상이다. 병의 증상으로 드러나는 외모의 신비함에 속아 넘어가는 것이다. 그래서 흔히 결핵을 은유의 병이라고 표현하기도 한다. 마쏘는 선재 안에서 손가락을 빨고 있는 어린아이를, 아직 알아보지 못한 것 같았다.

마꼬가 단정하듯이 말했다.

"아니, 이제 내 나라로 돌아간다."

"마꼬."

나는 그녀가 전화를 끊기 전에 다급하게 이름을 불렀다.

"마꼬, 내가 부탁 하나만 해도 될까?"

"……."

"그러면, 이제 아프지 마."

마꼬는 대답을 하지 않고 또 숨소리만을 보내왔다.

"마꼬, 사실은 나 너희 나라 말 할 줄 알아. 영어보다 말하기 훨씬 편해. 그래서 이제 편하게 말할게. 나는 너의 단자꾸를 처음 보았을 때 마음으로부터 너를 지지했어. 그런데 이렇게 된 거야."

그녀는 여전히 영어로 대답했다.

"단자꾸는 태울 거야."

"그래, 사랑은 자연처럼 무자비하다는 말을 실감했어. 사랑은 자비를 베풀지 않아. 그 자체에만 몰두하는 거야. 그래서 사람들은 종종 신 앞으로 달려가는지도 몰라."

"난 여전히 너희를 이해할 수 없어."

"마꼬, 사랑에는 여러 얼굴이 있어. 우리가 본 적도 들은 적도 없는 무시무시한 얼굴까지. 어쩌면 그런 모든 얼굴들에게 사랑이라는 이름을 붙이면 그냥 사랑이 되는 건지도 몰라. 마꼬에게는 낯선 모습이지만, 나와 선재가 하는 것도 그중의 하나라고 생각해주면 좋겠어. 그렇게 생각해주면 안 될까?"

그녀는 대답 없이 가느다란 숨소리를 보내왔다.

"마꼬, 누군가를 만나서 이런 사랑도 있다는 걸 이해하게 되면, 그때 한 번 더 이곳에 와줄래? 그럴 수 있을까?"

어쩌면 마꼬는 선재의 우수에 찬 듯한 모습에 빠져서 집착을 보였는지도 모른다. 그러나 빠져들기 쉬운 그 외모 안에는, 흔히 생각하는 것이 들어 있지 않을 때가 많다. 우리가 쉽게 현혹되는 우수의 이면에는 단지 퇴행하는 늙은 육체가 있고, 그 육체 안에는 세상에 겁을 집어먹은 여섯 살짜리 아이가 손가락을 빨고 있는 것이다. 이성적인 사람은 그 어린아이가 출현하는 횟수를 어느 정도 조절할 줄 안다. 어른이 되려고 노력하는 소년소녀처럼 말이다. 그래서 종종 어른처럼 보이는지도 모른다.

"마꼬, 어른스럽다는 말을 하곤 하지. 단지 어른스럽다는 것이지, 정말로 어른인 건 아니야. 우리 모두 그래. 우린 계속 자라고 있는 중이거든."

그녀는 노력해보겠다는 말을 남기고 전화를 끊었다.

안녕 마꼬. 나는 전화를 끊고 나서 마꼬에게 못한 말을 중얼거렸다. 너에게 천둥을 보내주지 못해서, 정말 미안하다.

타로 카드

"타로 카드 점을 보고 왔어요."

병실을 들어서면서 선재는 그 말부터 했다.

"카드 점을 보는 사람이 첫 번째 카드를 짚더니, '슬픔의 자식이군요' 그러는데 정말 소름이 끼치더군요."

"그런 것도 보러 다녀요? 신자라면서."

"그다음 카드에서는 당신이 바이올린을 켜고 있었고, 내가 낙하산을 타고 내려왔어요. 그러니까 내가 구급대원인 거 맞죠?"

"그럼 낙하산 타고 빨리 내려오세요, 이리로."

그는 어린아이의 얼굴을 싹 거두고 느닷없이 어른이 되어 있었다. 턱 위로 비죽비죽 올라온 수염 때문인지, 꼭 어른 흉내를 내는 소년처럼 보였다.

"인주 씨, 왜 이래요? 내일이 수술이잖아요."

"문 잠그고 이리 오세요."

나는 링거 병이 매달린 스탠드를 끌고 문 쪽으로 가서 그를 붙잡았다. 그리고 병실 문을 잠그고서 말했다.

"당신 엉덩이에 돋은 소름이 보고 싶은데?"

이상했다. 진지한 모습의 그를 보면 늘 장난기가 발동했다. 나는 그에게 몸을 바싹 밀착시키면서 말했다.

"실은 고백할 게 있어요. 난 당신 손목뼈도 사랑하지만, 아무래도 엉덩이 소름을 더 사랑하는 것 같아요."

그는 입가에 웃음을 머금고 나를 피해 문에서 멀어지려고 했다. 나는 다시 그를 문으로 몰아세우면서 말했다.

"언젠가 돌아누운 당신 엉덩이를 봤어요. 볼록한 지점 위에 몇 개의 자잘한 소름이 돋아 있었는데, 나중에는 커다란 소름 한 점만 남았어요. 외로운 섬처럼 보여서 눈물이 날 뻔했다니까요. 당신을 사랑하기 시작한 게 어쩌면 그 소름 때문인지도 모른다는 생각을 한 적도 있어요."

잠시 후 그는 내 목덜미에 얼굴을 묻었다.

"선재 씨, 청각은 우리 몸의 감각 중에서 제일 나중에 죽는대요. 그러니까 죽어가면서, 아니, 죽고 나서도 자기 주변의 소리를 다 듣는다는 거죠. 내가 죽은 뒤에라도 당신이 내 귀에 무슨 말이라도 해주세요. 시트를 덮는 소리가 이 세상에서 듣는 마지막 소리가 되지 않았으면 좋겠어요."

"왜 이래요? 평소답지 않아요. 무서운 거 없는 사람이……."

"선재 씨, 세상에는 확률이라는 게 있잖아요. 나는 지금 그 앞에 있어요. 물론 수술 후에 깨어나면 거기에서 자유로워지겠지만. 중환자실에서 눈을 뜰 때, 아니, 눈을 뜨기 그 이전에, 내가 살았다는 걸 깨닫기 전까지는 아무것에도 기댈 수 없어요."

"나한테 기대는 거 아니었어요?"

수많은 우연 중의 하나, 그 무수한 죽음 중의 하나가 어쩌면 내 차례가 될지도 모르는 일이었다.

"나 오늘 머리 밀어야 한대요……. 수술의 성공도가 아무리 높아도, 지금 내 생은 통 속에서 흔들리고 있는 주사위에 불과한 거예요."

"확률은 사기꾼이에요."

"내일 못 깨어날 수도 있다는 생각을 하니까, 당신을 안고 싶었어요."

나는 손끝에 모든 신경을 집중하고서 그의 몸을 점자처럼 읽어 나갔다. 그는 내 손에 반응하듯이 다시 같은 말을 반복했다.

"확률은, 사기꾼이라고요."

데워진 그의 몸에서 서서히 땀이 배어 나오자, 내 손은 더욱 예민해졌다. 젖은 그의 몸은 세밀하게 읽혔다. 세월을 따라 단련되었을 단단한 등의 근육과, 그렇게 단련되는 사이에 몇 번, 혹은 쉴 새 없이 휘청거렸을 그의 등뼈를 차례차례 더듬으며 속삭였다.

"내가 당신을 얼마나 사랑하는지, 또 얼마나 전적으로 당신의 모두를 지지하는지 알아주었으면 좋겠어요. 당신 안에서 손가락을 빨고 있는 그 불안한 여섯 살짜리 아이도, 이젠 충분히 사랑해요. 언제라도 그 아이가 나타나면 기꺼이 안고 보듬어줄게요. 꼭 그럴게요. 내가 어디에 있든, 언제라도, 나는 그럴 거예요."

몸은 늙어도 우리 안에 깃든 어린아이는 결코 늙지 않으며, 시시때때로 뛰쳐나올 준비를 하고 있어 자주 당황하게 한다. 그러므로 그 존재는 정욕의 대상이 아니라, 인내하고 보듬고 품어야 할 대상이다.

감사

내 의식이 돌아온다면 그와 함께 모자를 사러 갈 것이다. 병원
문을 나설 때, 밖으로 발을 내딛는 그 순간이 내게는 스텝다운이
될 것이고, 세상은 그렇게 피시식 소리와 함께 내 앞에 다시 열릴
것이다. 그리고 그가 나에게 모자를 씌워주면, 나는 그에게 대화법
의 마지막 단계인 '감사'의 말을 전할 것이다.

"당신이 내게 특별하다고 말해주어서 감사합니다. 그래서 나는
내가 사랑받을 수 있는 존재라는 것을 알게 되었고, 특별한 사람이
되려고 노력했습니다. 이제 나는 다른 사람을 사랑할 수도 있고,
나 자신을 특별하게 여길 줄 아는 사람이 되었습니다. 그렇게 해서
내 삶의 욕구를 충족시켜준 당신에게, 진심으로 깊이 감사하고 있
습니다."

나는 부영의 우편함에 이미 같은 내용의 편지를 넣어두었다. 거

기에는 한 줄이 더 추가되었다. 내게 또 다른 사랑의 기회를 주어서 진심으로 고맙고, 나 또한 선배의 사랑을 늘 지지하겠다는 내용이었다.

어디선가 말소리가 들려왔다.

"제 말이 들리면 손가락을 조금만 움직이는 겁니다."

나는 살아 있었다. 그러나 아무리 힘을 주어도 눈이 떠지지 않았다. 다시 멀리서 남자의 목소리가 들려왔다.

"서인주 씨는 수술이 끝났고, 여기는 지금 중환자실입니다."

나는 입술을 달싹거렸다. 내가 정말 살아 있는 거냐고 묻고 싶었다. 우습게도 그 말이 가장 먼저 하고 싶은 말이었다.

"서인주 씨, 내 말이 들리면 손가락을 움직여봐요. 내 손을 조금 건드려보세요……."

영화에서처럼, 죽어가는 나를 내려다보고 있는 게 아니라는 것을 다시 그 목소리가 확인시켜주었다.

"내 말이 들리면 천천히 손가락을 움직여보세요……. 네, 됐어요, 됐어요."

내 손등을 두어 번 두들기는 촉각이 분명하게 느껴졌다.

내게 주어진 남은 생을 나 살고 갈 수 없을지도 모른다. 그러나 그를 위해 바이올린을 배울 수 있는 시간을 벌었다. 사랑하는 사람을 위해 노력할 수 있는 시간이 있다는 것. 그 시간이 이토록 사무치게 고마운 일이라는 걸, 지금의 생에서 알았다는 것이 너무도 감

사하게 다가왔다. 그 감사를 일깨워주기 위해 내 머릿속에 깃들었
던 흰 장미에게도, 절절한 감사의 문장을 올리고 싶었다.

누군가 내 발에 입을 맞추고 있었다. 내 체온처럼 익숙한 온도가
발끝으로부터 전해져왔다. 입술의 주인은 발가락을 하나씩 들어
올리면서 열 개의 발톱에 차례차례 입을 맞추었다.

말speech을 배워야 한다. 사랑을 전하는 말조차도 그렇다.

예전에는 내가 말을 무척 잘하는 사람이라고 알고 있었다. 돌이 켜보니 그것은 '말'이라는 탈을 쓰고서 방어와 공격의 몸짓을 곁 들인 의성어라는 생각마저 든다. 방어를 잘하려고 애쓰다보면 자 연스럽게 공격적인 자세를 취하게 되지 않는가.

'비폭력 대화법'의 인증지도자 과정에 참가하면서 나는 소망 하 나를 가지게 되었다. 이런 대화법을 더 많은 사람들이 '알고 사용 하도록' 하고 싶었다. 대화법 과정을 소설로 쓰자고 마음먹은 건 그즈음이었다. 그러나 어떻게 소설로 보여줄 것인가. 어떻게 하면 독자들이 대화법에 관심을 가지게 할 수 있을까. 독자들이 소설을 다 읽고 났을 때, '비폭력 대화법' 입문 과정을 체득할 수 있으려면 무엇이 필요할까. 결국 그것은 모든 인간이 희망하는 궁극적이고도 치명적인 사랑을 통해서 가능할 것 같았다.

주인공인 화자가 대화법 강의를 하도록 구성했고, 강의 도중 화이트보드에 쓰는 예문은 교재의 본문을 활용했다. 주인공의 사랑과 일상에 대화법을 아울러 새끼줄을 꼬듯이 씨줄과 날줄로 엮었다. 대화법에 맞춰서 에피소드를 진행시키는 과정은 생각보다 쉽지 않았다. 여름이 막 지나가고 있었다.

소설의 제목을 '인디언 보호구역'으로 정해놓고서 캐나다 인디언 밴드를 찾아갔다. 밴쿠버 다운타운에서 한 시간쯤 걸려 찾아간 인디언 밴드 '칠리왁'. 그곳에서 마을의 추장인 '잭 머슬'을 만났다. 60세가 넘은 그는 아직도 청년 같은 수줍음과 열정을 그대로 간직하고 있었다.

그의 마을은 유일하게 캐나다 정부에 빚을 지지 않은 곳이었다. 빚을 지게 되면 정부의 통제 때문에 마을을 자체적으로 꾸려나갈 수 없다고 했다. 그것으로 비폭력적인 저항을 한다는 것이다. 그래서인지 칠리왁의 추장은 대대로 그의 집안에서 나왔다. 그의 할아버지의 할아버지부터 대대로 이 마을의 추장을 지내온 것이다. 물론 마을 투표를 통해서였다.

우리가 앉아 있는 야외 테이블 앞으로 추장의 백인 며느리가 유모차를 끌며 지나갔다. 유모차에 앉은 그의 손자가 낯선 동양의 이방인을 힐끔거렸다. 원주민의 피가 흐르는 맑고 투명한 그 눈망울이 내 마음을 끌었다.

인터뷰를 마칠 때쯤, 아까 나에게 추장의 집을 가르쳐주었던 마을 청년이 연어가 든 자루를 들고 찾아왔다. 엄청나게 크고, 붉은 빛이 도는 고품질의 '소카이'였다. 나는 그 인터뷰에 대한 인사로 연어를 다섯 마리 사가지고 돌아왔다. 그리고 그 연어는 소설을 시작할 수 있는 동기가 되었다.

소설이 처음에 계획했던 것처럼 쓰이지는 않았다. '비폭력 대화법'에 기초해야 하기 때문에, 이야기는 단조로워야 했다. 인디언 보호구역을 너무 많이 끌고 들어가면 소설이 산만해질 것이었다. 내 이기심은 그것을 본능적으로 알고 있었다. 결국 한나절이나 걸린 그와의 인터뷰는 아주 일부분에만 쓰였다. 그러므로 나는 일정 부분 '잭 머슬' 추장에게 빚을 진 셈이다.

한국에 '비폭력 대화법'을 처음으로 소개한 '캐서린 한' 선생님께 인사 올린다. 선생님의 개인적인 에피소드를 주인공에게 살짝 부여해도 되느냐는 내 물음에 흔쾌히 허락하시던 표정을 잊을 수 없다. 오늘도 대화법을 전파하느라 헌신하는 선생님께, 비폭력을 지향하는 한 사람으로서 다시 한 번, 감사드린다!

이 대화법은 내 인생에 많은 변화를 가져왔다. 말을 할 때뿐만이 아니라, 기본적인 삶의 자세에도 영향을 미치고 있었다. 내 결혼에도 그랬다. 관계를 갱신한다는 신랄하고도 미친? 결단이 아니었다면, 나는 아직도 결혼으로 고통받고 있었을 것이다. 그러니 말 speech을 배워야 한다. 심지어 사랑을 표현할 때조차 그렇다.

지금 사랑에 빠진 사람, 혹은 그 사랑을 막 지나온 사람, 앞으로 다시 사랑을 할 사람…… 또한, 사랑을 생각하는 모든 이에게 이 '비폭력 대화법'을 권하고 싶다.

한지수

헤밍웨이 사랑법

초판 1쇄 발행 2012년 11월 23일
초판 2쇄 발행 2012년 12월 5일

지은이 한지수
펴낸이 정중모
펴낸곳 도서출판 열림원

책임편집 강희진 | 편집 고윤희 | 디자인 주수현 | 마케팅 남기성
홍보 장혜원 | 제작 윤준수 | 관리 이하영 김은성 조아라

등록 1980년 5월 19일(제406-2003-026호)
주소 서울시 마포구 잔다리로 2길 7-0
전화 02-3144-3700 | 팩스 02-3144-0775
홈페이지 www.yolimwon.com | 이메일 angela.koh@yolimwon.com
트위터 twitter.com/Yolimwon

ISBN 978-89-7063-745-7 03810

● 이 책은 서울문화재단 '2012 예술창작지원-문학' 지원사업의 지원을 받아 발간되었습니다.
● 책값은 뒤표지에 있습니다.